HEYNE BÜCHER

BIBLIOTHEK DER SCIENCE FICTION LITERATUR

Herausgegeben von Wolfgang Jeschke

Von Alfred Elton van Vogt erschienen in der Reihe
HEYNE SCIENCE FICTION & FANTASY:

Der Krieg gegen die Rull · 06/3018; auch 06/3205
Die Weltraumexpedition der ›Space Beagle‹ · 06/3047; nachgedruckt auch als: Die Expedition der ›Space Beagle‹ · 06/3047
Das unheimliche Raumschiff · 06/3076
Slan · 06/3094
Die Waffenhändler von Isher · 06/3100
Die Waffenschmiede von Isher · 06/3102
Welt der Null-A · 06/3117; auch 06/3925
Kosmischer Schachzug · 06/3119
Die Veränderlichen · 06/3199
Palast der Unsterblichkeit · 06/3257
Kinder von morgen · 06/3278; auch 06/1005

In der BIBLIOTHEK DER SCIENCE FICTION LITERATUR:

Null-A · 06/58
umfassend die Romane:
Welt der Null-A (The World of Null-A)
Die kosmischen Schachspieler (The Players of Null-A)
Der dritte Gosseyn (Null-A Three)

Ischer · 06/73
umfassend die Romane und Erzählungen:
Die Wippe (The Seesaw)
Der Waffenladen (The Weapon Shop)
Die Waffenläden von Ischer (The Weapon Shops of Isher)
Die Waffenschmiede (The Weapon Makers)

Die Expedition der ›Space Beagle‹ · 06/83

A. E. VAN VOGT

DIE EXPEDITION DER ›SPACE BEAGLE‹

Roman
in 4 Erzählungen

Nach der Urfassung
erstmals übersetzt

Mit einem Bildteil zur Publikationsgeschichte
sowie einem Vorwort
und einem Nachwort versehen

herausgegeben von

RAINER EISFELD

Illustriert von

JOHANN PETERKA

WILHELM HEYNE VERLAG
MÜNCHEN

BIBLIOTHEK DER SCIENCE FICTION LITERATUR
Band 06/83

Redaktion: Wolfgang Jeschke
Einschübe und Schlußkapitel aus der Romanfassung
VOYAGE OF THE ›SPACE BEAGLE‹
(Simon & Schuster, New York 1950)

Deutsche Übersetzung von Rainer Eisfeld

Printed in Germany 1992
Umschlagbild: Karel Thole
Umschlaggestaltung: Atelier Ingrid Schütz, München
Satz: Schaber Datentechnik, Wels
Druck und Bindung: Presse-Druck, Augsburg

ISBN 3-453-05025-8

INHALT

INHALT

VORWORT

von

RAINER EISFELD

I

»Nachdem Ihrer Majestät Schiff *Beagle,* eine Brigg von zehn Kanonen unter dem Kommando des Kapitäns Fitz Roy, durch heftige Südweststürme zweimal zurückgetrieben worden war, segelte dasselbe am 27. Dezember 1831 von Devonport ab. Der Zweck der Expedition war, die unter Kapitän King in den Jahren 1826 bis 1830 begonnene Aufnahme von Patagonien und Tierra del Fuego [Feuerland] zu vollenden, — die Küsten von Chile, Peru und einiger Inseln im Stillen Ozean aufzunehmen — und eine Kette von chronometrischen Messungen rund um die Erde auszuführen.«

So beginnt Charles Darwins eigene Schilderung seiner *Reise eines Naturforschers,* die ihn in drei Ozeane und zu drei Erdteilen führte — zwanzig Jahre bevor er mit der Formulierung der nach ihm benannten Lehre von »der Entstehung der Arten durch natürliche Zuchtwahl oder der Erhaltung der bevorzugten Rassen im Kampfe ums Dasein« Weltruhm erlangte. Mit der *Beagle* von England zu den Kapverden, über den Atlantik zum brasilianischen San Salvador, weiter nach Montevideo, Bahia Blanca, Buenos Aires, um das sturmgepeitschte Kap Hoorn in den Stillen Ozean, nach Santiago de Chile, Valparaiso, Lima, zum Galapagos-Archipel, dreitausendzweihundert Meilen, vor dem Passat segelnd, in einem Monat von dort nach Tahiti, wiederum drei Wochen weiter nach Neuseeland, von Australien in den Indischen Ozean zum Keeling- oder Kokos-Atoll, nach Mauritius, Kap der guten Hoffnung, St. Helena, Ascension, wieder San Salvador und Kapverden, Ankunft in England am 2. Oktober 1836. In fast fünf Jahren, unterbrochen durch ausgiebige Landaufenthalte, ist die *Beagle* einmal um die Welt gesegelt:

> Die Karte der Welt hört auf, ein weißes Blatt zu sein, sie wird ein Gemälde voll der mannigfaltigsten und belebtesten Figuren. Jeder Teil erhält seine natürliche Größe: Kontinente werden nicht mehr im Lichte von Inseln betrachtet, oder Inseln, die in der Tat größer als manche Königreiche in Europa sind, als bloße Flecke ... Ich denke an unsere Bootfahrten und meine Landreisen durch unbesuchte Länder mit einer Freude zurück, die keine Szenen der Zivilisation hätten hervorbringen können. Ich zweifle nicht, daß jeder Reisende sich des glühenden Glücksgefühls erinnern muß, das ihn überkam, als er zuerst in einem fremden Klima atmete, wo der zivilisierte Mensch niemals oder doch selten gewesen war.

Mit diesen Sätzen resümierte Darwin seinen Rückblick auf Leiden und Freuden monatelanger Einblicke in fremde Natur- und Völkerwelten, immer wieder abgelöst durch ebenso lange Monate, während deren die *Beagle* die »langweilige Öde« der Weltmeere durchpflügte. Man müsse sich deswegen, fügte Darwin hinzu, »notwendigerweise eine Arbeit vornehmen«. Sonst wöge das Vergnügen an fremden Ländern und Menschen die Übelstände der Reise nicht auf: das Entbehren der Freunde und der Familie; den Mangel an Platz, Zurückgezogenheit und Ruhe; das Fehlen der kleinen Genüsse und Bequemlichkeiten des Alltags. Die Aufgabe, die Darwin sich gestellt hatte, war eben jene des Naturforschers: Beobachtung und Klassifizierung der Fauna dreier Kontinente unseres Planeten.

Die Fauna des Weltalls (›La Faune de l'Espace‹) heißt denn auch der Titel, unter dem die französische Übersetzung von A. E. van Vogts Roman der Milchstraßendurch»segelung« einer Forschergruppe in ferner Zukunft erschienen ist. Und nach der Brigg *Beagle* (gesprochen *biegl* — ein kleiner, flinker Jagdhund), auf der Charles Darwin seine Reise unternahm, benannte van Vogt das Raumschiff seiner Sternenexpedition — mit einem zeit- und umständegemäßen Zusatz, eben *Space Beagle.* Als er sein Expeditionsschiff für die episodenhaften Erzählungen konzipierte, die er später überarbeitete, ergänzte und in Romanform zusammenfaßte, brach der damals 27jährige van Vogt zugleich in einem zentralen Punkt mit den etablierten Traditionen des Genres. Nicht zuletzt dieser Bruch trug dazu bei, die Abenteuer der *Space Beagle* in den Rang eines Science Fiction-Klassikers zu erheben.

Die Tradition, von der die Rede ist, war 1928 begründet worden durch Edward E. Smith mit seinem Roman *Die Abenteuer der Skylark.* Das vermutlich herausragendste Beispiel liefert John W. Campbell jr.s *Der unglaubliche Planet,* 1934 entstanden und achtzehn Jahre später als erstes von Rauchs Weltraum-Büchern auch bei uns bekannt geworden.* Diese Erzählungen sprengten erstmals, bildlich gesprochen, die Grenzen des Sonnensystems; sie eroberten — das Wort ist buchstäblich zu nehmen — für die Science Fiction den interstellaren Raum. Beschränkte Smiths »Himmelslerche« sich dabei noch auf die galaktischen Systeme unseres eigenen Universums, so drangen Campbells Schiffe durch den fünfdimensionalen Pararaum in andere Universen vor, stießen endlich gar auf ein synthetisches Raum-Zeit-Kontinuum, dessen überlegene Intelligenzen sie sogleich wieder vertrieben. Wie grandios die Entdeckungen aber auch sein mochten, welche kosmischen Hürden es dabei zu überwinden galt — regelmäßig war es eine winzige Schar heldenhafter Protagonisten, die, Weltraum-Musketieren

---

* Neuauflage in der HEYNE BIBLIOTHEK DER SCIENCE FICTION LITERATUR Bd. 06/6.

gleich, die Sternenschiffe bemannte, den Schwerefeldern riesiger Sonnen trotzte, sich mit fremden Zivilisationen herumschlug. Im Falle des *Unglaublichen Planeten* bildeten, wie erinnerlich, Aarn Munro, Russell M. Spencer und Donald G. Carlisle jenes Trio, das (in der Formulierung von Peter Nicholls' *Encyclopedia of Science Fiction*) an Bord erst der *Sunbeam,* dann der *Nova* Kämpfe von zunehmender Grandiosität mit Waffen von abnehmender Wahrscheinlichkeit ausfocht.

Van Vogt hingegen ließ sich 1939 von der naheliegenden Einsicht leiten, daß die systematische Erkundung anderer Sonnen-, gar Milchstraßensysteme wohl kaum den geeigneten Anlaß bot, auf wissenschaftliche Spezialisierung und Arbeitsteilung zugunsten von Allround-Heldentum zu verzichten. Im Gegenteil: Welche Gelegenheit sonst ließ sich vorstellen, bei der die Zusammenarbeit sämtlicher denkbarer Disziplinen, die Mobilisierung allen nur vorhandenen Fachwissens stärker gefragt sein mußte? Chemiker, Physiker und Biologen bemannten folglich die *Space Beagle;* außer Naturwissenschaftlern gehörten Kultur- und Geisteswissenschaftler — Psychologen, Soziologen, Archäologen — zur Raumschiffbesatzung. Entsprechend weniger Text beanspruchte die Wirkung von Krümelstrahlen, grünen Raumtassen oder der »kosmischen Konstante in Aktion« (sprich: als Bombe) — Superwaffen, wie sie John W. Campbells martialischer Phantasie entsprungen waren.

Dazu kam noch, daß van Vogt als Orientierungs- und Handlungsmaßstab für die Besatzung der *Space Beagle* eine vereinfachte Fassung der Geschichtsmorphologie aus Oswald Spenglers *Der Untergang des Abendlandes* (siehe Nachwort) zugrundelegte. Die Lebensformen, mit denen die Mannschaft sich konfrontiert sah, wurden dargestellt als einstufbar nach den Maßstäben irdischer Geschichtsdeutung. Symbolisch für die Wendung, die die Schilderung interstellarer Raumabenteuer mit den *Space Beagle*-Geschichten nimmt, ist die Schlußpassage der ersten Erzählung »Black Destroyer«: Van Vogt legt Wert darauf, daß nicht materielle Gewalt dem Katzenwesen Cœurl seine Niederlage bereitet habe, sondern der Einsatz der »Geschichte«, »unseres Wissens um Geschichte«, als Waffe — so die abschließenden Worte des Japaners Korita, des Archäologen und Kulturhistorikers der interstellaren Expedition.

II

»Es gab eine Zeit«, erinnerte van Vogt sich rückblickend 1952 im Nachwort zu seiner Kurzgeschichtensammlung *Destination Universe,*

> als eine meiner größten Befriedigungen darin bestand, Namen für Hauptpersonen, Schiffe und fremde Geschöpfe zu ersinnen. Dabei, meine ich, sollte man Zurückhaltung üben. Ein einziger zuviel kann die Wirkung verderben, ein Umstand, dessen manche Autoren sich offenbar nicht bewußt sind. Coeurl und Ixtl in *Die Reise der Space Beagle;* die Dreeghs in *Asyl;* Ililah in *Die schlafende Bombe* — sie verkörpern für mich das, was Science Fiction ausmacht.

Cœurl, das Katzenwesen mit den wuchtigen Tentakeln, die seinen Schultern entsprossen, machte den Anfang in der langen Reihe solcher Geschöpfe; die Erzählung »Black Destroyer«, die sich um Cœurl rankte, stieß auf geradezu enthusiastische Resonanz unter den Lesern von *Astounding Science Fiction.* Angesichts des furiosen Tempos, das van Vogt vorlegt, nimmt das noch heute nicht wunder. Die Episoden sind abwechselnd aus der Sicht Cœurls und aus dem Blickwinkel der *Space Beagle*-Besatzung geschildert. Ihre Farbigkeit und Emotionalität verdanken sie den Herz-Schmerz-Geschichten, die van Vogt zuvor für Magazine wie *True Stories* oder *Scarlet Confessions* verfaßt hatte.

(»In dem Genre«, kommentierte van Vogt später, »schreibt man beispielsweise nicht einfach: ›Ich wohnte in der Brand Street 323‹. Da heißt es mindestens: ›Die Tränen traten mir in die Augen, als ich an mein winziges Zimmer in der Brand Street 323 dachte.‹«)

Die Schnelligkeit der Szenenabfolge wiederum geht zurück auf ein Rezept, das van Vogt einem damals populären Leitfaden für schriftstellerische Neulinge entnommen hatte. Dessen Verfasser, John Gallishaw, riet seinen angehenden Kollegen, ihre Werke ganz systematisch aufzubauen: 800 Worte pro Episode, jede Episode unterteilt in fünf Abschnitte, danach umschalten auf die nächste Szene — und so fort. Van Vogt hat nie verhehlt, daß er sich jahrelang strikt — offenkundig mit beträchtlichem Erfolg — an dieses System gehalten hat.

Die *Astounding*-Ausgabe vom Juli 1939, in der »Schwarzer Verheerer« erschien (mit einem eindrucksvollen Cover von Graves Gladney; vgl. den Bildteil), wird allgemein als der Startschuß zum »Golden Age«, dem Goldenen Zeitalter der Science Fiction, betrachtet: Nicht nur A. E. van Vogt, sondern auch Isaac Asimov gab hier sein Debüt in *Astounding.* Asimov hatte zwar bereits zwei Kurzgeschichten, »Marooned Off Vesta« und »The Weapon too Dreadful to Use«, in *Amazing Stories* untergebracht; insgesamt acht seiner Manuskripte waren zuvor jedoch bei John W. Campbell jr., seit 1937 Herausgeber von *Astounding,* auf Ablehnung gestoßen. Als »wirkliche« Science Fiction aber galt — wie ich im Anhang zu A. E. van Vogts *Ischer* (Heyne Bibliothek der Science Fiction Literatur, Band 73) näher dargelegt habe — im Grunde nur das, was Campbell für sein renommiertes Magazin akzeptierte; weshalb Asimov auch stets nachdrücklich betont hat, die Veröffentlichung, von der ab er den Beginn seiner eigentlichen Karriere datierte, sei eben jene im *Astounding*-Heft vom Juli 1939 gewesen. Ihr Titel: »Trends« — frei übersetzt: »Meinungsschwankungen«, die Skizze einer Periode, in der Raumfahrt als Gotteslästerung gilt, eine politische Hexenjagd die Naturwissenschaften abzuwürgen droht, dann aber nach der ersten (insgeheim durchgeführten, nachträglich erst publik gemachten) Mondumrundung die öffentliche Stimmung umschlägt. Ein soziologisch-sozial-psychologisches Thema also (zu dem den 19jährigen Chemiestudenten Asimov sein Job als Hilfskraft eines Soziologieprofessors inspiriert hatte), van Vogts Fabel an intellektuellem Anspruch zumindest nicht unterlegen, in der Lesergunst aber ohne Chance gegen »Black Destroyer«.

Daß es beim ersten Punktsieg des einen Neulings über den anderen keineswegs blieb, verdient in diesem Zusammenhang wenigstens kurze Erwähnung. Noch mehrfach trugen im Urteil der *Astounding*-Leser die grandiosen Entwürfe, die fast hypnotische Anziehungskraft zahlreicher früher Erzählungen van Vogts den Sieg über Isaac Asimovs nüchternere Prosa davon — und zwar auch dann, wenn sie mit Geschichten konkurrierten, deren Szenarios Asimov berühmt machen sollten. Das galt sowohl für »Runaround«, später die zweite Episode in der Sammlung *I, Robot* (›Ich, der Robot‹), wie für »Foundation«, Grundlage der immer wieder aufgelegten und von Asimov jüngst fortgeführten Romantrilogie gleichen Namens. Die erste Story endete im März 1942 weit abgeschlagen hinter van Vogts »Recruiting Station«; die zweite erschien kurz darauf in *Astounding* zusammen mit jener Erzählung, die van Vogt selbst als seine gelungenste bezeichnet hat: »Asylum« (›Asyl‹) — die Konfrontation kosmischer Vampire, der Dreeghs, scheinbar mit dem irdischen Reporter William Leigh, in Wahrheit aber mit jenem Großen Galaktiker, Intelligenzquotient 2000, der sich hinter Leigh verbirgt. Wiederum konnte der Ausgang des Wettbewerbs nicht zweifelhaft sein.

Insgesamt bewies Asimov freilich den längeren Atem. Während van Vogts Glanzzeit auf die vierziger Jahre beschränkt blieb, errang Asimov in den 50er und 60er Jahren vor allem mit populär-wissenschaftlichen Veröffentlichungen eine Bekanntheit, die bis in die Gegenwart anhält und van Vogt, wie er 1979 selbstironisch bemerkt hat, zu einem neuen Ziel verhalf — »reich zu werden wie Asimov«.

III

»... Das fremde Wesen legt Eier in den Magen des Opfers. Das Ei wächst zu einem neuen Geschöpf heran ... und beißt sich seinen Weg aus dem Körper des Opfers ...«

»... Sorgfältig führte er eine seiner drahtigen Hände in seine eigene Brust ein, förderte ein kostbares Ei zutage und deponierte es in dem Magen des Menschen ... Binnen Stunden würden die Eier in den Mägen der Männer ausgebrütet sein. Blitzschnell würden dann seine winzigen Ebenbilder infolge der Nahrung, die sie vorfanden, ihre volle Größe erreichen ...«

Beide Passagen schildern einen weitgehend identischen Vorgang — und haben doch unterschiedliche Urheber. Die zweite findet sich im vorliegenden Band; sie entstammt »Mißton in Scharlach«, jener nächsten Episode der *Space Beagle*-Saga, die fünf Monate nach »Schwarzer Verheerer« in *Astounding* erschien. Mit den Sätzen der ersten dagegen beschrieb knapp vierzig Jahre später der Hollywood-Autor Dan O'Bannon ein Hauptmerkmal seines *Alien,* jener Lebensform, derer verschiedene aggressive Existenzstadien für die Schreckensmomente in dem gleichnamigen Film sorgten. Bei O'Bannon handelte es sich offenbar — so Inge Holm ironisch in ihrem Aufsatz »Das bekannte Fremde. Die Schlupfwespe, A. E. van Vogt und was daraus wurde« (*Heyne Magazin* 7/1983) — um einen »glühenden Liebhaber klassischer Science Fiction«: Van Vogt verklagte die Filmgesellschaft 20th Century Fox auf Schadensersatz wegen Plagiats. Die Fox bot einen Vergleich an, den van Vogt akzeptierte. Er erhielt 50000 Dollar zugesprochen.

Der Bildteil in der Mitte des Bandes gibt das *Astounding*-Cover wieder, das jene »Erscheinung aus einer scharlachroten Hölle« zu porträtieren suchte, deren Arme und Beine »wie lodernde Flammenzungen gleißten« und für die van Vogt den Namen Ixtl erdacht hatte. Betrachtet man den unbeholfenen Versuch, so kann man sich des Eindrucks schwerlich erwehren, daß das spätere *Alien* jedenfalls insoweit seinem Vorbild den Rang ablief, als es effektvoll-bedrohlich nach Entwürfen des Malers und Plastikers H. R. Giger (der dafür einen »Oscar« gewann) ins Bild gesetzt wurde. Der Schweizer Surrealist war aufgrund seiner »biomechanischen« Kreationen (wie sie der großformatige Band *Gigers Necronomicon* 1977 abbildete) bereits zum »Designer intrauteriner Technologien fürs Jahr 2000« stilisiert worden, als die Fox ihn engagierte. »Blitzschnell und wild, dabei insektenhaft und elegant«, so Giger selbst, attackierte sein *Alien* die menschlichen Protagonisten des Films — und die Sinne der Zuschauer.

Insektenhaft: Bereits Ixtl war, mit van Vogts Worten, analog konstituiert »zu einer gewissen Spezies von Wespen, die zu Hause auf der Erde leben«. Inge Holm hat in ihrem oben zitierten Aufsatz diese Analogie näher ausgeführt durch einen ausführlichen Verweis auf die Praktiken der Schlupf- oder Legwespe, die

> mit tödlicher Sicherheit mit ihrem Legestachel ... ihr Ei in die Käferlarve versenkt. Aus diesem Ei schlüpft eine kleine Wespenlarve, die ihren Wirt von innen heraus auffrißt, sich dann in eine Schlupfwespe wandelt und aus dem Tunnel, den ihre Beute ausgebaut hat, ins Freie gelangt.

Das Legerohr erspart van Vogt, im Gegensatz zu *Alien,* seinem Publikum. Ixtl erscheint voll ausgewachsen auf der Bildfläche. Wie erwähnt, bedient er sich seiner Hände — er vermag seine molekulare Struktur zu verändern und Hindernisse auf diese Weise zu durchdringen —, um Ei auf Ei zu deponieren. Damit entfallen zwei für *Alien* entscheidende Sequenzen: der »facehugger« — die Embryonalform des Geschöpfs, die sich über das Gesicht des Opfers legt, um es als Inkubator zu benutzten — wie der »chestburster«, der die Brust des gequälten Astronauten von innen durchstößt und sich seinen Weg ins Freie bahnt. Was sich dabei abspielen könnte, findet sich bei van Vogt nur angedeutet:

> Der Thermokauter, das elektrische Messer, schnitt den Magen des vierten Mannes auf. Das letzte Ei wurde in den hohen Behälter aus supragehärtetem Metall befördert ... Ein häßlicher runder, scharlachroter Kopf mit Knopfaugen und einem winzigen Mundschlitz schob sich heraus. Der Kopf drehte sich auf seinem kurzen Hals, und die Augen funkelten mit grausamer Wildheit zu ihnen hoch. Mit einer Schnelligkeit, die sie um ein Haar überrumpelt hätte, sprang das Geschöpf in die Höhe und versuchte aus dem Behälter zu entkommen ...

Van Vogt hat — typisch für ihn — Ixtl, ebenso wie Coeurl in der vorangehenden oder den namenlosen Androiden, Hauptfigur seiner ein halbes Jahr später veröffentlichten dritten Erzählung (»Vault of the Beast« — ›Das Gewölbe des Ungeheuers‹), weitaus eindrucksvoller und plastischer gezeichnet als die meisten seiner menschlichen Protagonisten. Das Echo ließ nicht auf sich warten: Wiederum belegte van Vogt im Leserurteil über die *Astounding*-Ausgabe vom Dezember 1939 den ersten Platz vor eingeführten Autoren wie Nat Schachner und Wallace West. Doch konnte dieses Resultat nicht darüber hinwegtäuschen, daß van Vogt mit »Mißton in Scharlach« im Grunde nur das Muster reproduziert hatte, das der Handlung von »Black Destroyer« zugrundelag.

IV

»Das Gewölbe des Ungeheuers« und »Repetition« (›Ewige Wiederkehr‹) lauteten die Titel der beiden Geschichten van Vogts, die während des Jahres 1940 im Anschluß an »Schwarzer Verheerer« und »Mißton in Scharlach« erschienen. Beide standen in keinem Zusammenhang mit der *Space Beagle*-Expedition; die Konfrontation Mensch — fremde Lebensform im Rahmen eines Raumschiff- oder Planetenabenteuers aber blieb ihr Thema. Natürlich registrierten die Leser dieses Festhalten an ein und derselben Grundform des Handlungsablaufs. Sam Moskowitz hat in seiner Studie *Seekers of Tomorrow — Masters of Modern Science Fiction* darauf hingewiesen, daß van Vogt sich der Gefahr, entsprechend abgestempelt zu werden und kurze Zeit nach seinem Debut bereits ermüdend zu wirken, durchaus bewußt war.

Mit dem Roman *Slan* gelang ihm noch im selben Jahr der Ausbruch aus der Sackgasse. Der Widerhall des van Vogtschen Epos vom Übermenschen — von der Mutation, die auf den Menschen folgt, entdeckt und gefördert durch den Arzt S(amuel) Lann, folglich nach ihm benannt — dieser Widerhall läßt sich ablesen an dem selbstbewußten Slogan, der rasch die Runde machte: »Fans are Slans«. Auf *Slan* folgten »Die Wippe« und »Der Waffenladen«, »Asyl« und der Roman *Die Waffenschmiede.* Erst Mitte 1943 kehrte van Vogt mit der Erzählung »M 33 im Sternbild Andromeda« zurück zu den Abenteuern der *Space Beagle*-Besatzung.

»M 33 in Andromeda« (so der Originaltitel) ist in mancher Hinsicht die konzeptionell kühnste der *Space Beagle*-Geschichten; und doch fand sie unter den Lesern die geringste Resonanz. In der *Astounding*-Ausgabe vom August 1943 konkurrierte sie mit Erzählungen von Catherine L. Moore, Anthony Boucher, Fritz Leiber sowie »Lewis Padgett« (C. L. Moore/Henry Kuttner) — und landete in der Leserwertung (ermittelt anhand der Einsendungen zum »Analytischen Labor«) weit abgeschlagen auf dem fünften Platz.

Konfrontiert sieht sich die Besatzung des Expeditionsschiffs diesmal mit der Anabis, einem gasförmigen Lebewesen von der milchstraßenweiten Ausdehnung eines galaktischen Nebels. Ursprünglich aus dem Sumpfgas eines Dschungelplaneten entstanden, hat es Planetensystem um Planetensystem in eine Kette immer neuer Dschungelwelten verwandelt, um sich Nahrung zu verschaffen. Nun aber droht die Anabis an die Grenze ihrer Überlebensfähigkeit zu stoßen — und sucht nach einem Sprungbrett, um zur nächsten, der von Menschen bewohnten Galaxis zu gelangen.

Bei der Auseinandersetzung mit Ixtl hatte wiederum der japanische Historiker Korita aufgrund seiner Beherrschung der zyklischen Geschichtstheorie den entscheidenden Hinweis geliefert, der den Sieg über die scharlachrote Lebensform ermöglichte. 1943, fast zwei Jahre nach dem japanischen Überfall auf die Pazifikflotte der USA im Marinestützpunkt Pearl Harbor (Hawaii), nur wenige Monate nach der amerikanischen Rückeroberung der Salomoneninsel Guadalcanal — und damit auf dem blutigen Höhepunkt des Krieges gegen Japan —, tauchte der Name Korita nicht mehr auf. Die Konzession an den Zeitgeist ist unverkennbar. Van Vogt stand vor dem Problem, auf veränderte Art den Anspruch einlösen zu müssen, den »Mißton in Scharlach« erneut formuliert hatte: daß nur eine wissenschaftliche Analyse, die auch fremdes Leben nach irdischen Maßstäben einzustufen trachtete, im Konfliktfall dessen Abwehr ermöglichte.

Der im wahrsten Sinne des Wortes zaghafte Ausweg, auf den van Vogt verfiel, trug den Namen Elliott Grosvenor. Schlaksig und schüchtern vertrat der junge Wissenschaftler, von den übrigen Experten des Schiffes weitgehend ignoriert, die neue Integrationsdisziplin »Nexialismus« (abgeleitet von nexus = Verbindung). Darunter wollte van Vogt eine Trainingsmethode verstanden wissen, »welche die Lücken zwischen den Ergebnissen der isolierten Fachwissenschaften zu überbrücken und die notwendigen Bezüge herzustellen« vermochte.

Angesichts der Bedrohung durch die Anabis schlägt für den Nexialismus wie für den befangenen, zum Erröten neigenden Grosvenor die Stunde der Bewährung. Mit zwingender Logik demonstriert er der Besatzung der *Space Beagle* die Natur des Gegners, weist ihr den Ausweg aus dem Dilemma und überzeugt sie von seinem Lösungsvorschlag. Eine chamäleonhafte, jeder Dramatik bare Wandlung vom Außenseiter zum Helden der Stunde, der gewissermaßen das Kaninchen aus dem Zylinder zaubert — allzu glatt und spannungsarm offenbar für die Mehrheit der *Astounding*-Leser, um begeistert zu reagieren.

Keine Episode überarbeitete van Vogt deshalb stärker, als er die früher publizierten Geschichten 1950 »aufbereitete« zu dem Roman *Voyage of the Space Beagle.* (Der von ihm für das Ergebnis dieses Vorgangs geprägte Ausdruck »fix-up novel« ist bekanntlich als feststehender Begriff eingegangen in die Science Fiction-Terminologie — zumal kein anderer Autor von Rang derart zahlreiche »fix-ups« produziert hat wie van Vogt.) Diesmal weigert die Schiffsbesatzung sich mehrheitlich, Grosvenors Vorschlag zu folgen, weil er die Expedition zwingen würde, fünf zusätzliche Jahre im interstellaren Raum zu verbringen. Grosvenor, dem in der Romanfassung von Anfang an jede Schüchternheit fehlt, beschließt daraufhin, seine Wissenschaft als Instrument zur Manipulierung der Raumschiffmannschaft einzusetzen. Diese besitzt keine Möglichkeit mehr, sich wirklich frei zu entscheiden; faktisch hat Grosvenor ein diktatorisches Regiment errichtet, von dem seine Kollegen nicht einmal wissen. Was die Möglichkeit betrifft, ihn zur Rechenschaft zu ziehen, läßt van Vogt lediglich den Ausweg offen, daß auch Grosvenor nach der schließlichen Rückkehr des Schiffes gezwungen sein werde, seine Vorgehensweise vor irdischen Instanzen zu rechtfertigen.

Der Einfall einer kosmischen Intelligenz in Gasform war im übrigen zu faszinierend, als daß es bei van Vogts Behandlung des Themas geblieben wäre. Eine Konfrontation dieses Ausmaßes verlangte im Grunde auf menschlicher Seite nach anderen Akteuren als einzig und allein einer Raumschiffbesatzung, wenn die Möglichkeiten ausgeschöpft werden sollten, die der Stoff bot.

Deshalb wählte der britische Astronom Fred Hoyle fast fünfzehn Jahre nach van Vogts erstens eine andere Erzählform — den Roman — und zweitens einen abweichenden Zugangsweg. Seine Lebensform befindet sich bereits in der Nähe der Erde — es handelt sich um nichts anderes als eine jener riesigen Dunkelwolken aus Staub und Gas in den Spiralarmen der Milchstraße, innerhalb derer durch Kondensierung von Materie die »Geburt« der Sterne stattfindet. Hoyles »Schwarze Wolke« (1957) aber hat, noch ehe dieser Vorgang einsetzt, komplexe Molekülketten erzeugen können, vermag ihre Materieansammlungen durch Magnetfelder zu kontrollieren und bewegt sich periodisch in die Nähe von Sternen, um ihre Lebensprozesse mit der erforderlichen Energie zu versorgen. Ihre Eigenbewegung führt sie zwischen Erde und Sonne, mit katastrophalen Folgen für das irdische Leben. Ähnlich wie van Vogts Raumschiffbesatzung nehmen bei Hoyle darauf die Vereinigten Staaten und die Sowjetunion Zuflucht zur Gewalt; anders als bei van Vogt bringt dieser Weg aber keine Lösung — im Gegenteil.

Der Rückzug der Wolke erfolgt aus eigenen Motiven, nicht infolge menschlicher Einflußnahme. Daß die Erde dabei nicht vernichtet wird, hat jedoch seine Ursache in der Verbindung, die eine Wissenschaftlergruppe inzwischen mit der Lebensform hergestellt hat. Und hier liegt der wirklich entscheidende Unterschied zu van Vogts Ansatz, abgesehen selbst von dem Detailreichtum und der überzeugenden Charakterzeichnung des Hoyleschen Romans. Eigentliches, wenn auch in der Regel unausgesprochenes Thema zahlreicher »klassischer« Science Fiction-Szenarios ist die Kommunikations*unfähigkeit* technisch ansonsten hochentwickelter Geschöpfe bzw. Kulturen — oder, noch präziser gesagt, ihre Kommunikations*willigkeit.*

Daß es sich dabei um eine gravierende Schwäche solcher Entwürfe handelt, dürfte ohne weiteres einleuchten. Kommunikation mittels Sprache, Zeichen oder Symbolen, damit aber die Fähigkeit zu differenzierten Reaktionen, zur Verheißung etwa, zur Drohung oder Überzeugung, stellt ein Grundattribut intelligenten Lebens dar. Entsprechend der Erkenntnis, daß menschliche Zivilisation in dem Augenblick begann, als die ersten Gegner einander beschimpften, statt sich totzuschlagen, führt Artikulationslosigkeit, der Verzicht auf Kommunikation, auf direktem Wege zur Anwendung von Gewalt — wie drei der vier Episoden von *Voyage of the Space Beagle* belegen. Daß auch Kommunikationsversuche ihre Tücken haben können, ist das Thema der vierten.

V

1953 drehte Jack Arnold auf der Grundlage eines Treatments von Ray Bradbury (»Der Meteor«) seinen ersten Science Fiction-Film *It Came from Outer Space* (›Gefahr aus dem Weltall‹) und damit einen der wenigen Streifen dieser Art, in dem Außerirdische der Menschheit nicht mit feindlichen Absichten begegnen. Mehr noch, die xenomorphen (mit der Fähigkeit, fremde Gestalt anzunehmen, ausgestatteten) Wesen sind an den Menschen im Grunde desinteressiert. Ihnen geht es ausschließlich um die Reparatur ihres Sternenschiffs, dessen Havarie sie zur Notlandung auf der Erde gezwungen hat. Nachdem sie diese mit (unfreiwilliger) menschlicher Hilfe bewerkstelligt haben, verlassen sie ohne weiteren Kontaktversuch den Planeten wieder, dessen karge Wüstenlandschaften Arnold als beeindruckende Kulisse seines Films dienen.

Dem vierten und letzten Abenteuer seiner Milchstraßenreisenden legt van Vogt eine ähnliche Idee zugrunde. Die vogelähnliche Gattung der Riim, imstande, Gedankenbilder mit hypnotischer Kraft über weite Strecken zu projizieren, bringt die *Space Beagle* in höchste Gefahr: Ihr Bemühen, in durchaus freundlicher Absicht Verbindung zu der Besatzung aufzunehmen, überwältigt mit fatalen Folgen die Gedanken und Gefühle der unvorbereiteten Menschen — ausgenommen wiederum den durch sein nexialistisches Training gegen Hypnose immunisierten Grosvenor, der die Riim dazu bringen kann, ihren Kontaktversuch abzubrechen. Auf einen Besuch des Planeten der Riim, die eine materialistische Zivilisation im irdischen Sinne nie entwickelt haben, verzichtet die *Space Beagle.* Ein w i r k l i c h e r Kontakt kommt auch diesmal nicht zustande — so wenig wie, unter anderen Vorzeichen, bei Bradbury bzw. Arnold.

Die Riim-Episode, verfaßt 1950 aus Anlaß der Erweiterung des *Space Beagle*-Zyklus auf Romanlänge, erschien als Vorabdruck nicht in Campbells *Astounding,* sondern in *Other Worlds,* das Raymond A. Palmer — bis dahin Herausgeber von *Amazing Stories* — ein knappes Jahr zuvor auf den Markt gebracht hatte. »*Astounding* erwarb diese Geschichte nicht«, verkündete Palmer in seinem Editorial vom Mai 1950, »weil man sie dort gar nicht erst zu sehen bekam. Wir waren die ersten, denn wir berappten am meisten.« Und Palmer nahm den Mund nicht zu voll: Zwei Monate später erschien auch »Enchanted Village« (›Das verzauberte Dorf‹) in *Other Worlds* — eine der berühmtesten Kurzgeschichten van Vogts überhaupt, die Erzählung von dem marsianischen Weiler, der sich den einzigen Überlebenden einer abgestürzten irdischen Expedition physisch anverwandelt.

Wie Palmer mehr als nur andeutet, hatte van Vogts teilweise Abwendung von *Astounding* — nur einer der drei Romane und 3 der 11 Kurzgeschichten, die er zwischen 1949 und 1951 veröffentlichte, erschienen noch in

Campbells Magazin — durchaus handfeste Gründe: Andere Herausgeber boten ihm das Drei- bis Vierfache der Honorare, die *Astounding* zahlte — ein unweigerlich ausschlaggebender Gesichtspunkt für jemanden, der wie van Vogt gezwungen war, von seinen schriftstellerischen Einkünften zu leben.

Um so wichtiger war für ihn der Umstand, daß ein renommierter Verlag wie Simon & Schuster, der zwei Jahre zuvor *Welt der Null-A* in einer gebundenen Ausgabe veröffentlicht hatte, nun auch *Die Expedition der Space Beagle* in sein Programm aufnahm. Als »... dieses eigenartige und herausragende kleine Magazin« bezeichnete der Klappentext des Verlages *Astounding Science Fiction* — und rückte damit die Perspektiven zurecht: Für große Verlagshäuser vom Schlage Simon & Schusters stellte Science Fiction ein entlegenes Seitengebiet dar, mit dem man dann und wann ein wenig experimentierte. Kleine Krauter wie Gnome Press oder Shasta, die damals Isaac Asimovs *I, Robot* und die *Foundation*-Serie druckten oder Robert Heinleins *Green Hills of Earth* und *The Man Who Sold the Moon,* mochten das anders handhaben; dafür sahen die Autoren, wie beispielsweise Asimov geschildert hat, auch kaum bares Geld. Mit *World of $\bar{A}$* und anschließend mit *Voyage of the Space Beagle* hatte A. E. van Vogt sich kommerziell vorübergehend an die Spitze des Genres gesetzt.

VI

»... An Bord sein winziges Teil menschlicher Zivilisation, raste das Expeditionsschiff *Space Beagle* mit stetig sich steigernder Geschwindigkeit durch eine Nacht, die nirgends endete.

Und nirgends begann.«

Franz Rottensteiner hat über Teile dieses sowie des um dieselbe Zeit entstandenen Romans *The Mixed Men* geurteilt, sie vermittelten dem Leser in lyrischen Passagen einen echten Eindruck von kosmischer Weite und menschlicher Bestimmung. Nirgends hat diese Fähigkeit van Vogts vielleicht so direkt ihren Niederschlag gefunden wie bei der Beschreibung eines interstellaren Sturms in dem letztgenannten Roman, den ich vor über dreißig Jahren unter dem Titel *Das Reich der fünfzig Sonnen* für die Terra-Sonderband-Reihe des Moewig-Verlags übersetzt habe:

> Über Meilen und Jahre trieben die Gase dahin. Abgestoßene Materie aus zehntausend Sonnen, diffuse Miasmen erschöpfter Explosionen, erloschener Höllenfeuer und hundert Millionen tobender Sonnenflecken — formlos, ziellos.
>
> In die große Schwärze krochen die Gase. Kalzium war darin, Natrium und Wasserstoff; die meisten Elemente, und die Geschwindigkeit der Drift variierte bis zu zwanzig Sekundenmeilen ...
>
> Der volle Aufprall einer negativ geladenen Nova auf positiv geladene Gase, die bereits durch entfesselte Antimaterie zur Raserei getrieben waren — das war der neue, größere Sturm ... Gipfel um Gipfel an Schnelligkeit übersprang das tobende Ultrafeuer. Die rascheren Spitzen des Sturms tanzten und loderten mit schlechtweg höllischer Wut ...

Die zitierten Sätze bilden wiederum nur den Auftakt zu einer Katastrophe — zum Zusammenstoß des irdischen Raumschiffs *Star Cluster* (kommandiert von einem weiblichen Grand Captain, Lady Gloria Laurr), das die Große Magellansche Wolke erkundet, mit dem eben beschriebenen Sturm. Für die Faszinationskraft auch dieser, der anschließenden Episode existiert ein handfester, in der Geschichte der Science Fiction wohl einmaliger Beleg: Fast Wort für Wort ist van Vogts Schilderung abgeschrieben, plagiiert worden — in einem Roman, der 1954 als Utopia-Großband 10 auch auf deutsch erschien, freilich in so stark gekürzter Übersetzung, daß die dreiste Anleihe kaum auffiel. Es handelt sich um das 1952 im Londoner Verlag Curtis Warren unter dem Verlagspseudonym Rand le Page veröffentlichte Buch *Zero Point,* zu deutsch *Die Stunde Null.* Nachstehend links die Formulierungen van Vogts, rechts die Kopie bei »le Page«:

Maltby vernahm die Ansage des Grand Captain über die Sprachanlage: »Durch eine Wendung um 0100 werden wir den Sturm um sieben Lichtwochen verfehlen. Ich gebe zu, daß die Kurve erschreckend scharf ist, aber ich fürchte, daß wir mindestens soviel Abdrift brauchen …«	»Durch eine Wendung um 030 werden wir den Sturm in seiner schwächsten Zone schneiden«, ließ Nick sich vernehmen. »Ich gebe zu, daß die Kurve erschreckend scharf ist, aber wir müssen es versuchen …«
In den nächsten vier Minuten verlor Grand Captain Laurr dreimal unter Maltbys Augen die Besinnung. Aber jedesmal erholte sie sich binnen Sekunden …	In den nächsten fünf Minuten verlor er zweimal die Besinnung, erlangte aber jedesmal binnen Sekunden das Bewußtsein zurück …
In diesen Minuten, ehe das Verhängnis sie traf, glühte die *Star Cluster* wie ein ungeheures Juwel … Von einem Ende zum andern flammten ihre Lichter auf. Mit dem harten Glitzern geschliffener Edelsteine funkelten sie Reihe um Reihe entlang der fast anderthalb Kilometer langen Hülle …	In diesen langen Minuten, während das Verhängnis sie umbrandete, glühte die *Vega* wie ein ungeheures Juwel. Vom Bug bis zum Heck flammten ihre Lichter. Sie gleißten blau, Reihe um Reihe entlang der fast fünfhundert Meter langen Hülle …
Und immer noch waren trotz der unmenschlichen Geschwindigkeit die Gasmassen nicht überwunden; Lichtjahre der Dichte mußten nach wie vor zurückgelegt werden …	Und immer noch waren trotz der unmenschlichen Geschwindigkeit die dahintreibenden Gasmassen nicht überwunden; Millionen Meilen der Dichte mußten nach wie vor zurückgelegt werden …

Das große Herz des Universums schlug weiter. Der Sturm toste seine unentrinnbare Ader entlang, schuf Strahlung des Lebens, reinigte die Dunkelheit vor ihren Giften.

Draußen schlug das große Herz der Milchstraße weiter, toste an ihnen vorbei, reinigte Dunkelheit von kosmischem Abfall.

Will man derart ungeniertem geistigem Diebstahl noch etwas Positives abgewinnen, so kann man ihn als Tribut verstehen an van Vogts Meisterschaft im Ersinnen derart weitgespannter Panoramen. Auch *Voyage of the Space Beagle* besitzt diese erzählerische Kraft, wie sie typisch war für die Space Operas, die bis in die 30er Jahre das Genre prägten. Der Roman bewahrt die Grandiosität der ursprünglichen Entwürfe, hat aber deren thematische Naivität abgestreift zugunsten einer ausdifferenzierten Handlung.

Diese Verknüpfung läßt keine skeptische Distanz zu dem Mythos vom Aufbruch des Menschen zur Eroberung des Universums entstehen. Sie bewirkt, daß *Die Expedition der ›Space Beagle‹* als Epos des Vorstoßes in interstellare Räume bislang nicht übertroffen worden ist.

Zwischen van Vogts ersten Science Fiction-Erzählungen, die die Basis abgaben für das spätere Buch, und ihrer »Aufbereitung« zum Roman lag jene Phase seiner schriftstellerischen Laufbahn, in der seine Protagonisten zunehmend übermenschliche Züge annahmen — am ausgeprägtesten zunächst der Robert Hedrock des *Ischer*-Zyklus, danach Gilbert Gosseyn in den *Null-A*-Romanen. Diese Entwicklung blieb nicht ohne Einfluß auf die Konzeption der *Space Beagle*-Romanfassung. Wie im vorletzten Abschnitt, am Beispiel der Anabis-Episode, erwähnt, wurde Elliott Grosvenors Rolle konsequent aufgewertet: im Kern dadurch, daß er sich auf eine »Ganzheitswissenschaft« in Gestalt des Nexialismus zu stützen vermochte, die seine geistig-körperliche Überlegenheit gewährleistete. Die *Er*hebung über die Intrigen und Ränke an Bord des Schiffs (ebenfalls erst in der Romanfassung eingeführt) *ent*hob Grosvenor zugleich der Kontrolle durch seine Umgebung. Wie immer man sich zu dieser problematischen Tendenz stellen mag — im Nachwort gebe ich dazu Hinweise —, die van Vogts Werk bekanntlich durchzieht und demokratische Perspektiven allenfalls ansatzweise offenläßt: Die Romanhandlung gewinnt dadurch eine zusätzliche Dimension gegenüber den ursprünglichen Kurzgeschichten.

Als *tour de force* aber, in ihrer Wirkung durch schieres, ungebrochenes Tempo und intensiven, zwingenden Stil haben diese ursprünglichen Fassungen ihre Anziehungskraft bewahrt. Nicht umsonst sind sie, »Black Destroyer« vorweg, in den USA immer wieder in Anthologien aufgenommen worden. Nicht von ungefähr wurden die Originalversionen noch zwanzig Jahre, nachdem der Roman erschienen war, zusammengefaßt und unter dem Titel *M 33 in Andromeda* als Taschenbuch herausgebracht.

In deutscher Sprache ist *Voyage of the Space Beagle* wiederholt veröffentlicht worden — gekürzt als Utopia-Großband 50 *(Unternehmen Milchstraße),* später in der »Astron-Bücherei« des Awa-Verlags und als Heyne-Taschenbuch. Zum erstenmal auf deutsch vorgelegt werden dagegen hier die Urfassungen der einzelnen Episoden — mit Einschüben aus dem Roman, die erkennen lassen, auf welche Weise van Vogt später die Person Elliott Grosvenors in die Handlung eingebaut hat.

Die vorliegende Ausgabe dokumentiert damit sowohl A. E. van Vogst schriftstellerischen Werdegang wie einen Aspekt der Entwicklung des Science Fiction-Genres insgesamt. Sie erscheint zum 80. Geburtstag des Autors, der am 26. April 1912 in der kanadischen Provinz Manitoba zur Welt kam. Van Vogt schreibt noch immer, und immer noch werden seine neuen Romane — wie *Computerworld* oder *Cosmic Encounter* — gedruckt, auch als Taschenbücher. Doch besteht unter den Beobachtern des Genres Einigkeit, daß keines der Bücher, die er während der letzten zwei Jahrzehnte publiziert hat, die fast magische Anziehungskraft wieder erreicht hat, die während van Vogts »Glanzzeit« 1939—50 von seinen besten Erzählungen ausging, ehe er sich für mehr als ein Jahrzehnt der Dianetik L. Ron Hubbards verschrieb. Nicht von ungefähr griff im vergangenen Jahr der französische Verlag Presses de la Cité, als er in seiner »Collection Omnibus«-Reihe einen dickleibigen van Vogt-Band veröffentlichte, zurück auf den *Null-A-* und den *Ischer-*Zyklus, die nacheinander auch in die HEYNE BIBLIOTHEK DER SCIENCE FICTION LITERATUR (als Bände 58 bzw. 73) aufgenommen wurden.

Der Titel, den jene Sammlung trug, lautete *Les Portes de l'Éternité — Die Pforten zur Ewigkeit;* und unter diesen Titel ließe auch der vorliegende dritte, letzte Roman Alfred Elton van Vogts in der HEYNE SF-BIBLIOTHEK sich rubrizieren: Beschrieb *Null-A* die Suche eines einzelnen nach seiner Identität auf einem Weg, der ihn übermenschliche Fähigkeiten erlangen ließ; schilderte *Ischer* die Erschaffung der Welten des Sonnensystems durch menschliche Einwirkung und die Lösung des Problems von Frieden und Gewalt auf der Erde durch allgemeinen Waffenbesitz als Barriere gegen Tyrannei — so erzählt *Voyage of the Space Beagle,* wie Menschen, fast schon allmächtig, unaufhaltsam in kosmische Räume vorstoßen — und in der Konfrontation mit den Gefahren dieser Räume doch zugleich immer aufs neue erfahren, wie eng menschliche Grenzen gezogen sind ...

Die nachstehende Übersetzung folgt dem
Text der ursprünglichen Erzählungen.
Zusätze oder wichtige Änderungen
der Romanfassung von 1950 sind in Klammern
gesetzt und außerdem *kursiv* gedruckt.

ASTOUNDING

SCHWARZER VERHEERER

(1939)

SCHWARZER VERHEERER
Originaltitel: BLACK DESTROYER
(*Astounding Science Fiction,* Juli 1939)

Ungekürzte deutsche Übersetzung von Rainer Eisfeld

Weiter und immer weiter streifte Cœurl. Die schwarze, mondlose, fast sternenlose Nacht wich zögernd einer unheilkündenden rötlichen Dämmerung, die zu seiner Linken heraufkroch. Ein trübes, unbestimmtes Licht, das kein Vorgefühl nahender Wärme vermittelte, kein Behagen, nichts als matte, kalte Helligkeit, die langsam eine Alptraumlandschaft enthüllte.

Schwarzes, gezacktes Felsgestein und schwarzes, lebloses Plateau nahmen Gestalt um ihn an, als eine fahle rote Sonne endlich über den beklemmenden Horizont stieg. Erst da begriff Cœurl jäh, daß er auf vertrautem Boden stand.

Er verhielt unvermittelt. Bestürzung flammte seine Nervenbahnen entlang. Mit abrupter Heftigkeit preßten seine Muskeln gegen die Knochen. Seine mächtigen Vordertatzen — doppelt so lang wie seine Hinterbeine — zuckten in einer konvulsivischen Bewegung, die jede rasiermesserscharfe Klaue krümmte. Die wuchtigen Tentakel, die aus seinen Schultern sprossen, stellten ihre schlängelnde Bewegung ein.

Konsterniert wandte er seinen großen Katzenkopf hin und her, während die haarähnlichen Fühler, die seine Ohren bildeten, fieberhaft vibrierten und jeden Hauch, jeden Luftzug prüften.

Doch keine Reaktion stellte sich ein. Kein rasches Prikkeln durchlief sein kompliziertes Nervensystem. Nicht das leiseste Anzeichen deutete darauf hin, daß irgendwo noch lebenswichtiges Id existiert hätte. Hoffnungslos kauerte Cœurl sich zusammen, eine gewaltige, katzenähnliche Gestalt, deren Umriß sich gegen den mattroten Himmel abhob, wie das Zerrbild eines schwarzen Tigers auf einem dunklen Granitblock in einer Schattenwelt.

Er hatte gewußt, daß dieser Tag kommen mußte. Während seiner jahrhundertelangen ruhelosen Streifzüge war das Schreckbild immer näher gerückt — der unausweichliche Augenblick der Rückkehr an den Ausgangspunkt seiner methodischen Jagd in einer Welt, auf der es Id-Geschöpfe kaum noch gab.

In Wellen, einem nicht enden wollenden rhythmischen Schmerz gleich, drang die Wahrheit in sein Bewußtsein. Anfangs waren auf alle hundert Quadratkilometer einige Id-Geschöpfe entfallen, die er ohne Erbarmen vertilgte. Nur zu gut wußte Cœurl in dieser folgenschweren Stunde, daß keines ihm entgangen war. Nicht ein Lebewesen blieb noch übrig, das ihm als Nahrung hätte dienen können. Kein Id, das die ansonsten unsterbliche Maschine, die sein Körper war, weiter hätte speisen können, existierte mehr im Bereich der Hunderttausende von Quadratkilometern, die er sich rücksichtslos angeeignet hatte, bis kein anderer Cœurl ihm seine Alleinherrschaft streitig zu machen wagte.

Quadratmeter um Quadratmeter hatte er sie durchkämmt. Und nun — er entsann sich des Gesteinsbuckels vor ihm ebenso wie der Brücke aus schwarzem Granit, die zu seiner Rechten einen eigentümlichen, gewundenen Tunnel bildete. Tagelang hatte er dort gelauert, darauf gewartet, bis das schlangenhafte Id-Geschöpf aus seiner Höhle kriechen würde, um sich zu sonnen — seine erste Beute, nachdem ihm klar geworden war, daß kein Weg mehr an einer systematischen Ausrottungsstrategie vorbeiführte.

Er leckte sich über die Lippen, weidete sich flüchtig an der Erinnerung daran, wie seine Reißzähne das Opfer zerfetzt hatten. Doch die jähe Angst vor einer idlosen Welt wischte den Gedanken beiseite, hinterließ nur die Gewißheit drohenden Todes.

Er knurrte vernehmlich, ein trotziger, bösartiger Laut, der die Luft durchschnitt, zwischen den Felsen widerhallte und in jeder Faser seines Körpers nachzitterte — instinktiver, höllischer Ausdruck seines ungebändigten Lebenswillens.

Und da — abrupt — tauchte das Schiff auf.

*

Er sah es in der Ferne erscheinen auf einer langgestreckten, abwärtsgerichteten Bahn, den winzigen glühenden Punkt immens anschwellen zu einem Ball aus Metall. Die gewaltige gleißende Kugel zischte über Cœurl hinweg, wobei sie ihren Flug erkennbar verlangsamte. Sie schoß über eine schwarze Hügelkette zu seiner Rechten, verharrte einen Augenblick lang fast reglos und sank dann außer Sicht.

Cœurl schüttelte ruckartig seine Erstarrung ab. Pantherhaft schnell glitt er durch die Felsen. Seine runden schwarzen Augen glühten in einer Gier, die ihm Qualen bereitete. Seine vibrierenden Ohrfühler meldeten ihm Id in solchen Mengen, daß der Heißhunger seinen geschwächten Körper zu überwältigen drohte.

Die winzige Sonne stand tiefrot am purpurn-schwärzlichen Firmament, als er sich in der Deckung eines Felsmassivs anpirschte und aus dessen Schatten auf die verfallenen Ruinen der einstmals gigantischen Stadt hinunterspähte, die sich unter ihm erstreckten. Ihrer gewaltigen Größe ungeachtet, wirkte die silbrige Kugel unscheinbar vor der endlosen Trümmerkulisse. Und doch ging eine verhaltene Lebendigkeit, eine dynamische Ruhe von ihr aus, die das Schiff nach einem Augenblick von seiner Umgebung abstechen, sie dominieren ließ. Ein wuchtiges, felszermalmendes Gebilde aus Metall, war es in einer Senke zum Stillstand gekommen, die seine eigene Last in den harten, unnachgiebigen Boden des Plateaus gedrückt hatte, das übergangslos am Rand der toten Metropole begann.

Cœurl starrte auf die fremden zweibeinigen Wesen hinunter, die in kleinen Gruppen unweit der hell erleuchteten Öffnung beisammenstanden, die in dem Schiff gähnte. Qualvolles Verlangen schnürte ihm den Schlund zu; sein Bewußtsein verdunkelte sich in dem wilden Drang, sich auf diese wehrlos wirkenden Geschöpfe zu stürzen, die Körper zu zerschmettern, von denen die Id-Schwingungen ausgingen.

Schemenhafte Erinnerungen bremsten den Impuls, während er noch durch seine Muskeln brandete. Erinnerungen, die Furcht in ihm weckten und mit ihr einen bitteren Geschmack der Schwäche, der an die Wurzeln seiner Stärke rührte. Ihm blieb die Zeit, um zu erkennen, daß die Wesen über ihren eigentlichen Körpern Gebilde aus leuchtendem, durchscheinendem Material trugen, das in den Strahlen der Sonne eigentümlich flimmerte und blendete.

Weitere Erinnerungen meldeten sich. An längst vergangene Tage, als die Stadt, die sich unter ihm ausbreitete, das pulsierende Herz eines glorreichen Zeitalters abgab, das binnen eines Jahrhunderts unter flammenden Waffen verging.

Der Gedanke an diese Waffen war es, der ihn festbannte, ihm blindes Entsetzen einflößte. Er sah sich bereits von Kugeln zerfetzt, von sengenden Energien verbrannt.

Stellte verschlagenes Wägen sich ein — Erkenntnis des Motivs, das die Geschöpfe hergeführt hatte. Dies, schloß er, war eine Forschungsexpedition von einem anderen Stern. Forscher untersuchten, statt zu zerstören. Auf ihre Art handelten sie einfältig.

Angespornt durch diese Erkenntnis, wagte Cœurl sich aus seiner Deckung. Er gewahrte, daß die Wesen auf ihn aufmerksam wurden. Einer, der kleinste aus der Gruppe, entnahm einem Futteral einen schimmernden Metallstab und hielt ihn locker in der Hand. Cœurl trottete weiter, so sehr die Handlung ihn bestürzte; doch um kehrtzumachen, war es zu spät.

*

(Elliott Grosvenor verharrte an seinem Standort im Hintergrund, unweit der heruntergelassenen Metallrampe. Zurückhaltend aufzutreten, begann ihm zur Gewohnheit zu werden. Einziger Nexialist an Bord der Space Beagle, *wurde er seit Monaten von den*

hochspezialisierten Wissenschaftlern ignoriert, die sich unter einem Nexialisten nichts Genaues vorstellen konnten und auch kein weiteres Interesse dafür an den Tag legten. Grosvenor gedachte diesen Zustand zu ändern. Eine Gelegenheit dazu hatte sich bislang nicht ergeben.)

Direktor Hal Morton erkannte das glucksende, halb verlegene Auflachen Gregory Kents, mit dem der kleine Chemiker innere Unsicherheit zu verraten pflegte. Er bemerkte, wie Kent an der schmalen Waffe hantierte.

»Bei solchen Ausmaßen gehe ich lieber kein Risiko ein«, äußerte der Chemiker.

Durch die Helmmikrophone wurde der tiefe Baßton vernehmbar, mit dem Morton in sich hineinlachte. »Das«, meinte er schließlich, »ist einer der Gründe, weshalb Sie bei dieser Expedition dabei sind, Kent — weil Sie nie irgendwelche Risiken eingehen.«

Sein Lachen verklang. Während er verfolgte, wie das Untier über das schwarze Felsplateau auf sie zukam, schritt er instinktiv nach vorn, um sich ein Stück vor den übrigen zu postieren. Der durchsichtige Metallitanzug straffte sich um seine athletische Gestalt. Über die Sprechfunkanlage drangen die Kommentare der Männer an seine Ohren:

»Diesem Tierchen würde ich ungern allein bei Nacht begegnen.«

»Unsinn. Das Geschöpf ist offenkundig intelligent. Sicherlich gehört es zur vorherrschenden Spezies.«

»Am ehesten ähnelt es einer großen Katze, wenn man absieht von den Tentakeln und den überproportionierten vorderen Extremitäten.«

»Sein Körperbau«, dozierte eine Stimme, welche Morton als die Siedels, des Psychologen, erkannte, »läßt eher auf instinktive als auf verstandesmäßige Anpassung an seine Umwelt schließen. Andererseits nähert es sich uns nicht wie ein Tier, sondern wie ein Lebewesen, das unseren Entwicklungsstand erfaßt hat. Beachten Sie, wie steif seine Bewegungen sind. Das deutet darauf hin, daß es sich unserer Waffen bewußt und auf der Hut ist. Ich würde mir die Enden seiner Tentakeln gerne näher ansehen. Sollten sie in handähnlichen Gliedmaßen auslaufen, die Gegenstände zu ergreifen vermögen, dann müßte die unausweichliche Folgerung lauten, daß es sich um einen Abkömmling der einstigen Bewohner dieser Stadt handelt. Es wäre von beträchtlichem Wert, wenn wir uns mit ihm verständigen könnten, obwohl alles darauf hindeutet, daß es in ein primitives, vorgeschichtliches Stadium zurückgefallen ist.«

Cœurl hielt inne, als er von dem vordersten Geschöpf noch drei Meter entfernt war, die überwältigende Nähe des Id ließ ihm die Sinne wirbeln. Seine Gliedmaßen schienen in flüssiges Metall getaucht; seine Sicht trübte sich, während die Gier ihn wie eine Woge durchbrandete.

Die Männer — ausgenommen der kleingewachsenere mit dem glitzernden Stab in der Hand — kamen näher. Cœurl gewahrte, daß sie ihn unverhohlen und neugierig betrachteten. Ihre Lippen bewegten sich, ihre Stimmen hämmerten in monotonem, nichtssagendem Rhythmus gegen seine Ohrfühler. Mochte die Frequenz auch innerhalb seines Wahrnehmungsbereichs liegen, peinigte ihn doch die mechanische Eintönigkeit der Schwingungen. Bemüht, sich freundlich zu geben, sandte er über die Fühler seinen Namen aus, wobei er einen Tentakel krümmte und auf sich selbst wies.

»Ich empfange da eine Art Störung«, meldete Gourlay, der Chef der Funkzentrale, sich mit gedehnter Stimme. »Immer dann, wenn diese Härchen sich bewegen, Morton. Glauben Sie ...?«

»Sieht ganz danach aus«, beantwortete der Direktor die unvollendete Frage. »Das bedeutet Arbeit für Sie, Gourlay. Falls es sich mit Hilfe von Radiowellen verständigt, lassen die Vibrationen sich vielleicht in Fernsehbilder umwandeln, oder Sie versuchen ihm irgendeinen Sprachcode beizubringen.«

»Aha«, warf Siedel ein, »ich hatte recht. Die Tentakel enden jeweils in sieben kräftigen Fingern. Bei genügend entwickeltem Nervensystem könnten diese Finger nach entsprechendem Training jede Maschine bedienen.«

*

Morton bemerkte: »Ich denke, am besten gehen wir erst einmal essen und machen uns dann an die Arbeit. Während nach Gesteinsproben gebohrt wird, können die anderen sich auf die Architektur und die wissenschaftliche Entwicklung dieser Spezies konzentrieren. Insbesondere wüßte ich gern, woran die Zivilisation zugrundegegangen ist. Auf der Erde ist eine Kultur nach der anderen zerfallen, aber aus dem Staub der vorhergehenden hat sich stets eine neue erhoben. Weshalb ist es auf dieser Welt nicht dazu gekommen? Noch irgendwelche Fragen?«

»Ja. Was machen wir mit dem Miezekater? Er scheint es darauf anzulegen, uns hineinzubegleiten.«

Direktor Mortons Stirnrunzeln unterstrich die tiefe Weltraumblässe seiner Züge. »Ich wünschte, es gäbe einen Weg, das Geschöpf ins Schiff zu bringen, ohne es zu betäuben. Kent, was meinen Sie?«

Der kleine Chemiker schüttelte nachdrücklich den Kopf. »Unmöglich. Die Atmosphäre enthält achtundzwanzig Prozent Chlor. Unser Sauerstoff wäre für seine Lungen das reinste Dynamit.«

Der Direktor schmunzelte. »Es scheint anderer Auffassung zu sein.« Er sah zu, wie das katzenähnliche Untier den beiden vordersten Besatzungsmitgliedern durch die weite Öffnung folgte. Die Männer hielten sich vorsichtig von ihm fern, bedachten Morton dann mit einem fragenden Blick. Der Direktor machte eine Handbewegung. »Öffnen Sie die innere Schleuse und lassen Sie ihn eine Spur Sauerstoff kosten. Das dürfte genügen.«

Einen Augenblick später machte er seiner Überraschung Luft. »Nicht zu fassen! Es spricht auf den Unterschied überhaupt nicht an. Entweder es verfügt über keine Lungen, oder seine Lungen nehmen das Chlor nicht auf. Also hinein mit ihm! Smith, Sie bekommen eine Fundgrube für einen Biologen — ungefährlich, so lange wir achtsam bleiben. Fertig werden wir immer mit ihm. Aber welch erstaunlicher Stoffwechsel!«

Smith war mager, knochig, hochaufgeschlossen und hatte eine kummervolle Miene. Mit unerwartet kraftvoller Stimme erwiderte er: »Bis jetzt haben wir bei unseren Erkundungsvorstößen nur zwei Arten höheren Lebens angetroffen. Die eine atmet Chlor, die andere Sauerstoff — eben jene Elemente, die Verbrennungsprozesse ermöglichen. Ich stehe mit meiner Qualifikation dafür ein, daß kein entwickelter Organismus sich mittels natürlicher Anpassung auf beide Gase gleichzeitig einstellen kann. Diese Spezies muß Biotechniken entdeckt haben, deren Möglichkeiten wir kaum zu ahnen beginnen. Morton, wir dürfen das Geschöpf nicht entkommen lassen, wenn es in unserer Macht steht.«

»Gemessen an dem Eifer, uns Gesellschaft zu leisten, den es an den Tag legt«, sagte Direktor Morton lachend, »dürfte die Schwierigkeit eher darin bestehen, es wieder loszuwerden.«

Zusammen mit Cœurl und den beiden Männern betrat er die Schleuse. Automatische Anlagen summten; und binnen weniger Minuten standen sie am Fuß mehrerer Aufzüge, die zu den Quartieren hochführten.

»Soll das da mit?« Einer der Männer bewegte den Daumen in Richtung auf das Untier.

»Am besten allein, falls es sich nicht widersetzt.«

Cœurl fügte sich, bis die Aufzugtür zuglitt und die geschlossene Kabine nach oben sauste. Wild knurrend wirbelte er herum. Seine Beherrschung verflog. Mit einem Satz warf er sich gegen die Tür. Das Metall verbog sich unter seinem Ansprung, und der brennende Schmerz machte ihn erst recht rasend. Jetzt war er nur noch Tier, das in der Falle saß. Er hieb mit den Tatzen auf das Metall ein, verbog es, als wäre es Blech. Er riß mit den wuchtigen Tentakeln ganze Platten aus der Wandverkleidung. Die Anlage kreischte; die Kabine schlingerte beängstigend, emporgezerrt von ihrer unbegrenzten Antriebskraft ohne Rücksicht auf vorstehende Metallteile, die die Schachtwände hochschrammten. Dann kam der Aufzug zum Stehen. Cœurl stieß die Überbleibsel der Tür in den Gang und sprang hinterher.

Dort wartete er, bis die Männer, ihre Waffen schußbereit, ebenfalls eintrafen. »Wir waren dumm«, äußerte Morton. »Wir hätten ihm die Funktionsweise demonstrieren sollen. Es glaubte wohl, wir hätten es übertölpelt.«

Mit einer Handbewegung lenkte er die Aufmerksamkeit des Untiers auf sich und gewahrte, wie das böse Glühen in den kohlschwarzen Augen erlosch, während er eine Aufzugtür betont langsam mehrfach auf- und zugleiten ließ.

Cœurl machte der Lektion ein Ende, indem er in den großen Raum zu seiner Rechten trottete. Er streckte sich auf dem Boden aus und kämpfte die Anspannung nieder, die seine Muskeln und Nerven elektrisiert hatte. Wilder Zorn auf sich selbst verzehrte ihn. Seinem brennenden Bewußtsein wollte scheinen, daß er den Vorteil verspielt hatte, sanft und harmlos zu wirken. Seine Kraft mußte die Geschöpfe überrascht und bestürzt haben.

Infolgedessen würde die Aufgabe gefahrvoller sein, die es für ihn zu vollbringen galt: alle an Bord zu töten; mit dem Schiff die Welt zu erreichen, von der sie stammten, auf der Suche nach dem unerschöpflichen Id.

*

Mit starrem Blick verfolgte Cœurl, wie zwei Männer den lockeren Schutt vor dem metallenen Zugang des enormen Bauwerks aus Vorzeiten beiseiteräumten. Der Körper schmerzte ihn, so hungerten seine Zellen nach Id.

Das gierige Verlangen ließ seine Sinne pochen, seine Muskeln erheben. In jedem Nerv zuckte es ihm, die Männer zu verfolgen, die tiefer in die Stadt eingedrungen waren. Einer davon hatte sich allein entfernt.

Schleppend verstrichen die Minuten; und noch immer beherrschte er sich, blieb er beobachtend liegen, in dem Wissen, daß die Männer ihn wahrnahmen. Sie ließen eine metallene Maschine aus dem Schiff zu der Gesteinsmasse herüberschweben, die die große, halb offenstehende Eingangstür blockierte. Keine ihrer Gebärden entging seinem unguten Blick, und mit der Zeit, als die einfache Konstruktion der Maschine ihm dämmerte, stellte Verachtung sich ein.

Er wußte, was er zu erwarten hatte, noch ehe die Flamme mit weißglühender Heftigkeit auflohte, um sich dann hungrig in den harten Felsen zu fressen. Dennoch sprang er bewußt auf und fauchte wie aus Furcht vor der lodernden Hitze. Seine Ohrfühler fingen das Lachen der Männer auf, ihre sonderbare Freude an seinem gespielten Entsetzen.

(Von einem kleinen Patrouillenboot aus verfolgte Grosvenor den Vorgang. Die Aufgabe, Cœurl zu beobachten, hatte er sich selbst gestellt. Sonst gab es nichts für ihn zu tun. Niemand schien der Unterstützung des einzigen Nexialisten an Bord der Space Beagle *zu bedürfen.)*

Der Zugang war freigeräumt. Morton kam herüber und begab sich gemeinsam mit einem anderen Mann ins Innere. Dieser schüttelte den Kopf.

»Ein Trümmerfeld. Trotzdem kann man noch erkennen, wie die Installationen funktioniert haben. Kernkraft dürfte die Energie geliefert haben. Eigenartig, die Verwendung des Radantriebs hat sie nicht verdrängt — anders als bei uns, wo das Rad mit der Atomkraft verschwand. Vielleicht ist man hier in den Ingenieurwissen-

schaften neue Wege gegangen. Wenn die Bibliotheken nicht besser erhalten sind, werden wir das nie erfahren. Was kann eine ganze Zivilisation nur derart zugrundegerichtet haben?«

Eine dritte Stimme meldete sich über Sprechfunk. »Siedel hier. Ich habe Ihre Frage gehört, Pennons. Aus psychologischer und soziologischer Sicht wird ein Gebiet immer dann unbewohnbar, wenn die Ernährungsgrundlage entfällt.«

»Bei dem wissenschaftlichen Stand, den man hier erreicht hatte? Weshalb hat man sich nicht auf die Entwicklung der Raumfahrt verlegt, um notfalls auszuwandern?«

»Fragen Sie Gunlie Lester«, warf Morton ein. »Noch ehe wir gelandet sind, habe ich gehört, wie er eine Theorie entwickelt hat.«

Der Astronom reagierte sogleich. »Ich muß meine Anhaltspunkte erst im einzelnen nachprüfen, aber jedenfalls ist die öde Welt, auf der wir stehen, der einzige Planet, der um diese kümmerliche Sonne kreist. Sonst existiert nichts. Kein Mond, kein einziger Planetoid. Und das nächste Sternsystem liegt *neunhundert* Lichtjahre entfernt.

Entsprechend gewaltig war das Problem, dem die herrschende Gattung dieses Planeten sich gegenübersah. Sie hätte nicht nur die interplanetare, sondern auf Anhieb die interstellare Raumfahrt erfinden müssen. Vergegenwärtigen Sie sich zum Vergleich, wie langsam unsere eigene Entwicklung vonstatten ging — erst zum Mond, dann zur Venus, ein Erfolg führte zum anderen, und nach Jahrhunderten erreichten wir die nächsten Sterne. Am Ende stand der Anti-Akzelerationsantrieb, der galaktische Reisen ermöglichte. Bedenkt man dies alles, dann möchte ich behaupten, daß die Erschaffung derartiger Antriebe ohne praktische Erfahrungen ausgeschlossen ist. In Anbetracht der Entfernung des nächsten Sterns fehlten im vorliegenden Fall aber gerade die nötigen Impulse, um solche Erfahrungen zu sammeln.«

(Weitere Besatzungsmitglieder schalteten sich in die Debatte ein, doch Grosvenor gab nicht länger acht. Er hatte die Stelle mit einem Blick gestreift, an der er das Katzenwesen zuletzt gewahrt hatte. Es war nirgends zu sehen. Halblaut verwünschte er sich selbst, weil er sich hatte ablenken lassen. Hastig suchte er mit seinem kleinen Fluggerät das gesamte Gebiet ab. Aber zuviel Schutt, zu viele Ruinen behinderten seine Sicht. Er landete, um mehrere, in ihrer Arbeit vertiefte Ingenieure zu befragen. Die meisten meinten sich zu erinnern, die Katze »vor vielleicht einer Viertelstunde« gesichtet zu haben. Unzufrieden bestieg Grosvenor wieder sein Aufklärungsboot und flog eine weitere Runde über der Stadt.)

Coeurl war eilig zur nächsten Gruppe hinübergetrottet. Doch auf ihr Tun achtete er angesichts des Heißhungers, der ihn verzehrte, wie der Verachtung, die sich darein mischte, nicht länger. Halb verschüttete Erinnerungen, durch seine Eindrücke geweckt, meldeten sich immer zahlreicher und deutlicher in seinem Bewußtsein.

Von Gruppe zu Gruppe hetzte er, ein nervöser Dynamo — überreizt, schwach vor quälendem Verlangen. Ein kleines Fahrzeug rollte heran, hielt vor ihm, und eine mächtige Kamera surrte, während sie ihn filmte. Auf einem Felsvorsprung reckte sich ein Teleskop in den Himmel. Ein Desintegrator schickte sein sengendes Feuer in einen Bohrschacht, geradewegs hinab ins Gestein, tiefer und tiefer.

Die Bilder, die er nur noch halb registrierte, verschwammen von Cœurls innerem Auge. Immer näher rückte der Augenblick, in dem er nicht mehr imstande sein würde, die Tortur dieser Farce noch länger zu ertragen. Unwiderstehliche Ungeduld packte ihn; sein Körper gierte danach, dem Mann nachzusetzen, der sich allein in die Stadt begeben hatte.

Seine Beherrschung verließ ihn. Grüner Schaum trat in seine Mundwinkel, brachte ihn zur Raserei. Einen Augenblick lang achtete niemand auf ihn — und mit der Schnelligkeit eines Geschoßes war er auf und davon.

Mit langen, geschmeidigen Sätzen glitt er dahin, Schatten inmitten der Schatten des Felsgesteins. Binnen einer Minute verbarg das unebene Gelände Raumschiff und Zweibeiner.

Cœurl vergaß das Schiff, vergaß alles außer seinem Vorsatz, als hätte ein magischer Pinsel alle anderen Erinnerungen ausgetilgt. Er schlug einen weiten Bogen, raste in die Stadt, folgte verlassenen Straßen, schlug Abkürzungen mit der Mühelosigkeit langer Vertrautheit ein — durch klaffende Lücken in zerfallenden Wänden, über lange Korridore in zerbröckelnden Gebäuden. Als seine Ohrfühler die Id-Vibrationen auffingen, verlangsamte er seinen Lauf zu einem geduckten Dahintrotten.

Unvermittelt hielt er inne, um hinter niedergestürzten Gesteinstrümmern hervorzuspähen. Der Mann stand an einer Öffnung, die ehedem ein Fenster gewesen sein mußte, und schickte den Lichtstrahl seiner Taschenlampe ins düstere Innere. Die Lampe erlosch. Der Mann, von kräftiger, untersetzter Gestalt, ging raschen Schrittes weiter, wachsam um sich spähend. Daß er auf der Hut war, wollte Cœurl nicht gefallen. Bei Gefahr würde er blitzschnell reagieren — und das verhieß Probleme.

Cœurl wartete, bis das menschliche Wesen um eine Ecke verschwunden war, lief dann ins Freie. Weit schneller, als ein Mensch sich bewegen konnte, jagte er dahin, seinen Plan genau vor Augen. Wie ein Spuk glitt er die nächste Straße hinab, vorbei an einer langen Gebäudereihe. Mit unverminderter Schnelligkeit umrundete er die erste Ecke, um dann durch das Halbdunkel zwischen dem anschließenden Gebäude und einem hohen Trümmerhaufen zu kriechen. Schutt versperrrte voraus die Straße, verengte sie zu einem Hohlweg, der in einem schmalen Flaschenhals endete. Über dem Schlund des Halses postierte sich Cœurl.

Seine Ohrfühler fingen die Laute gedämpften Pfeifens auf. Die Schwingungen durchpulsten ihn; plötzlich ergriff eisiger Schrecken von ihm Besitz. Der Mann verfügte mit Sicherheit über eine Waffe. Gelang es ihm, einen Strahl atomarer Energie — *nur einen einzigen* — auszusenden, ehe die mörderische Kraft seiner Muskeln ihn erreicht hatte, dann ...

Geröll rieselte aus seinem Versteck herab. Im selben Moment war der Mann unter ihm angelangt. Cœurl führte einen einzigen zermalmenden Hieb gegen den durchscheinenden, gleißenden Helm des Raumanzuges. Metall barst, und Blut schoß hervor. Der Mann knickte ein, als wäre er mitten durchgebrochen. Einen Augenblick lang hielten die Knochen und Muskeln seiner Beine ihn wie durch ein Wunder noch aufrecht. Dann brach er unter dem Klirren seines Schutzanzugs zusammen.

Alle Furcht war von ihm gewichen, als Cœurl aus seinem Versteck sprang. Gierig zerriß er Anzug und Körper in Stücke. Metallitfetzen bedeckten den Boden. Knochen knackten. Blut sprudelte.

Es war ein leichtes, sich auf die Id-Impulse abzustimmen, die heftige chemische Reaktion hervorzurufen, bei der die zerschmetterten Knochen das Id freigaben, wo es sich — wie Cœurl entdeckte — zumeist befand.

Er fühlte sich zum Leben wiedererweckt, fast neugeboren. Hier bot sich mehr Nahrung als das ganze letzte Jahr über.

Drei Minuten, und Cœurl war auf und davon, als säße ein grimmiger Feind ihm im Nacken. Er schlug erneut einen Bogen, näherte sich achtsam aus der entgegengesetzten Richtung, in die er sich abgesetzt hatte, der gleißenden Kugel. Die Besatzungsmitglieder konzentrierten sich ohne Ausnahme auf ihr Tun. Lautlos gleitend gelangte Cœurl unbemerkt in die Nähe einer Gruppe von Männern.

(Grosvenors Unzufriedenheit wuchs bei seiner anhaltenden Suche nach Cœurl immer mehr. Die Stadt war zu weitläufig. Sie wies mehr Ruinen auf, bot mehr Verstecke, als er anfangs geglaubt hatte. Schließlich schlug er den Rückweg zum Schiff ein. Und war erheblich erleichtert, als er das Untier behaglich ausgestreckt auf einem Felsblock entdeckte. Grosvenor stoppte sein Boot auf günstiger Höhe im Rücken des Geschöpfs. Zwanzig Minuten später schwebte er immer noch dort, als über Sprechfunk die deprimierende Nachricht durchkam, daß ein Erkundungstrupp in der Stadt auf den zerschmetterten Leichnam Dr. Jarveys von der chemischen Abteilung gestoßen war.)

Morton starrte auf das Schreckensbild aus zerfetztem Fleisch und blutbespritztem Metall zu seinen Füßen. Er spürte, wie seine Kehle sich zusammenschnürte, ihn am Sprechen hinderte. Kents Stimme klang an sein Ohr:

»Mußte er auch allein losziehen — verflucht und zugenäht!« Ein unterdrücktes Aufschluchzen erstickte die Worte des kleinen Chemikers und Morton fiel ein, daß eine enge Freundschaft Kent und Jarvey seit Jahren verbunden hatte, wie sie sich nur zwischen zwei Männern entwickeln konnte.

»Das Schlimmste ist«, meinte einer der Umstehenden mit unsicherer Stimme, »daß es nach einem völlig sinnlosen Mord aussieht. Der Leichnahm ist zerplatzt wie Gallert, aber nichts scheint zu fehlen. Ich würde fast sagen, wenn man die Teile wöge, käme man nach wie vor auf das ursprüngliche Gewicht unter irdischen Schwereverhältnissen.«

Smith, dessen kummervolles Gesicht noch bedrückter wirkte, schaltete sich ein. »Jarvey wurde angegriffen, und dann entdeckte der, der ihn umbrachte, daß sein Fleisch fremdartig war — ungenießbar. Genau wie unsere große Katze. Wollte nichts von dem verzehren, was wir ihr vorgesetzt haben ...« Seine Worte verloren sich in plötzlichem, sonderbar berührtem Schweigen. Schließlich forschte er langsam: »Wie steht es mit diesem Geschöpf? Groß und stark genug ist es allemal, um das hier mit seinen Pranken angerichtet zu haben.«

Morton runzelte die Stirn. »Der Gedanke liegt nahe. Schließlich sind wir auf kein anderes Lebewesen gestoßen. Trotzdem können wir es nicht einfach auf Verdacht hin töten ...«

»Außerdem«, warf einer der Männer ein, »hat es sich die ganze Zeit über nicht aus meinem Blickfeld entfernt.«

Ehe Morton antworten konnte, fuhr Siedel, der Psychologe, scharf dazwischen. »Sind Sie absolut sicher?«

Der Mann zögerte. »Einige Minuten lang vielleicht doch«, gab er dann zu. »Es ist hierhin und dorthin gewandert und hat verfolgt, was vorging.«

»Eben«, versetzte Siedel voller Genugtuung. Er wandte sich an Morton. »Wissen Sie, erst hatte ich auch den Eindruck, das Geschöpf wäre nicht aus unserer Nähe gewichen. Denke ich aber zurück, dann entdecke ich Lükken in meiner Erinnerung. Es gab Augenblicke — vermutlich erhebliche Zeitspannen —, in denen es sich gänzlich außer Sicht befand.«

Mortons Züge überschatteten sich, während er nachdachte. Kent verlangte erbittert: »Töten wir die Bestie auf Verdacht, bevor sie noch mehr Unheil anrichtet. Ich sage, jedes Risiko ist hier unangebracht.«

Langsam forschte Morton: »Korita, Sie sind mit Cranessy und van Horne umhergestreift. Meinen Sie, unser Miezekater stammt von der herrschenden Spezies dieses Planeten ab?«

Der hochgewachsene japanische Archäologe starrte zum Himmel, als sammle er seine Gedanken. »Direktor Morton«, entgegnete er endlich ehrerbietig, »wir haben es hier mit einem Rätsel zu tun. Betrachten Sie bitte alle die majestätische Silhouette dieser Riesenstadt. Achten Sie auf die fast gotische Form der Bauweise. Obwohl dieses Volk eine Megalopolis geschaffen hat, blieb es der Scholle verhaftet. Die Gebäude sind nicht einfach mit Ornamenten verziert. Sie sind selbst ornamental. Hier stoßen wir auf das Gegenstück zur dorischen Säule, zur ägyptischen Pyramide, zum gotischen Dom — aus dem Boden wachsend, streng, schicksalhaft. Wenn diese öde, verlassene Welt als Mutter Erde aufgefaßt werden kann, dann nahm das Land im Herzen der Bewohner einen heiligen Platz ein.

Die gewundenen Straßen unterstreichen die Wirkung noch. Ihre Maschinen beweisen, daß die Einwohner Mathematiker waren, aber zu allererst waren sie Künstler; und deshalb schufen sie nicht die geometrisch konstruierten Städte der überzivilisierten Weltmetropolen. Aus der geschwungenen, unabstrakten Anlage der Bauwerke und Boulevards sprechen echte künstlerische Hingabe, tiefe Sinnenfreude; intensives Empfinden, göttlicher Glaube an eine innere Gewißheit. Keine verfallende altersschwache Zivilisation tritt uns hier entgegen, sondern eine junge, kraftvolle Kultur — selbstsicher, zielbewußt.

In diesem Stadium bricht sie ab. Übergangslos, als hätte die Kultur ihre Schlacht bei Tours und Poitiers erlebt und geendet wie einst die mohammedanische Zivilisation. Oder als ob sie Jahrhunderte mit einem Sprung überbrückt hätte, um einzutreten in die Zeit der kämpfenden Staaten. Im Falle der chinesischen Zivilisation dauerte diese Phase von 480—230 v. Chr.; an ihrem Ende stand der Staat Tsin als Begründer des chinesischen Imperiums. Ägypten erlebte diese Periode zwischen 1780 und 1580 v. Chr.; ihr letztes Jahrhundert war die unnennbare, die ›Hyksos‹-Zeit. Die Antike durchlitt sie von Chäronea — 338 — und in furchtbarster Form von den Gracchen an bis Actium (133—31 v. Chr.). Die westeuropäisch-amerikanische Welt wurde während des 19. und 20. Jahrhunderts auf diese Weise verheert, und moderne Historiker sind sich einig, daß wir im Grunde vor fünf Jahrzehnten in das gleiche Stadium eingetreten sind; obwohl wir das Problem natürlich bewältigt haben.

Was hat das alles nun mit der Frage zu tun, die Sie aufgeworfen haben, Direktor Morton? Meine Antwort lautet: Wir besitzen keine Unterlagen über irgendeine Kultur, die übergangslos den Sprung in die Zeit der kämpfenden Staaten vollzogen hätte. Stets ging dem eine längere Entwicklung voraus; und der erste Schritt besteht regelmäßig darin, daß mitleidlos alles in Zweifel gezogen wird, was zuvor als unantastbar galt. Innere Gewißheiten zerbrechen, fallen einer rationalistischen Wissenschaft zum Opfer, die kein Denkverbot mehr akzeptiert. Der Skeptiker erfreut sich höchsten Ansehens.

Ich behaupte nun, daß diese Kultur im Augenblick größter Blüte abrupt ihr Ende gefunden hat. Die soziologischen Auswirkungen einer derartigen Katastrophe wären verheerend: Zusammenbruch aller Moralvorstellungen, Rückfall in bestialische Roheit, ungemildert durch irgendeine ethische Richtschnur, gefühllose Gleichgültigkeit gegenüber dem Tod. Sollte dieser sogenannte Miezekater von einer derartigen Spezies abstammen, dann wäre er von verschlagenem Wesen, ein Räuber in der Nacht, ein kaltblütiger Mörder, der um Gewinn seinen eigenen Verwandten die Kehle durchschnitte.«

*

»Das reicht.« Die schneidende Stimme gehörte Kent. »Ich erkläre mich bereit, die Exekution zu vollziehen.«

Smith unterbrach ihn scharf: »Morton, dieses Tier wird noch nicht getötet, selbst wenn es die Tat begangen hätte. Es ist eine biologische Fundgrube.«

Kent und Smith funkelten einander gereizt an. Morton musterte sie nachdenklich, wollte dann wissen: »Korita, ich neige dazu, Ihre Theorie als Arbeitshypothese zu akzeptieren. Trotzdem eine Frage: Muß das Geschöpf unbedingt einer früheren Phase entstammen, als wir ihr angehören? Was ich meine, ist: Wir treten in die Etappe der

Hochzivilisation ein, während seine Kultur von robuster Vitalität jäh in Geschichtslosigkeit umschlug. Wäre es dennoch möglich, daß seine Kultur im Geschichtsablauf dieses Planeten vergleichsweise später rangiert als unsere eigene in der Milchstraße, soweit wir sie zivilisiert haben?«

»Richtig. Seine Welt könnte in der Mitte ihrer zehnten Zivilisation gestanden haben, während wir uns am Ende der achten befinden, die auf der Erde entsprungen ist. Jede der zehn wäre natürlich auf den Trümmern der vorangegangenen errichtet worden.«

»In diesem Fall wäre also die skeptische Grundhaltung, die uns in dem Miezekater einen asozialen Mörder vermuten läßt, für ihn nicht nachvollziehbar?«

»Nein. Für ihn grenzte sie an Zauberei.«

Morton lächelte grimmig. »Dann denke ich, Sie sollen Ihren Wunsch haben, Smith. Wir lassen den Kater am Leben. Erleiden wir noch mehr Verluste, obwohl wir um seine Natur wissen, dann gehen sie auf das Konto grober Fahrlässigkeit. Nach wie vor besteht natürlich die Möglichkeit, daß wir uns irren. Wie zu Anfang Siedel, habe ich auch den Eindruck, das Tier hätte sich nicht von uns entfernt. Nun aber etwas anderes. Den unglücklichen Jarvey können wir hier nicht liegenlassen. Wir müssen ihn beisetzen.«

»Das werden wir auf keinen Fall«, stieß Kent hervor. Er wurde rot. »Verzeihung, Direktor. Es war nicht so gemeint. Ich behaupte immer noch, daß es dem Geschöpf um irgendeinen Bestandteil des Körpers zu tun war. Es mag scheinen, als sei alles vorhanden — aber etwas muß dem Leichnam fehlen. Ich werde ermitteln, was, und ohne den Schatten eines Zweifels beweisen, daß der Mord auf das Konto der Bestie geht.«

*

(Wieder im Schiff, begab Elliott Grosvenor sich zu seiner Abteilung. Die Zugangstür trug die Aufschrift

NEXIALISTISCHE WISSENSCHAFT. Dahinter lagen fünf Räume, die zusammen zwölf mal vierundzwanzig Meter maßen. Die meisten Maschinen und Instrumente, um die die Nexialistische Stiftung die Regierung ersucht hatte, waren installiert worden. Infolgedessen war der Ellbogenraum beschränkt. Sobald die Außentür sich hinter ihm geschlossen hatte, befand Grosvenor sich in seinem privaten Refugium.

Er ließ sich nieder und begann die Stellungnahme zu verfassen, die er Morton zuleiten wollte. In ihr analysierte er den denkbaren organischen Aufbau des katzenähnlichen Bewohners dieser kalten und öden Welt. Er legte dar, daß es nicht anging, ein Ungetüm solchen Ausmaßes einzig unter dem Aspekt einer ›biologischen Fundgrube‹ zu beurteilen. Der Begriff war insofern problematisch, als er davon ablenkte, daß das Geschöpf eigene Triebe und Bedürfnisse besitzen mußte, die auf einem nichtmenschlichen Stoffwechsel beruhten. »Wir verfügen inzwischen über genügend Anhaltspunkte«, diktierte er in den Composer, »um zu formulieren, was wir Nexialisten eine ›Leitaussage‹ nennen.«)

Es war schon später Abend, als Morton von seinem Buch hochblickte und verfolgte, wie Kent durch den Zugang zu den tiefer gelegenen Labors hereinkam.

In beiden Händen trug er eine große flache Schale. Sein übermüdeter Blick fand Morton, und mit erschöpfter, aber rauher Stimme äußerte er: »Nun geben Sie acht.«

Morton bedeutete ihm, innezuhalten. »Warten Sie einen Augenblick, Kent. Zu jedem anderen Zeitpunkt käme mir nicht in den Sinn, Ihr Handeln in Zweifel zu ziehen, aber Sie sehen schlecht aus. Sie kommen mir überreizt vor. Was haben Sie da?«

Kent drehte sich um, und Morton wurde gewahr, daß

sein erster Eindruck Kents Zustand nur andeutungsweise gerecht wurde. Unter den fiebrig blickenden grauen Augen des Chemikers lagen dunkle Ringe. Seine Wangen wirkten eingefallen.

»Ich habe die fehlende Substanz entdeckt«, preßte Kent hervor. »Und zwar Phosphor. In Jarveys Knochen befindet sich kein Phosphor mehr.* Jedes Milligramm ist ihnen entzogen worden — durch welchen chemischen Vorgang, kann ich nicht sagen. Es gibt Wege, dem menschlichen Körper seinen Phosphor zu entziehen. Eine schnelle Spielart widerfuhr dem Ingenieur, der, wie Sie sich erinnern werden, beim Bau dieses Schiffes in fünfzehn Tonnen flüssiges Metallit fiel. Die Versicherung fand sich erst bereit, seine Familie zu entschädigen, als Phosphorspuren in dem Metallit nachgewiesen wurden.«

»Was enthält nun die Schale?« unterbrach ihn jemand. Männer blickten interessiert auf, legten Zeitschriften und Bücher beiseite.

»Organischen Phosphor. Das Biest müßte ihn riechen, oder jedenfalls wahrnehmen, was immer es anstelle des Geruchssinns benutzt ...«

»Meiner Ansicht nach empfängt es Schwingungen«, warf Gourlay träge ein. »Manchmal, wenn es die Fühler bewegt, reagiert der Funk mit Prasseln. Dann wieder bleiben die Störgeräusche aus, als bediente es sich einer anderen Wellenlänge. Es scheint die Vibrationen nach Belieben steuern zu können.«

---

* In der Romanfassung hat van Vogt Phosphor durch Kalium ersetzt. Kents Erklärung lautet dort: »Der Kaliumspiegel in Jarveys Leichnam betrug nur noch zwei Drittel bis drei Viertel der normalen Menge. Sie wissen, daß unsere Körperzellen Kalium in Verbindung mit einem großen Eiweißmolekül enthalten; beide zusammen bewirken die elektrische Ladung der Zelle. Für den Lebensvorgang sind sie grundlegend. Nach dem Tod geben die Zellen ihr Kalium für gewöhnlich in den Blutkreislauf ab, der dadurch vergiftet wird. Ich habe nachgewiesen, daß eine gewisse Menge Kalium aus den Zellen verschwunden ist, ohne ins Blut übergegangen zu sein. Was dieser Umstand genau bedeutet, kann ich noch nicht sagen, aber ich werde es herausfinden.«

Kent wartete mit sichtlicher Ungeduld, bis Gourlay ausgeredet hatte, sprach dann übergangslos weiter: »Gut, meinetwegen, sollte es also die Phosphorschwingungen aufnehmen und darauf reagieren — dann können wir uns weiter darüber unterhalten, was seine Reaktion beweist. Sind Sie zufrieden, Morton?«

»Ihr Plan weist drei Schwächen auf«, gab Morton zur Antwort. »Zunächst scheinen Sie zu unterstellen, das Geschöpf wäre ganz Tier. Sie übersehen auch, daß es seinen Appetit an Jarvey gestillt haben könnte. Und Sie trauen ihm nicht zu, daß es Argwohn hegen könnte. Aber stellen Sie die Schale hin. Seine Reaktion könnte uns einen Fingerzeig geben.«

Aus starren schwarzen Augen verfolgte Cœurl, wie der Mann das Gefäß vor ihm niedersetzte. Seine Ohrfühler fingen unverzüglich die Id-Schwingungen auf — und er gönnte dem Inhalt der Schale keinen zweiten Blick.

In dem Zweibeiner erkannte er dasjenige Wesen, das anfangs die Waffe in den Fingern gehalten hatte. Gefahr! Knurrend glitt er auf die Beine. Die fingerähnlichen Extremitäten eines gewundenen Tentakels ergriffen die Schale und schleuderten den Inhalt Kent ins Gesicht, der mit einem Aufschrei zurückfuhr.

Mit jähem Ruck beförderte Cœurl das Gefäß beiseite und schlang einen Tentakel, dick wie ein Tau, um die Hüfte des Verwünschungen ausstoßenden Mannes. Die Waffe an Kents Gürtel kümmerte ihn nicht. Lediglich ein Vibrator, sagte ihm seine Wahrnehmung — atombetrieben, doch kein Vernichtungsstrahler. Er schleuderte den zappelnden Chemiker auf die nächste Couch — und fauchte erschrocken, als ihm klar wurde, daß er ihn hätte entwaffnen sollen.

Gefährlich werden konnte der Vibrator ihm nicht — doch während der Mann sich mit einer Hand zornig den Brei aus dem Gesicht wischte, griff er mit der anderen danach. Cœurl duckte sich, als die Mündung hochfuhr und ein weißer Leuchtspurstrahl sich gegen seinen wuchtigen Schädel entlud.

Seine Ohrfühler summten, während sie die Vibrationsenergie neutralisierten. Seine runden schwarzen Augen verengten sich, als sie wahrnahmen, wie zahlreiche Hände nach den Waffen faßten. Mortons Stimme durchschnitt scharf die Stille.

»Aufhören!«

*

Kent schaltete seine Waffe aus; und Cœurl kauerte sich nieder, wutbebend, weil dieser Mann ihn gezwungen hatte, eine seiner Fähigkeiten zu enthüllen.

»Kent«, sagte Morton kalt, »Sie sind nicht der Typ, der die Herrschaft über sich verliert. Sie haben mit Vorbedacht versucht, das Geschöpf zu töten, obwohl Sie wußten, daß die Mehrheit es am Leben erhalten will. Sie kennen die Regeln: Einwände gegen meine Entscheidungen müssen *unverzüglich* erhoben werden. Schließt die Mehrheit sich ihnen an, ist die Anordnung aufgehoben. In diesem Fall sind Sie mit Ihrem Einspruch alleingeblieben. Mit Ihrem Vorgehen haben Sie versucht, sich selbst zum Richter aufzuschwingen. Damit verlieren Sie automatisch für ein Jahr Ihr Stimmrecht.«

Kent starrte grimmig in die Gesichter, die ihn umgaben. »Korita hatte ganz recht, als er unser Zeitalter hochzivilisiert nannte. Dekadent wäre das richtige Wort.« Leidenschaftliche Erregung schärfte seine Stimme. »Gibt es hier wirklich keinen, der ein Empfinden hat für die Scheußlichkeit der Situation? Erst seit ein paar Stunden ist Jarvey tot, und diese Bestie liegt ungehindert hier, plant ihren nächsten Mord, dessen Opfer sich in einem Raum mit ihr befindet. Was für Menschen sind wir eigentlich? Sind wir Narren, Zyniker oder Leichenfledderer? Oder ist unsere Zivilisation so rationalitätsbesessen, daß wir selbst einem Mörder nicht mehr mit Abscheu begegnen?«

Er heftete den Blick auf Cœurl. »Sie hatten recht, Morton, das ist kein Tier. Es ist ein Teufel aus den tiefsten Tiefen dieses verlassenen Planeten, der einsam um eine sterbende Sonne kreist.«

»Kommen Sie uns nicht melodramatisch«, wies Morton ihn zurecht. »Kein Wort, das Sie hervorgebracht haben, halte ich für zutreffend. Wir sind weder Leichenfledderer noch Zyniker. Wir sind Wissenschaftler, die eine Lebensform studieren. Weil wir auf der Hut sind, bezweifeln wir, daß diese Lebensform uns gefährlich werden kann. Einer gegen tausend hat keine Chance.« Er sah in die Runde. »Habe ich für alle Anwesenden gesprochen?«

»Für mich nicht, Direktor.« Der sich zu Wort meldende war Smith, und als Morton ihn fassungslos anschaute, sprach der Biologe weiter: »In der Aufregung und momentanen Verwirrung scheint niemand bemerkt zu haben, daß der Strahl aus Kents Vibrationswaffe das Biest direkt an seinem Katzenkopf getroffen — und ihm nicht geschadet hat.«

Mortons verblüffter Blick wanderte von Smith zu Cœurl und wieder zurück. »Sind Sie sicher, daß er tatsächlich getroffen hat? Wie Sie selbst sagen, ging alles ungemein rasch — und als der Kater nicht reagierte, nahm ich an, Kent hätte ihn verfehlt.«

»Er hat ins Schwarze getroffen«, versetzte Smith nachdrücklich. »Der Vibrationsschock ist natürlich auch für einen Menschen nicht tödlich — aber er setzt ihn außer Gefecht. Das Geschöpf dagegen scheint völlig unverletzt, nicht einmal verstört.«

»Vielleicht wirkt sein Fell als nützliche Isolierung gegen alle möglichen Energien.«

»Vielleicht. Da wir ihm aber nicht trauen, plädiere ich dafür, es in einen Käfig zu sperren.«

Während Morton zweifelnd die Stirn runzelte, ließ Kent sich vernehmen. »Endlich machen Sie einen vernünftigen Vorschlag, Smith.«

Morton fragte: »Dann wären Sie zufrieden, Kent, wenn wir das Lebewesen einschlössen?"

Kent überlegte und sagte schließlich: »Ja. Wenn zehn Zentimeter Mikrostahl nicht ausreichen, können wir ihm auch gleich das Schiff ausliefern.«

*

Cœurl folgte den Männern hinaus in den Gang. Er trottete fügsam weiter, auch als Morton ihn mit unmißverständlicher Bewegung durch eine Tür wies, die ihm neu war. Er fand sich in einem quadratischen Raum mit massiven Metallwänden wieder. Die Tür glitt hinter ihm zu; er spürte den elektrischen Impuls, als das Schloß einschnappte.

Seine Lippen verzogen sich zu einer haßerfüllten Grimasse, aber mehr ließ er sich äußerlich nicht anmerken. Ihm kam in den Sinn, daß er nur noch wenig gemein hatte mit jener Kreatur, die, zum Stadium der Primitivität herabgesunken, wenige Stunden zuvor in einer Aufzugkabine aus Furcht jede Beherrschung verloren hatte. Tausend Erinnerungen an seine Kräfte waren in seinem Gehirn aufs neue erwacht; zehntausend verschlagene Listen, deren er sich ewig nicht mehr bedient hatte, standen ihm wieder zur Verfügung.

Einen Augenblick lang verharrte er reglos auf den kurzen, kräftigen Keulen, in die sein Körper auslief, während seine Ohrfühler die Umgebung sondierten. Endlich streckte er sich aus, die Augen verächtlich glühend. Diese Tölpel! Diese erbärmlichen Toren!

Eine Stunde später vernahm er, wie jemand — Smith — sich über ihm zu schaffen machte. Schwingungen ergossen sich in den Käfig, versetzten ihn einen Augenblick lang in Schrecken. Bestürzt fuhr er hoch — ehe die Harmlosigkeit des Vorgangs ihm aufging. Sein Körper wurde durchleuchtet, sein Inneres fotografiert.

Wieder sank er zu Boden, doch seine Ohrfühler vibrierten, und abfällig dachte er: Der Nichtswisser würde eine Überraschung erleben, wenn er die Aufnahmen entwickelte.

Nach einer Weile entfernte sich der Mann, und lange Zeit drangen Geräusche von Menschen zu ihm, die sich in einiger Distanz zu schaffen machten. Auch sie verstummten allmählich.

Cœurl wartete ab, während Stille sich im Schiff ausbreitete. In grauer Vorzeit, ehe Unsterblichkeit ihnen winkte, hatten auch Cœurls nachts geschlafen; er hatte sich an die Gewohnheit erinnert, als er hier und dort ein Besatzungsmitglied dösen sah. Endlich pulsierte nur eine Schwingung menschlichen Ursprungs noch gegen seine Fühler: zwei Fußpaare, hin und her wandernd, endlos auf und ab schreitend.

Angespannt horchte er auf die beiden Wachen. Der erste Posten patrouillierte langsam an der Zelle vorüber. In zehn Metern Abstand folgte der zweite. Cœurl fühlte die Wachsamkeit beider Männer; wußte, daß dieser Rhythmus eine Überraschung ausschloß. Also hieß es, doppelt auf der Hut zu sein!

Fünfzehn Minuten, und beide kehrten zurück. Sobald sie den Käfig passiert hatten, stellte er sein Wahrnehmungsvermögen von ihren Vibrationen auf einen weit höheren Empfangsbereich um. Die pulsierende Heftigkeit des Kernantriebs hämmerte mit ihrem Stakkatolied an seine Sinne. Die elektrischen Dynamos summten ihre kraftvolle Melodie. Er spürte das Wispern des Stroms durch die Leitungen in den Käfigwänden und das elektrische Türschloß. Er zwang seinen bebenden Körper zu konzentrierter Reglosigkeit. Seine Sinne tasteten, suchten sich abzustimmen auf das zischende Wirbeln der Energie. Unversehens vibrierten seine Ohrfühler im Gleichklang — das Summen der Elektrizität wandelte sich zu anbrandendem Schrillen.

Metall klickte scharf auf Metall. Mit sachtem Tentakeldruck stieß Cœurl die Tür auf, glitt hinaus auf den matt erleuchteten Gang. Einen flüchtigen Augenblick lang meldete sich wieder das Gefühl der Verachtung, ein aufwallendes Empfinden der Überlegenheit beim Gedanken an die Beschränktheit der Geschöpfe, die einem Cœurl die Stirn zu bieten wagten. Und in eben dieser Sekunde stellte zugleich der Gedanke sich ein an andere Cœurls. Ein eigenartiges, überschwengliches Zugehörigkeitsbewußtsein zur eigenen Gattung ergriff Besitz von ihm. Der verzehrende Haß des jahrhundertelangen gnadenlosen Überlebenskampfes wich zögernd dem Stolz, zu der Spezies zu zählen, die sich ein Universum untertan machen würde.

*

Unvermittelt bedrückten ihn die Grenzen, die ihm gezogen waren, seine Einsamkeit, sein Bedürfnis nach Unterstützung durch andere Cœurls — einer gegen tausend, ewiges Leben der Preis. Nichts geringeres als der sternenbesäte Kosmos lockte seinen schrankenlosen Ehrgeiz. Versagte er, würde es keine zweite Gelegenheit geben — keine Aussicht, längst unbrauchbare Maschinen wieder zum Leben zu erwecken, den Versuch zu unternehmen zur Bewältigung des Problems der Raumfahrt.

Auf leisen Tatzen lief er den Gang entlang — durch den Aufenthaltsraum — in den nächsten Korridor — und gelangte zur ersten Schlafkammer. Die Tür stand halb offen. Ein rasches Zusammenziehen geschmeidiger Muskeln, der schnelle Hieb eines peitschenden Tentakels, der dem Schlafenden die Kehle zerschmetterte; und der leblose Kopf rollte zur Seite, der Körper zuckte noch einmal.

Sieben Kammern; sieben Erschlagene. Es war die siebte Bluttat, die die jähe Freude am Töten zurückbrachte, die pure Mordlust aus jahrhundertealter Gewohnheit, alles Leben hinzuschlachten, das auch nur eine Spur Id enthielt.

Als das zwölfte Besatzungsmitglied unter konvulsivischem Aufbäumen in den Tod glitt, durchdrangen ferne

Schritte abrupt Cœurls Sinnesrausch — und brachten ihn in die Wirklichkeit zurück. Entsetzen verdunkelte übergangslos seine Wahrnehmung.

Durch den Gang näherten die beiden Posten sich langsam wieder seinem Käfig. Noch ein Augenblick, dann würde der vorderste die offene Tür bemerken — und Alarm schlagen.

Mühevoll nahm Cœurl die schwindenden Reste seiner Überlegung zusammen. Mit rasender Schnelligkeit, ohne sich diesmal um Geräusche zu kümmern, jagte er zurück — den Korridor entlang — durch den Aufenthaltsraum. Er sprang in den Zellengang hinaus, schaudernd in der halben Erwartung, ein Energiestrahl könnte ihm entgegenschlagen.

Die Wachen standen beieinander, Seite an Seite. Einen Augenblick lang vermochte Cœurl die Gunst des Schicksals kaum zu fassen. Blindlings mußte der zweite Posten herbeigestürzt sein, als er seinen Vordermann an der offenen Tür innehalten sah. Beide blickten auf, wie gelähmt von dem Alptraum aus Klauen und Tentakeln, bestialischem Katzenkopf und haßfunkelnden Augen.

Der erste griff nach seiner Waffe. Der zweite jedoch, erstarrt beim Anblick des Verhängnisses, das er auf sich zukommen sah, stieß einen gellenden Entsetzensschrei aus, der durch den Gang hallte — und in einem erstickten Gurgeln endete, als Cœurl die beiden Körper mit unwiderstehlicher Kraft den Korridor entlang von sich schleuderte. Er wollte nicht, daß man die Leichen in der Nähe des Käfigs fand. Darin lag seine einzige Hoffnung.

An jeder Faser bebend, den unverzeihlichen Fehler vor Augen, den er begangen hatte, unfähig, einen klaren Gedanken zu fassen, warf er sich in den Käfig. Lautlos glitt die Tür hinter ihm zu. Elektrizität floß wieder durch den Stromkreis des Schlosses.

Er kauerte sich nieder, täuschte Schlaf vor, als er den Lärm zahlreicher Füße hörte, die Schwingungen erregter Stimmen auffing. Er nahm wahr, wie jemand das Audioskop einschaltete und in den Käfig blickte. Noch wenige Augenblicke, und die anderen Leichen würden entdeckt werden.

*

»Siever tot!« murmelte Morton tonlos. »Was sollen wir ohne Siever anfangen? Und Breckenridge! Und Coulter und ... — entsetzlich!«

Er barg das Gesicht in den Händen, doch nur vorübergehend. Grimmig hob er den Blick, das kantige Kinn vorgeschoben, während er in die düsteren Gesichter starrte, die ihn umgaben. »Wenn jemand auch nur den Anflug einer Idee hat, soll er ihn äußern.«

»Raumwahnsinn.«

»Daran habe ich schon gedacht. Seit einem halben Jahrhundert sind Fälle von Raumwahnsinn aber nicht mehr vorgekommen. Dr. Eggert wird natürlich jeden einzelnen einem entsprechenden Test unterziehen, und auch bei seiner Untersuchung der Toten kalkuliert er diese Möglichkeit ein.«

Während er schloß, gewahrte er bereits den Arzt, der den Gang betrat. Männer drängten sich zur Seite, um ihm Platz zu machen. »Ich habe Ihre Worte gehört, Direktor«, sagte Eggert, »und ich kann Ihnen gleich sagen, daß die Raumwahnsinnhypothese ausscheidet. Die Kehlen der Männer sind zerschmettert worden. Kein Mensch besitzt derart enorme Kräfte. Nur maschinelle Einwirkung hätte das zuwege bringen können.«

Morton gewahrte, daß der Blick des Arztes unablässig den Korridor hinunterwanderte, und er schüttelte den Kopf und stöhnte: »Den Kater zu verdächtigen hat keinen Sinn, Doktor. Er steckt in seinem Käfig, wo er auf und ab läuft. Offenbar hat er den Tumult gehört und ... Menschenskind, wie wollen Sie ihn bezichtigen? Der Käfig ist so konstruiert, daß nichts und niemand ausbrechen kann — zehn Zentimeter Mikrostahl — und wir haben keinen Kratzer an der Tür entdeckt. Kent, selbst Sie können nicht wieder sagen: ›Töten wir die Bestie auf Verdacht‹, weil eben kein Verdacht besteht. Es sei denn, wir haben es mit einer Wissenschaft zu tun, die jenseits alles Vorstellbaren liegt ...«

»Im Gegenteil«, widersprach Smith ohne Umschweife, »wir haben sämtliche Anhaltspunkte, die wir brauchen. Sie wissen, daß auf dem Käfig eine Telefluor-Kamera montiert ist. Die Aufnahmen, die ich damit gemacht habe, sind samt und sonders unbrauchbar. Als ich die Kamera eingeschaltet habe, sprang das Geschöpf auf, als hätte es die Schwingungen gespürt.

Sie haben sicherlich alle noch Gourlays Bemerkung im Ohr? Das Biest ist offensichtlich imstande, Schwingungen auf allen möglichen Wellenlängen auszusenden und zu empfangen. Die Art, wie es Kents Vibrator neutralisiert hat, belegt zur Genüge seine Fähigkeit, Energien zu beeinflussen.«

»Was, in drei Teufels Namen, haben wir uns hier aufgeladen?« stöhnte einer der Männer. »Wenn es Energien kontrollieren und in Schwingungen umwandeln kann, sind wir ihm auf Gedeih und Verderb ausgeliefert.«

»Was nur beweist«, fauchte Morton, »daß das Lebewesen nicht unschlagbar ist, sonst wären wir schon alle tot.«

Mit Vorbedacht begab er sich zu der Schalttafel neben der Käfigtür.

»Sie werden den Käfig doch nicht öffnen!« stieß Kent hervor, wobei er unwillkürlich nach seiner Waffe griff.

»Nein, aber wenn ich diesen Schalter umlege, fließt Elektrizität durch den Boden und tötet alles, was sich im Innern befindet. Wir haben die Vorrichtung noch nie benutzen müssen; wahrscheinlich haben Sie vergessen, daß sie überhaupt existiert.«

Er drückte den Schalter herunter. Blaue Funken sprühten aus dem Metall, und über Mortons Kopf brannte eine Reihe Sicherungen mit einem Schlag durch.

Morton runzelte die Stirn. »Eigenartig. Diesen Kurzschluß verstehe ich nicht. Damit ist uns auch die Sicht ins Innere versperrt, weil das Audioskop betroffen ist.«

»Wenn es auf den Stromkreis des Käfigschlosses einwirken konnte«, sagte Smith, »so daß die Tür sich öffnete, dann war es vermutlich auf alle möglichen Gefahren vorbereitet und handelte, als Sie den Schalter betätigten.«

»Wenigstens beweist das, daß unsere Mittel ihm gefährlich werden können.« Morton lächelte grimmig. »Andernfalls hätte es sie kaum außer Kraft gesetzt. Jedenfalls steckt es nach wie vor hinter zehn Zentimetern massivstem Stahl. Schlimmstenfalls können wir die Tür aufbekommen und Strahler einsetzen. Zunächst aber denke ich, wir sollten uns des Telefluor-Kabels bedienen ...«

*

Eine heftige Erschütterung im Innern des Käfigs unterbrach ihn. Ein schwerer Körper schmetterte gegen eine Wand, gefolgt von einem dumpfen Aufprall.

»Es weiß, was wir vorhaben«, bemerkte Smith, zu Morton gewandt. »Und ich wette, dem Kater ist alles andere als wohl zumute. Spätestens jetzt dürfte ihm aufgehen, welche Dummheit er mit seiner Rückkehr in den Käfig begangen hat.«

Die Spannung begann sich zu lösen. Männer lächelten nervös. Sogar vereinzeltes humorloses Auflachen löste das Bild vom Unbehagen des Untiers aus, das Smith entworfen hatte.

»Was ich gern wüßte«, meinte Pennons, der Chefingenieur, »wäre, weshalb der Telefluor-Meßanzeiger bei diesem Lärm auf seinen Höchstwert gesprungen ist und sich dort eingependelt hat. Ich habe die Zählertafel unmittelbar vor mir, und das Instrument ist aus dem Stand nach oben geschnellt.«

Innerhalb wie außerhalb des Käfigs herrschte nach Pennons' Worten Stille.

(Unvermittelt kam Bewegung in die Umstehenden. Captain Leeth tauchte hinter Smith auf. Zusammen mit zwei uniformierten Offizieren betrat er den Gang.

Der Kommandant, ein drahtiger Mann um die Fünfzig, sagte: »Am besten übernehme ich hier wohl das Kommando. Unter den Wissenschaftlern scheint man sich uneinig zu sein, ob das Untier den Tod verdient oder nicht. Habe ich recht?«

Morton schüttelte den Kopf. »Der Streit ist beigelegt. Wir sind jetzt samt und sonders dafür, es zu exekutieren.«

*Captain Leeth nickte. »So lautete auch der Befehl, den ich erteilen wollte. Ich halte die Sicherheit des Schiffs für gefährdet — und das fällt in meine Kompetenz.«)**

Dann rief Morton laut: »Alles zurück! Jeder hält seine Waffe bereit. Der Kater könnte vorhaben, aus dem Käfig auszubrechen, statt sein Leben in der Falle zu beschließen. Und er ist robust genug, uns das Leben sauer zu machen, wenn wir nicht auf der Hut sind.«

Einige Minuten vergingen, bis das Gedränge im Gang sich gelichtet hatte. Jemand bemerkte: »Eigenartig. Eben meinte ich, den Aufzug gehört zu haben.«

»Den Aufzug?« erwiderte Morton. »Mann, sind Sie sicher?«

»Zumindest kam es mir so vor.« Der Sprecher zögerte. »Bei dem allgemeinen Fußgetrappel ...«

---

* In der Romanfassung etablierte van Vogt nicht nur Elliott Grosvenor als Hauptperson der Handlung. Er führte neben der wissenschaftlichen auch eine militärische Hierarchie, folglich eine weitere Aufgabenteilung an Bord der *Space Beagle* ein. Entsprechend legte er Morton, dem Schiffskommandanten der ursprünglichen Erzählungen, die zivile Bezeichnung eines Direktors der Expedition bei. Der Titel ›Kommandant‹ ging auf den militärischen Befehlshaber, Captain Leeth, über. — *Anm. d. Übers.*

»Nehmen Sie noch einen zweiten Mann mit. Sehen Sie nach, wer ...«

Ein Schlag, ein entsetzlicher Stoß erschütterte die *Space Beagle,* als der Riesenkörper des Schiffes unter ihnen krängte. Morton wurde mit einer Wucht zu Boden geschleudert, die ihn betäubte. Er rang darum, die Besinnung zurückzugewinnen, gewahrte die stöhnenden Männer, die ringsum lagen. Er schrie: »Wer, zum Teufel, hat die Triebwerke gezündet?«

Die qualvolle Beschleunigung ließ nicht nach. Mit äußerster, schmerzhafter Anstrengung stemmte Morton sich hoch, erreichte ein Wandaudioskop und drückte auf der Tastatur die Maschinenraumnummer. Das Bild, das auf dem Schirm erschien, rang ihm einen erstickten Ausruf ab:

»Der Kater! Er hat den Maschinenraum erreicht — und das Schiff gestartet.«

Er hatte noch nicht ausgesprochen, als der Bildschirm schwarz wurde.

*

Es war Morton, der sich taumelnd durch den Aufenthaltsraum zu der Lagerkammer für die Raumanzüge kämpfte. Nachdem er sich blindlings in einen Anzug gezwängt hatte, reduzierte er den zermalmenden Andruck und half den Männern, die sich halb bewußtlos herbeischleppten. Binnen weniger Augenblicke hatten weitere Besatzungsmitglieder genügend Kraft geschöpft; anschließend war es eine Sache von Minuten, bis alle Metallit angelegt und die eingebauten Anti-Akzelerationseinheiten eingeschaltet hatten.

Es war dann auch Morton, der die Käfigtür aufgleiten ließ und wortlos verharrte, während die Wissenschaftler ihn umdrängten und auf die klaffende Öffnung in der Rückwand starrten. Das Metall war verbogen, die Kanten scharf gezackt. Ein anderer Gang wurde dahinter sichtbar.

»Ich schwöre«, flüsterte Pennons, »das ist unmöglich. Ein Schlag unseres Zehntonnenhammers könnte solchen Stahl allenfalls einbeulen — und mehr als einen einzigen Schlag haben wir nicht gehört. Ein Vernichtungsstrahl würde eine volle Minute brauchen, um durchzudringen, von der entstehenden Radioaktivität nicht zu reden. Morton, dieses Wesen ist uns überlegen.«

Der Direktor gewahrte, wie Smith die Lücke in der Wand untersuchte. Der Biologe richtete sich auf. »Wäre nur Breckenridge noch am Leben! Um das hier zu erklären, brauchten wir einen Metallurgen. Sehen Sie her!«

Er berührte die verbogene Metallkante. Ein Stück zerkrümelte zwischen seinen Fingern und rieselte als feines Pulver zu Boden. Jetzt erst bemerkten Morton das Häufchen aus Metallspänen und Staub.

»Sie haben des Rätsels Lösung gefunden«, erwiderte der Direktor. »Kein Phänomen an Stärke. Das Geschöpf hat mit seinen besonderen Fähigkeiten die elektronischen Spannungskräfte beeinflußt, die den Zusammenhalt des Metalls gewährleisten. Daher auch der Energieabfluß aus dem Telefluorkabel, der Mr. Pennons aufgefallen ist. Das Biest hat die Elektrizität abgezapft, in seinem Körper umgewandelt und die Wand durchbrochen. Mit dem Aufzug hat es dann den Maschinenraum erreicht.«

»Und das bedeutet«, fügte Kent beherrscht hinzu, »daß ein Superwesen über den Maschinenraum mit seinen fast unbegrenzten Energiereserven sowie die angrenzenden Werkräume uneingeschränkt verfügt, folglich das Schiff in seiner Gewalt hat.«

Morton empfand die lastende Stille, während die Leute die Worte des Chemikers erwogen. Die Beklemmung, die ihre Züge verrieten, ließ sich mit Händen greifen. Aus aller Mienen sprach die wachsende Erkenntnis, daß sie mit einer Grenzsituation ihres Lebens konfrontiert waren. Ihre eigene Existenz stand auf dem Spiel — und möglicherweise noch weit mehr. Morton kleidete in Worte, was die meisten dachten.

»Angenommen, es gewinnt die Oberhand. Erbarmen kennt es nicht, und vermutlich scheint die Macht über die Milchstraße ihm in Reichweite gerückt.«

»Kent hat unrecht«, mischte der Chefnavigator sich mit Nachdruck ein. »Das Wesen verfügt nicht vollständig über den Maschinenraum. Uns bleibt die Kommandobrücke und damit die vorrangige Kontrolle über alle Antriebssysteme. Nicht alle unter Ihnen sind vielleicht bis ins einzelne über die technischen Anlagen des Schiffes orientiert, aber noch sind wir in der Lage, sämtliche Maschinen lahmzulegen. Ich frage mich ohnehin, Direktor, weshalb Sie die Energiezufuhr nicht einfach abgeschaltet haben, statt uns in Raumanzüge zu stecken.«

»Aus zwei Gründen«, erwiderte Morton. »Innerhalb der Kraftfelder unserer Anzüge sind wir einzeln sicherer. Und wir können uns nicht leisten, durch panisches Handeln unsere Vorteile aufs Spiel zu setzen.«

»Vorteile? Was für Vorteile haben wir denn noch?«

»Wir wissen einiges über das Geschöpf«, entgegnete Morton. »Deshalb möchte ich auch sogleich einen Test durchführen. Pennons, schicken Sie fünf Leute an jeden der vier Zugänge zum Maschinenraum. Nehmen Sie transportable Hitzestrahler und versuchen Sie die Türen durchzuschmelzen. Die Instrumente zeigen an, daß sie versperrt sind.

Selenski, begeben Sie sich zur Kommandobrücke und lassen Sie ausschließlich die Triebwerke eingeschaltet. Koppeln Sie sie an den Hauptschalter und stellen Sie dann auch die Antriebsmotoren auf einen Schlag ab. Wichtig ist dabei eins — lassen Sie die Beschleunigung auf voller Stärke. Keinesfalls darf Anti-Akzeleration angewendet werden. Ist das klar?«

»Jawohl, Sir.« Der Pilot salutierte.

»Melden Sie mir über die Rundrufanlage, falls irgendein Motor wieder zu arbeiten beginnt.« Er wandte sich den Umstehenden zu. »Ich übernehme eine Gruppe. Kent, Sie leiten die zweite, Smith die dritte und Pennons die vierte. Wir werden schnell feststellen, ob wir es mit einer Wissenschaft der uneingeschränkten Möglichkeiten zu tun haben oder mit einem Geschöpf, das ebenso seine Grenzen hat wie wir. Ich tippe auf die letztere Möglichkeit.«

*

Während Morton sich vorwärtsbewegte, in dem durchsichtigen Raumanzug noch wuchtiger wirkend als sonst, beherrschte ihn das unbehagliche Empfinden, die schimmernde Metallröhre nähme kein Ende, die auf dem Maschinenraumdeck den Hauptkorridor bildete. Sein Verstand sagte ihm, daß das Geschöpf sich bereits Blößen gegeben hatte, und doch fiel es ihm schwer, gegen das Gefühl anzukämpfen, es mit einer unbezwingbaren Lebensform zu tun zu haben.

Er sprach in die Rundrufanlage. »Ein Überrumplungsversuch hätte keinen Sinn. Unser Gegner kann wahrscheinlich eine Stecknadel zu Boden fallen hören. Konzentrieren Sie sich also darauf, die Antriebsmotoren in Stellung zu bringen.

Wie ich schon gesagt habe, ist dies in erster Linie ein Probeangriff. Wir würden uns nie verzeihen, wenn wir nicht versuchten, das Lebewesen jetzt zu überwältigen, bevor es Zeit gehabt hat, sich gegen uns zu rüsten. Abgesehen davon habe ich aber auch eine Idee.

Meine Überlegung sieht folgendermaßen aus: Die Türschotts sind so konstruiert, daß sie selbst schweren Explosionen standhalten. Die Strahler werden fünfzehn Minuten brauchen, um hindurchzudringen. Während dieser Zeit wird das Geschöpf keine Energie zu seiner Verfügung haben. Sie werden in wenigen Minuten sehen, worauf ich hinauswill — hoffe ich.«

Seine Stimme klang plötzlich laut und scharf: »Fertig, Selenski?«

»Fertig.«

»Dann schalten Sie ab!«

Abrupt war der Gang — und ebenso, wie Morton wußte, das gesamte Schiff — in tiefe Dunkelheit getaucht. Der Direktor drehte das blendende Licht seines Raumanzugs auf. Die übrigen Männer folgten seinem Beispiel. Im Widerschein wirkten ihre Gesichter bleich und angespannt.

»Feuer!« befahl Morton.

Die Antriebsmotoren fauchten. Hitze entströmte ihnen und brandete gegen das harte Metall des Türschotts. Der erste geschmolzene Tropfen rollte zögernd herunter. Weitere folgten, bis ein Dutzend träger Rinnsale sich ihre Bahn in alle Richtungen suchten — Rinnsale höllischer, lodernder Glut, grell wie sprühende Juwelen, gequältes Metall, das zu feurigem Leben erwacht war.

Die Minuten verzehrten die Zeit wie eine langsam wirkende Säure. Schließlich fragte Morton heiser: »Selenski?«

»Noch nichts, Direktor.«

Morton flüsterte: »Aber irgend etwas muß das Biest doch tun. Unvorstellbar, daß es einfach ausharrt wie ein in die Enge getriebenes Tier. Selenski?«

»Nichts, Direktor.«

Sieben Minuten ... acht ... dann zwölf.

»Direktor!« sagte Selenskis angespannte Stimme. »Es hat den elektrischen Dynamo in Gang gebracht.«

Morton holte tief Atem. Und hörte einen der Techniker sagen: »Eigenartig. Wir dringen nicht mehr tiefer. Sehen Sie selbst, Direktor.«

Morton warf einen Blick auf das Schott. Die feurigen Rinnsale waren erstarrt. Umsonst verschwendeten die Projektoren ihre Wut an Metall, das plötzlich seine Verwundbarkeit verloren hatte. Morton seufzte.

»Der Test ist zu Ende. In jedem Gang verbleiben zwei Posten. Die Abteilungsleiter bitte ich auf die Kommandobrücke.«

*

(Der Wache am Zugang zur Brücke wies Grosvenor seine Legitimation vor. Der Mann musterte sie zweifelnd.

»Scheint zu stimmen«, konzidierte er endlich. »Bis jetzt habe ich hier noch niemanden unter vierzig eingelassen. Wie sind Sie dazu gekommen?«

Grosvenor grinste. »An den Rockschößen einer neuen Wissenschaft.«

Der Posten warf einen erneuten Blick auf die Plastikkarte und fragte dann, während er sie zurückgab: »Nexialismus? Was ist das?«

»Angewandte Ganzheitslehre«, erwiderte Grosvenor und trat über die Schwelle.

Als er einen Augenblick später zurückblickte, sah er, wie der Mann verständnislos hinter ihm herstarrte. Grosvenor lächelte, schob dann den Gedanken an die Episode beiseite. Er stand zum erstenmal in der Kommandozentrale. Mit neugierigen Augen schaute er um sich, beeindruckt und fasziniert. Trotz ihrer Kompaktheit vermittelte die Instrumententafel den Eindruck enormen Ausmaßes. Sie war so angelegt, daß mehrere Reihen weitgeschwungener Ränge übereinander verliefen, jeder Rang fünfzig Meter lang und durch einen Aufgang mit dem nächsten verbunden. Die Instrumente konnten entweder vom Boden oder, rascher, von einem kardanisch aufgehängten Pilotensessel aus bedient werden.

Die unterste Ebene der Brücke bildete ein Auditorium mit annähernd hundert bequemen Lehnsesseln. Sie waren groß genug, um Männern in Raumanzügen Platz zu bieten, und fast zwei Dutzend entsprechend ausgerüstete Wissenschaftler hatten sich bereits eingefunden. Grosvenor gesellte sich unauffällig zu ihnen. Gleich darauf traten Morton und Captain Leeth aus der Kabine des Offiziers, die von der Brücke aus zugänglich war.)

Übergangslos begann Morton: »In meinen Augen war der Test ein Erfolg. Wir wissen nun, daß unter allen Aggregaten im Maschinenraum der elektrische Dynamo für das Untier die größte Bedeutung besaß. Nachdem unsere Attacke eingesetzt hatte, muß es sich wie besessen abgemüht haben.«

»Wobei sich leicht nachvollziehen läßt, was es unternahm«, ergänzte Pennons. »Sobald es über die erforderliche Energie verfügte, erhöhte es die elektronische Spannung des Metalls und härtete die Schotts gegen unseren Schmelzversuch.«

»Entscheidend dürfte sein«, warf Smith ein, »daß es Schwingungen zwar in Gang setzen kann, seine besonderen Fähigkeiten sich aber darauf beschränken. Die erforderliche Energie muß von außerhalb kommen. Und Kernkraft bereitet ihm wegen der Radioaktivität die gleichen Probleme wie uns.«

Düster warf Kent ein: »Was nutzt es uns, wenn wir wissen, wie das Geschöpf es angestellt hat? Ausschlaggebend ist doch das Resultat. Wenn wir mit den Hitzestrahlern keinen Durchbruch schaffen, sind wir erledigt.«

Morton schüttelte den Kopf. »Erledigt nicht — aber einen anderen Plan beraten müssen wir. Als erstes werden wir sämtliche Aggregate und die Triebwerke wieder anwerfen.« Er hob die Stimme. »Selenski.«

Der Pilot beugte sich in seinem Sitz vor. »Was gibt's, Sir?«

»Schalten Sie alle Maschinen ein.«

Selenski bewegte den Pilotensessel routiniert zum Hauptschalter hinüber. Ein Ruck ging durch das Schiff, ein tiefes Brummen wurde hörbar, und einige Sekunden lang erzitterte der Boden. Das Brummen sank herab zu einem stetigen Vibrieren.

(Nachdem die Debatte zwei Stunden gedauert hatte, ergriff der Direktor mit abgespannter Stimme das Wort: »Ich denke, wir sollten uns jetzt eine halbe

Stunde Zeit nehmen, um zu essen und uns auszuruhen. Wenn es zur Krise kommt, werden wir alle Kräfte brauchen.«

Grosvenor begab sich in seine Abteilung. Essen oder Ruhe interessierten ihn nicht. Mit einunddreißig konnte er sich leisten, gelegentlich auf seinen Schlaf oder eine Mahlzeit zu verzichten. Ihm blieb eine halbe Stunde Zeit, um das Problem zu lösen, wie man gegen das Lebewesen vorgehen sollte, das sich in den Besitz des Schiffes gesetzt hatte.

Die Vorschläge, die gemacht worden waren, hatten den Nachteil, daß sie nicht gründlich durchdacht waren. Oberflächlich gesehen hatten Spezialisten ihr Wissen kombiniert. Jeder hatte knapp seine Überlegungen umrissen; keiner war darin geschult, die Assoziationen weiterzuverfolgen, die die einzelnen Ideen auslösten. Folglich mangelte es dem Angriffsplan an innerer Geschlossenheit.

Daß er, ein junger Mann von einunddreißig Jahren, wahrscheinlich der einzige Mensch an Bord war, dessen Ausbildung ihn die Schwäche des Vorhabens erkennen ließ, bereitete ihm Kopfschmerzen. Erstmals, seit er vor sechs Monaten auf das Schiff gekommen war, trat ihm deutlich vor Augen, wie einschneidend die Schulung durch die Nexialistische Stiftung ihn verändert hatte. Ohne Übertreibung ließ sich sagen, daß alle überkommenen Lehrmethoden veraltet waren. Grosvenor maß sich keinen persönlichen Anteil an der Unterweisung bei, die ihm zuteil geworden war. Nichts davon ging auf ihn zurück. Als Absolvent der Stiftung jedoch, der mit einer spezifischen Aufgabe auf die Space Beagle *entsandt worden war, blieb ihm nichts anderes übrig, als sich für eine bestimmte Lösung zu entscheiden und anschließend alle verfügbaren Mittel einzusetzen, um die Verantwortlichen zu überzeugen.*

Hinderlich war der Umstand, daß ihm Informationen fehlten. Um sie zu beschaffen, schlug er den kürzestmöglichen Weg ein. Er wählte über die Sprechanlage verschiedene Abteilungen an.

Meist sprach er mit Assistenten. Stets stellte er sich als Abteilungsleiter vor — und die Wirkung war beachtlich. Jüngere Wissenschaftler reagierten auf den Hinweis gewöhnlich, wenn auch nicht in allen Fällen, mit ausgeprägter Hilfsbereitschaft. Es gab den Typus, der erklärte, er müsse erst die Genehmigung seiner Vorgesetzten einholen. Ein Abteilungschef — Smith — sprach selbst mit ihm und gab ihm alle gewünschten Auskünfte. Ein anderer bat ihn höflich, doch nach der Beseitigung des Katers wieder anzurufen. Die chemische Abteilung hatte Grosvenor sich bis zuletzt aufgehoben. Er verlangte Kent zu sprechen, in der Erwartung — und Hoffnung —, nicht zu ihm vorzudringen. Er war darauf vorbereitet, einen Untergebenen aufzufordern: »Dann informieren Sie mich doch bitte über die und die Punkte.« Zu seinem Ärger und seiner Überraschung wurde er unverzüglich mit Kent verbunden.

Der Chemiker hörte ihm mit kaum verhehlter Ungeduld zu und unterbrach ihn dann schroff:

»Das können Sie alles auf dem üblichen Weg erfahren — allerdings erst in einigen Monaten. Wir müssen unsere Ergebnisse doppelt und dreifach überprüfen.«

Grosvenor blieb beharrlich. »Mr. Kent, ich bitte Sie dringend, die Daten über die Zusammensetzung der Atmosphäre des Katzenplaneten sofort zur Verfügung zu stellen. Für unseren Angriffsplan könnten sie unter Umständen von ganz erheblicher Bedeutung sein. Es würde zu lange dauern, das jetzt im einzelnen zu erläutern, aber glauben Sie mir ...«

Kent schnitt ihm das Wort ab. »Selbst Ihnen müßte eigentlich klar sein, Jungchen« — der Hohn in sei-

ner Stimme war nicht zu überhören —, »daß gelehrtes Geschwafel absolut fehl am Platze ist. Wir schweben in tödlicher Gefahr. Schlägt unser Vorhaben fehl, dann geht es Ihnen und mir und allen übrigen buchstäblich an den Kragen. Mit geistigen Turnübungen hat das nichts mehr zu tun. Und nun verschonen Sie mich bitte für die nächsten zehn Jahre.«

Es knackte, als Kent die Verbindung unterbrach. Grosvenor, dem bei der Schmähung das Blut ins Gesicht geschossen war, blieb einige Sekunden lang reglos sitzen. Dann lächelte er betrübt und erledigte seine letzten Anrufe.

Das Schaubild, auf das er seine Berechnungen stützte, enthielt in den entsprechenden vorgedruckten Spalten Angaben über die Menge an vulkanischem Staub in der Atmosphäre des Planeten, über die Wachstumszyklen einer Reihe von Pflanzen, die sich aus der vorläufigen Untersuchung ihrer Samenkörner ergaben, über die Verdauungssysteme, die Tiere besitzen mußten, um sich von diesen Pflanzen ernähren zu können, wie schließlich über die mutmaßliche Beschaffenheit fleischfressender Geschöpfe, die wiederum den Pflanzenfressern nachstellten.

Grosvenor arbeitete eilig. Da er auf dem Tabellenausdruck lediglich Markierungen einzutragen brauchte, hatte er bald sein Diagramm beisammen. Es war keine ganz unkomplizierte Affäre, und es jemandem zu erläutern, der mit dem Nexialismus völlig unvertraut war, würde nicht leicht sein. Für ihn selbst freilich ergab sich ein recht eindeutiges Bild. Die Möglichkeiten, die es in einem kritischen Augenblick aufzeigte, ließen sich nicht einfach ignorieren. So jedenfalls wollte es Grosvenor scheinen.

Unter der Rubrik ›Allgemeine Empfehlungen‹ vermerkte er: »Jede ergriffene Maßnahme sollte im Notfall Rückzugsweg offenlassen.«

Mit vier Kopien begab er sich zur mathematischen Abteilung. Davor standen Wachtposten; das war ungewöhnlich und offenbar als Vorsichtsmaßnahme im Hinblick auf den Kater angeordnet worden. Als sie ihm den Zugang zu Morton verwehrten, verlangte Grosvenor, einen der Sekretäre des Direktors zu sprechen. Schließlich tauchte ein junger Mann aus einem anderen Raum auf, überflog höflich die Tabelle und äußerte, er würde »versuchen, Direktor Morton darauf aufmerksam zu machen«.

»Solche Floskeln habe ich schon öfter zu hören bekommen«, versetzte Grosvenor gereizt. »Sollte Direktor Morton dieses Diagramm nicht zu Gesicht bekommen, werde ich einen Untersuchungsausschuß verlangen. Anscheinend wird mit den Unterlagen, die ich an das Büro des Direktors schicke, sehr eigenartig verfahren — und wenn sich das nicht ändert, gibt es Ärger.«

Der Sekretär war fünf Jahre älter als Grosvenor. Sein Auftreten wirkte frostig, mit einem Anflug von Feindseligkeit. Er machte eine Verbeugung und bemerkte mit leicht spöttischem Lächeln: »Der Direktor ist ein vielbeschäftiger Mann. Viele Abteilungen wetteifern um seine Aufmerksamkeit. Einige davon können sich auf Errungenschaften berufen, die weit zurückreichen. Ihr Prestige verleiht ihnen Vorrang vor jüngeren Wissenschaften und ...« — er zögerte — »Wissenschaftlern.« Er hob die Schultern. »Ich werde ihn aber fragen, ob er sich das Diagramm ansehen möchte.«

Grosvenor erwiderte: »Ersuchen Sie ihn, die Rubrik ›Empfehlungen‹ zu lesen. Mehr Zeit bleibt ohnehin nicht.«

»Ich werde ihn darauf hinweisen«, sagte der Sekretär.

Grosvenor suchte Captain Leeth auf. Der Kommandant empfing ihn und hörte sich an, was er zu sa-

gen hatte. Anschließend prüfte er die Aufstellung. Schließlich schüttelte er den Kopf. »Das Militär«, sagte er förmlich, »faßt die Dinge etwas anders an. Wir sind gewohnt, zur Erreichung bestimmter Ziele wohlerwogene Risiken einzugehen. Ihre Ansicht, wonach es im Endeffekt besser wäre, dieses Geschöpf entkommen zu lassen, widerspricht meiner eigenen Einstellung diametral. Wir haben es mit einem intelligenten Lebewesen zu tun, das sich einem bewaffneten Schiff gegenüber feindselig verhalten hat. Das kann keinesfalls hingenommen werden. Ich bin überzeugt, daß es in Kenntnis der Konsequenzen so gehandelt hat.« Er lächelte mit schmalen Lippen. »Die Konsequenzen heißen — Tod.«

Grosvenor kam der Gedanke, daß die Folgen in der Tat tödlich sein konnten für Leute, die mit ungewöhnlichen Gefahren zu wenig flexibel umgingen. Er öffnete den Mund, um darauf hinzuweisen, daß er nicht vorhätte, das Untier entkommen zu lassen. Ehe er zu Wort kam, stand Captain Leeth auf. »Ich muß Sie nun bitten zu gehen«, sagte er. Er wandte sich an einen Offizier. »Zeigen Sie Mr. Grosvenor den Ausgang.«

Grosvenor entgegnete bitter: »Ich kenne den Ausgang durchaus.«

Deprimiert begab er sich zur Brücke. Die meisten waren bereits anwesend, als er sich einen Platz suchte. Unmittelbar darauf kam Direktor Morton mit Captain Leeth zusammen herein. Und die Besprechung wurde aufs neue eröffnet.)

Mit großen Schritten ging Morton vor seinen Zuhörern auf und ab. Mechanisch fuhr er sich durch das wirre Haar. Die Raumblässe seines kantigen Gesichts betonte noch die Aggressivität seines vorgeschobenen Kinns. Seine tiefe Stimme klang schroff, als er sprach.

»Wir müssen sicherstellen, daß unsere Vorgehensweise genau aufeinander abgestimmt ist. Ich bitte deshalb der Reihe nach jeden Experten, seine Rolle bei der Überwältigung dieser Kreatur knapp zu umreißen. Mr. Pennons als erster!«

Resolut erhob sich der Ingenieur. Er war nicht groß, dachte Morton, und doch wirkte er imponierend — vielleicht, weil er so kompetent auftrat. Dieser Mann wußte über Maschinen und ihre Entwicklung gründlich Bescheid. Morton hatte ihn die Geschichte eines Aggregats vom einfachen Spielzeug bis zum modernen Präzisionsinstrument schildern hören. Auf Aberdutzenden von Welten hatte er den Stand der Maschinentechnik studiert; buchstäblich nichts von Bedeutung auf seinem Gebiet war ihm fremd. Es war fast kurios, wie Pennons, der stundenlang hätte reden können, ohne sein Thema zu erschöpfen, knapp äußerte:

»Wir haben hier auf der Brücke ein Relais eingebaut, das jedes Triebwerk rhythmisch an- und abschaltet. Der Takt entspricht einer Hundertstelsekunde, und der Effekt besteht darin, daß alle nur möglichen Vibrationen erzeugt werden. Die Materialbeanspruchung ist ungeheuer hoch; trotzdem halte ich die Gefahr für gering, daß eins der Triebwerke in Stücke fliegt. Es geht uns um nichts anderes, als das Biest bei seiner Einwirkung auf das Metall zu stören und daran zu hindern, durch die Türen zu brechen.«

»Als nächster Mr. Gourlay!« befahl Morton knapp.

Gourlay stand gemächlich auf. Er machte einen schläfrigen Eindruck, als ob die Vorgänge ihn gründlich langweilten, aber Morton wußte, daß er es schätzte, wenn die Leute ihn für phlegmatisch und betulich hielten. Er führte den Titel eines Funk-Chefingenieurs, doch erstreckte sein Wissen sich auf den gesamten Interferenzbereich. Ausgenommen allenfalls Kent, galt er als schnellster Denker an Bord des Raumschiffs. Mit schleppender Stimme begann er zu sprechen, und Morton registrierte, daß gerade diese Geruhsamkeit entkrampfend auf die Männer wirkte. Sorgenvolle Mienen lockerten sich, vorgebeugte Körper sanken entspannt zurück.

»Wir haben Vibrationsschirme konstruiert«, erläuterte Gourlay, »die nach dem Reflektorprinzip arbeiten. Sobald wir eingedrungen sind, werden wir sie benutzen, um auf ihn zurückzuwerfen, was immer der Kater an Schwingungen aussendet. Außerdem haben wir genügend überschüssige Energie zur Verfügung, die wir mit mobilen Aggregaten gegen ihn einsetzen können. Beliebige Mengen dürften auch seine isolierten Nervenstränge kaum verkraften.«

»Selenski!« rief Morton.

Er hatte noch nicht ausgesprochen, als der Pilot schon auf den Beinen stand. Und das, erwog Morton, war charakteristisch für den Mann. Er besaß eiserne Nerven — die Grundvoraussetzung, um ein derart immenses Schiff zu steuern. Diese unerschütterliche Beherrschung war gewissermaßen auf Dynamit gebaut, das sein Besitzer nach Belieben detonieren lassen konnte. Selenski reagierte derart blitzartig auf äußere Anlässe, daß es stets schien, als habe er sie vorausgeahnt.

»Wichtig scheint mir an dem Plan vor allem, daß die Intensität der Attacke sich fortwährend steigert. Immer dann, wenn das Untier an der Grenze seiner Widerstandsfähigkeit angelangt ist, passiert etwas, um es noch mehr zu ängstigen und zu desorientieren. Auf dem Höhepunkt der Verwirrung schalte ich dann die Anti-Akzeleratoren ein. Der Direktor und Gunlie Lester sind überzeugt, daß die Geschöpfe diese Technik nicht kennen. Sie ist aus der Beschäftigung mit interstellarer Raumfahrt hervorgegangen und hätte sich auf keine andere Weise entwickeln lassen. Wir denken, daß das Lebewesen auf die ersten Auswirkungen völlig konsterniert reagieren wird — Sie erinnern sich bestimmt noch an Ihr eigenes Gefühl der Platzangst — und nicht mehr weiß, was es tun soll.«

*

»Korita!«

»Ich kann Sie zu Ihrem Vorhaben nur ermutigen«, versetzte der Archäologe, »ausgehend von meiner These, wonach das Untier alle Merkmale eines Räubers aus den Frühstadien des Zivilisationsprozesses aufweist, der anscheinend in die Primitivität zurückgesunken ist. Smith hat die Vermutung vorgebracht, seine wissenschaftlichen Kenntnisse legten nahe, daß wir es mit einem Ureinwohner der toten Metropole zu tun hätten, die wir erforscht haben, und nicht mit einem Abkömmling. Das hieße, daß unser Gegner buchstäblich unsterblich wäre — wofür auch seine Fähigkeit spricht, sowohl Sauerstoff wie Chlor zu atmen —, aber selbst das würde an der Diagnose nichts ändern. Er entstammt einer bestimmten Zivilisationsstufe, und er ist so tief gesunken, daß er sich jener Ära nur noch vage entsinnt.

Ungeachtet aller Fähigkeiten, über die er verfügt, hat er im Aufzug gleich zu Anfang den Kopf verloren. Als nächstes brachte er sich in eine Lage, die ihn zwang, seine Abwehrkräfte gegen unsere Vibratoren zu enthüllen. Und den Massenmord, der ihm vorschwebte, hat er verpatzt. Sein gesamtes Handeln zeugt von der niederen Arglist einer primitiven, egoistischen Grundeinstellung. Ihm fehlt jedes wirkliche Verständnis für die enorme Organisation, mit der er sich konfrontiert sieht.

Er gleicht dem urtümlichen germanischen Krieger, der sich dem verfeinerten Römer überlegen dünkte. Und doch gehörte dieser einer machtvollen Zivilisation an, vor der der Germane Respekt empfand.

Sie mögen einwenden, die spätere Verheerung Roms durch die Nachkommen der Germanen widerlege mein Argument. Heutige Historiker stimmen jedoch darin überein, daß es sich dabei um einen historischen Zufall, nicht um einen geschichtlichen Vorgang im eigentlichen Sinne des Wortes gehandelt hat. Den Seevölkern, die seit 1400 v. Chr. die ägyptische Zivilisation berannten, glückte ihr Vordringen nur im kretischen Inselgebiet. Ihre mächtigen Züge an der libyschen und phönikischen Küste unter Begleitung von Wikingerflotten scheiterten ebenso wie die der Hunnen gegen das chinesische Reich. Rom wäre in jedem Fall aufgegeben worden. Die islamische Riesenstadt Samarra wurde schon im 10. Jahrhundert verlassen. Die Residenz Ašokas, Pataliputra, war, als ein chinesischer Reisender sie um 635 besuchte, eine ungeheure, völlig unbewohnte Häuserwüste.

Wir haben es also mit einem Primitiven zu tun. Und dieser Primitive befindet sich derzeit im Raum, weit außerhalb seines natürlichen Lebensbereichs. Deshalb sage ich: Greifen wir an — wir können es schaffen.«

Einer der Männer murrte bei Koritas letzten Worten: »Die Brandschatzung Roms ein historischer Zufall, der Miezekater ein Primitiver — Sie haben gut reden. Ich habe eher den Eindruck, Rom wird zum zweitenmal zugrundegehen, und auch nicht von der Hand eines Primitiven.«

Morton erwiderte grimmig: »Davon werden wir uns in aller Kürze selbst überzeugen können.«

(Er machte eine Pause und lächelte schief. »Ursprünglich«, sagte er dann, »sollte Koritas anfeuernde Ansprache den Auftakt zum Angriff bilden. Nun habe ich aber im Laufe der letzten halben Stunde ein Schriftstück von einem jungen Mann erhalten, der auf unserem Schiff eine Disziplin vertritt, über die ich nur wenig weiß. Allein der Umstand, daß er sich an Bord befindet, erfordert, daß ich seiner Meinung Gewicht beimesse. Überzeugt, einen Ausweg aus unserem Dilemma gefunden zu haben, hat er nicht nur in meinem Büro vorgesprochen, sondern auch Captain Leeth aufgesucht. Der Kommandant und ich sind deshalb übereingekommen, Mr. Grosvenor einige Minuten Redezeit zuzubilligen, damit er seinen Lösungsvorschlag vortragen und uns überzeugen kann, daß er weiß, wovon er spricht.«

Grosvenor erhob sich unsicher. Er begann: »An der Nexialistischen Stiftung lehren wir, daß sich hinter den augenfälligen Zügen jeder Einzelwissenschaft ein enger Zusammenhang mit anderen Disziplinen verbirgt. Das ist natürlich eine alte Vorstellung — aber ob man ihr nur Lippendienste leistet oder praktische Konsequenzen daraus zieht, macht einen gewaltigen Unterschied aus. Wir haben in der Stiftung anwendungsbezogene Verfahren entwikkelt. In lerntechnischer Hinsicht ist meine Abteilung entsprechend überdurchschnittlich ausgestattet. Ich kann Ihnen die entsprechenden Vorrichtungen jetzt nicht im einzelnen schildern, aber ich kann Ihnen sagen, wie jemand, der daran geschult worden wäre, das Problem des Katzenwesens angehen würde.

Zunächst einmal sind die bislang unterbreiteten Vorschläge eher oberflächlicher Art. Innerhalb des vorgegebenen Rahmens mögen sie hingehen. Dieser Rahmen ist aber zu eng gesteckt. Wir besitzen genügend Anhaltspunkte, um uns ein einigermaßen klares Bild von den Lebensbedingungen des Geschöpfes zu machen. Ich will sie aufzählen. Vor annähernd achtzehnhundert Jahren begann plötzlich das Sonnenlicht abzunehmen, das die widerstandsfähige Flora dieses Planeten empfing. Verantwortlich dafür war vulkanischer Staub, der in großen Mengen in der Atmosphäre auftauchte. Resultat: Beinahe über Nacht gingen die meisten Pflanzen ein. Eines unserer Patrouillenboote entdeckte gestern im Umkreis von hundert Meilen um die tote Stadt mehrere Lebewesen von der Größe irdischen Rotwilds, offenbar aber intelligenter. Sie waren so scheu, daß sie sich nicht fangen ließen. Sie mußten erlegt werden, und die biologische Abteilung hat sie untersucht. Ihr Phosphoranteil entsprach in etwa dem des menschlichen Körpers. Andere Tiere wurden nicht gesichtet. Dies könnte zumindest eine der Quellen sein, aus denen das Katzenwesen seinen Phosphorbedarf deckt. Im Magen der Tiere fanden die Biologen Reste der erwähnten Pflanzen in unterschiedlichen Verdauungsstadien. Demnach sähe der Zyklus so aus: Vegetation — Pflanzenfresser — Raubtier. Es läßt sich vermuten, daß mit der Flora auch ein entsprechender Teil der Tierwelt zugrundeging. Über Nacht stand unser Miezekater ohne Nahrungsgrundlage da.«

Grosvenor schickte einen raschen Blick über seine Zuhörer. Mit einer Ausnahme lauschten alle Anwesenden ihm aufmerksam. Die Ausnahme bildete Kent. Der Chefchemiker wirkte gereizt. Mit seinen Gedanken schien er anderswo zu sein.

Rasch fuhr der Nexialist fort: »Wir kennen in der Milchstraße viele Beispiele für die völlige Abhängigkeit einer bestimmten Lebensform von einem einzigen Nahrungstyp. Noch nie *aber sind wir intelligentem Leben begegnet, das nicht auf den Gedanken gekommen wäre, seine Nahrung zu züchten und natürlich auch Futter für seine Nahrung anzubauen. Ein unglaublicher Mangel an Vorsorge, das werden Sie zugeben. So unglaublich in der Tat, daß jede Erklärung, die diesen Umstand nicht berücksichtigt,* ipso facto *unbefriedigend wäre.«*

Wieder hielt Grosvenor inne, aber nur, um Atem zu schöpfen. Er blickte keinen der Anwesenden direkt an. Es war unmöglich, den Beweis für das zu erbringen, was er im Begriff stand, als nächstes zu sagen. Jede Abteilung würde Wochen brauchen, um diejenigen Daten nachzuprüfen, die sich auf ihre eigene Disziplin bezogen. Er konnte lediglich die Folgerung mitteilen, zu der er gelangt war — was er weder auf seinem Schaubild noch in seinem Gespräch mit Captain Leeth gewagt hatte. Rasch beendete er seine Ausführungen: »Die Tatsachen lassen nur einen Schluß zu. Der Miezekater gehört weder zu den Erbauern der Stadt, noch ist er ein Nachkomme der Erbauer. Er und seinesgleichen sind Tiere, mit denen die Erbauer experimentiert haben.

Was ist aus den Bewohnern der Metropole geworden? Wir können nur Vermutungen anstellen. Möglicherweise haben sie sich vor achtzehnhundert Jahren in einem Atomkrieg selbst vernichtet. Die nahezu eingeebnete Stadt, die jähe Trübung der Atmosphäre durch vulkanähnlichen Staub in solchen Mengen, daß er jahrtausendelang die Sonne verfinstert, sind wichtige Indizien. Als er seine Gefühle noch über die Vernunft stellte, wäre dem Menschen fast dasselbe gelungen. Deshalb dürfen wir nicht zu hart über diese untergegangene Spezies urteilen. Aber welche Konsequenz ziehen wir nun aus unserer Erkenntnis?«*

---

* Die Erwähnung einer derartigen Klimakatastrophe als Folge eines Atomkrieges durch van Vogt (1950) ist um so erstaunlicher, als das Problem noch 25 Jahre später von den Verfassern einer Abhandlung über ›Weltweite Langzeitfolgen gehäufter Kernwaffendetonationen‹ (Washington 1975, vorgelegt von der höchsten amerikanischen Wissenschaftsinstanz, der National Academy of Sciences) überhaupt nicht gesehen wurde: Immense Rauch- und Staubwolken, verursacht durch Explosionen und Flächenbrände, würden das Sonnenlicht blockieren; Wälder und Erntepflanzen müßten absterben, die Nahrungsketten würden abreißen. Erst seit den 1982/83 angestellten Forschungen des Holländers Paul Crutzen und des Amerikaners John Birks sowie der sog. TTAPS-Gruppe (Richard Turco, Owen Toon, Thomas Ackerman, James Pollak und Carl Sagan) ist der ›nukleare Winter‹ Gegenstand wissenschaftlicher, zeitweise auch politischer Debatten. Die eher beiläufige Erwähnung des Problems im Zuge der Romanhandlung dürfte die Erklärung dafür bieten, daß Hinweise auf van Vogts Vorwegnahme späterer ›exakter‹ Szenarien der Naturwissenschaften bislang unterblieben sind. Erwähnenswert wäre noch, daß nicht zuletzt die Erforschung der atmosphärischen Bedingungen auf dem Planeten Mars im Laufe der Voyager- und Viking-Missionen die TTAPS-Gruppe zu ihren Recherchen über die klimatischen Folgen eines nuklearen ›Schlagabtausches‹ veranlaßt hat.

Noch einmal holte Grosvenor tief Atem, ehe er schnell weitersprach: »Hätten wir es mit einem ursprünglichen Bewohner der Riesenstadt zu tun, dann wären seine Fähigkeiten mittlerweile in ihrem ganzen Ausmaß zutagegetreten, und wir wüßten genau, was wir zu erwarten haben. Statt dessen haben wir ein Tier vor uns, das seine Kräfte nicht exakt einzuschätzen weiß. Treiben wir es in die Enge, setzen wir es zu massiv unter Druck, dann läßt sich nicht ausschließen, daß es weitere, bislang latente und für uns noch gefährlichere Befähigungen in sich entdeckt. Wir müssen ihm einen Fluchtweg eröffnen. Einmal außerhalb des Schiffes, ist es uns auf Gedeih und Verderb ausgeliefert. Das wäre alles. Ich danke Ihnen, daß Sie mir zugehört haben.«

Morton blickte in die Runde. »Meine Herren, was ist Ihre Meinung?«

Kent grunzte mißmutig und sagte: »Eine solche Geschichte habe ich im ganzen Leben noch nicht gehört. Mutmaßungen. Möglichkeiten. Phantastereien. Wenn das Nexialismus sein soll, müßte er erheblich mehr bieten, um mich zu reizen.«

Smith bemerkte bedrückt: »Um eine derartige Erklärung akzeptieren zu können, müßten wir das Katzenwesen vorher seziert haben.«

Chefphysiker van Grossen warf ein: »Ich bezweifle, ob selbst eine Obduktion den definitiven Beweis erbringen würde, daß es sich um ein Tier handelt, mit dem man Versuche angestellt hat. Mr. Grosvenors Analyse ist und bleibt problematisch.«

Korita äußerte: »Die weitere Erforschung der Stadt könnte unter Umständen Belege für Mr. Grosvenors Hypothese erbringen.« Er wählte seine Worte mit großer Bedachtsamkeit, als er fortfuhr: »Die zyklische Geschichtsauffassung würde dadurch nicht gänzlich widerlegt. Ein experimentell ausgebildeter Intellekt würde dahin tendieren, die Einstel-

*lungen und Überzeugungen derer zu spiegeln, die ihn angeleitet haben.«**

Captain Leeth erhob sich. »Ich habe Mr. Grosvenor schon vorhin gesagt, daß man beim Militär in diesen Dingen konsequenter denkt. Wir kalkulieren Verluste ein. Sollte unser Angriff fehlschlagen, werden wir andere Maßnahmen erwägen. Danke für Ihre Analyse, Mr. Grosvenor. Und nun an die Arbeit!«

Damit war ein Befehl erteilt. Der allgemeine Aufbruch erfolgte unverzüglich.)

In der gleißenden Helle des enormen Maschinenraums schuftete Cœurl. Das zwölf Meter lange Raumboot war fast fertiggestellt. Mit einem Keuchen der Anstrengung beendete er den mühseligen Einbau des Antriebs und hielt inne, um das Resultat zu mustern.

Das Innere, erkennbar durch die Öffnung in der Außenwand, war erbärmlich eng. Es bot buchstäblich nur dem Triebwerk Platz — und ihm selbst.

In wilder Hast nahm er sein Werk wieder auf, als er das Nahen der Männer spürte, den plötzlichen Wechsel im tosenden Orkan der Triebwerke registrierte — ein rhythmisches An- und Abschwellen, schriller im Ton, schärfer, nervenaufreibender als das tiefe, stetige Dröhnen, das vorausgegangen war. Jäh ertönte von neuem das röhrende Fauchen der Hitzestrahler.

Er wehrte sie ab, ohne nachzulassen in seinem konzentrierten Tun. Jeder mächtige Muskel seines kraftvollen Körpers spannte sich, während er Mengen an Werkzeugen, Gerätschaften, Instrumenten heranschleppte und in das behelfsmäßige Boot beförderte. Zum Sortie-

---

* In der Version des Romans erweist Grosvenors These sich als zutreffend, so daß er gegenüber Korita am Ende buchstäblich das letzte Wort behält. Demgegenüber folgt die weitere Wiedergabe der Erzählung hier der Urfassung von 1939.

ren, zum Verstauen blieb keine Zeit — keine Zeit — keine Zeit ...

Der Gedanke hämmerte an die Schranken seiner Beherrschung. Zum erstenmal in seiner langdauernden Existenz spürte er lähmende Erschöpfung. Mit einem qualvollen abschließenden Ruck stieß er die schwere Metallplatte in die gähnende Wandöffnung des Bootes — und balancierte sie einen endlosen, unentschlossenen Augenblick lang.

Er wußte, daß die Türschotts nachgaben. Die Strahlung aus einem halben Dutzend Projektoren, auf einen einzigen Punkt gerichtet, fraß sich langsam, aber unwiderstehlich durch die letzten Zentimeter. Mit einem Keuchen gab er die Türen frei und konzentrierte sich auf die meterdicke Außenhülle des Schiffes, in deren Richtung der stumpfe Bug seines Bootes wies.

Sein Körper krümmte sich unter der Wucht des Stromstoßes, der aus dem elektrischen Dynamo über seine Ohrfühler in die widerstrebende Wand floß. Ihm war, als brenne er innerlich; er merkte, daß seine Belastungsgrenze fast erreicht war.

Und immer noch verharrte er reglos, bebend vor Qual, die Metallplatte mit den Tentakeln umkrampfend. Unverwandt deutete sein großer Katzenkopf auf das bitterharte, verdichtete Metall der Schiffswand.

Mit einem Krachen hörte er das erste Türschott in der Triebwerkskammer niederbrechen. Männer brüllten. Projektoren rollten vorwärts; ungehemmt wütete ihre Energie. Zischend glühte der Boden unter den Strahlen auf. Noch ein Moment, und die schwachen Wände zwischen Triebwerkskammer und Maschinenraum würden zerschmelzen.

In dieser Sekunde wußte Cœurl sich am Ziel. Mit einem haßerfüllten Fauchen, einem rachsüchtigen Aufglühen wilder Augen sprang er in die Pinasse, zerrte die Metallplatte wie eine Lukenklappe an ihren Platz.

Seine Ohrfühler summten, während er die Ränder mit

ihrer Umgebung verschmolz. Im Nu bildete die Platte Teil des Boots, ohne Schweißnähte, ohne Nieten, Bestandteil eines Ganzen aus schirmendem Metall, das nur über Bug und Heck durchsichtige Partien aufwies.

Sein Tentakel umfaßte geradezu zärtlich die Antriebsschaltung. Ein Vorwärtsschießen des zerbrechlichen Apparats, direkt auf die Außenwand zu. Der Bug kam in Berührung — und die Außenhülle zerstäubte zu einem Graupelschauer glitzernden Metalls.

Cœurl spürte den fast unmerklichen Widerstand. Dann befand er sich in der Kälte des freien Raumes, wendete die Pinasse und flog zurück in die Richtung, aus der das Schiff während der letzten Stunden gekommen war.

Männer in Raumanzügen standen in der gezackten Öffnung, die im unteren Bereich der immensen Kugel gähnte. Die Männer und das gewaltige Schiff wurden kleiner. Dann waren die Gestalten verschwunden; nur das Schiff mit seinem Schein aus tausend verschwimmenden Bordluken blieb übrig. Unglaublich rasch schrumpfte auch die Kugel, zu klein bereits, um noch einzelne Luken zu unterscheiden.

Fast unmittelbar voraus gewahrte Cœurl einen winzigen, mattrötlichen Ball — seine eigene Sonne, wie er begriff. Mit höchster Beschleunigung steuerte er darauf zu. Auf seinem Planeten existierten Höhlen, in denen er sich verbergen, in denen er — nun, da er die nötigen Kenntnisse besaß — zusammen mit weiteren Cœurls ein Raumschiff bauen konnte, das ihnen ermöglichen würde, andere Welten ungefährdet zu erreichen.

Sein Körper schmerzte unter der Pein des Andrucks. Dennoch wagte er nicht, auch nur für einen Moment die Beschleunigung zu reduzieren. Unruhig sah er zurück. Die Kugel war noch da — ein winziger Lichtpunkt in der ungeheuren Schwärze des Raumes. Plötzlich flimmerte er und erlosch.

Einen kurzen Augenblick lang hatte Cœurl den bestür-

zenden Eindruck, der Punkt hätte sich unmittelbar vor Erlöschen bewegt. Doch erkennen konnte er nichts. Die Besorgnis keimte auf, das Schiff könnte sämtliche Lichter gelöscht haben und ihm insgeheim folgen. Unsicher, gequält von Befürchtungen, starrte er nach vorn.

*

Ein Schauer des Schreckens überrann ihn. Die fahle rote Sonne, auf die er zuflog, wurde nicht größer. *Sie verlor von Augenblick zu Augenblick an Umfang.* Während der nächsten fünf Minuten schrumpfte sie zu einem blaßroten Punkt — und verschwand wie das Schiff.

Furcht stellte sich ein, eine lähmende Woge, die sein Innerstes erfaßte; Angst vor dem Unbekannten, die ihn erstarren ließ. Minutenlang spähte er verzweifelt in den Raum hinaus, auf der Suche nach einem Anhaltspunkt. Aber nur die fernen Sterne glitzerten dort, funkelnde Tupfer auf dem samtschwarzen Hintergrund unvorstellbarer Weite.

Halt! Einer der Tupfer wurde größer. Jeden Nerv, jeden Muskel starr angespannt, verfolgte Cœurl, wie daraus ein Fleck wurde, dann ein Ball — ein roter Lichtball. Mehr und mehr wuchs er an. Plötzlich glühte das rote Licht auf, wurde weiß — und vor ihm schwebte die riesige Kugel des Raumschiffs, jede Luke hell erleuchtet, dasselbe Schiff, das er vor wenigen Minuten in seinem Rükken hatte entschwinden sehen.

In diesem Augenblick zerbrach etwas in Cœurl. Wie ein kreisendes Rad rotierte sein Gehirn, immer schneller, immer rasender. Jählings barst es in eine Myriade schmerzender Fragmente. Seine Augen quollen fast aus ihren Höhlen, als er wie ein rasendes Raubtier in der Falle zu toben begann.

Seine Tentakel packten kostbare Instrumente und schleuderten sie blindwütig gegen die Wände. Seine Tatzen hieben entfesselt gegen die Sichtplatten. Schließlich, im Aufflackern eines Restes an Vernunft, begriff er, daß er es nicht fertigbrachte, sich dem unausbleiblichen Feuer atomarer Zerstrahlung auszuliefern.

Die heftige Zellauflösung zu bewirken, die jeden Tropfen Id aus seinen lebenswichtigen Organen ausschied, fiel ihm leicht.

Sie fanden ihn tot in einer ziemlich kleinen Phosphorlache.

»Armer Kater«, bemerkte Morton. »Was er wohl gedacht hat, als seine Heimatsonne verschwand und er uns vor sich auftauchen sah. Von Anti-Akzeleratoren hatte er keine Ahnung; wie sollte er wissen, daß wir unser Schiff unverzüglich stoppen können, während er drei Stunden gebraucht hätte, um zum Stillstand zu kommen. Für ihn hatte es den Anschein, als flöge er seiner Welt entgegen — dabei entfernte er sich mehr und mehr von ihr. Wir bremsten und rasten doch mit Millionen Sekundenkilometern an ihm vorbei, so daß wir die Rolle seiner Sonne spielen konnten. Einmal außerhalb unseres Schiffes, hatte er keine Chance mehr. Der ganze Kosmos muß für ihn kopfgestanden haben.«

»Nur kein falsches Mitgefühl«, vernahm er Kents Stimme hinter sich. »Noch steht die nächste Aufgabe uns bevor — jedem Katzentier auf dieser erbärmlichen Welt den Garaus zu machen.«

»Das dürfte nicht schwer sein«, murmelte Korita. »Es sind und bleiben Primitive. Wir brauchen nur zu landen, und sie werden sich uns verschlagen nähern, in der Erwartung, uns zu täuschen.«

»Dieses Gerede geht mir auf die Nerven«, fauchte Smith. »War der Kater vielleicht nicht die härteste Nuß, die wir bislang zu knacken hatten? Um ein Haar hätte er die Oberhand gewonnen ...«

Morton lächelte, als Korita den Biologen freundlich unterbrach: »Stimmt, mein lieber Smith, wenn wir davon absehen, daß er den Trieben seiner Art gemäß reagiert hat. Seine Niederlage war besiegelt, sobald wir ihn unfehlbar als asozialen Räuber einer bestimmten Zivilisationsstufe identifiziert hatten.

Es war die Geschichte, werter Mr. Smith, unser Wissen um die Geschichte, das ihn bezwungen hat«, schloß der japanische Archäologe, wobei er in die traditionelle Höflichkeit seines Volkes zurückverfiel.

NERVENKRIEG

(1950)

NERVENKRIEG
Originaltitel: WAR OF NERVES
(*Other Worlds,* Mai 1950)

Ungekürzte deutsche Übersetzung von Rainer Eisfeld

VORLESUNG UND DISKUSSION

NEXIALISMUS IST DIE WISSENSCHAFT SYSTEMATISCHER VERKNÜPFUNG DER INHALTE EINES WISSENSGEBIETS MIT DENEN ANDERER GEBIETE. SIE VERFÜGT ÜBER METHODEN ZUR BESCHLEUNIGUNG DER WISSENSAUFNAHME UND ZUR WIRKSAMEN ANWENDUNG DES GELERNTEN. ALLE INTERESSENTEN SIND HERZLICH EINGELADEN.

DOZENT: **ELLIOTT GROSVENOR**
ORT: NEXIALISTISCHE ABTEILUNG
ZEIT: 7/9/1, 15.50 UHR*

Grosvenor brachte den Anschlag am bereits reichlich mit Aushängen bedeckten Schwarzen Brett an. Dann trat er zurück, um sein Werk zu mustern. Die Bekanntmachung konkurrierte mit acht anderen Vorträgen, drei Spiel- und vier Lehrfilmen, neun Diskussionsgruppen sowie mehreren Sportveranstaltungen. Dennoch konnte er sicher sein, daß sein Hinweis auffiel. Im Unterschied zu den übrigen bestand er nicht einfach aus einem Blatt Papier. Es handelte sich um eine Vorrichtung von einem Zentimeter Dicke. Die Schrift wurde als Silhouette von innen auf die Oberfläche projiziert. Ein papierdünnes chromatisches Rad, aus Batteriezellenmaterial bestehend, drehte sich magnetisch und lieferte die vielfarbige Lichtquelle. Die Buchstaben wechselten ihre Farbe einzeln und in Gruppen. Weil die Frequenz des ausgestrahlten Lichts von Augenblick zu Augenblick fast unmerklich wechselte, wiederholte sich das Farbmuster niemals.

Die Ankündigung stach von ihrer eintönigen Umge-

---

* An Bord des Schiffs galt die sog. Sternzeit. Sie basierte auf einer Stunde von hundert Minuten und einem Zwanzigstundentag. Die Woche hatte zehn, der Monat dreißig, ein Jahr dreihundertsechzig Tage. Die Tage wurden lediglich numeriert und die Jahre ab dem Zeitpunkt des Starts gezählt. — *Anm. d. Verf.*

bung ab wie eine Neonreklame. Daß sie nicht wirken würde, war kaum zu befürchten.

Grosvenor begab sich zum Speisesaal. Beim Eintreten drückte jemand, der sich an der Tür postiert hatte, ihm einen Zettel in die Hand. Grosvenor las ihn neugierig.

KENT ALS DIREKTOR

GREGORY KENT LEITET DIE GRÖSSTE ABTEILUNG AUF UNSEREM SCHIFF. ER IST FÜR SEINE ZUSAMMENARBEIT MIT ANDEREN ABTEILUNGEN BEKANNT. GREGORY KENT IST EIN WISSENSCHAFTLER MIT HERZ, DER UM DIE PROBLEME ANDERER WISSENSCHAFTLER WEISS. DENKEN SIE DARAN, DASS IHR SCHIFF, AUSSER EINEM MILITÄRISCHEN KONTINGENT VON 180 OFFIZIEREN UND MANNSCHAFTEN, 804 WISSENSCHAFTLER BEHERBERGT, GELEITET VON EINER DIREKTION, DIE KURZ VOR DEM START VON EINER KLEINEN MINDERHEIT HASTIG GEWÄHLT WORDEN IST. DAS MUSS KORRIGIERT WERDEN. WIR HABEN EIN ANRECHT AUF DEMOKRATISCHE VERTRETUNG.

WAHLVERSAMMLUNG: 9/7/1
15 UHR
WÄHLT KENT ZUM DIREKTOR

Grosvenor steckte den Zettel ein und betrat den hell erleuchteten Raum. Ihm schien, daß innerlich unfreie Leute wie Kent selten in Betracht zogen, was sie langfristig mit ihrem Bemühen anrichteten, eine Gruppe von Menschen in feindliche Lager zu spalten. Sage und schreibe fünfzig Prozent aller interstellaren Expeditionen der letzten zweihundert Jahre waren nicht zurückgekehrt. Die Ursachen ließen sich nur indirekt aus den Geschehnissen an Bord jener Schiffe erschließen, die doch weitergekommen waren. Deren Besatzungen berichteten von Meinungsverschiedenheiten unter den Expeditionsmitgliedern, erbitterten Streitigkeiten, Uneinigkeiten über die Ziele und die Bildung von Splittergruppen. Letztere nahmen an Zahl beinahe in direktem Verhältnis zur Reisedauer zu.

Erst in jüngster Zeit hatte man Wahlen bei derartigen Expeditionen eingeführt. Dabei ging man von der Erfahrung aus, daß Menschen es ablehnten, sich auf Dauer den Entscheidungen von Leitungsgremien zu fügen, die andere eingesetzt hatten. Aber ein Raumschiff stellte kein verkleinertes Abbild einer Gesellschaft dar. Verluste ließen sich unterwegs nicht ersetzen. Drohte eine Katastrophe, waren seine menschlichen Ressourcen begrenzt.

Über solche Eventualitäten nachgrübelnd, ärgerlich, weil die Wahlversammlung sich zeitlich mit seiner Vorlesung überschnitt, ging Grosvenor zu seinem Tisch. Der Speisesaal war dicht besetzt. Grosvenors Tischnachbarn für die laufende Woche aßen schon. Es handelte sich um drei jüngere Wissenschaftler aus verschiedenen Abteilungen.

Während er Platz nahm, wollte einer von ihnen aufgeräumt wissen: »Na, an welcher wehrlosen Frau sollen wir heute Rufmord begehen?«

Grosvenor lachte, obwohl er wußte, daß die Bemerkung nur teilweise scherzhaft gemeint war. Die Gespräche unter den jüngeren Männern tendierten zu einer gewissen Einförmigkeit. Frauen und Sexualität spielten die Hauptrolle. Bei dieser Expedition, die ausschließlich männliche Teilnehmer aufwies, hatte man das Problem auf chemischem Wege gelöst, indem man den Mahlzeiten bestimmte Präparate zusetzte. Das dämpfte zwar den Trieb, nicht aber das emotionale Defizit.

Niemand gab Antwort auf die Frage. Carl Dennison, ein junger Chemiker, bedachte den Sprecher mit einem unwilligen Blick, ehe er sich an Grosvenor wandte. »Wie werden Sie stimmen, Grove?«

»Auf jeden Fall geheim«, gab dieser zur Antwort.

»Aber erst möchte ich mehr über die Blondine wissen, die Allison uns heute früh ...«

Dennison beharrte: »Sie stimmen doch für Kent, oder etwa nicht?«

Grosvenor grinste entwaffnend. »Darüber habe ich mir noch nicht den Kopf zerbrochen. Schließlich sind es noch zwei Monate bis zur Wahl. Was haben Sie gegen Morton?«

»Praktisch hat die Regierung ihn bestimmt.«

»Mich auch. Und Sie ebenso.«

»Er ist lediglich Mathematiker, kein wirklicher Wissenschaftler.«

»Das ist mir neu«, konterte Grosvenor ironisch. »Seit Jahren leide ich unter der Sinnestäuschung, die Mathematik wäre eine exakte Wissenschaft.«

»Da haben Sie es. Die oberflächliche Ähnlichkeit kann einen wirklich zu der Illusion verleiten.« Dennison war es offenkundig darum zu tun, eine fixe Idee an den Mann zu bringen. Bedeutungsvoll lehnte er sich nach vorn, als hätte er den Beweis für seine Behauptung soeben angetreten. »Wir Wissenschaftler müssen zusammenhalten. Praktisch stellen wir doch die Expeditionsmannschaft, und wen setzt man uns vor die Nase? Jemanden, der in Abstraktionen schwelgt. Kaum das richtige Training für die Lösung praktischer Aufgaben.«

»Komisch, ich dachte, er hätte es bislang recht gut verstanden, die Probleme von uns Praktikern auszubügeln.«

»Wir kommen mit unseren Problemen schon selbst zu Rande.« Dennisons Stimme klang gereizt.

Grosvenor hatte währenddessen eine Reihe von Knöpfen gedrückt. Nun tauchte sein Essen aus der Fließbandöffnung in der Mitte des Tisches auf. Er schnupperte. »Aha, geröstete Sägespäne, direkt aus der chemischen Abteilung. Sie riechen wirklich köstlich. Die Frage ist nur: Hat man ebenso viel Mühe darauf verwendet, die Sägespäne aus der Vegetation des Katzenplaneten eßbar zu machen, wie bei dem Sägemehl, das wir schon an

Bord hatten?« Er hob die Hand. »Lassen Sie nur. Ich möchte nicht meine Illusionen über unsere chemische Abteilung einbüßen, auch wenn Mr. Kents Kinderstube mir nicht gefällt. Ich habe ihn nämlich um genau die Zusammenarbeit gebeten, von der auf dem Zettel die Rede ist, und er hat mir nahegelegt, ihn die nächsten zehn Jahre zu verschonen. Wahrscheinlich hat er gerade nicht an die Wahl gedacht. Außerdem finde ich es ein starkes Stück, eine Wahlversammlung gerade dann anzusetzen, wenn ich einen Vortrag halte.« Er begann zu essen.

»Kein Vortrag ist so wichtig wie diese Kundgebung. Was dort erörtert wird, sind politische Fragen, die jeden auf dem Schiff angehen, Sie eingeschlossen.« Dennisons Gesicht hatte sich gerötet, seine Stimme einen schroffen Klang angenommen. »Grove, Sie können doch nicht ernstlich etwas gegen einen Mann haben, den Sie kaum kennen. Kent gehört zu den Leuten, die ihre Freunde nicht vergessen.«

»Und der wahrscheinlich auch die entsprechend zu behandeln weiß, die er nicht leiden kann«, gab Grosvenor zurück. Ungeduldig hob er die Schultern. »Carl, für mich verkörpert Kent alles, was ich an unserer gegenwärtigen Zivilisation als destruktiv empfinde. Korita und seiner zyklischen Geschichtstheorie zufolge befinden wir uns in der ›Winterphase‹ unserer Kultur. Irgendwann muß ich ihn bitten, mir das noch genauer zu erläutern, aber wetten möchte ich, daß Kents Karikatur eines demokratischen Wahlkampfes ein gutes Beispiel liefert für die unheilvollen Attribute einer solchen Periode.«

Er hätte gern noch hinzugefügt, daß derartiges zu verhindern seine ureigene Aufgabe an Bord darstellte — aber das kam natürlich nicht in Frage. Konflikte, wie sie sich jetzt abzeichneten, waren ursächlich für das Unheil, das vorausgegangene Expeditionen reihenweise ereilt hatte. Ohne daß die Besatzungen davon wußten, hatte man die Schiffe deswegen in soziologische Experimentierstätten verwandelt. Nexialisten, Wahlen, getrenntes

Kommando — solche und andere Änderungen wurden in der Hoffnung erprobt, den Preis zu senken, den die Ausbreitung der Menschheit in den Raum erforderte.

Dennison verzog abfällig das Gesicht. »Der jugendliche Philosoph, wie er leibt und lebt«, spottete er, um unverblümt hinzuzufügen: »Wählen Sie Kent, wenn Sie sich einen Gefallen tun wollen.«

Grosvenor unterdrückte seinen Unmut. »Und wenn nicht — entzieht er mir dann mein Sägemehl? Vielleicht kandidiere ich auch selbst und hole mir die Stimmen aller Besatzungsmitglieder unter fünfunddreißig. Schließlich sind wir den alten Knaben drei- oder vierfach überlegen. Nach demokratischen Regeln können wir verlangen, entsprechend vertreten zu sein.«

Dennison schien sich wieder in der Gewalt zu haben. »Sie begehen einen schweren Fehler, Grosvenor«, sagte er. »Das werden Sie schon noch merken.«

Der Rest der Mahlzeit verlief schweigend.

*

Fünf Minuten vor 15.50 Uhr am nächsten Tag ahnte Grosvenor, daß seine Vortragsankündigung sich als Schlag ins Wasser erweisen würde. Er konnte sich keinen Reim darauf machen. Womöglich legte Kent seinen Anhängern nahe, Leute zu schneiden, die zu erkennen gegeben hatten, daß sie ihn bei der Wahl nicht unterstützen würden. Aber selbst wenn der Chefchemiker über eine Stimmenmehrheit verfügte, blieben immer noch mehrere hundert Personen, die sich einer solchen Beeinflussung entzogen. Unwillkürlich mußte Grosvenor an die Äußerung eines in nexialistischem Denken unterwiesenen Regierungsvertreters kurz vor dem Abflug denken.

»Die Aufgabe, die Sie an Bord der *Space Beagle* übernommen haben, wird nicht leicht sein. Als Assoziations- und Lernmethode stellt der Nexialismus eine umwälzende Neuerung dar. Ältere Leute werden sich instinktiv dagegen wehren. Jüngere, die nach dem überkommenen

Schema ausgebildet sind, werden ihn ablehnen, weil ihre eben erworbenen Kenntnisse damit schon wieder überholt wären. Sie selbst müssen erst noch praktisch anwenden, was Sie theoretisch gelernt haben, obwohl in Ihrem Fall der Übergang in die Praxis einen wesentlichen Teil Ihrer Schulung ausmacht. Vergessen Sie auf keinen Fall, daß jemand, der oft genug den Nagel auf den Kopf trifft, in einer Krise nach seiner Meinung gefragt wird.«

Um 16.10 Uhr suchte Grosvenor die Anschlagbretter in zwei Aufenthaltsräumen sowie im Mittelgang auf und änderte den Veranstaltungsbeginn auf 17.00 Uhr. Als es soweit war, verschob er ihn auf 17.50 und später nochmals auf 18.00 Uhr. »Sie werden schon kommen«, sagte er sich. »Die Wahlversammlung kann nicht ewig dauern, und die übrigen Vorträge dauern selten länger als zwei Stunden.« Fünf Minuten vor 18.00 Uhr vernahm er die Schritte von zwei Männern, die langsam den Gang entlangkamen. Das Geräusch verstummte, als beide vor dem offenen Zugang zu seiner Abteilung stehenblieben; dann sagte eine Stimme: »Ja, hier ist es.«

Sie lachten ohne ersichtlichen Grund. Gleich darauf traten zwei junge Männer ein. Grosvenor zögerte; dann nickte er ihnen freundlich zu. Seit dem ersten Flugtag hatte er sich die Aufgabe gestellt, sich die Stimmen, die Gesichter, die Namen der Besatzungsmitglieder einzuprägen — was immer er über sie in Erfahrung bringen konnte. Angesichts der großen Zahl war er damit noch nicht bis zum Ende gediehen. Diese beiden aber kannte er. Sie gehörten der chemischen Abteilung an.

Er beobachtete sie verstohlen, während sie umherschlenderten und die aufgestellten Lernmaschinen in Augenschein nahmen. Sie schienen sich heimlich zu amüsieren. Schließlich ließen sie sich auf zwei Stühlen nieder, und einer wollte betont höflich wissen: »Wann fängt der Vortrag wohl an?«

Grosvenor warf einen Blick auf die Uhr. »In etwa fünf Minuten«, antwortete er.

Während dieser Zeitspanne fanden sich noch acht Männer ein. Nach dem schlechten Start fühlte Grosvenor sich bedeutend ermutigt, zumal Donald McCann dazu gehörte, der Leiter der geologischen Abteilung. Selbst die Tatsache, daß vier seiner Zuhörer der chemischen Abteilung entstammten, störte ihn nicht.

Gutgelaunt machte er sich an seine Vorlesung über den bedingten Reflex und seine Entwicklung seit den Tagen Pawlows zu einem Grundstein der nexialistischen Wissenschaft.

Anschließend kam McCann zu ihm und unterhielt sich mit ihm. Er meinte: »Bei den Lernmethoden, die Sie aufzählten, haben Sie auch das sogenannte Schlafgerät erwähnt. Ich mußte dabei an einen meiner alten Professoren denken, der zu sagen pflegte, man könne sich durchaus vertiefte Kenntnisse auf sämtlichen Wissensgebieten aneignen — es dauere nicht einmal tausend Jahre.« Er lachte leise. »Mir fiel auf, daß Sie diese Einschränkung nicht erwähnt haben.«

Grosvenor nahm wahr, daß die grauen Augen seines Gegenübers ihn mit freundlichem Zwinkern anschauten. Er lächelte. »Diese Beschränkung«, erwiderte er, »hatte nicht zuletzt zu tun mit der hergebrachten Methode, das Gerät ohne vorbereitendes Training einzusetzen. Heute wendet die Nexialistische Stiftung Hypnose und Psychotherapie an, um vorhandene Widerstände zu überwinden. Als ich beispielsweise getestet wurde, bekam ich dann zu hören, in meinem Falle könnte das Gerät nur alle zwei Stunden fünf Minuten lang eingeschaltet werden.«

»Eine sehr niedrige Toleranz«, kommentierte McCann. »Meine betrug drei Minuten pro halbe Stunde.«

»Aber Sie haben sich damit zufriedengegeben«, konterte Grosvenor betont. »Richtig?«

»Wie sind Sie verfahren?«

Grosvenor schmunzelte. »Mit mir *ist* man verfahren. Ich bin durch Anwendung verschiedener Methoden dahin gebracht worden, daß ich acht Stunden lang fest schlief, während das Gerät ununterbrochen lief. Einige zusätzliche Techniken intensivierten den Lernvorgang noch.«

Der Geologe überging den letzten Satz. »Geschlagene acht Stunden!« wiederholte er perplex.

»Durchgehend«, nickte Grosvenor.

Der Ältere erwog diese Auskunft. »Trotzdem«, sagte er schließlich, »reduziert das die Zahl nur um den Faktor drei. Auch ohne künstliche Gewöhnung halten viele Menschen die Informationszufuhr fünf Minuten pro Viertelstunde Schlaf aus, ohne aufzuwachen.«

Grosvenor gab bedächtig zur Antwort, wobei er an der Miene seines Gegenübers seine Reaktion zu erkennen trachtete: »Die Information muß aber mehrfach wiederholt werden.« McCanns entgeisterter Gesichtsausdruck verriet ihm, daß sein Hinweis ins Schwarze getroffen hatte. Rasch fuhr er fort: »Sie haben bestimmt schon die Erfahrung gemacht, daß man etwas einmal sieht oder hört und nie wieder vergißt. Andererseits gibt es Fälle, bei denen ebenso tiefe Eindrücke wieder so weit verschwimmen, daß man sich nicht mehr genau daran erinnert, selbst wenn die Rede darauf kommt. Dafür gibt es Gründe. Die Nexialistische Stifung hat sie ausfindig gemacht.«

McCann erwiderte nichts. Er hatte die Lippen gespitzt. Über seine Schulter gewahrte Grosvenor, daß die vier Chemiker unweit des Ausgangs in einer Gruppe beisammenstanden. Sie sprachen leise miteinander. Er bedachte sie lediglich mit einem kurzen Blick und wandte sich wieder an den Geologen: »Anfangs gab es Phasen, in denen ich dachte, ich würde den Druck nicht ertragen. Verstehen Sie mich recht, ich spreche nicht nur von dem Schlafgerät. Diese Technik machte vielleicht zehn Prozent des gesamten Lernvorgangs aus.«

McCann schüttelte den Kopf. »Diese Zahlen machen mich schwindeln. Sie spielen ansonsten vermutlich auf die Art Filme an, bei denen jedes Bild gerade einen Sekundenbruchteil lang zu sehen ist.«

Grosvenor nickte. »Tachistoskopische Filme wurden bei uns täglich drei Stunden lang eingesetzt, aber ihr Anteil an der Informationsmenge lag bei fünfundvierzig Prozent. Tempo und Wiederholung heißt das Geheimnis.«

»Ein komplettes Fachgebiet in einer Sitzung!« rief McCann. »Das nenne ich Lernen im ganzen.«

»Das ist die eine Seite. Die andere besteht darin, daß wir mit allen Sinnen gelernt haben — Tastsinn, Sicht und Gehör, selbst Geruch und Geschmack.«

Wieder schwieg McCann mit gerunzelter Stirn. Grosvenor verfolgte, wie die jungen Chemiker zu guter Letzt den Raum verließen. Aus dem Gang drang ihr gedämpftes Gelächter herein. Es schien McCann aus seinem Grübeln zu reißen. Der Geologe streckte die Hand aus und forschte: »Wie wäre es, wenn Sie mich im Laufe der nächsten Tage aufsuchen würden? Vielleicht fällt uns ein Weg ein, Ihr Wissen mit unseren praktischen Bedürfnissen zu koordinieren. Bei der Landung auf dem nächsten Planeten könnten wir die Resultate testen.«

Auf dem Weg zu seiner Schlafkammer pfiff Grosvenor leise vor sich hin. Er hatte seinen ersten Sieg errungen, und das Gefühl war angenehm.

*

Als Grosvenor sich seiner Abteilung am nächsten Morgen näherte, bemerkte er erstaunt, daß die Tür offenstand. Ein heller Lichtstreifen fiel auf den matter erleuchteten Gang. Er beschleunigte seine Schritte und blieb im Eingang stehen.

Auf den ersten Blick gewahrte er sieben Chemotechniker, einschließlich zweier, die an dem Vortrag teilgenommen hatten. Gerätschaften waren bereits in den Raum transportiert worden. Dazu gehörten eine Anzahl großer Tanks, mehrere Wärmeaggregate und eine komplette Rohrleitung zur Versorgung der Tanks mit Chemikalien.

Grosvenors Gedanken eilten zurück zum Auftreten der Chemiker am Vorabend. Beschäftigt mit dem Abwägen denkbarer Konsequenzen, ganz elend bei der Vorstellung, was aus seinen eigenen Apparaturen geworden sein mochte, trat er ein. Er benutzte diesen äußeren Raum für eine Vielzahl von Zwecken. In erster Linie diente er der Unterweisung kleiner Gruppen. Die dazu erforderlichen lerntechnischen Vorrichtungen befanden sich in den vier übrigen Räumen.

Durch die nächste offene Tür sah er, daß auch sein Film- und Tonaufnahmestudio mit Beschlag belegt worden war, ebenso der Experimentierraum und die Werkstatt. Der Anblick verschlug ihm buchstäblich die Sprache, während er die Räumlichkeiten durchschritt, ohne die Männer zu beachten. Selbst der letzte Raum mit seinen Apparaten und die angrenzende Abstellkammer waren nicht heil davongekommen. In beide hatte man die Möbel und die beweglichen Geräte aus der übrigen Abteilung geschoben und gestapelt. Grosvenor mutmaßte grimmig, daß die Tür, die von dort auf einen Nebenkorridor führte, als neuer Zugang vorgesehen war.

Und immer noch beherrschte er sich, überdachte seine Wahlmöglichkeiten. Daß er bei Morton protestierte, lag nahe. Anscheinend erwartete Kent, im Wahlkampf daraus Nutzen zu ziehen. Auf welche Weise, wollte Grosvenor nicht recht einleuchten. Der Chemiker schien sich seiner Sache aber offenbar sicher.

Langsam kehrte er zurück zum vordersten, seinem Vortragsraum. Erst jetzt fiel ihm auf, daß die Tanks zur Herstellung synthetischer Nahrung dienten. Geschickt. Damit ließ sich die Behauptung verbinden, der Platz würde — natürlich im Gegensatz zu seiner vorherigen Bestimmung — einem nützlichen Zweck zugeführt. Wollte er sich gegen so viel Gerissenheit wehren, war sein eigener Scharfsinn gefordert.

Kents Motiv stand außer Zweifel. Der Chemiker mochte ihn nicht. Daß er gegen ihn Partei ergriffen hatte —

was ihm zweifellos hinterbracht worden war —, hatte die Antipathie noch verstärkt. Aber Kents Rachsucht konnte, geschickt ausgenutzt, auf ihn zurückfallen.

Grosvenor näherte sich einem der Chemotechniker und sagte: »Würden Sie bitte weitersagen, daß ich diese Gelegenheit begrüße, die Ausbildung der Chemiker auf unserem Schiff abzurunden. Niemand hat hoffentlich etwas dagegen, bei seiner Arbeit dazuzulernen.«

Er entfernte sich, ohne eine Antwort abzuwarten. Als er zurückschaute, starrte der Mann hinter ihm her. Grosvenor unterdrückte ein Lächeln. Seine Laune besserte sich, während er den ihm verbliebenen Raum betrat. Endlich stand er einer Situation gegenüber, in der er auf einige jener Instruktionsmethoden zurückgreifen konnte, die ihm zur Verfügung standen.

Weil man in jeden Winkel gequetscht hatte, was hineinging, brauchte er eine Weile, um das Hypnosegas zu finden, das er suchte. Fast eine halbe Stunde brachte er damit zu, auf die Düse einen Geräuschdämpfer zu montieren, damit das Gas nicht zischte, wenn es ausströmte. Anschließend trug er den Behälter in den Außenraum. Er schloß einen Hängeschrank auf, dessen Tür mit einem Netzgitter versehen war, stellte den Behälter hinein und öffnete das Ventil. Rasch versperrte er den Schrank wieder.

Ein schwacher Parfümduft mischte sich unter den Chemiegeruch der Tanks.

Leise vor sich hinpfeifend, durchquerte Grosvenor den Raum. Der leitende Techniker, der bereits am Vorabend zugegen gewesen war, vertrat ihm den Weg.

»Sagen Sie, was tun Sie da eigentlich?«

Grosvenor gab sanft zur Antwort: »Sie werden es in einer Minute kaum noch merken. Es gehört zu meinem Lehrgangsprogramm für Ihre Leute.«

»Wer hat Sie denn um ein Lehrgangsprogramm gebeten?«

»Aber Mr. Malden«, versetzte Grosvenor mit gespieltem Erstaunen, »was könnte Sie sonst in meine Abteilung führen?« Er brach mit einem Lachen ab. »Ich habe Sie nur auf den Arm genommen. Was Sie riechen, ist ein Deodorant. Ich kann die verbrauchte Luft hier nicht ausstehen.«

Ohne eine Erwiderung abzuwarten, entfernte er sich ein Stück, blieb dann stehen und beobachtete, wie die Männer auf das Gas reagierten. Alles in allem hielten sich fünfzehn Chemotechniker in den Räumen auf. Zu erwarten waren ein Drittel uneingeschränkt und ein weiteres Drittel eingeschränkt positive Reaktionen. Wie jemand reagierte, ließ sich an bestimmten Anzeichen erkennen.

Nachdem er einige Minuten abgewartet hatte, näherte Grosvenor sich einem der Männer und bedeutete ihm leise, aber nachdrücklich: »Gehen Sie in fünf Minuten zur Toilette. Dort erhalten Sie etwas von mir. Und jetzt vergessen Sie, was ich gesagt habe.«

Grosvenor zog sich in sein bisheriges Filmstudio zurück. Beim Umdrehen nahm er wahr, daß Malden sich zu dem Techniker begab und ihn anredete. Der Mann schüttelte offensichtlich erstaunt den Kopf.

Der leitende Techniker wurde ärgerlich. »Was heißt, ihr hättet kein Wort gesprochen? Ich habe es mit eigenen Augen gesehen.«

Sein Gegenüber reagierte ebenso unwirsch. »Ich habe nichts gehört. Und ich müßte es schließlich wissen.«

Ob die Auseinandersetzung weiterging, hörte Grosvenor nicht mehr. Aus dem Augenwinkel registrierte er, daß im angrenzenden Raum ein junger Mann Reaktionssymptome erkennen ließ. Er wandte sich ebenso beiläufig an ihn und erteilte ihm die gleiche Anweisung wie im ersten Fall — mit dem Unterschied, daß er sich erst in fünfzehn Minuten an dem bezeichneten Ort einfinden sollte.

Alles in allem sprachen sechs Männer mit der Intensität auf das Gas an, die Grosvenor für sein Vorhaben erforderlich schien. Drei der restlichen neun — Malden eingeschlossen — ließen eine schwächere Reaktion erkennen. Diese Gruppe bezog Grosvenor nicht ein. Später konnte er daran denken, bei ihnen einen anderen Weg zu beschreiten.

Grosvenor wartete bereits, als sein erstes Versuchsobjekt die Toilette betrat. Er lächelte den Techniker an und erkundigte sich: »So etwas schon einmal gesehen?« Er hielt ihm den winzigen Kristall hin, der sich mit einer Feder im Ohr befestigen ließ.

Der Mann nahm ihn entgegen, betrachtete ihn, schüttelte dann verwundert den Kopf. »Was ist das?«

Grosvenor befahl: »Drehen Sie sich um, damit ich ihn in Ihr Ohr einpassen kann.« Während der andere der Aufforderung widerspruchslos nachkam, fuhr Grosvenor eindringlich fort: »Die nach außen hin sichtbare Seite ist fleischfarben. Der Kristall läßt sich deshalb nur bei genauer Untersuchung erkennen. Sollte er jemandem auffallen, können Sie immer sagen, Sie trügen ein Hörgerät.«

Er hatte den Kristall fest angedrückt und trat nun zurück. »Nach etwa einer Minute haben Sie schon vergessen, daß er in Ihrem Ohr sitzt. Sie spüren ihn dann nicht mehr.«

Der Techniker machte einen interessierten Eindruck. »Ich spüre ihn jetzt schon kaum noch. Wozu dient er?«

»Als Radio«, erwiderte Grosvenor. Langsam, jedes Wort betonend, sprach er weiter. »Sie werden es nie bewußt vernehmen. Die Worte werden von Ihrem Unterbewußtsein unmittelbar aufgenommen. Sie können gleichzeitig hören, was andere Leute zu Ihnen sagen. Sie können sich unbeschwert unterhalten. Ihrer normalen Tätigkeit gehen Sie nach, ohne irgendeine Beeinträchtigung zu empfinden. Sie werden alles vergessen, was damit zusammenhängt.«

»Sachen gibt es«, meinte der Techniker.

Kopfschüttelnd entfernte er sich. Wenige Minuten später folgte der nächste — und anschließend nacheinander die restlichen vier, die Symptome nachhaltiger Beeinflussung gezeigt hatten. Grosvenor stattete sie sämtlich mit dem nahezu unsichtbaren Miniradio aus.

Tonlos vor sich hinsummend, suchte er dann ein anderes Hypnosegas heraus und tauschte die Behälter in dem Hängeschrank um. Diesmal reagierten der leitende Techniker und vier seiner Mitarbeiter deutlich positiv. Zwei zeigten leichte Wirkung, einer nicht die geringste, und einer, dem zuvor nur wenig anzumerken gewesen war, erwachte gänzlich aus seiner Trance.

Grosvenor beschloß, sich mit elf von fünfzehn zufrieden zu geben. Kent würde eine unangenehme Überraschung erleben, wenn seine Mitarbeiter sich plötzlich reihenweise als begnadete Chemiker erwiesen.

Einen endgültigen Sieg hatte er allerdings noch längst nicht errungen. Dazu bedurfte es wahrscheinlich einer direkteren Attacke auf Kent selbst.

Rasch zeichnete Grosvenor eine Versuchssendung auf. Er schaltete die Übertragung ein, schlenderte dann umher und verfolgte, wie die Männer reagierten. Vier von ihnen schien irgend etwas zu schaffen zu machen. Einen, der mehrfach den Kopf schüttelte, sprach Grosvenor an.

»Was ist los?« erkundige er sich.

Der Chemotechniker lachte unfroh. »Ich höre ständig eine Stimme. So etwas Verrücktes.«

»Laut?« Normalerweise hätte diese Frage nicht unbedingt nahegelegen, aber Grosvenors Ton klang eindringlich.

»Nein, weit entfernt. Zeitweise verstummt sie, dann wieder ...«

»Sie wird völlig verschwinden«, redete Grosvenor ihm beruhigend zu. »Sie wissen, wie überreizt das Gehirn manchmal sein kann. Ich möchte wetten, sie wird schon in diesem Augenblick leiser, weil jemand mit Ihnen spricht und Ihre Aufmerksamkeit ablenkt.«

Der Mann legte den Kopf schief, als lauschte er. Erstaunt blickte er auf. »Sie ist tatsächlich weg.« Er stieß einen erleichterten Seufzer aus. »Ich hatte mir schon Sorgen gemacht.«

Auch zwei weitere Techniker ließen sich ohne sonderliche Mühe beruhigen. Ein dritter dagegen fuhr trotz längeren Zuredens fort, die Stimme zu hören. Grosvenor nahm ihn schließlich beiseite und entfernte das winzige Radio unter dem Vorwand, sein Ohr zu untersuchen.

Mit den anderen Versuchsobjekten unterhielt er sich jeweils kurz. Befriedigt stellte er anschließend eine Serie von Aufnahmen zusammen, die alle Viertelstunde drei Minuten lang laufen würden. In den Außenraum zurückgekehrt, sah er sich prüfend um und entschied dann, daß er die Männer sich selbst überlassen konnte. Er trat auf den Gang hinaus und eilte zu den Aufzügen.

Wenige Minuten später betrat er die mathematische Abteilung und verlangte Morton zu sprechen. Zu seiner Überraschung wurde er sofort vorgelassen.

*

Morton hatte es sich hinter einem ausladenden Schreibtisch bequem gemacht. Er wies auf einen Sessel, und Grosvenor nahm Platz.

Weil er sich zum erstenmal in Mortons Büro aufhielt, schaute er sich interessiert um. Eine ganze Wand wurde von einem Bildschirm eingenommen. Momentan war der Aufnahmewinkel der Kameras so eingestellt, daß der Schirm das gewaltige Rad der Milchstraße, in der die Sonne nur ein winziges Staubkorn darstellte, von einem Rand bis zum anderen wiedergab. Die Entfernung war so gering, daß man unzählige Einzelsterne unterscheiden konnte, aber doch wieder weit genug, daß die dunstige Pracht der Galaxis in vollem Glanz erstrahlte.

Gleichfalls im Blickfeld befanden sich mehrere jener Sternhaufen, die, im Außenbereich der Spiralarme um das Zentrum der Milchstraße kreisend, sich gemeinsam mit ihr durch den Raum bewegten. Ihr Anblick erinnerte Grosvenor daran, daß die *Space Beagle* im Augenblick einen kleineren Kugelhaufen durchquerte.

Im Anschluß an die Begrüßung wollte er wissen: »Ist die Entscheidung eigentlich schon gefallen, ob wir eine der Sonnen in diesem Haufen aufsuchen?«

Morton nickte. »Wir werden wohl darauf verzichten. Ich teile diese Meinung. Wir fliegen in Richtung auf eine andere Galaxie, und wir werden ohnehin lange genug unterwegs sein.«

Der Direktor beugte sich vor, griff nach einem Schriftstück auf seinem Schreibtisch, lehnte sich dann wieder zurück. Übergangslos bemerkte er: »Wie ich höre, hat man einen Teil Ihrer Räume mit Beschlag belegt.«

Grosvenor reagierte mit dem Anflug eines Lächelns. Er konnte sich vorstellen, daß es Besatzungsmitglieder gab, die mit Genugtuung auf den Vorfall reagierten. Er hatte sich gerade soweit bemerkbar gemacht, daß dem einen oder anderen unwohl bei dem Gedanken werden mochte, was der Nexialismus zuwegebringen konnte. Wer so empfand, brauchte nicht zu Kents Anhängern zu gehören, um einer Einmischung des Direktors reserviert gegenüberzustehen.

Dennoch kam es Grosvenor darauf an, Morton einen Eindruck vom Ernst der Situation, wie sie sich ihm darstellte, zu vermitteln. Knapp umriß er, was sich zugetragen hatte. Er schloß mit den Worten: »Mr. Morton, ich möchte, daß Sie Kent anweisen, seinen Übergriff unverzüglich rückgängig zu machen.« In Wirklichkeit war es ihm um eine derartige Anordnung nicht im geringsten zu tun. Er wollte lediglich herausfinden, ob Morton seine Einschätzung teilte, daß Kents Vorgehen erhebliche Gefahren barg.

Der Direktor schüttelte den Kopf und meinte milde: »Bei Licht besehen, verfügen Sie für einen einzelnen Mann tatsächlich über viel Platz. Wäre Teilen da nicht eine Möglichkeit?«

Die Antwort war zu unverbindlich. Grosvenor blieb nur übrig, nachzustoßen. Betont erkundigte er sich: »Soll ich das so verstehen, daß jeder Abteilungsleiter auf diesem Schiff einen Freibrief verfügt, anderen Abteilungen Räume wegzunehmen?«

Morton gab nicht sogleich Antwort. Um seinen Mund spielte ein leichtes Lächeln. Er spielte mit dem Schreibstift. Schließlich erwiderte er: »Ich habe den Eindruck, Sie verkennen meine Position an Bord der *Beagle.* Bevor ich eine Entscheidung fälle, die einen Abteilungsleiter betrifft, muß ich die übrigen Abteilungschefs konsultieren.« Er sah zur Decke hoch. »Angenommen, ich setze den Punkt auf die Tagesordnung, und eine Mehrheit ist der Auffassung, die Räume, in denen er sich festgesetzt hat, sollten Kent endgültig zugeschlagen werden. Daran ließe sich dann nichts mehr ändern.« Mit Nachdruck schloß er: »Mir kam der Gedanke, daß Ihnen in diesem Stadium an einer solchen Einschränkung wenig gelegen sein könnte.« Sein Lächeln wurde breiter.

Grosvenor, der sein Ziel erreicht sah, lächelte zurück. »Über Ihre Unterstützung freue ich mich wirklich. Dann kann ich damit rechnen, daß Sie einen Versuch Kents blockieren würden, die Angelegenheit auf die Tagesordnung zu setzen?«

Falls sein rascher Meinungsumschwung Morton erstaunte, ließ er es nicht erkennen. »Die Tagesordnung«, bemerkte er selbstzufrieden, »ist etwas, auf das ich nicht unerheblichen Einfluß habe. Mein Büro stellt sie auf. Ich trage sie vor. Die Abteilungsleiter können beschließen, Kents Antrag bei der nächsten Sitzung zu behandeln, aber nicht auf der laufenden.«

»Dann gehe ich wohl nicht fehl in der Annahme«, meinte Grosvenor, »daß Mr. Kent bereits beantragt hat, vier Räume meiner Abteilung zu übernehmen.«

Morton nickte. Er legte das Schriftstück, das er wieder zur Hand genommen hatte, beiseite und zog eine drehbar aufgehängte Kalenderuhr heran. Nachdenklich studierte er sie. »Die nächste Zusammenkunft findet in zwei Tagen statt. Anschließend wöchentlich, es sei denn, ich verschiebe sie. Ich denke« — er gab sich den Anschein, als überlege er laut —, »ich könnte die Sitzung, die in zwölf Tagen anberaumt ist, ohne Probleme verschieben.« Er ließ die Uhr los und stand auf. »Damit haben Sie zweiundzwanzig Tage Zeit, sich zu wehren.«

Grosvenor erhob sich ohne Eile. Die Zeitspanne erschien ihm mehr als reichlich. Entweder gelang es ihm erheblich früher, sich gegen Kent durchzusetzen, oder er würde sich ein für allemal geschlagen geben müssen. Sie schüttelten sich die Hände und trennten sich.

*

Als er die nexialistische Abteilung betrat, stellte Grosvenor zu seiner Überraschung fest, daß Siedel sich in dem äußeren Raum aufhielt und die Chemotechniker bei ihrer Tätigkeit beobachtete. Der Psychologe erblickte ihn und kam kopfschüttelnd auf ihn zu.

»Junger Mann«, sagte er, »halten Sie das für moralisch?«

Grosvenor vermutete beunruhigt, daß Siedel festgestellt hatte, wie er mit den Männern verfahren war. Seine Stimme verriet nichts von seiner Befürchtung, als er rasch antwortete: »Für absolut unmoralisch. Ich denke keinen Deut anders, als Sie empfinden würden, wenn in Ihre Abteilung unter eklatanter Verletzung Ihrer Zuständigkeitsrechte derart eingegriffen würde.«

Er dachte: Weshalb ist Siedel hier? Hat Kent ihn gebeten, Recherchen anzustellen?

Der Psychologe strich sich über das Kinn. Er war kräftig gebaut und hatte funkelnde, schwarze Augen. »Das habe ich zwar nicht gemeint«, entgegnete er langsam. »Aber ich verstehe, daß Sie sich im Recht fühlen.«

Grosvenor wechselte seine Taktik. »Spielen Sie auf die Instruktionsmethoden an, die ich bei den Leuten verwende?«

Er empfand keine Gewissensbisse. Seine Hoffnung bestand darin, widerstreitende Empfindungen bei dem Psychologen zu wecken, damit er in der Auseinandersetzung zwischen Kent und ihm neutral blieb.

»Darauf spiele ich an«, erwiderte Siedel mit kaum merklichem Spott in der Stimme. »Auf Bitten Mr. Kents habe ich eine Reihe seiner Mitarbeiter untersucht, die sich, wie ihm schien, anomal verhielten. Natürlich muß ich ihm nun meine Diagnose mitteilen.«

»Weshalb?« fragte Grosvenor. In ernstem Ton fuhr er fort: »Mr. Siedel, mehrerer Räume meiner Abteilung hat ein Mann sich bemächtigt, der eine Abneigung gegen mich hegt, weil ich ohne Umschweife geäußert habe, daß ich ihn nicht wählen werde. Da er sich nicht an die Gesetze dieses Schiffes hält, habe ich das Recht, mich zu verteidigen, so gut ich kann. Ich bitte Sie deshalb, bei diesem Konflikt unparteiisch zu bleiben.«

Siedel hatte die Stirn gerunzelt. »Sie scheinen mich nicht zu verstehen«, sagte er. »Ich bin als Psychologe hier. Ihre Anwendung von Hypnose ohne Einwilligung der Betroffenen betrachte ich rundheraus als unmoralisch. Ich bin überrascht, daß Sie von mir erwarten, mich mit einer solchen Handlungsweise zu identifizieren.«

»Ich versichere Ihnen«, erwiderte Grosvenor, »daß meine Moralbegriffe sich hinter Ihren nicht zu verstecken brauchen. Es trifft zu, daß ich diese Männer ohne ihre Zustimmung hypnotisiert habe. Ich bin aber sorgsam darauf bedacht gewesen, aus ihrer Lage keinen Vorteil zu ziehen, sie nicht im geringsten zu schädigen oder in Schwierigkeiten zu bringen. Infolgedessen vermag ich nicht einzusehen, daß Sie sich verpflichtet fühlen sollten, Kents Partei zu ergreifen.«

Siedel zog die Brauen zusammen. »Ich habe Sie doch richtig verstanden — es handelt sich um einen Konflikt zwischen Ihnen und Kent?«

»Im Kern«, bestätigte Grosvenor. Er konnte sich denken, was kommen würde.

»Und doch«, stellte Siedel fest, »haben Sie nicht Kent hypnotisiert, sondern eine Anzahl unschuldiger Zuschauer.«

Grosvenor fiel das Benehmen der vier Chemotechniker anläßlich seines Vortrages wieder ein. Bei ihnen zumindest konnte von Unschuld nur begrenzt die Rede sein. »Ich will mich darüber nicht mit Ihnen streiten«, erwiderte er. »Ich könnte argumentieren, daß seit undenklichen Zeiten die apathische Mehrheit den Preis dafür bezahlt hat, daß sie den Weisungen ihrer Anführer gefolgt ist, ohne zu fragen oder sich um ihre Motive zu scheren. Statt dessen möchte ich *Ihnen* eine Frage stellen.«

»Ja?«

»Waren Sie im letzten Raum meiner Abteilung?«

Siedel nickte, sagte aber nichts.

»Sie haben die Aufnahmen abgehört?« beharrte Grosvenor.

»Ja.«

»Und festgestellt, was sie zum Inhalt haben?«

»Theoretische und praktische Kenntnisse der Chemie.«

»Das ist alles, was ich ihnen vermittle«, bestätigte Grosvenor. »Es ist auch alles, was ich vorhabe, ihnen zu vermitteln. Meine Abteilung hat einen Ausbildungsauftrag. Leute, die sich mir aufdrängen, werden ausgebildet, ob sie wollen oder nicht.«

»Ich muß gestehen«, gab Siedel zurück, »daß ich nicht recht nachvollziehen kann, wie Sie sie auf solche Weise wieder loswerden wollen. Es wird mir aber ein Vergnügen sein, Mr. Kent zu berichten, was hier geschieht. Er dürfte kaum etwas dagegen haben, daß seine Leute ihre Kenntnisse erweitern.«

Grosvenor sagte nichts mehr. Er hegte seine eigenen Vermutungen, was Kent davon halten würde, wenn seine Untergebenen ihm bald im Wissen nicht mehr nachstanden.

Bedrückt verfolgte er, wie Siedel sich entfernte. Der

Mann würde Kent zweifelsohne lückenlos Bericht erstatten, was bedeutete, daß er sich einen neuen Plan ausdenken mußte. Grosvenor kam zu dem Resultat, daß es für drastische Verteidigungsmaßnahmen noch zu früh war. Es ließ sich nicht ausschließen, daß ein derartiges Vorgehen ausgerechnet die Lage an Bord heraufbeschwören würde, die seine Anwesenheit verhindern sollte. Ungeachtet seiner eigenen Vorbehalte gegenüber der zyklischen Geschichtsauffassung konnte es nicht schaden, sich in Erinnerung zu rufen, daß Kulturen anscheinend tatsächlich ins Dasein traten, heranreiften und abstarben. Bevor er irgend etwas unternahm, redete er am besten mit Korita, um zu erfahren, welche Fallgruben er sich unabsichtlich selbst graben konnte.

Er fand den japanischen Wissenschaftler in der Bibliothek B, auf demselben Deck wie die nexialistische Abteilung, jedoch auf der entgegengesetzten Seite des Schiffes gelegen. Korita verließ eben den Saal, und Grosvenor schloß sich ihm an. Ohne lange Vorrede umriß er sein Problem.

Korita reagierte nicht sogleich. Sie hatten den Gang fast zurückgelegt, ehe der schlanke Historiker zweifelnd zu sprechen begann. »Mein Freund«, sagte er, »Ihnen ist sicherlich klar, wie schwer konkrete Probleme sich auf der Basis von Verallgemeinerungen lösen lassen, die im Grunde genommen alles sind, was die zyklische Geschichtstheorie zu bieten hat.«

»Trotzdem«, erwiderte Grosvenor, »könnte diese oder jene Analogie mir vielleicht weiterhelfen. Was ich über das Thema gelesen habe, habe ich so verstanden, daß wir uns in der Spätzeit, dem ›Winter‹ unserer eigenen Zivilisation befinden. Mit anderen Worten, wir begehen gegenwärtig die Fehler, die unseren Niedergang herbeiführen. Dazu habe ich mir einiges überlegt, aber ich hätte gern noch mehr Anhaltspunkte.«

Korita hob die Schultern. »Ich will versuchen, es kurz zu machen.« Er schwieg erneut eine Weile, ehe er begann: »Der herausragende gemeinsame Nenner der ›Winter‹-Epochen aller Zivilisation besteht im wachsenden Verständnis von Millionen Menschen für kausale Zusammenhänge. Religiöse oder magische Erklärungen für die Vorgänge im menschlichen Geist und Körper wie auch im Kosmos werden immer ungeduldiger abgelehnt. Die zunehmende Akkumulation von Wissen ermöglicht selbst einfachen Gemütern erstmals, die Welt zu ›durchschauen‹. Bewußt beginnen sie, den Anspruch einer kleinen Minderheit auf ihre angestammten Vorrechte zu verwerfen. In diesem Augenblick setzt das erbarmungslose Ringen um Gleichheit ein.«

Korita hielt einen Moment lang inne, um dann fortzufahren: »In der Ausbreitung des Strebens nach persönlichem Aufstieg besteht die wesentlichste Parallele zwischen den Spätphasen aller Zivilisationen der überlieferten Geschichte. So oder so spielt der Kampf sich in aller Regel innerhalb einer Rechtsordnung ab, die die bevorrechtigte Minderheit begünstigt. Der Spätkommende stürzt sich blindlings in die Schlacht, ohne sich über seine eigenen Motive Rechenschaft abzulegen. In ihrem Haß und ihrer Gier laufen die Menschen Führern nach, die ebenso desorientiert sind wie sie selbst. Immer wieder haben die Wirren, die infolgedessen ausgebrochen sind, schrittweise dem Endzustand eines statischen Fellachentums vorgearbeitet.

Früher oder später erringt eine einzelne Gruppe die Übermacht. Zur Herrschaft gelangt, stellen ihre Führer die ›Ordnung‹ durch ein Blutbad von solcher Grausamkeit wieder her, daß sie die Millionen fürs erste damit einschüchtern. Unverzüglich werden dauerhafte Beschränkungen eingeführt. Das Gewaltmonopol, dessen jede organisierte Gesellschaft bedarf, wird zum Unterdrükkungsinstrument. Jede Privatinitiative wird erst behindert, dann unterbunden. In Etappen entsteht eine Kastengesellschaft — wohlvertraut aus dem alten Indien, weniger bekannt, aber ebenso statisch im nachchristlichen Rom des 4. Jahrhunderts. Der einzelne wird in seine soziale Position hineingeboren und vermag sich nicht über sie zu erheben ... Das wäre es ungefähr. Hilft Ihnen dieser knappe Überblick?«

Grosvenor entgegnete langsam: »Wie schon gesagt, versuche ich das Problem, vor das Mr. Kent mich gestellt hat, zu lösen, ohne in den primitiven Egoismus zu verfallen, den Sie als typisch für die Spätphase der Zivilisation beschrieben haben. Ich möchte wissen, ob ich Aussicht habe, mich gegen ihn zu wehren, ohne die Animositäten noch zu schüren, die auf der *Beagle* bereits existieren.«

Koritas Miene verriet seine Zweifel. »Das wäre ein beispielloser Erfolg. Historisch betrachtet hat im Massenzeitalter noch niemand das Problem gelöst. Trotzdem viel Glück, junger Mann.«

In diesem Moment geschah es.

*

Sie hatten unweit von Grosvenors Abteilung von einem der ›gläsernen‹ Aussichtspunkte des Schiffes innegehalten. Natürlich handelte es sich nicht um Glas, sondern um ein durchsichtiges Segment der Außenhülle, eine gewaltige gewölbte Platte, hergestellt aus hochwiderstandsfähigem Metall in kristalliner Form. In seiner ungetrübten Reinheit vermittelte es die Illusion, unmittelbar in die Schwärze des Raumes zu blicken.

Grosvenor hatte gerade am Rande registriert, daß das Schiff den kleinen Sternhaufen, den es durchquerte, fast hinter sich gelassen hatte. Nur wenige der fünftausend und etlichen Sonnen der Gruppe waren noch sichtbar. Er öffnete eben den Mund, um zu sagen: »Ich würde unser Gespräch gern fortsetzen, Mr. Korita, wann immer es Ihnen paßt.«

Aber er sprach die Worte nicht aus. Das unscharfe Doppelbild einer Frau, die einen Federhut trug, nahm in der ›Glas‹ platte vor ihm Gestalt an. Das Bild leuchtete und flimmerte. Grosvenor spürte, wie seine Pupillen sich

verengten. Einen Augenblick lang wurde ihm schwarz vor Augen. Rasch nacheinander folgten Laute, Lichtblitze, ein scharfer Schmerz. Hypnotische Halluzinationen! Die Erkenntnis traf ihn wie ein elektrischer Schlag.

Und rettete ihn zugleich. Sein Training versetzte ihn in die Lage, sich der suggestiven Einwirkung des Lichtmusters ohne Verzug zu erwehren. Er fuhr herum und schrie in das nächste Wandaudioskop: »Nicht auf die Bilder achten! Sie sind hypnotisch. Wir werden angegriffen!«

Als er sich abwandte, stolperte er über Koritas bewußtlose Gestalt. Er hielt inne und kniete sich neben ihn.

»Korita!« sagte er scharf. »Sie können mich doch hören?«

»Ja.«

»Sie befolgen nur *meine* Anweisungen. Haben Sie verstanden?«

»Ja.«

»Sie entspannen sich. Sie sind innerlich völlig gelassen. Die Wirkung der Bilder läßt nach. Jetzt ist sie weg. Völlig verschwunden. Verstehen Sie? Völlig verschwunden.«

»Ich verstehe.«

»Die Bilder können Sie nicht mehr beeinflussen. Jeder Blick darauf erinnert Sie an vertraute Eindrücke aus Ihrer Heimat. Ist das klar?«

»Voll und ganz.«

»Allmählich erwachen Sie. Ich zähle jetzt bis drei. Wenn ich ›drei‹ sage, sind Sie hellwach. Eins ... zwei ... drei — wachen Sie auf!«

Korita schlug die Augen auf. »Was ist geschehen?« forschte er verwirrt.

Grosvenor erläuterte es ihm rasch und drängte dann: »Jetzt aber schnell, kommen Sie mit! Das Lichtmuster zerrt an meinen Nerven, obwohl ich mir ständig das Gegenteil suggeriere.«

Er zerrte den bestürzten Archäologen den Gang entlang zur nexialistischen Abteilung. An der ersten Ecke stießen sie auf einen menschlichen Körper, der am Boden lag.

Grosvenor versetzte dem Mann einen Tritt, und das nicht zu gelinde. Er hoffte auf eine Schreckreaktion. »Hören Sie mich?« wollte er wissen.

Der Mann regte sich. »Ja.«

»Dann hören Sie zu. Die Bilder wirken nicht mehr auf Sie. Sie sind hellwach. Stehen Sie auf!«

Der Mann raffte sich hoch und stürzte, zu wilden Boxhieben ausholend, auf ihn los. Grosvenor duckte sich, und der Angreifer taumelte blindlings an ihm vorbei.

Grosvenor rief ihm nach, stehenzubleiben, aber er setzte seinen Weg ohne einen Blick zurück fort. Grosvenor packte Korita beim Arm. »Anscheinend bin ich bei ihm zu spät gekommen.«

Korita schüttelte benommen den Kopf. Seine Augen wanderten zur Wand, und seine nächsten Worte ließen erkennen, daß Grosvenors Suggestivbefehl sich entweder nicht voll ausgewirkt hatte oder die Wirksamkeit bereits erschüttert wurde. »Aber was ist das?« wollte er wissen.

»Sehen Sie nicht hin!«

Den Blick abzuwenden fiel unglaublich schwer. Grosvenor mußte fortwährend zwinkern, um dem zuckenden Muster der Lichtblitze nicht zu erliegen. Anfangs kam es ihm vor, als flimmerten die Bilder überall. Dann erkannte er, daß die Frauengestalten — manche seltsam verdoppelt, andere wieder einzeln — nur in den durchsichtigen Abschnitten der Schiffshülle auftauchten. Solche Bereiche existierten zu Aberdutzenden, aber doch in überschaubarer Anzahl.

Sie trafen auf mehr Männer. Die Opfer lagen in unregelmäßigen Abständen in den Gängen. Zweimal stießen sie auf Besatzungsmitglieder, die bei Bewußtsein waren. Einer stand ihnen mit blicklosen Augen im Weg und rührte sich auch nicht, als Grosvenor und Korita an ihm vorbeihasteten. Der andere stieß einen Schrei aus, griff nach seinem Vibrator und feuerte ihn ab. Der Leuchtspurstrahl entlud sich gegen die Wand. Dann hatte Grosvenor den

Mann gepackt und zu Boden gestoßen. Der Chemiker — denn um einen solchen handelte es sich — starrte ihn böse an. »Verfluchter Spitzel!« keuchte er heiser. »Wir kriegen dich noch.«

Grosvenor hielt sich nicht damit auf, den Grund für diese frappierende Äußerung herauszufinden. Aber ihm war nicht wohl, als er mit Korita am Eingang seiner Abteilung anlangte. Wenn schon ein einzelner Chemiker so schnell zu unverhülltem Haß stimuliert werden konnte, wie stand es dann mit den fünfzehn, die sich in seinen Räumen eingenistet hatten?

Zu seiner Erleichterung waren sie samt und sonders bewußtlos. Eilig stattete er Korita und sich selbst mit dunklen Brillen aus, richtete dann ein Sperrfeuer gleißender Punktstrahler gegen Wände, Decken und Böden. Augenblicklich überschien das grelle Licht die Bilder.

Als nächstes sendete er Befehle, um die Chemotechniker aus der Hypnose zu befreien, in die er sie versetzt hatte. Nach fünf Minuten hatte noch kein einziger der Ohnmächtigen reagiert. Grosvenor vermutete, daß die hypnotischen Suggestionen der Angreifer den Trancezustand der Leute umgangen oder sich sogar zunutze gemacht hatten, so daß seine Direktiven ohne Erfolg bleiben mußten. Es bestand die Möglichkeit, daß sie nach einer Weile von selbst erwachten und sich gegen ihn wandten.

Mit Koritas Hilfe zerrte er sie in die Toilette und verschloß die Tür. Klar war mittlerweile eines: Die angewendete visuell-mechanische Hypnose war von einer derartigen Intensität, daß ihn nur sein unverzügliches Handeln davor bewahrt hatte, ihr zu erliegen. Aber der Vorgang beschränkte sich nicht auf den visuellen Bereich. Das Bild hatte versucht, durch seine Augen auf sein Gehirn einzuwirken. Mit dem Erkenntnisstand auf diesem Gebiet war er einigermaßen vertraut. Deshalb wußte er — anscheinend im Gegensatz zu den Angreifern —, daß ein fremdes Lebewesen ein menschliches Nervensystem nur mit Unterstützung eines Encephalo-Transmitters oder einer gleichartigen Vorrichtung kontrollieren konnte.

Nach dem, was ihm selbst um ein Haar widerfahren war, vermutete er, daß die übrigen Männer entweder in tiefenhypnotischen Schlaf versetzt worden oder durch Halluzinationen verstört und deshalb für ihre Handlungen nicht verantwortlich waren.

Er mußte versuchen, zur Kommandobrücke zu gelangen und den Energieschirm des Schiffes einzuschalten. Ganz gleich, ob der Angriff von einem anderen Schiff oder von einem Planeten aus erfolgte, bot dies den einzigen Weg, die Trägerwellen abzuschneiden, deren die gegnerische Seite sich bediente.

*

In fliegender Hast baute Grosvenor eine tragbare Scheinwerferbatterie zusammen. Er mußte sich auf dem Weg zur Brücke gegen die Lichtmuster schützen können. Eben nahm er die letzten Anschlüsse vor, als er ein unverkennbares Schwindelgefühl spürte, das fast augenblicklich wieder verschwand. Es war das Empfinden, das gewöhnlich — von den Anti-Akzeleratoren herrührend — mit einer scharfen Kursänderung einherging.

War tatsächlich ein Kurswechsel erfolgt? Das würde er überprüfen müssen — später.

»Ich möchte ein Experiment unternehmen«, sagte er zu Korita. »Bitte bleiben Sie hier.«

Er trug seine Scheinwerferbatterie zu einem nahen Gang und packte sie auf die Ladeplattform eines Elektrokarrens. Dann bestieg er den Fahrersitz und machte sich auf den Weg zu den Aufzügen.

Er schätzte, daß zehn Minuten seit dem Auftauchen der Lichtmuster vergangen sein mochten.

Mit fast vierzig Stundenkilometern, nicht eben langsam für die verhältnismäßig engen Gänge, bog er in den Fahrstuhlkorridor ein. In der Nische gegenüber den Aufzügen rangen zwei Männer auf Leben und Tod miteinander. Sie kümmerten sich nicht um Grosvenor, sondern boten alle Kräfte auf, sich gegenseitig niederzuschlagen, schwankten und ächzten. Das grelle Licht, das Grosvenor gegen die Wand richtete, minderte ihren Haß nicht. Wie immer ihre Halluzinationen aussehen mochten — sie hatten gründlich Wurzeln geschlagen.

Grosvenor steuerte seinen Karren in den nächsten Aufzug und dirigierte die Kabine abwärts. Er begann die Hoffnung zu hegen, daß er die Kommandobrücke verlassen vorfinden würde.

Die Hoffnung verging, als er auf dem Hauptgang anlangte. Es wimmelte von Männern. Barrikaden waren hastig errichtet worden, und unverkennbarer Ozongeruch lag in der Luft. Überbeanspruchte Vibratoren schmolzen und brannten durch. Grosvenor spähte vorsichtig aus der Aufzugkabine, um die Lage zu taxieren. Sie war erkennbar ungünstig. Die beiden Zugänge zur Kommandobrükke waren mit umgekippten Elektrokarren blockiert. Dahinter kauerten Männer in Uniform. Grosvenor gewahrte flüchtig Captain Leeth unter den Verteidigern. Gegenüber erblickte er Direktor Morton hinter einer Barrikade der Angreifer.

Damit klärte sich das Bild. Unterdrückte Feindseligkeit war durch die Lichtmuster angestachelt worden. Die Wissenschaftler kämpften gegen das Militär, das sie unbewußt schon immer verabscheut hatten. Das militärische Personal fühlte sich seinerseits unversehens frei, sein Mütchen an den verachteten Wissenschaftlern zu kühlen.

Grosvenor wußte, daß diese Zuspitzung nicht den wirklichen Gefühlen beider Seiten entsprach. Normalerweise glich der menschliche Geist unzählige widerstreitende Impulse aus. Ein einzelner konnte auf diese Weise sein ganzes Leben zubringen, ohne daß ein Empfinden die ausschlaggebende Oberhand über alle anderen gewann. Dieses subtile Gleichgewicht war erschüttert worden. Das Ergebnis bedrohte eine ganze Expedition mit

Scheitern und verhieß einem Gegner den Sieg, dessen Absicht sich allenfalls vermuten ließ.

Wie auch immer — der Weg zur Kommandobrücke war versperrt. Widerstrebend zog Grosvenor sich in seine Abteilung zurück.

Korita erwartete ihn an der Tür. »Sehen Sie dort!« sagte er und wies auf einen Wandbildschirm, der die Kursvektoren der *Space Beagle* wiedergab. Anhand der neuen Daten, die neben die alten getreten waren, gewahrte Grosvenor, daß das Schiff eine weite Kurve beschrieb, die es zu einem hellen weißen Stern führen mußte. Ein Servomechanismus war eingeschaltet worden, der das Schiff mit Hilfe periodischer Korrekturen auf dem neuen Kurs halten würde.

»Kann der Gegner das bewerkstelligt haben?« forschte Korita.

Grosvenor schüttelte den Kopf, mehr verwundert als bestürzt. Seine Anforderung zusätzlicher Angaben erbrachte den Spektraltyp des Sterns, Helligkeit, Größe und eine Entfernung von etwas über vier Lichtjahren. Das Schiff legte gegenwärtig in fünf Stunden ein Lichtjahr zurück und beschleunigte weiter. Die Berechnung besagte, daß es annähernd elf Stunden brauchen würde, um in die Nähe des Sterns zu gelangen.

Mit einer heftigen Bewegung schaltete Grosvenor das Gerät aus. Er war jetzt doch erschrocken. Daß die Verblendung dessen, der den Kurs geändert hatte, so weit ging, das Schiff vernichten zu wollen, ließ sich nicht ausschließen. War das der Fall, blieben gerade zehn Stunden zur Abwendung der Katastrophe.

Selbst in diesem Moment, noch ohne ausgearbeiteten Plan, wollte es Grosvenor scheinen, daß nur eine Gegenattacke mit hypnotischen Mitteln zum Ziel führen würde. Einstweilen …

Entschlossen drehte er sich um. Es war an der Zeit für einen zweiten Versuch, zur Kommandobrücke zu gelangen.

Er mußte zur Methode direkter Gedankenbeeinflussung greifen. Die meisten Apparate, die eine Einwirkung auf die Gehirntätigkeit ermöglichten, fanden ausschließlich in der Medizin Verwendung. Die Ausnahme bildete der Encephalo-Transmitter, ein Instrument, mit dem Impulse sich von einem Gehirn zum anderen übertragen ließen.

Auch mit Koritas Hilfe brauchte Grosvenor mehrere Minuten, um einen seiner Transmitter aufzustellen. Ihn auf seine Funktionsfähigkeit zu prüfen verschlang noch mehr Zeit. Seiner hohen Empfindlichkeit wegen mußte er gegen Erschütterungen abgefedert und auf der Ladeplattform des Elektrokarrens befestigt werden. Alles in allem dauerten die Vorbereitungen siebenunddreißig Minuten.

Daran schloß sich eine kurze, aber verhältnismäßig scharfe Auseinandersetzung mit dem Archäologen an, der ihn unbedingt begleiten wollte. Schließlich erklärte Korita sich bereit, zurückzubleiben und darauf zu achten, daß ihrer beider Ausgangsstellung unangetastet blieb.

Der Encephalo-Transmitter zwang Grosvenor, die Geschwindigkeit seines Fahrzeugs zu drosseln, als er sich auf den Weg zur Kommandobrücke machte. Die erzwungene Langsamkeit verdroß ihn. Sie gab ihm aber auch Gelegenheit, die Veränderungen festzustellen, die seit Beginn des Angriffs eingetreten waren.

Nur vereinzelt sah er noch Bewußtlose. Grosvenor vermutete, daß die meisten, die in tiefe Trance gefallen waren, spontan wieder erwacht waren. Aus der Hypnose war diese Erscheinung bekannt. Jetzt reagierten die Betroffenen auf andere Reize, was fatalerweise — obzwar ebenfalls geläufig — zu bedeuten schien, daß ihr Handeln von lange unterdrückten Affekten gesteuert wurde.

So daß bei Männern, die unter normalen Umständen leichte Antipathie füreinander empfanden, diese Abneigung sekundenschnell in mörderischen Haß umgeschlagen war.

Die tödliche Gefahr lag darin, daß sie sich des Wandels nicht bewußt waren. Denn der menschliche Geist *konnte* verwirrt werden, ohne daß der einzelne dies gewahr wurde. Das galt für Umwelteinflüsse ebenso wie für den Angriff, der jetzt gegen eine Schiffsladung Männer geführt wurde. In beiden Fällen handelte jeder Betroffene so, als wären seine neuen Überzeugungen ebenso sinnvoll wie seine bisherigen.

Die Aufzugstür glitt auf dem Brückendeck auf, und Grosvenor wich hastig zurück. Ein Hitzeprojektor goß Feuer durch den Gang. Die Metallwände brannten mit durchdringendem, zischendem Geräusch. In seinem begrenzten Blickfeld lagen drei Tote. Noch während er zögerte, erscholl eine krachende Detonation. Augenblicklich erloschen die Flammen. Blauer Dunst verschleierte die Luft, und unerträgliche Hitze breitete sich aus. Binnen Sekunden waren Rauch und Hitze verschluckt. Jedenfalls das Ventilationssystem funktionierte offenkundig noch.

Grosvenor spähte vorsichtig ins Freie. Auf den ersten Blick schien der Gang verlassen. Dann gewahrte er Morton, der keine zwanzig Schritte entfernt halb verborgen in einer Nische kauerte. Fast gleichzeitig bemerkte ihn der Direktor und winkte ihn zu sich. Grosvenor zauderte, begriff dann, daß er das Risiko eingehen mußte. Er stieß sein Fahrzeug aus dem Aufzug und huschte zu der Nische. Der Direktor begrüßte ihn freudig.

»Sie sind genau der Mann, den ich suche«, sagte er. »Wir müssen Captain Leeth die Kontrolle über das Schiff entreißen, bevor Kents Gruppe sich zum Angriff organisiert.«

Morton sprach ruhig und vernünftig. Er erweckte den Eindruck eines Mannes, der sich auf der Seite des Rechts wußte. Der Gedanke, daß seine Worte der Erläuterung bedurften, wäre ihm nicht gekommen. Er fuhr fort: »Wir brauchen Ihre Unterstützung vor allem gegen Kent. Er setzt irgendein chemisches Zeug ein, das ich noch nie gesehen habe. Bis jetzt haben unsere Ventilatoren es zurückgeblasen, aber sie sind dabei, eigene heranzuschaffen. Die Frage ist, ob uns genügend Zeit bleibt, Leeth zu bezwingen, ehe Kent zum Angriff vorgeht.«

Zeit war auch Grosvenors Problem. Unauffällig griff er mit der rechten Hand zu seinem linken Handgelenk und berührte das Relais, das den Richtsender des Transmitters kontrollierte. Er richtete die Sendescheiben auf Morton, während er antwortete: »Ich habe einen Plan, und ich glaube, er könnte sich als wirkungsvoll erweisen.«

Er brach ab. Mortons Blick war nach unten gewandert. Der Direktor sagte: »Sie haben einen Encephalo-Transmitter mitgebracht, und er ist in Betrieb. Was versprechen Sie sich davon?«

Grosvenor zuckte zusammen, suchte nach einer passenden Antwort. Er hatte gehofft, daß Morton sich mit derartigen Transmittern nicht auskannte. Diese Hoffnung war dahin. Dennoch mußte er versuchen, sich des Instruments zu bedienen, selbst wenn das Überraschungsmoment entfiel. Obwohl er sich zusammennahm, klang seine Stimme gepreßt, als er entgegnete: »Darin besteht mein Plan. Dieses Gerät will ich einsetzen.«

Morton zögerte, meinte dann: »Aus den Gedanken, die mir kommen, ersehe ich, daß Sie es darauf anlegen ...« Er brach ab. Interesse belebte seine Züge. »Hören Sie«, sagte er, »das ist nicht schlecht. Wenn Sie Leeth weismachen können, wir würden von fremden Lebewesen angegriffen ...«

Er hielt inne. Seine Lippen spitzten sich. Seine Augen verengten sich berechnend. Er sprach weiter: »Zweimal hat Captain Leeth mir Verhandlungen angeboten. Jetzt tun wir so, als gingen wir darauf ein. Sie begeben sich mit dem Transmitter zu ihm. Sobald Sie uns ein Zeichen geben, greifen wir an.« Würdevoll fügte er hinzu: »Verstehen Sie mich recht. Ich würde nie in Betracht ziehen, mit Kent oder Leeth zu verhandeln, es sei denn, als Mittel zum Sieg. Ich hoffe, Sie haben dafür Verständnis?«

Grosvenor fand Captain Leeth auf der Brücke. Der Kommandant begrüßte ihn freundlich, aber förmlich. »Die Feindseligkeiten unter den Wissenschaftlern«, erklärte er gemessen, »haben das Militär in eine unerquickliche Situation gebracht. Wir erfüllen unser Mindestmaß an Pflicht gegenüber der Expedition insgesamt, indem wir Kommandobrücke und Maschinenraum verteidigen.« Er schüttelte ernst den Kopf. »Die Oberhand zu gewinnen darf keiner von beiden Gruppen gestattet werden. Um das zu verhindern, sind wir schlimmstenfalls auch bereit, unser Leben zu geben.«

Die Erläuterung bestürzte Grosvenor. Er hatte sich bereits gefragt, ob Captain Leeth dafür verantwortlich sein mochte, daß das Schiff direkten Kurs auf eine Sonne genommen hatte. Die Worte des Kommandanten bestätigten zumindest teilweise seinen Verdacht. Der Sieg einer anderen Partei als des Militärs schien für ihn undenkbar. Unter dieser Prämisse mochte die Konsequenz ihn einsichtig dünken, lieber die gesamte Expedition zu opfern.

Beiläufig richtete Grosvenor den Sender des Transmitters auf Captain Leeth.

Aktionsströme, winzige Schwingungen, übertragen von ableitenden Axonen zu zuleitenden Dendriten, von Dendriten wieder zu Axonen, stets einem Weg folgend, den vorangegangene Eindrücke festgelegt hatten — dieser Kommunikationsvorgang wiederholte sich endlos zwischen den neunzig Millionen Nervenzellen des menschlichen Gehirns. Spannung und Reiz wirkten zusammen bei der Erzeugung immer neuer elektro-kolloidaler Potentiale in jeder Einzelzelle. Nur allmählich, im Laufe der Zeit, hatte man Geräte entwickelt, die einigermaßen genau die Übertragungsvorgänge im Innern des Gehirns entzifferten.

Der früheste Encephalo-Transmitter war ein indirekter Abkömmling des berühmten Elektroencephalographen. Seiner Funktion nach stellte er freilich das genaue Gegenteil dar. Er erzeugte künstliche Aktionsströme jeden gewünschten Musters. Bei geschickter Handhabung ließ jeder beliebige Teil des Gehirns sich mit ihm in Reizzustand versetzen, so daß Gedanken, Gefühle, Träume hervorgerufen oder Erinnerungen geweckt werden konnten. Dabei handelte es sich nicht um Gedankenkontrolle. Die jeweilige Persönlichkeit blieb unbeeinflußt. Weiterentwicklungen des Transmitters waren jedoch in der Lage, Aktionspotentiale von Person zu Person zu übertragen. Weil die Impulse je nach Erregungsintensität des Senders schwankten, wurde der Empfänger entsprechend variabel beeinflußt.

Des Encephalo-Transmitters nicht gewahr, ging Captain Leeth auch nicht auf, daß er sich nicht mehr nur seine eigenen Gedanken machte. »Der Angriff auf das Schiff«, ließ er sich vernehmen, »stempelt den Konflikt der Wissenschaftler zu einem völlig unverzeihlichen Vorgang, zum Verrat an der Expedition.« Er hielt inne, fuhr dann überlegend fort: »Ich gedenke wie folgt zu verfahren.«

Die Vorgehensweise, die Captain Leeth entwickelte, stützte sich auf den Einsatz von Hitzeprojektoren, kräfteabsorbierende Beschleunigung des Schiffes sowie teilweise Auslöschung der beiden Wissenschaftlergruppen. Die fremden Wesen erwähnte er mit keinem Wort. Ihm schien auch nicht bewußt, daß er seine Pläne einem Unterhändler seiner angeblichen Gegner darlegte. Er schloß mit den Worten: »Sie selbst, Mr. Grosvenor, werden wir vor allem dort brauchen, wo sich wissenschaftliche Fragen ergeben. Als Nexialist, der über koordinierte Kenntnisse zahlreicher Disziplinen verfügt, können Sie im Kampf gegen die übrigen Wissenschaftler eine entscheidende Rolle spielen ...«

Erschöpft und entmutigt gab Grosvenor auf. Das Chaos war zu groß, als daß ein einzelner hoffen konnte, es zu überwinden. Er sah Bewaffnete, wohin er blickte. Mindestens zwanzig Tote hatte er mitlerweile gezählt. Jeden Augenblick konnte das Fauchen eines Hitzeprojektors den unsicheren Waffenstillstand zwischen Leeth und Morton beenden. Selbst jetzt konnte er den Lärm der Ventilatoren hören, mit denen Morton Kents Attacke abwehrte.

Er seufzte, als er sich wieder an den Captain wandte. »Ich brauche einiges Gerät aus meiner Abteilung«, sagte er. »Lassen Sie mich durch zu den rückwärtigen Aufzügen? In fünf Minuten kann ich zurück sein.«

Einige Minuten später, während er sein Gefährt durch den Hintereingang seiner Abteilung lenkte, gab es für Grosvenor keinen Zweifel mehr, wie er handeln mußte. Was ihm auf den ersten Blick als weit hergeholte Idee erschienen war, stellte jetzt die einzige verbliebene Möglichkeit dar.

Er mußte die fremden Geschöpfe über ihre Myriaden von Bildern angreifen — mit ihren eigenen hypnotischen Waffen.

*

Grosvenor merkte, daß Korita ihn beim Treffen seiner Vorbereitungen beobachtete. Der Archäologe kam näher und musterte die Serie elektrischer Instrumente, die er an den Encephalo-Transmitter anschloß, stellte aber keine Fragen. Er schien sich wieder völlig erholt zu haben.

Immer wieder mußte Grosvenor sich den Schweiß vom Gesicht wischen. Und doch war es nicht warm. Die Raumtemperatur lag nicht höher als normal. Sobald er seine Vorkehrungen beendet hatte, erkannte er, daß er innehalten mußte, um sich klarzuwerden über die Ursachen seiner Beklemmung. Er gelangte zu dem Schluß, daß er einfach nicht genug über den Gegner wußte.

Es genügte nicht, daß er sich eine Hypothese zurechtgelegt hatte, wie die Angreifer verfuhren. Das große Rätsel blieb ihre eigentümlich frauenähnliche Gestalt, blieb der Umstand, daß sie teils einzeln, teils in doppelter Konfiguration auftraten. Er bedurfte für sein Handeln einer akzeptablen philosophischen Basis. Er brauchte jene Ausgeglichenheit, die sich nur auf Wissen gründen ließ.

Er wandte sich an Korita und forschte: »In welchem Kulturstadium könnten diese Wesen sich vom Standpunkt der zyklischen Geschichtsauffassung befinden?«

Der Archäologe ließ sich in einem Sessel nieder, nagte an der Unterlippe und verlangte: »Erläutern Sie mir, was Sie vorhaben.«

Der Japaner wurde blaß bei Grosvenors Schilderung. Schließlich fragte er fast zusammenhanglos: »Wie kam es, daß Sie mir helfen konnten, den anderen aber nicht?«

»Sie standen unmittelbar neben mir. Das menschliche Nervensystem lernt durch Wiederholung. Bei Ihnen hatte sich das Suggestivmuster weit weniger eingeprägt als bei den übrigen.«

»Hätte diese Katastrophe sich überhaupt vermeiden lassen?« wollte Korita wissen.

Grosvenor lächelte bekümmert. »Die Absolvierung eines nexialistischen Trainings schließt Immunität gegen Hypnose ein. Solche Immunität setzt unbedingt eine spezielle Unterweisung voraus.«

Er brach ab. »Mr. Korita, bitte antworten Sie auf meine Frage. Wie steht es mit der zyklischen Geschichtsauffassung?«

Schweißtropfen erschienen am Haaransatz des Archäologen. »Mein Freund«, murmelte er, »Sie erwarten doch nicht ernstlich auf dieser Stufe eine verallgemeinernde Aussage. Was wissen wir denn über diese Wesen?«

Grosvenor stöhnte innerlich. Eine eingehende Erörterung wäre nötig gewesen, doch die Zeit verrann. Unschlüssig erwiderte er: »Geschöpfe, die über die Fähigkeit der Fernhypnose verfügen, sind wahrscheinlich auch imstande, gegenseitig auf ihre Gehirnzellen einzuwirken. Sie wären dann von Natur aus zu der Art Telepathie fähig, für die Menschen des Encephalo-Transmitters bedürfen.«

Er beugte sich vor, plötzlich erregt. »Korita, wie würde das Talent, Gedanken ohne künstliche Nachhilfe lesen zu können, sich auf eine Kultur auswirken?«

Der Archäologe richtete sich auf. »Aber natürlich«, rief er, »da haben Sie die Antwort. Telepathie würde die Entwicklung jeder Spezies hemmen. Folglich befindet diese sich auf der Fellachenstufe.«

Seine Augen funkelten, während er den perplexen Grosvenor anstarrte. »Können Sie das nicht nachvollziehen? Wenn Sie in der Lage sind, jemandes Gedanken zu lesen, gewinnen Sie den Eindruck, daß Sie alles über ihn wissen. Auf dieser Basis würde sich ein Einstellungsmuster absoluter Gewißheiten herausbilden. Wie kann man zweifeln, wenn man doch *weiß*? Solche Geschöpfe würden die frühen Entwicklungsabschnitte ihrer Kultur mit Blitzeseile absolvieren und auf schnellstmöglichem Weg in die Fellachenzeit gelangen.«

Während Grosvenor ihm mit gerunzelter Stirn zuhörte, skizzierte er in lebhaften Worten, wie eine Reihe Zivilisationen der irdischen und galaktischen Geschichte sich verzehrt hatten und zu Fellachenvölkern erstarrt waren. Der Fellachentypus verwarf Neuerungen und Wandel. Die Dürftigkeit seiner Existenz ließ ihn auf individuelles Leid nicht selten teilnahmslos reagieren.

Als Korita geendet hatte, meinte Grosvenor: »Ob die Vorbehalte gegen Wandel verantwortlich sein mögen für den Angriff auf das Schiff?«

Der Archäologe reagierte mit Vorsicht. »Vielleicht.«

Schweigen trat ein. Grosvenor sagte sich, daß er handeln mußte, als träfe Koritas Analyse im wesentlichen zu. Über eine andere Hypothese verfügte er nicht. Wenn er die Annahme als Ausgangspunkt nahm, ließ sich vielleicht eine Bestätigung erlangen.

Bei einem Blick auf die Uhr preßte er die Lippen zusammen. Noch knapp sieben Stunden blieben ihm für seine Aufgabe.

Hastig schickte er einen scharf gebündelten Lichtstrahl

durch den Encephalo-Transmitter. Mit raschen Bewegungen justierte er eine Scheibe so vor dem Strahl, daß ein Teil der Fläche im Schatten lag — abgesehen von dem Licht aus dem Transmitter, das darüber hinspielte.

Unverzüglich wurde ein Bild sichtbar. Es wies den Verdopplungseffekt auf, und dank des Transmitters vermochte er es ungefährdet zu studieren. Bereits der erste klare Eindruck versetzte ihn in Staunen. Es war nur vage menschenähnlich. Und doch konnte er verstehen, weshalb er es als Frauenporträt wahrgenommen hatte. Die überlappenden Doppelgesichter wurden gekrönt von einem goldenen Federbusch. Der Kopf aber, nun unverkennbar vogelhaft, wies tatsächlich menschliche Züge auf. Diese waren, statt mit Federn, mit einem Netzwerk von Linien bedeckt, die Adern sein mochten. Die Menschenähnlichkeit beruhte auf der Art, wie diese Linien sich zu Mustern geformt hatten, die an Wangen und Nase erinnerten.

Das zweite Augenpaar und der zweite Mund saßen fast fünf Zentimeter über den ersten. Sie bildeten beinahe einen zweiten Kopf, der regelrecht aus dem ersten herauswuchs. Ebenso hatte ein zweites Schulterpaar sich herausgebildet, jeweils mit kurzen Armen, die in feingliedrige, auffallend lange Hände und Finger ausliefen — wobei der Gesamteindruck weiblich blieb. Unwillkürlich kam Grosvenor der Gedanke, daß Arme und Finger der beiden Körper sich wohl zuerst trennen würden. Der zweite Körper würde dann in der Lage sein, sein Gewicht besser abzustützen. Parthenogenese, überlegte Grosvenor. Ungeschlechtliche Vermehrung. Der Elternkörper trieb ein neues Geschöpf aus, das sich abspaltete, wenn es herangewachsen war.

Das Bild vor ihm wies rudimentäre Flügel auf. Federbüschel waren an den ›Handgelenken‹ sichtbar. Es trug ein hellblaues lockeres Gewand über einem erstaunlich aufrechten und oberflächlich menschenähnlichen Körper. Falls noch andere Überbleibsel des einstigen Feder-

kleides existierten, wurden sie durch die Kleidung verdeckt. Klar war, daß dieser Vogel nicht mehr mit eigener Kraft flog.

Aus Koritas Stimme sprach seine Hilflosigkeit, als er das Wort ergriff. »Wie wollen Sie ihm verdeutlichen, daß Sie bereit sind, sich hypnotisieren zu lassen, wenn Sie dafür Informationen erhalten?«

Grosvenor gab keine verbale Antwort. Er stand auf und zeichnete versuchsweise ein Bild von dem Vogelwesen und von sich selbst auf eine Tafel. Siebendundvierzig Minuten und einige Dutzend Zeichnungen später verschwand der Lichtumriß plötzlich von der Scheibe. An seiner Stelle erschien eine Stadtszene.

Es handelte sich um kein großes Gemeinwesen. Anfangs war seine Perspektive die eines Betrachters aus erheblicher Höhe. Er erhielt den Eindruck extrem schmaler, sehr hoch aufragender Gebäude, die so eng zusammenstanden, daß die unteren Geschosse den größten Teil des Tages über im Dämmerlicht liegen mußten. Grosvenor fragte sich flüchtig, ob dies darauf hindeuten mochte, daß es sich in urzeitlicher Vergangenheit um Nachtgeschöpfe gehandelt hatte. Sein Blick glitt weiter. Im Wunsch, sich ein Gesamtbild zu verschaffen, ignorierte er die einzelnen Baulichkeiten. Vor allem wollte er in Erfahrung bringen, ob diese Wesen eine technische Zivilisation besaßen, wie sie sich verständigten, ob dies die Stadt war, von der aus der Angriff auf das Schiff geführt wurde.

Nirgends gewahrte er Maschinen, Fahr- oder Flugzeuge. Vergeblich hielt er Ausschau nach einem Gegenstück zu den interstellaren Raumschiffdocks, die auf der Erde viele Quadratmeilen in Anspruch nahmen. Der Angriff auf die *Space Beagle* mußte andere Gründe haben.

Noch während er diese Schlußfolgerung zog, wechselte die Perspektive. Er befand sich nicht länger auf einer Anhöhe, sondern im Innern eines Gebäudes nahe der Stadtmitte. Das aufnehmende Medium bewegte sich vorwärts, und er blickte über eine Brüstung. Wieder konzentrierte seine Aufmerksamkeit sich auf das Geschehen. Dennoch fragte er sich, wie die Übermittlung erfolgen mochte. Der Übergang von einer Szene zur anderen hatte nur ein Wimpernzucken gedauert. Weniger als eine Minute war vergangen, seit seine letzte Zeichnung seinen Informationswunsch zu guter Letzt adäquat ausgedrückt hatte.

Auch diese Überlegung stellte sich nur flüchtig ein. Schon sah er gebannt an der Außenwand des Bauwerks hinab. Höchstens drei Meter schienen es von den benachbarten Gebäuden zu trennen. Nun aber erblickte er, was ihm von der Erhebung aus verborgen geblieben war — Laufstege von wenigen Zentimetern Breite, die die Baulichkeiten auf jeder Etage verbanden. Über sie bewegte sich der Fußgängerverkehr der Stadt.

Unmittelbar ›unter‹ Grosvenor schritten zwei Wesen auf demselben schmalen Steg aufeinander zu. Daß sie sich dreißig Meter oder mehr über dem Boden befanden, schien ihnen nichts auszumachen. Beiläufig, wie selbstverständlich gelangten sie aneinander vorbei. Jeder schwang das äußere Bein um den anderen herum, setzte es auf, bog das innere Bein nach außen — und sie hatten einander umrundet, ohne ihren Schritt zu verlangsamen. Allerorten, in jeder Höhe, führten weitere Geschöpfe dasselbe schwierige Manöver nicht weniger nonchalant aus. Grosvenor nahm an, daß sie leicht gebaut und ihre Knochen dünn und hohl waren.

Erneut wechselte die Szene — und wieder, und noch einmal. Ein Teil der Stadt nach dem anderen tauchte auf. Er gewahrte, wie ihm scheinen wollte, jede nur mögliche Spielart des Reproduktionsvorgangs. In manchen Fällen war die Teilung so weit fortgeschritten, daß Arme, Beine und der größte Teil des neuen Körpers sich bereits abgetrennt hatten. Andere ähnelten dem ursprünglichen Bild. In keinem Fall schien die zusätzliche Last dem Elternkörper das geringste auszumachen.

Eben versuchte Grosvenor, im matt erhellten Innern eines Gebäudes Genaueres zu erkennen, als der Umriß zu verblassen begann. Binnen eines Augenblicks war die Stadt verschwunden. An ihre Stelle trat das verdoppelte Abbild. Die Finger des Wesens deuteten auf den Encephalo-Transmitter. Seine Bewegung war unmißverständlich. Es hatte seinen Teil der Abmachung erfüllt. Nun war es an ihm, das gleiche zu tun.

Die Erwartung, daß er sich daran halten würde, war zweifellos naiv. Doch blieb ihm gar keine andere Wahl. Er mußte einlösen, was er zugesagt hatte.

*

»Ich bin ruhig und entspannt«, sagte Grosvenors aufgezeichnete Stimme. »Ich denke klar. Was ich sehe, muß nicht das sein, was ich betrachte. Was ich höre, mag mir sinnlos erscheinen. Ihre Stadt habe ich so erblickt, wie sie selbst sie wahrnehmen. Ganz gleich, ob das, was ich sonst sehe und höre, Sinn ergibt oder nicht, ich bleibe ruhig, entspannt und locker ...«

Grosvenor lauschte seinen eigenen Worten nach, ehe er sich an Korita wandte. »Das wäre es«, sagte er einfach.

Natürlich konnte es dahin kommen, daß er die Mitteilung nicht mehr bewußt aufnahm. Aber sie würde weiter ablaufen. Und sich ihm fester und fester einprägen. Noch immer hinhorchend, überprüfte er ein letztes Mal den Transmitter. Alles war so, wie er es haben wollte.

Korita erläuterte er: »In fünf Stunden schaltet das Gerät sich automatisch ab. Wenn Sie — für den Notfall — den hier angebrachten Schalter drücken, tritt die Unterbrechung früher ein.«

»Wie definieren Sie Notfall?«

»Als Angriff auf die Abteilung.« Grosvenor zögerte. Mehrere Unterbrechungen wären ihm lieber gewesen. Aber hier drehte es sich nicht um ein wissenschaftliches Experiment. Leben oder Tod standen auf dem Spiel. Er legte die Hand auf die Kontrollskala. Und hielt noch einmal inne.

Denn was ihn erwartete, stand außer Zweifel. Binnen weniger Sekunden würde das Gruppenbewußtsein zahlloser einzelner Vogelgeschöpfe sich großer Teile seines Nervensystems bemächtigen. Sie würden versuchen, ihn zu kontrollieren, wie sie die übrige Schiffsbesatzung in ihrer Gewalt hatten.

Daß er es mit einem Gruppenbewußtsein zu tun haben würde, schien ihm ausgemacht. Er hatte keine einzige Maschine gesichtet, nicht einmal ein primitives Räderfahrzeug. Anfangs war er ganz selbstverständlich davon ausgegangen, daß ihm die Stadt mit Fernsehkameras vorgeführt wurde. Nun nahm er an, daß er sie durch die Augen von Vogelwesen erblickt hatte. Bei diesen Geschöpfen war Telepathie als Sinneswahrnehmung ebenso ausgeprägt wie die Sehschärfe. Die konzentrierte Geisteskraft von Millionen konnte Lichtjahre überbrücken. Dazu bedurfte es keiner Technik.

Wie sein Versuch ausgehen würde, zu verschmelzen mit diesem Kollektivbewußtsein, ließ sich unmöglich voraussagen.

Grosvenor drehte an der Kontrollskala des Encephalo-Transmitters und veränderte leicht den Rhythmus seiner Gedanken. Stärker durfte der Wechsel nicht ausfallen. Mit völliger Einstimmung auf die fremden Wesen hätte er selbst dann nicht aufwarten können, wenn er dies gewollt hätte. Die rhythmischen Schwingungen umschlossen jede nur mögliche Spielart geistiger Gesundheit, Störung und Umnachtung. Er mußte sich auf Impulse beschränken, die ein Psychologe als ›normal‹ registriert hätte.

Der Transmitter übertrug sie auf den gebündelten Lichtstrahl, der seinerseits unmittelbar auf das Suggestivbild fiel. Falls das Lichtmuster auf das Geschöpf wirkte, welches das Bild aussandte, hatte es bislang nichts davon merken lassen. Weil Grosvenor keinen augenfälligen Beweis erwartete, empfand er auch keine Enttäuschung. Er war überzeugt, daß jedwede Einwirkung sich lediglich in den Mustern kundtun würde, die er seinerseits empfing. Und die, dessen war er sich sicher, er an den Reaktionen seines eigenen Nervensystems spüren würde.

Es fiel ihm schwer, sich auf das Bild zu konzentrieren, doch er blieb hartnäckig. Unter der Einwirkung des Encephalo-Transmitters begann sein Blick zu verschwimmen. Und noch immer starrte er stetig auf das Bild.

»Ich bin ruhig und entspannt. Ich denke klar...«

In einem Augenblick hallten die Worte vernehmbar in seinen Ohren wider. Im nächsten waren sie verstummt. An ihre Stelle trat ein Tosen wie von fernem Donner.

Langsam flaute das Geräusch ab. Es ging über in ein stetiges Brausen, das an das Rauschen im Innern einer großen Seemuschel erinnerte. Grosvenor gewahrte einen schwachen Lichtschimmer. Er schien aus weiter Ferne zu ihm zu dringen und besaß die trübe Undeutlichkeit einer Lampe, die durch dicken Nebel schien.

»Ich bin nach wie vor Herr meiner selbst«, beruhigte er sich. »Ich empfange Sinneseindrücke durch sein Nervensystem. Es nimmt Eindrücke über das meine auf.«

Er konnte warten. Er konnte hier sitzen und warten, bis das Dunkel wich, bis sein Gehirn daranging, die Impulse zu interpretieren, die jene anderen Nervenzellen ihm telegrafierten. Er konnte hier sitzen und ...

Er fing sich. Sitzen! dachte er. War es das, was das Geschöpf tat? Grosvenor war jetzt wieder auf der Hut. Weitab hörte er eine Stimme: »Ganz gleich, ob das, was ich sonst sehe und höre, Sinn ergibt oder nicht, ich bleibe ruhig ...«

Seine Nase begann zu jucken. Er dachte: Sie haben keine Nasen. Wenigstens habe ich keine gesehen. Also ist es meine Nase, oder ein ziellos ausgesandter Reiz. Er wollte sich kratzen, als er einen heftigen Schmerz im Bauch verspürte. Wäre es ihm möglich gewesen, er hätte sich zusammengekrümmt. Er vermochte sich nicht zu rühren. Er konnte sich nicht kratzen. Er konnte die Hände nicht auf den Magen pressen.

Ihm ging auf, daß weder Schmerzgefühl noch Juckreiz aus seinem eigenen Körper herrührten. Noch brauchten sie für die nervliche Wahrnehmung seines Gegenübers entsprechende Bedeutung zu besitzen. Zwei hochentwickelte Lebensformen übermittelten einander Signale, die keine zu deuten vermochte. Er war insoweit im Vorteil, als er damit gerechnet hatte — anders als das fremde Wesen, falls Koritas Hypothese zutraf und es wirklich zum Fellachentypus gehörte. Dessen Verwirrung mußte steigen. Er konnte hoffen, die Fassung zu behalten.

Das Jucken verging. Der Schmerz in seinem Magen wandelte sich zu einem Völlegefühl, als hätte er zuviel gegessen. Eine glühende Nadel stach in sein Rückgrat, bohrte sich in jeden einzelnen Wirbel. Auf halber Höhe wurde sie zu Eis. Das Eis schmolz und rann kalt seinen Rücken hinab. Etwas — eine Hand? Eine Metallzange — packte einen Muskelstrang in seinem Arm und riß ihn am Ansatz beinahe aus. Seine Gedanken schrien unter dem Ansturm der Schmerzsignale. Fast schwand ihm das Bewußtsein.

Auch dieses Empfinden verflog. Das Erlebnis ließ Grosvenor zerschlagen zurück. Dennoch war alles pure Illusion. Nichts dergleichen trug sich zu, weder in seinem Körper noch in dem des anderen Geschöpfs. Sein Gehirn empfing über seine Augen eine Abfolge von Impulsen, die es fehlinterpretierte. Dabei konnte Wohlbehagen zu Schmerz werden. Jeglicher Reiz konnte beliebige Gefühle erzeugen. Mit der Heftigkeit der Fehlreaktion hatte er gleichwohl nicht gerechnet.

Der Gedanke verlor an Bedeutung, als etwas Feuchtes, Weiches über seine Lippen strich. Eine Stimme äußerte: »Ich werde geliebt ...« Grosvenor verwarf die Bedeutung. Nein, nicht ›geliebt‹. Wieder versuchte sein eigenes Gehirn, Vorgänge in einem Nervensystem zu deuten, dessen Prozesse sich von jeder menschlichen Regung unterschieden. Bewußt ersetzte er ›geliebt‹ durch ›stimuliert‹, ließ das Gefühl an sich herankommen. Am Ende wußte er nach wie vor nicht, was er wirklich verspürt hatte. Der Reiz war nicht unangenehm. Süße wirkte auf seine Geschmacksnerven. Tränen traten ihm in die Augen, brachten Entspannung. Das Bild einer Blume kam ihm in den Sinn. Es war eine anmutige rote Nelke, ohne Bezug zur Flora der Riim-Welt.

Riim! überlegte er. Im Geiste drehte und wendete er fasziniert das Wort. Hatte es ihn durch den Abgrund des Raums erreicht? Auf irgendeine unlogische Weise schien der Name zu passen. Und doch — Gewißheit hatte er nicht. Was immer zu ihm drang, ein letzter Zweifel würde bleiben.

Eine Weile hatten sich ausschließlich angenehme Gefühle eingestellt. Das hinderte ihn nicht, unbehaglich auf die nächsten Reizsymptome zu warten. Das Licht blieb trübe und verschwommen. Dann schienen seine Augen zum zweitenmal zu tränen. Seine Füße kitzelten plötzlich heftig. Die Empfindung verging, dafür wurde ihm unerklärlich heiß. Erstickender Luftmangel lastete auf ihm.

»Falsch!« sagte er sich. »Nichts dergleichen geschieht.«

Die Reize ließen nach. Nur das stetige Rauschen blieb und das matte Licht. Unruhe begann ihn zu peinigen. Seine Methode mochte richtig gewählt sein, so daß er mit der Zeit in die Lage kommen würde, eine gewisse Gewalt über ein einzelnes gegnerisches Wesen oder eine ganze Gruppe auszuüben. Aber Zeit hatte er eben nicht. Jede verstreichende Sekunde brachte ihn seinem persönlichen Tod ein gewaltiges Stück näher. Dort draußen — nein, hier (einen Augenblick lang war er durcheinander) — verschlang eines der gigantischsten Schiffe, das Menschen je gebaut hatten, die Meilen mit einer Geschwindigkeit, die das Begriffsvermögen fast überstieg.

Er war sich im klaren, welche Bezirke seines Gehirns erregt wurden. Hören konnte er nur, wenn empfindliche

Zentren seiner Großhirnrinde Reize empfingen. Über dem Ohr lagen die Felder, die bei Stimulierung Träume erzeugten und Erinnerungen weckten. So war jeder Abschnitt des menschlichen Gehirns seit langem erfaßt. Mochte die genaue Lage der Steuerungszentren sich auch von Fall zu Fall geringfügig unterscheiden — der Grundaufbau blieb beim Menschen stets gleich.

Ein recht zuverlässiges Organ war das normale menschliche Auge. Die Linse warf ein objektives Bild auf die Netzhaut. Den Bildern ihrer Stadt nach zu schließen, die die Riim übermittelt hatten, verfügten sie ebenfalls über objektiv genaue Sehorgane. Wenn es ihm gelang, seine Sehzellen auf ihre Augen abzustimmen, würde er verläßliche Abbildungen der Wirklichkeit erhalten.

*

Weitere Minuten vergingen. In jäher Verzweiflung dachte er: »Ist es vorstellbar, daß ich volle fünf Stunden lang hier sitze, ohne eine einzige brauchbare Verbindung herzustellen?« Zum erstenmal fragte er sich, ob er vernünftig gehandelt hatte, als er sich derart rückhaltlos auf dieses Experiment einließ. Als er versuchte, seine Hand dem Schalter des Encephalo-Transmitters zu nähern, schien nichts zu erfolgen. Mehrere zusammenhängende Empfindungen wechselten einander ab, darunter der unverkennbare Geruch brennenden Gummis.

Zum drittenmal tränten ihm die Augen. Und dann, scharf und klar, folgte ein Bild. Es verging so rasch, wie es entstanden war. Für Grosvenor aber, der an tachistoskopischem Gerät geschult worden war, haftete es nicht minder nachhaltig in der Erinnerung, als hätte er es in aller Ruhe betrachtet.

Er schien versetzt in eines der hohen, schmalen Gebäude. Sonnenlicht, das durch die offenen Eingänge fiel, erhellte matt das Innere. Es gab keine Fenster. Anstelle von Zwischenböden trennten schmale Stege die einzelnen Geschosse. Etliche Vogelwesen saßen auf ihnen. Öffnungen in den Seitenwänden deuteten auf größere und kleinere Räume hin.

Der Anblick richtete ihn zugleich auf und stimmte ihn besorgt. Angenommen, es gelang ihm wirklich, eine Beziehung zu diesem Geschöpf herzustellen, die sich auf Beeinflussung der wechselseitigen Nervenzentren gründete. Angenommen, er erreichte den Punkt, an dem er mit dessen Ohren hören, dessen Augen sehen, in gewissem Maße sogar dessen Gefühle teilen konnte.

Durfte er hoffen, die Kluft zu überbrücken und in den Muskeln des Wesens motorische Reaktionen hervorzurufen? Würde er es zwingen können, zu gehen, den Kopf zu drehen, die Arme zu bewegen — kurz, als sein eigener Körper zu fungieren? Der Angriff auf das Schiff wurde von einer Gruppe geführt, die als Einheit handelte, als Einheit dachte, als Einheit fühlte. Würde es ihm gelingen, einen gewissen Einfluß auf alle auszuüben, indem er Gewalt über ein Mitglied der Gruppe erlangte?

Was ihm bislang widerfahren war, lieferte kein Indiz für Gruppenkontakte. Er glich einem Mann, der in einem dunklen Raum eingesperrt saß, dessen Wand ein kleines, mit durchscheinendem Material bedecktes Loch aufwies. Hindurch sickerte ungewisses Licht. Flüchtig auftauchende Umrisse ließen die Außenwelt ahnen. Daß diese Umrisse der Realität entsprachen, ließ sich mit Grund vermuten. Das galt jedoch nicht für die Laute, die durch eine andere Wandöffnung drangen, oder für die Empfindungen, die durch noch weitere offene Stellen in Decke und Boden zu ihm gelangten.

Menschen konnten Frequenzen bis zu zwanzigtausend Schwingungen pro Sekunde akustisch aufnehmen. Das Hörvermögen anderer Arten setzte an diesem Punkt erst ein. Unter Hypnose konnten die Opfer dazu gebracht werden, schallend zu lachen, wenn man sie folterte, und vor Schmerzen zu schreien, wenn sie gekitzelt wurden. Ein Reiz, welcher der einen Lebensform

Pein bereitete, mochte für die andere überhaupt keinen Stellenwert besitzen.

Mit einer bewußten Anstrengung schüttelte Grosvenor seine innere Verkrampfung ab. Ihm blieb nichts übrig, als sich in Geduld zu üben und zu warten.

Er wartete.

Alsbald fiel ihm ein, daß ein Zusammenhang bestehen mochte zwischen seinen eigenen Gedanken und den Gefühlseindrücken, die sich ihm mitteilten. Jenes Bild des Gebäudeinneren — was hatte er sich unmittelbar vorher überlegt? Er entsann sich, daß der innere Aufbau des Auges ihn beschäftigt hatte.

Innerlich begann er zu zittern, so offenkundig war die Beziehung. Bis jetzt hatte er sich darauf konzentriert, mit den Nervenzentren seines Gegenübers zu sehen und zu hören. Jetzt verstand er, daß das Problem in Wirklichkeit darin bestand, sein eigenes Gehirn unter Kontrolle zu halten. Bestimmte Bezirke mußten so weit wie möglich ausgeschaltet bleiben. Andere Reaktionszentren waren hochgradig zu aktivieren, damit sie durch eintreffende Reize leichter erregt werden konnten. Da er in Selbsthypnose eingehend geschult war, vermochte er beides durch Autosuggestion zu erreichen.

Obenan stand natürlich der optische Überblick. Danach Kontrolle über die Muskeln desjenigen Geschöpfs, durch das die Gruppe gegen ihn arbeitete.

Farbige Lichtblitze störten seine Konzentration. Grosvenor interpretierte sie als Beweis für die Wirksamkeit seiner Suggestion. Und er wußte, daß sein eingeschlagener Weg richtig war, als seine Sicht sich plötzlich klärte — und ungetrübt blieb.

Der Schauplatz war derselbe. Das Wesen, das er zu beeinflussen hoffte, saß nach wie vor auf einem Steg im Innern des schlanken Gebäudes. In der inbrünstigen Hoffnung, daß das Bild nicht wieder verschwimmen würde, begann Grosvenor seine Gedanken darauf zu richten, die Muskeln des Riim zu bewegen.

Das Problem bestand darin, daß letzten Endes niemand zu erklären vermochte, weshalb eine bestimmte Bewegung erfolgte. Die Millionen Zellreaktionen, die das Heben eines einzigen Fingers erforderte, konnte seine Vorstellung unmöglich einbeziehen. Deshalb führte er sich einen Arm als Ganzes vor Augen. Nichts geschah. Erschrocken, aber entschlossen versuchte Grosvenor sein Glück mit Symbolhypnose. Ein einzelnes Schlüsselwort drückte dabei den gesamten vielschichtigen Vorgang aus.

Langsam hob sich einer der kurzen Arme. Ein zweites Stichwort, und sein Versuchsobjekt stand bedachtsam auf. Als nächstes ließ er es den Kopf wenden. Der Blick in die Runde erinnerte das Geschöpf daran, daß jene Kammer, jener Schrank ›sein‹ waren. Die Erinnerung gelangte kaum bis auf die Bewußtseinsebene. Das Vogelwesen kannte seine Besitztümer und akzeptierte diese Tatsache ohne Interesse.

Grosvenor hatte große Mühe, seine Erregung zu bezwingen. Mit wacher Geduld ließ er das Wesen die Arme heben und senken sowie auf dem Steg hin und her schreiten. Endlich veranlaßte er es, sich erneut niederzulassen.

Sein überreizter Zustand mußte seine Aufnahmefähigkeit ungemein übersteigert haben, denn kaum hatte er begonnen, sich erneut zu konzentrieren, als eine Botschaft ihn durchströmte, die sein ganzes Denken und Fühlen aufwühlte. Mehr oder minder automatisch übertrug Grosvenor die angsterfüllten Gedanken in vertraute Worte:

»Die Zellen rufen, rufen. Die Zellen haben Angst, oh, die Zellen kennen Schmerz! Dunkel herrscht in der Riimwelt. Zieht euch zurück von dem Wesen — fern von Riim ... Schatten, Dunkel, Wirrnis ... Die Zellen müssen es abweisen ... Aber sie sind außerstande. Sie wollten freundlich zu dem Wesen sein, das aus dem großen Dunkel kam. Sie hatten recht, denn die wußten nicht, daß es ein Gegner war ... Die Nacht sinkt tiefer. Alle Zellen sollen sich zurückziehen ... Aber sie sind nicht imstande ...«

Grosvenor dachte wie betäubt: »Freundlich!«

Doch es paßte gleichermaßen. Wie in einem Alptraum ließ alles, was bis zur Stunde abgelaufen war, sich so oder so erklären. Entsetzt erkannte er den Ernst der Lage. War die Katastrophe, die das Schiff bereits ereilt hatte, Resultat eines fehlgeleiteten, auf Unwissenheit beruhenden Versuchs wohlgemeinter Verständigung — wie mochte der Schatten erst aussehen, den sie bei feindseliger Einstellung anzurichten vermochten?

Sein Problem war größer als ihres. Brach er die Verbindung zu ihnen ab, so waren sie frei. Das aber konnte heißen, daß sie nun tatsächlich versuchen würden, die *Space Beagle* zu vernichten.

Ihm blieb keine andere Wahl, als sein Vorhaben weiterzuführen — in der Hoffnung, irgendein Umstand könnte eintreten, der sich zu seinen Gunsten wenden ließ.

*

Als erstes konzentrierte Grosvenor sich auf die, wie ihm schien, logischste Zwischenstufe: die Übertragung seiner Einwirkung auf ein anderes Geschöpf. Im Falle dieser Wesen lag die Wahl auf der Hand.

»Ich werde geliebt!« sagte er sich, wobei er bewußt die Empfindung heraufbeschwor, die ihn zuvor irritiert hatte. »Ich werde geliebt von meinem elterlichen Körper, aus dem ich zur Ganzheit erwachse. Ich teile seine Gedanken, aber schon sehe ich mit eigenen Augen und weiß, daß ich zur Gruppe gehöre ...«

Der Übergang erfolgte jäh, wie Grosvenor halb und halb erwartet hatte. Er bewegte die kleineren, verdoppelten Finger. Er wölbte die zierlichen Schultern. Dann kehrte er zurück zu dem Elternkörper. Das Experiment fiel so zufriedenstellend aus, daß er sich fähig fühlte zu dem größeren Sprung, der ihn in gedankliche Verbindung mit den Nervenzentren eines entfernteren Geschöpfs bringen würde.

Und auch dies erwies sich als Frage einer Stimulierung der richtigen Gehirnzentren. Grosvenor wurde gewahr, daß er in einer hügeligen, mit Gebüsch bewachsenen Landschaft stand. Unmittelbar vor ihm floß ein Bach. Eine orangefarbene Sonne stand tief an einem purpurnen Himmel, über den Wolkenfetzen trieben. Grosvenor veranlaßte sein neues Versuchsobjekt dazu, sich gänzlich umzuwenden. Er bemerkte ein kleines Schlafgebäude, das in einiger Entfernung, halb versteckt unter Bäumen, an dem Bach stand. Eine andere Wohnstätte war nicht in Sicht. Er begab sich dorthin und schaute hinein. Im Halbdunkel gewahrte er mehrere Stangen. Auf einer saßen zwei Vogelwesen. Beide hatten die Augen geschlossen.

Es ließ sich leicht vorstellen, überlegte er, daß sie an dem Gruppen›angriff‹ auf die *Space Beagle* beteiligt waren.

Indem er den Reiz variierte, übertrug er die nervliche Lenkung von dort zur Nachtseite des Planeten. Der Übergang auf weitere Nervensysteme erfolgte mit unverminderter Schnelligkeit. Er befand sich in einer unerleuchteten Stadt, mit geisterhaften Gebäuden und Laufstegen. Weshalb er in Kontakt mit einem bestimmten Riim kam, statt mit anderen, die die gleichen generellen Merkmale aufwiesen, hätte er nicht zu sagen vermocht. Der Reiz mochte auf einige rascher wirken als auf andere. Es mochte sich sogar um Abkömmlinge oder körperliche Verwandte des elterlichen Körpers handeln, über den er anfangs Kontrolle gewonnen hatte. Nachdem er mit mehr als zwei Dutzend Riim in allen Teilen ihrer Welt in Verbindung gestanden hatte, schien es Grosvenor, daß er über einen zureichenden Gesamteindruck verfügte.

Es war eine Welt aus Ziegeln, Stein und Holz — gegründet auf eine Gemeinschaftsbeziehung, die wahrscheinlich niemals übertroffen werden würde. Und so hatte eine Spezies das gesamte Maschinenzeitalter der Erde mit seinen Einsichten in die Rätsel von Materie und Energie umgangen. Grosvenor empfand, daß er nunmehr unbesorgt den vorletzten Schritt seines Gegenangriffs in die Wege leiten konnte.

Er konzentrierte sich auf ein Muster, wie es charakteristisch war für eines der Geschöpfe, die ein Bild auf die *Space Beagle* projiziert hatten. Ein kurzer, aber wahrnehmbarer Augenblick verstrich. Und dann ...

Sein Gesichtskreis hatte sich in eins der Bilder hineinverlagert. Er erblickte das Schiff aus der Perspektive einer Riim-Projektion.

Es drängte ihn zu wissen, wie es an Bord stand. Doch er mußte dieses Bedürfnis unterdrücken. Er beabsichtigte, eine Gruppe zu beeinflussen, die möglicherweise Millionen Einzelwesen umfaßte. Die Beeinflussung mußte so nachhaltig ausfallen, daß den Riim keine andere Wahl blieb, als sich von der *Space Beagle* zurückzuziehen und sich auch künftig von ihr fernzuhalten.

Er hatte bewiesen, daß er ihre Gedanken empfangen konnte und sie die seinigen. Andernfalls wäre sein Kontakt mit einem Nervensystem nach dem anderen nicht möglich gewesen. Und nun war er bereit. Er projizierte seine Gedanken in die Dunkelheit. »Ihr lebt in einem Universum; und ihr schafft euch Bilder des Universums, wie es euch erscheint. Ihr wißt nichts von diesem Universum und könnt auch nichts wissen, abgesehen von den Bildern. Aber die Bilder, die ihr euch macht, sind nicht das Universum ...«

Wie beeinflußte man jemanden? Indem man seine Anschauungen veränderte. Wie prägte man sein Handeln? Indem man seine Grundüberzeugungen umstieß, seine affektiv verankerten Glaubenssätze.

Mit Bedacht fuhr Grosvenor fort: »Und diese Bilder zeigen auch nicht das gesamte Universum, denn es gibt dort vieles, was ihr nicht direkt wissen könnt, weil euch die Sinne dafür fehlen. Das Universum besitzt eine Gesetzmäßigkeit. Wenn aber die Gesetzmäßigkeit der Bilder, die ihr euch macht, der Gesetzmäßigkeit des Universums nicht entspricht, dann habt ihr euch getäuscht ...«

In der Geschichte intelligenten Lebens hatten nur wenige denkende Wesen gänzlich unlogisch gehandelt — im Rahmen ihres Bezugssystems. Beruhte dieses System aber auf unzutreffenden Voraussetzungen, konnte der automatische — ›logische‹ — Rückgriff auf Annahmen, die nicht der Wirklichkeit entsprachen, zu fatalen Schlußfolgerungen führen.

Die Annahmen bedurften der Änderung. Grosvenor änderte sie — zielstrebig, kühl, freimütig. Die Riim besaßen dagegen keinen Schutz. Zum erstenmal seit undenklichen Zeiträumen sahen sie sich mit neuen Vorstellungen konfrontiert. Grosvenor zweifelte nicht daran, daß die Wirkung immens sein würde. Dies war eine Fellachenkultur. Sie wurzelte in Glaubenssätzen, die noch nie in Frage gestellt worden waren. Die Geschichte lieferte genügend Beispiele, daß zahlenmäßig unbedeutende Eroberer die Zukunft ganzer Fellachenvölker ausschlaggebend zu prägen vermochten.

Das riesige antike Indien war unter dem Ansturm weniger tausend Engländer zusammengebrochen. Alle Fellachenvölker der irdischen Frühzeit waren ebenso mit Leichtigkeit überwunden worden. Sie erholten sich erst, als ihre starren Wertvorstellungen der aufdämmernden Erkenntnis zum Opfer gefallen waren, daß die Welt mehr Aspekte aufwies, als ihre rigiden Ordnungen ihnen hatten weismachen wollen.

Die Riim waren besonders verwundbar. Ihre Verständigungsmethode, so einmalig und großartig sie war, ermöglichte ihre Beeinflussung in einem einzigen umfassenden Zugriff. Immer wieder schickte Grosvenor seine Botschaft aus, jedesmal ergänzt um eine Anweisung, die sich auf das Schiff bezog. Die Aufforderung lautete: »Ändert das Lichtmuster, mit dem ihr euch an das Schiff gewandt habt, und zieht euch dann zurück. Ändert das

Muster so, daß die Mannschaft sich entspannt und in Schlaf fällt ... Dann zieht euch zurück ... Eure freundschaftliche Handlung hat dem Schiff großes Unheil gebracht. Auch wir sind euch freundlich gesinnt, aber die Bekundung eurer Freundschaft hat uns geschadet.«

Er hatte nur eine unbestimmte Vorstellung, wie lange er seine Anweisungen in jenen gigantischen nervlichen Schaltkreis eingab. Er schätzte die Zeit, die vergangen sein mochte, auf ungefähr zwei Stunden, als das eingestellte Relais an dem Encephalo-Transmitter den Kontakt zwischen ihm und dem Bild auf der Scheibe automatisch unterbrach.

Jäh wurde er sich der vertrauten Umgebung wieder bewußt. Er blickte auf die Stelle, an der das Bild geflimmert hatte. Es war verschwunden. Rasch sah er zu Korita hinüber. Der Archäologe war in seinem Sessel zusammengesunken und lag in tiefem Schlaf.

Grosvenor richtete sich aus seiner verkrampften Stellung auf. Seine Anordnung fiel ihm ein — entspannen, in Schlaf fallen. Dies war das Ergebnis. Überall im Schiff würde er schlummernde Männer antreffen.

Grosvenor nahm sich nur die Zeit, Korita zu wecken, ehe er in den Gang hastete. Im Laufen registrierte er, daß die Wände frei waren. Kein einziges Mal begegnete er auf dem Weg zur Kommandobrücke einem der hypnotischen Bilder.

Dort angelangt, kletterte er vorsichtig über Captain Leeth hinweg, der bei der Instrumententafel schlafend am Boden lag. Erleichtert aufseufzend betätigte er den Schalter, der dem äußeren Schutzschirm des Schiffs Energie lieferte.

Sekunden später änderte Elliott Grosvenor vom Pilotensessel aus den Kurs der *Space Beagle.*

*

Bevor er die Brücke verließ, programmierte er eine Sperre ein, die den Kurs auf die Dauer von zehn Stunden fixierte. Somit gegen die Gefahr geschützt, daß einer der Männer in Selbstmordstimmung erwachte, eilte er wieder hinaus und begann, die Verletzten zu versorgen.

Seine Patienten waren ausnahmslos ohne Bewußtsein, so daß er ihren Zustand erraten mußte. Er ging auf Nummer Sicher. Wo mühsame Atmung Schock vermuten ließ, verabreichte er Blutplasma. Er injizierte schmerzstillende Mittel und trug Salben mit schneller Heilwirkung auf. Siebenmal — mittlerweile unterstützt von Korita — lud er Tote auf Elektrokarren und jagte damit zu den Wiedererweckungskammern. Vier erwachten zum Leben. Danach waren es immer noch zweiunddreißig, die Grosvenor, nachdem er sie untersucht hatte, nicht einmal versuchte, ins Leben zurückzuholen.

Beide kümmerten sich immer noch um die Verwundeten, als ein Geologe zu sich kam, kräftig gähnte — und dann entsetzt aufstöhnte. Grosvenor vermutete, daß eine Flut von Erinnerungen über ihn hereingebrochen war. Dennoch blieb er auf der Hut, während der Mann sich aufraffte und herbeikam. Sein Blick wanderte konsterniert zwischen Korita und Grosvenor hin und her. Schließlich fragte er: »Soll ich helfen?«

Bald leisteten ein Dutzend Männer Hilfe. Ihre verbissene Konzentration und ein gelegentliches Wort verrieten, daß sie sich klar waren über ihre zeitweise Umnachtung, die einen derartigen Alptraum an Tod und Zerstörung heraufbeschworen hatte.

Grosvenor bemerkte nicht, daß Direktor Morton und Captain Leeth sich eingefunden hatten, bis er sie mit Korita sprechen sah. Während dieser sich entfernte, gesellten die beiden Männer sich zu Grosvenor und baten ihn zu einer Besprechung auf die Kommandobrücke. Morton klopfte ihm schweigend auf die Schulter. Grosvenor hatte sich bereits gefragt, wie weit sie sich entsinnen würden. Spontaner Gedächtnisverlust stellte bei Hypnose eine geläufige Begleiterscheinung dar. Hätte ihre Erinnerung versagt, wäre es schwierig gewesen, das Vorgefallene überzeugend zu erklären.

Er war deshalb erleichtert, als Captain Leeth sagte: »Mr. Grosvenor, im Rückblick auf die Katastrophe kam sowohl Mr. Morton wie mir Ihr Versuch in den Sinn, uns begreiflich zu machen, daß wir von außen angegriffen wurden. Mr. Korita hat uns soeben berichtet, was er von Ihren Handlungen mitbekommen hat. Ich möchte Sie bitten, den Abteilungschefs auf der Kommandobrücke genauestens zu schildern, was sich zugetragen hat.«

Die systematische Darstellung nahm über eine Stunde in Anspruch. Als Grosvenor geendet hatte, wollte jemand wissen: »Ich verstehe also wirklich richtig, daß es sich um einen Versuch zu freundschaftlicher Kontaktaufnahme gehandelt hat?«

Grosvenor nickte. »Ich fürchte, ja.«

»Mit anderen Worten, wir können nicht dort auftauchen und sie in Grund und Boden bombardieren?« lautete die schroffe Anschlußfrage.

»Das ergäbe keinen Sinn.« Grosvenor sprach beherrscht. »Wir könnten ihnen einen Besuch abstatten und in unmittelbare Verbindung mit ihnen treten.«

»Das würde zu lange dauern«, warf Captain Leeth schnell ein. »Wir haben noch eine weite Strecke vor uns.« Mit säuerlicher Stime fügte er hinzu: »Im übrigen scheint es sich um eine ziemlich armselige Zivilisation zu handeln.«

Grosvenor zögerte. Ehe er zum Sprechen ansetzte, fragte Morton rasch: »Was würden Sie dazu sagen, Mr. Grosvenor?«

»Ich könnte mir denken«, erwiderte Grosvenor, »daß der Kommandant auf das Fehlen technischer Annehmlichkeiten anspielt. Aber Lebewesen können auch ohne Maschinen Befriedigung finden — am Essen und Trinken, am Umgang mit Freunden und Vertrauten. Ich möchte annehmen, daß diesen Geschöpfen ihr Gemeinschaftsdenken und die Art ihrer Fortpflanzung ein Glücksgefühl verschaffen. Es gab eine Zeit, als der Mensch kaum mehr hatte und doch von Zivilisation sprach. Auch in jenen Tagen gab es im übrigen bedeutende Menschen, so wie heute.«

»Trotzdem«, warf der Physiker von Grossen listig ein, »haben Sie nicht gezögert, ihre Lebensweise auf den Kopf zu stellen.«

Grosvenor reagierte kühl. »Vögel — oder auch Menschen — handeln unklug, wenn sie ein zu reduziertes Leben führen. Ich habe ihren Widerstand gegen neue Ideen gebrochen — etwas, das mir an Bord dieses Schiffs noch nicht gelungen ist.«

Einige Männer lachten, und die Versammlung begann sich aufzulösen. Grosvenor nahm wahr, daß Morton anschließend mit Yemens sprach, der als einziger aus der chemischen Abteilung anwesend war. Der Chemiker, inzwischen Kent direkt nachgeordnet, runzelte die Stirn und schüttelte mehrere Male den Kopf. Schließlich redete er länger, und er und Morton gaben sich die Hand.

Morton kam zu Grosvenor herüber und sagte halblaut: »Die Chemiker werden Ihre Abteilung binnen vierundzwanzig Stunden räumen — unter der Bedingung, daß der Vorfall nicht mehr erwähnt wird. Mr. Yemens ...«

Grosvenor unterbrach ihn: »Wie stellt Kent sich dazu?«

Morton zögerte. »Er hat eine Prise Gas abbekommen«, entgegnete er endlich, »und wird mehrere Monate liegen müssen.«

»Aber«, sagte Grosvenor, »bis dahin wird der Wahltermin verstrichen sein.«

Wieder ließ Morton sich Zeit, ehe er zur Antwort gab: »Das ist richtig. Es bedeutet, daß ich die Wahl gewinne, weil außer Kent niemand gegen mich kandidiert.«

Grosvenor schwieg. Er erwog die Implikationen. Daß Morton im Amt bleiben würde, war beruhigend. Wie aber würden die unzufriedenen Besatzungsmitglieder reagieren, die Kent unterstützt hatten?

Bevor er zu Wort kam, fuhr Morton fort: »Sie würden

mir einen persönlichen Gefallen tun, Mr. Grosvenor. Ich habe Yemens überzeugt, daß es unklug wäre, Kents Angriff auf Sie fortzusetzen. Um des lieben Friedens willen bitte ich Sie, Schweigen zu bewahren. Versuchen Sie nicht, Ihren Sieg auszuschlachten. Wenn man Sie fragt, geben Sie ruhig zu, daß es mit dem Zwischenfall zusammenhängt, aber bringen Sie die Angelegenheit nicht selbst zur Sprache. Wollen Sie mir das versprechen?«

Grosvenor gab ihm die Zusage. Zögernd fügte er hinzu: »Ich überlege, ob ich einen Vorschlag machen darf.«

»Unbedingt.«

»Weshalb setzen Sie Kent nicht als Ihren Stellvertreter ein?«

Morton musterte ihn mit zusammengekniffenen Augen. Er wirkte perplex. Schließlich meinte er zögernd: »Ich hätte nicht damit gerechnet, daß eine solche Anregung von Ihnen kommen würde. Persönlich bin ich nicht unbedingt darauf erpicht, Kents Selbstwertgefühl noch weiter zu steigern.«

»Nicht dasjenige Kents«, entgegnete Grosvenor.

Diesmal schwieg Morton. Schließlich sagte er langsam: »Die Spannungen würde es wahrscheinlich verringern.« Nach wie vor war ihm sein Zaudern anzumerken.

Grosvenor meinte: »Unser beider Ansichten über Kent scheinen sich zu decken.«

Morton lachte grimmig. »Ich kenne mehrere Dutzend Männer an Bord, die ich lieber als Direktor sehen würde. Auch um der Harmonie willen werde ich aber Ihren Vorschlag befolgen.«

Sie trennten sich, wobei Grosvenor gemischtere Gefühle hegte, als er sich hatte anmerken lassen. Kents Offensive hatte ein unbefriedigenden Abschluß gefunden. Dennoch — von seinem, Grosvenors, Standpunkt aus war dies die beste Lösung eines Konflikts, der zu einem erbitterten Zweikampf hätte ausarten können.

MISSTON IN SCHARLACH

(1939)

MISSTON IN SCHARLACH
Originaltitel: DISCORD IN SCARLET
(*Astounding Science Fiction,* Dezember 1939)

Ungekürzte deutsche Übersetzung von Rainer Eisfeld

①

ASTOUNDING
SCIENCE-FICTION
A STREET & SMITH PUBLICATION
20¢
DEC. 1939
DISCORD IN SCARLET, by A. E. VAN VOG

②

③

④

Ixtl trieb reglos in den Tiefen endloser Nacht. Quälend dehnte Zeit sich zu Ewigkeit, und Schwärze erfüllte den Raum. Unausdenkbare Schwärze — die ungeheuerliche tintige Finsternis intergalaktischer Unermeßlichkeit! Über die Meilen und die Jahre glosten verwaschene Lichtflekken kalt herüber, riesige Spiralnebel flammender Sterne, durch ihre unfaßbare Ferne geschrumpft zu leuchtenden Dunstwirbeln.

Leben existierte dort, vermehrte sich auf jenen Myriaden Welten, die immerfort um Myriaden Sonnen kreisten. Leben war dereinst auch aus dem Urschlamm des vorzeitlichen Glor gekrochen, ehe eine kosmische Eruption seine mächtige Gattung vernichtete, seinen — Ixtls — Körper hinausschleudernd in die Tiefen des Alls, dem Zufall zur Beute.

Sein Hirn hämmerte fort und fort in demselben alten, uralten Kreislauf — dem niemals endenden Gedanken: Eine Chance unter Dezillionen, daß sein Körper ja wieder in die Nähe einer Galaxie gelangen würde. Eine noch unendlich winzigere Aussicht, daß er auf einen Planeten fiele, dort einen kostbaren Guul fände. Und nie, nie eine Hoffnung, seine Art könnte wiedererstehen.

Milliarden Male hatte der Gedanke in die gleiche niederschmetternde, unausweichliche Konsequenz gemündet, bis er zum Teil seiner selbst geworden war, zu einem Bild, das immer wieder vor sein inneres Auge trat — jenen fernen Irrlichtern gleich draußen in der Schwärze. Und dieses Bild war realer als die Realität.

Deshalb wurde er des Raumschiffs auch erst gewahr, als er das Metall berührte.

Härte, Energie — Materie! Die vage Sinneswahrnehmung tastete sich in sein abgestumpftes Bewußtsein. Sie rief dort einen stechenden Schmerz hervor — vergleichbar einem ungenutzten Muskel, der flüchtig, peinigend, eingesetzt wurde.

Der Eindruck verflog. Ixtls Geist glitt zurück in seinen äonenlangen Schlaf, in die Vorstellungswelt der Schwärze, der fernen lohenden Nebel, der Hoffnungslosigkeit. Der bloße Gedanke an Materie wurde zu einem Traum, der zerrann. Eine entlegene Ecke seines Bewußtseins, in Unruhe versetzt, verfolgte, wie dieser Gedanke verblaßte, wie die dunklen Schatten sich heranschoben, um die matte Wahrnehmung zu verschlingen, die aufgeflammt war zu qualvoller, kurzlebiger Existenz.

Und dann, noch einmal, sandten seine tastenden Finger die ungewisse Botschaft an seinen lethargischen, mutlosen Verstand.

Sein länglicher Körper zuckte konvulsivisch in sinnloser Bewegung, vier Arme schlugen aus, vier Beine krümmten sich, blindlings und ohne Überlegung. Der Stoß, das Gefühl des Zurückprallens von der harten Materie teilten sich seinen Sinnen mit.

Elektrisiert trat Leben in seine starren, apathischen Augen, klärte sich seine getrübte Sicht. Die jähe Wildheit seiner Bewegung, erkannte er, hatte ihn weggetrieben von der gerundeten Oberfläche eines dunklen Metallkolosses, übersät mit Reihe um Reihe gleißender Lichter, wie Diamanten. Das Raumschiff schwebte in der samtigen Dunkelheit, glühend wie ein immenses Juwel, reglos und doch lebendig, strotzend von Leben, nostalgische, augenfällige Bilder heraufbeschwörend von tausend verstreuten Welten, von ihrem ungestümen, unbezähmbaren Leben, das nach den Sternen gegriffen und sie erreicht hatte. Und zugleich — Hoffnung erweckend!

*

Der träge Ballast seiner Gedanken explodierte zu einem Hexenkessel. Seine Lebenskraft, im Laufe der Äonen ausgehöhlt bis zur Verzweiflung, flammte, loderte unbändig auf. Aus der Talsohle tiefster Passivität, in der sie angelangt waren, brandeten alle Sinne zur Höhe unwiderstehlichen Elans, der seinen scharlachroten zylindrischen Körper, seinen runden boshaften Kopf in jeder Faser durchströmte. Seine Arme und Beine funkelten wie grelle Feuerzungen, als sie sich im Licht der leuchtenden Bordluken krümmten und wanden. Sein Mund, ein klaffender Schlitz im Zerrbild eines menschlichen Kopfes, geiferte weißen Schaum, der in kleinen gefrorenen Kügelchen davonschwebte.

Zu jäh, zu verheißungsvoll war die Hoffnungsflamme entstanden, als daß er sie ständig am Leben zu erhalten vermocht hätte. Immer aufs neue verschwammen seine Gedanken, verwirrten sich. Wie durch einen Schleier nahm er wahr, daß eine breite Lichtader in der Oberfläche des Schiffs eine kreisrunde Ausbuchtung zu formen begann. Die Wölbung wurde zu einem gewaltigen Schott, das sich drehte und zur Seite schwang. Strahlende Helligkeit ergoß sich aus der Öffnung, gefolgt von einem Dutzend zweibeiniger Wesen in durchsichtiger Raumausrüstung, die mächtige schwebende Maschinen lenkten.

Rasch wurden die Maschinen um einen Vorsprung der Außenhülle gruppiert. Unerträgliche Helle lohte auf, während die offensichtlich vorgenommenen Reparaturarbeiten in beunruhigendem Tempo voranschritten.

Er trieb nicht länger weg von dem Schiff. Der minimale Sog des Schwerefeldes zog ihn zurück — entsetzlich langsam. Wie rasend veränderte er den Atomaufbau seines Körpers, suchte der Zugwirkung nachzuhelfen. Doch selbst sein immer noch unzureichend arbeitender Verstand begriff, daß er scheitern mußte.

Die Arbeiten waren beendet. Sprühend erlosch die weiße Glut kernkraftbetriebener Schweißmaschinen. Magnetklammern wurden entfernt, schweres Gerät schwebte zu der Öffnung im Schiffskörper, senkte sich hinein, verschwand. Die zweibeinigen Geschöpfe folgten. Unversehens lag die gewaltige metallene Wölbung verlassen, ohne Leben wie der Weltraum selbst.

Entsetzen erfaßte Ixtl. Er durfte sie nicht entrinnen lassen, jetzt, wo das Universum zum Greifen nahe gerückt war — nur wenige Meter noch entfernt. Er mußte ringen um diese kurze Strecke, mußte sie bezwingen. Seine Arme reckten sich nach dem Schiff, als könnte er es durch eine letzte wütende Willensanstrengung zurückhalten. Die Qualen, die er innerlich ausstand, übertrafen körperliche Schmerzen. Sein Geist strudelte einem schwarzen, bodenlosen Abgrund entgegen — und hielt noch einmal inne.

Das schwere Schott verlangsamte seine schnelle Drehung. Ein einzelnes Geschöpf zwängte sich durch den Lichtring, schoß zu dem ausgebesserten Vorsprung. Es hob ein Instrument auf, das in der Helle bizarr gleißte, irgendein vergessenes Werkzeug, und wandte sich zurück zu der halboffenen Luftschleuse.

Jäh hielt es inne. Im Lichtschimmer, der aus den Bordluken fiel, ließ der transparente Raumanzug sein Gesicht erkennen. Es starrte Ixtl an, die Augen geweitet, den Mund geöffnet. Die Lippen bewegten sich rasch, offenkundig eine Form der Verständigung mit den übrigen.

Einen Augenblick später rotierte das Schott wiederum, schwang weit auf. Mehrere Wesen kamen zum Vorschein. Zwei saßen auf einem riesigen Gitterkäfig, den sie mit Hilfe seines Eigenantriebs steuerten. Man wollte ihn einfangen.

Eigenartigerweise spürte er keine Erleichterung mehr, kein aufloderndes Hochgefühl. Ihm war, als zöge eine Droge ihn tiefer, tiefer in eine dunkle Nacht der Erschöpfung. Erschrocken wehrte er sich gegen die lähmende Betäubung. Er mußte bei Sinnen bleiben. Sein Geschlecht, einst an die Schwelle letzter Erkenntnis gelangt, mußte wiedererstehen.

*

Die Stimme, gepreßt klingend und nicht zu identifizieren, drang über die Funksprechanlage von Direktor Mortons Raumanzug: »Wie, in drei Teufels Namen, kann im intergalaktischen Raum irgend etwas existieren?«

Dem Direktor schien es, als ließe die Frage die kleine

Gruppe von Männern enger zusammenrücken. Sie fühlten sich wohler, wenn sie sich in der Nähe der anderen wußten. Nur zu gegenwärtig war ihnen die unfaßbare und dennoch drückende Last der unvorstellbaren Nacht, die, sie umschließend, bis an die leuchtenden Bordluken herandrängte.

Zum erstenmal seit Jahren zwängte die Unermeßlichkeit dieser Nacht sich eisig in Mortons Bewußtsein. Lange Vertrautheit hatte ihm Desinteresse bis ins Mark eingeimpft — aber jetzt senkte sich wie ein Stachel die unfaßbare Endlosigkeit einer Finsternis in seine Seele, die Milliarden und Abermilliarden Jahre über die vordersten Grenzen hinausreichte, zu denen der Mensch vorgedrungen war. Fast erschreckte ihn seine eigene Stimme, die das bedrückte Schweigen brach, rauh durch die Mikrophone hallend:

»Gunlie Lester, Ihr astro-mathematischer Verstand bekommt Arbeit. Würden Sie ermitteln, wie groß die Wahrscheinlichkeit ist, daß ein Triebwerk uns ausgerechnet an der Stelle durchbrennen konnte, an der dieses — Geschöpf schwebte? Lassen Sie sich ruhig Zeit.«

Der Astronom erwiderte unverzüglich: »Dazu brauche ich keine langen Berechnungen anzustellen. Die Wahrscheinlichkeit ist so gering, daß sie sich in Zahlen nicht ausdrücken läßt. Etwas derartiges kann es eigentlich gar nicht geben, mathematisch gesprochen. Stellen Sie sich eine Schiffsladung Menschen vor, die auf halber Strecke zwischen zwei Galaxien zu Reparaturen haltmacht, nachdem sie als erste Expedition ihre eigene Milchstraße verlassen hat. Stellen Sie sich, sage ich, diesen winzigen Punkt vor, wie er ungewollt den Weg eines anderen, noch winzigeren kreuzt. Unmöglich — es sei denn, der Raum wimmelt von solchen Kreaturen.«

»Das hoffe ich nicht«, schüttelte sich jemand. »Aus grundsätzlichen Erwägungen wäre ich dafür, ein mobiles Energiegeschütz auf alles zu richten, was so aussieht.«

Sein Schauder teilte sich über die Mikrophone förmlich mit. Direktor Morton reckte sich, als wollte er das Frösteln bewußt abschütteln. Den Blick auf den manövrierenden Käfig gerichtet, bemerkte er:

»Ein richtiggehender roter Teufel, aus einem Alptraum entsprungen. Häßlich wie die Sünde — und wahrscheinlich ebenso harmlos, wie unser hübscher Kater im vergangenen Jahr gefährlich. Smith, was meinen Sie?«

Der hagere Biologe meinte in seiner kalten, logischen Sprechweise: »Das Geschöpf besitzt Arme und Beine, ist also ein Produkt planetarer Entwicklung. Falls es mit Intelligenz begabt ist, wird es auf den Umgebungswechsel reagieren, sobald es sich im Käfig befindet. Es kann sich um einen altehrwürdigen Weisen handeln, der zu Meditationszwecken hier weilt, wo es keine Ablenkung gibt — aber auch um einen jungen, zu ewiger Verbannung verurteilten Mörder, der danach lechzt, zurückzugelangen und sein gewohntes Leben wiederaufzunehmen.«

»Ich wünschte, Korita wäre bei uns hier draußen«, sagte Pennons, der Chefingenieur, in seiner ruhigen, praktischen Art. »Er hat uns damals ein Bild von dem historischen Hintergrund des Katzenwesens geliefert, das uns geholfen hat, im voraus ...«

*

»Hier spricht Korita, Mr. Pennons«, klang die klare, präzise Stimme des japanischen Archäologen über die Funksprechanlage. »Wie viele andere habe ich mir angehört, um zu erfahren, was sich zuträgt. Eine willkommene Unterbrechung der langen Reise der *Space Beagle,* würde ich sagen. In diesem Stadium, in dem wir über keine Fakten verfügen, aber eine Analyse des Geschöpfs zu wagen, hielte ich für gefährlich. Im Fall des Katers hatten wir als Anhaltspunkte den unfruchtbaren Planeten, auf dem er lebte, und die architektonische Evidenz der zerfallenen Stadt.

Hier jedoch begegnen wir einem Wesen, das eine Viertelmillion Lichtjahre vom nächsten Planeten entfernt im Raum existiert, anscheinend ohne Nahrung und ohne Mittel zur Ortsveränderung. Ich schlage vor: Sehen Sie zu, daß Sie es in den Käfig bekommen, und studieren Sie anschließend jede Bewegung, jede Reaktion. Fotografieren Sie die Funktionsweise seiner inneren Organe im Vakuum. Wir müssen so bald wie möglich wissen, wen oder was wir an Bord schaffen. Dabei sollten wir uns für keine Vorsichtsmaßnahme zu schade sein. Wir wollen nicht töten, wir wollen aber auch keine Verluste erleiden.«

»Und das«, kommentierte Morton, »nenne ich gesunden Menschenverstand. Haben Sie die Fluoritkamera vorbereitet, Smith?«

»An meinen Raumanzug geklemmt«, bestätigte Smith.

Morton, der die Kompetenz des Biologen mit den stets kummervollen Zügen zu schätzen wußte, wandte seine Aufmerksamkeit wieder dem Käfig zu. Mit seiner tiefen, volltönenden Stimme ordnete er an: »Öffnen Sie die Klappe so weit wie möglich. Der Käfig muß schnell über das Geschöpf fallen, ehe es sich an den Gitterstäben festklammern kann.«

»Einen Augenblick noch«, schaltete eine gutturale Stimme sich ein. Morton drehte sich fragend nach dem massigen deutschen Physiker um. »Lassen Sie uns nicht übereilt handeln, Direktor Morton«, sagte von Grossen. »Die Erfahrung mit dem Untier, das hier so gern als Miezekater apostrophiert wird, hat jedenfalls mich eher mißtrauisch gemacht. Ich sehe zwar nichts, was wirklich dagegen spräche, dieses Geschöpf mit einem Käfig einzufangen. Ich bin aber auch der Meinung, daß der Preis an Opfern, den wir im Falle des Katers gezahlt haben, zu hoch war. So etwas darf nicht wieder passieren.«

Morton runzelte die Stirn. Seine Miene drückte Zweifel aus. »Sie bringen mich in eine schwierige Lage, von Grossen. Als Menschen müssen wir jede denkbare Vorsichtsmaßnahme treffen. Auf der anderen Seite sind wir als Wissenschaftler gehalten, alles zu erforschen, was uns begegnet. Wir können keinen Gefahren ausweichen, von denen wir nicht einmal wissen, ob sie eine Bedrohung darstellen. Wenn wir uns auf dieser Expedition von Furcht leiten lassen wollen, können wir ebensogut wieder umkehren.«

»Von Furcht war keine Rede«, erwiderte der Physiker ruhig. »Ich plädiere nur für das Prinzip, erst bis zehn zu zählen und dann zu handeln.«

Morton erkundigte sich: »Erhebt noch jemand Einwände?«

Er empfand ein eigenartig ungutes Gefühl, als niemand sich meldete.

*

Ixtl wartete. Immer wieder zerflatterten seine Gedanken zu einem Kaleidoskop von Hell und Dunkel. Erinnerungen, Erfahrungen zogen bruchstückhaft an ihm vorüber. Seine Heimatwelt, seit Ewigkeiten tot, erstand vor seinem inneren Auge. Selbstgefälliger Stolz verband sich damit — und Verachtung für die Geschöpfe, die meinten, sich seiner bemächtigen zu können.

Er rief sich zurück ins Gedächtnis, daß seine Gattung Raumschiffe besessen hatte, welche das eine, das vor ihm schwebte, hundertfach an Größe übertrafen. Und zwar lange, bevor sie die Raumfahrt aufgaben, um sich einer ruhigen Existenz zuzuwenden, die Schönheit aus Naturkräften schuf.

Er verfolgte, wie der Käfig zielsicher auf ihn zugelenkt wurde. Daran konnte er nichts ändern, auch wenn er gewollt hätte. Das klaffende Maul des großen Gitterkäfigs schloß sich über ihm, schnappte zu, sowie er sich im Innern befand.

Ixtl langte nach dem nächsten Stab, packte ihn mit grimmiger Kraft. Einen Augenblick lang klammerte er sich daran fest, elend und benommen von der Heftigkeit seiner eigenen Reaktion. In Sicherheit! Mit explosiver Kraft stürmte das Bewußtsein grenzenloser Perspektiven auf ihn ein. Freie Elektronen lösten sich in Schwärmen aus dem Chaos wirbelnder Atome in seinem Körper, suchten in rasender Hast Verbindung zu anderen Atomen. Er war gerettet, geborgen nach Quadrillionen Jahren elendiglicher Verzweiflung, auf einem substantiellen Körper, dessen Antrieb ihn ein für allemal aus seiner erzwungenen Bewegungslosigkeit erlöste. In Sicherheit, und das noch früh genug, um seine geheiligte Mission zu erfüllen. War er aber wirklich in Sicherheit?

Der Käfig fiel auf die Schiffshülle zu. Glimmende Pfuhle argwöhnischer Wachsamkeit, musterten seine Augen die Männer. Offenkundig gedachten sie, ihn zu untersuchen. Mit gewaltiger Anstrengung suchte er die hartnäckige Lethargie abzuschütteln, zwang sich zur Wachsamkeit. Jede Untersuchung würde seine Absicht aufdecken, würde die kostbaren Objekte enthüllen, die in seiner Brust verborgen lagen. Das durfte nicht sein.

Unruhig fuhren seine Augen über das Dutzend Gestalten in durchsichtiger Ausrüstung. Seine Besorgnis sank. Diese Geschöpfe reichten nicht an ihn heran. An seinen Fähigkeiten gemessen, waren sie schwache Gegner. Bereits der Umstand, daß sie Raumanzüge benötigten, bewies ihre mangelhafte Anpassungsfähigkeit, dokumentierte, daß sie sich auf einer niedrigen Entwicklungsstufe befanden. Dennoch durfte er sie nicht unterschätzen. Sie mußten scharfsinnige Gehirne besitzen, die es verstanden, machtvolle Maschinen zu schaffen und einzusetzen.

Jedes einzelne Wesen trug eine Waffe in einem seitlichen Futteral am Raumanzug — Waffen mit funkelnden, durchscheinenden Griffen. Die gleiche Ausrüstung hatte er bei den Männern auf dem Käfig bemerkt. Hier bot sich ihm eine Möglichkeit, falls eine der Kreaturen ihn zu durchleuchten gedachte.

Als der Käfig sich in den Streifen ungeminderter Finsternis zwischen zwei Luken senkte, brachte Smith die Fluoritkamera in Bereitschaft — und Ixtl warf sich mit müheloser Leichtigkeit an den Stäben zur Käfigdecke hinauf.

Es war Pech, daß ihm diese Handlungsweise aufgezwungen wurde. Den Mundschlitz in seinem runden, glatten Kopf verzog sich zu einem lautlosen, wutentbrannten Knurren. Sein Sehvermögen steigerte sich abrupt; vage vermochte sein Blick das harte Metall der Käfigdecke zu durchdringen.

Ein mit acht drahtigen Fingern versehener Arm fuhr darauf zu, *durch* das Metall hindurch und hatte auch schon einem der beiden Männer die Waffe aus dem Futteral gezerrt.

Er gab sich keine Mühe, deren atomaren Aufbau ebenso zu beeinflussen wie im Falle seines eigenen Arms. Niemand sollte auf den Gedanken kommen, daß er die Waffe abgefeuert hatte. Mühsam seine unbequeme Stellung beibehaltend, zielte er auf Smith und die Gruppe hinter ihm — und drückte ab.

Ein blendender Leuchtspurstrahl sprühte über die Schiffshülle. Für einen Moment entzog die grelle Entladung die Männer dem Blick.

Mit einer einzigen Bewegung ließ Ixtl den Vibrator fahren, zog seine Hand zurück und stieß sich dadurch hinab zum Boden. Fürs erste war seine Sorge verflogen. Kein empfindliches Gerät konnte den Energiestoß unbeschädigt überstanden haben. Und was noch weit wichtiger war — die Schwingungen vermochten ihm nichts anzuhaben. Um ihm Schaden zuzufügen, würde es eines Dutzends derartiger Waffen bedürfen.

*

Die kleine Gruppe stand stocksteif. Morton wußte, daß die übrigen Besatzungsmitglieder, nicht anders als er selbst, ebenso gegen den schmerzhaften Schock ankämpften, den das Material der Raumanzüge nur teilweise gedämpft hatte, wie gegen die vorübergehende Blindheit, die der weiße Lichtschein zurückgelassen hatte. Langsam klärte sich sein Blick wieder, und er konnte das gewölbte Metall erkennen, auf dem er stand, und hinter der Wölbung des Schiffs die endlosen Meilen des Raums — dunkle, bodenlose, unvorstellbare Abgründe. Dort, Schemen inmitten anderer Schemen, gewahrte er auch den Käfig.

»Es tut mir leid, Direktor«, entschuldigte sich einer der beiden Männer auf dessen Decke. »Der Vibrator muß mir aus dem Futteral gefallen sein und sich entladen haben.«

»Unmöglich!« Smiths Stimme klang tonlos und angespannt an Mortons Ohr. »Bei dem Minimum an Schwerkraft würde der Fall Minuten dauern, und bei dem leichten Aufprall wäre an eine Entladung nicht zu denken.«

»Vielleicht bin ich dagegen gestoßen, Sir, ohne es selbst zu merken.«

»Vielleicht!« Smith schien die Erklärung widerwillig zu akzeptieren. »Trotzdem wäre ich fast bereit zu schwören, daß die Kreatur sich unmittelbar zuvor bewegt hat. Ich gebe zu, es war zu dunkel, um mehr zu erkennen als eine unbestimmte Silhouette, aber...«

»Smith«, fiel Morton ihm ins Wort, »was wollen Sie sich und uns beweisen?«

Der hochaufgeschossene Biologe zog die schmalen Schultern zusammen. Er murmelte: »Wenn Sie es so ausdrücken, bin ich mir nicht sicher. Um ehrlich zu sein, ich bin wohl immer noch nicht darüber hinweggekommen, daß ich es war, der darauf bestanden hat, den Kater am Leben zu lassen. Die Folgen waren — schrecklich. Jetzt bin in wahrscheinlich bei allem und jedem zu argwöhnisch ...«

Morton starrte ihn entgeistert an. War das wirklich Smith, der so sprach — derselbe Wissenschaftler, der in der Vergangenheit nicht selten den Eindruck erweckt hatte, er wäre bereit, sich und die ganze Mannschaft zu opfern, wenn dabei nur eine neue, wichtige Erkenntnis für sein Fach heraussprang? Morton fand seine Sprache wieder.

»Sie haben völlig richtig gehandelt! Bis uns die Wahrheit aufging, war die Mehrheit an Bord Ihrer Auffassung. Im Lauf der Entwicklung hat Ihr Standpunkt sich ebenso geändert wie der unsere, aber woran sich nichts geändert hat, ist unsere gemeinsame Arbeitsweise, Schlußfolgerungen nur auf der Grundlage von Tatsachen zu ziehen. Und ich sage mit allem Nachdruck, daran sollten wir festhalten.«

»Sie haben recht, Direktor. Es tut mir leid.« Smiths Stimme klang wieder entschlossen. »Crane, schalten Sie die Käfigbeleuchtung ein. Wir wollen sehen, mit wem wir es zu tun haben.«

*

Das Schweigen, das folgte, während blendender Lichtschein sich über Ixtl ergoß, wirkte auf Morton wie eine plötzliche, drückende Last. Der fast metallische Glanz des zylindrischen Körpers, die Augen, die wie glühende Kohlen brannten, die drahtstiftartigen Finger und Zehen, die scharlachrote Scheußlichkeit flößten selbst diesen Männern Schrecken ein, die an fremde Lebensformen gewöhnt waren. Morton holte tief Luft und brach den Bann:

»Selbst hält es sich wahrscheinlich für recht gutaussehend!«

»Wenn alles Leben sich als Evolution vollzieht«, meinte Smith steif, »und nichts sich entwickelt, das nicht der Umweltanpassung dient, wie kann ein Geschöpf, das im Raum lebt, hochentwickelte Arme und Beine besitzen? Auf sein Inneres bin ich gespannt. Nun aber — die Kamera ist unbrauchbar. Soll ich eine andere beschaffen?«

»N-n-nein.« Mortons Züge drückten Zögern aus. »Wir vergeuden hier eine Menge Zeit. Schließlich können wir in den Labors an Bord unter Vakuumbedingungen arbeiten und dabei mit höchster Beschleunigung weiterfliegen.«

»Eine Sekunde noch«, warf von Grossen ein. »Ich hätte gern einen Punkt geklärt. Die *Beagle* befindet sich auf einem Expeditionsflug zu einer anderen Galaxis. Wir sollen zwar die Fauna erforschen, auf die wir stoßen, aber wir können uns ohnehin nicht mit einem Exemplar jeder Gattung belasten. Es bleibt bei Bildern und Aufzeichnungen über die verschiedenen Geschöpfe in ihrer Umgebung. Wenn uns dieses Exemplar suspekt ist, weshalb nehmen wir es dann an Bord?«

»Weil«, kam Smith dem Direktor zuvor, »wir uns nicht zwingend auf Fotos und Aufzeichnungen beschränken müssen. Natürlich wird jeder Planet, auf dem wir landen, eine Vielzahl von Lebensformen aufweisen, und überwiegend wird uns nichts anderes übrigbleiben, als es bei knappen Beschreibungen zu belassen. Dieser Fall liegt anders. In unserer Betroffenheit haben wir fast übersehen, daß ein Geschöpf, das im freien Raum zu existieren vermag, das ungeläufigste Phänomen darstellt, mit dem wir es jemals zu tun hatten. Selbst der Kater, der Chlor ebenso wie Sauerstoff atmete, brauchte Wärme und hätte weder die absolute Kälte noch das Vakuum des Weltraums ertragen. Wenn, wie wir vermuten, der Raum nicht die natürliche Heimat dieses Lebewesens ist, dann müssen wir in Erfahrung bringen, wie und weshalb es hierhergelangt ist. Als Biologe jedenfalls ...«

»Womit bewiesen wäre«, unterbrach Morton ihn trokken, »daß Smith wieder der alte ist.« Er wandte sich zu den Männern auf dem Käfig um und wies sie an: »Transportieren Sie dieses Untier ins Schiff und legen Sie einen Energieschirm um den Käfig. Das sollte auch die größten Skeptiker beruhigen.«

Ixtl spürte das leise Brummen der Käfigmotoren. Er sah die Gitterstäbe sich bewegen, empfand dann ein wohltuendes intensives Kribbeln — Indiz für Körpervorgänge, die ihn eine Sekunde lang am Überlegen hinderten. Als er wieder klar denken konnte, entfernte sich über ihm bereits der Käfigboden — und er selbst fand sich auf der harten Außenhülle des Raumschiffs wieder.

Entsetzt mit den Zähnen knirschend, erkannte er, was

vorgefallen war. Nach dem Abfeuern der Waffe hatte er versäumt, seine Körperatome wieder umzustrukturieren. Und nun war er durch den Käfigboden geglitten.

»Um Himmels willen!« schrie Morton.

Ein scharlachroter länglicher Strich, ein alptraumhafter Schatten im Wechsel von Licht und Dunkel, schoß Ixtl über das undurchdringliche Metall der Schiffsaußenwand zur Luftschleuse. Er warf sich hinab in die blendenden Tiefen des Innern. Sein abgestimmter Körper floß duch die beiden Innenschotts der Schleuse. Dann hatte er das Ende eines langen, hell erleuchteten Gangs erreicht — und war für den Augenblick in Sicherheit.

Man würde nach ihm suchen. Eins wußte er — und es verhärtete seine kalte Entschlossenheit —: Niemals würden diese Kreaturen einem Geschöpf lebendig trauen, das in der Lage war, durch massives Metall zu dringen. Ihr Verstand würde ihnen sagen, daß ein dazu fähiges Wesen unvorstellbar gefährlich für sie war.

Über einen Vorteil verfügte er. Seine Gegner hatten keine Ahnung von der Tödlichkeit seines Vorhabens.

*

Zwanzig Minuten später wanderten Mortons graue Augen über die ernsten Gesichter der Männer, die auf der Kommandobrücke versammelt waren.

> *(Der Raum war vollgepfropft mit Menschen. An wichtigen Punkten hatte man Wachen postiert. Mit ihrer Ausnahme galt für alle die Anweisung, teilzunehmen. Militärpersonal und Offiziere, Abteilungsleiter und ihre Mitarbeiter, Techniker und Verwaltungsangehörige — alle drängten sich entweder auf der Brücke oder in den angrenzenden Gängen.*
>
> *Von einem Sessel im Auditorium aus beobachtete Grosvenor den Direktor und Captain Leeth, die auf einem der Ränge standen, die zum Mittelteil der Instrumententafel emporführten, und gedämpft mit-*

einander sprachen. Eine Glocke erklang. Das Stimmengewirr flaute ab. Beim zweiten Glockenton verstummten alle Gespräche. Captain Leeth trat vor.

»Meine Herren«, sagte er, »diese Probleme beginnen allmählich überhandzunehmen. Mir scheint, wir Soldaten haben die Wissenschaftler lange falsch eingeschätzt. Ich dachte immer, sie verbrächten ihr Leben in Labors, fernab von aller Gefahr. Langsam dämmert mir, daß Forscher überall dort für Unruhe sorgen, wo es vorher keine gab.«

Er zögerte kurz, fuhr dann in demselben trockenen Tonfall fort. »Direktor Morton und ich sind uns darin einig, daß in der gegenwärtigen Lage nicht nur das Militär gefordert ist. So lange das Geschöpf sich in Freiheit befindet, muß jeder auf der Hut sein. Tragen Sie Waffen, bewegen Sie sich zu zweit oder in Gruppen — je mehr, desto besser.«

Wieder musterte er seine Zuhörerschaft. Er wirkte grimmiger, als er fortfuhr: »Es wäre töricht, wenn Sie sich darüber hinwegtäuschen würden, daß nach Lage der Dinge dem einen oder anderen Gefahr oder Tod drohen kann. Es mag mich, es mag Sie treffen. Bereiten Sie sich innerlich darauf vor. Finden Sie sich mit der Möglichkeit ab. Wenn es Ihr Schicksal sein sollte, auf diese immens gefährliche Kreatur zu stoßen, wehren Sie sich bis zum Tode. Geben Sie sich alle Mühe, sie mit sich zu nehmen. Leiden oder sterben Sie nicht umsonst.

Und jetzt« — er wandte sich an Morton — »wird der Direktor zu Ihren sprechen.«)

Langsam schritt Morton nach vorn. Er wirkte starr und verkrampft. Seine Stimme klang noch tiefer als gewöhnlich.

»Ich biete hiermit meinen Rücktritt an, nachdem zum zweitenmal in meiner Amtszeit ein tückisches Geschöpf an Bord gelangt ist. Ich muß davon ausgehen, daß meine

Eignung ein Defizit aufweist, das mir selbst nicht bewußt geworden ist. In unserer Welt zählen Ergebnisse, keine guten Vorsätze. Auch scheinbares Pech hängt letztlich mit Charaktereigenschaften zusammen. Ich schlage deshalb vor, daß entweder Korita oder von Grossen an meiner Stelle zum Direktor gewählt werden. Korita, weil er zur Vorsicht geraten hat; von Grossen, weil er sich dagegen ausgesprochen hat, Exemplare irgendwelcher fremden Lebensformen lebend an Bord zu holen. Beide sind geeigneter für die Position als ich.«

»Der ehrenwerte Direktor hat eines vergessen«, warf Korita bedächtig ein. »Die Kreatur wurde nicht an Bord *geholt.* Ich gebe zu, es war unsere gemeinsame Absicht, sie an Bord zu nehmen, aber sie ist selbst ins Schiff gelangt. Ich gehe sogar soweit zu sagen: Selbst wenn wir uns anders entschieden hätten, hätten wir sie kaum am Eindringen hindern können, nachdem sich herausgestellt hat, daß sie massives Metall zu durchdringen vermag. Es wäre absurd, Direktor Morton dafür verantwortlich zu machen.«

Von Grossen stemmte sich aus seinem Sessel hoch. Ohne seinen Raumanzug wirkte der Physiker weniger plump als robust und muskulös. »Diese Auffassung teile ich ohne Einschränkung. Ich habe Direktor Morton als ausgesprochen fähigen Kopf und qualifizierten Expeditionsleiter kennengelernt. Wir sollten auf nutzlose Selbstvorwürfe keine Zeit mehr verschwenden.«

(Mortons eindringlicher Blick schweifte ein weiteres Mal durch die Kommandozentrale. »Hat unter Ihnen irgend jemand mehr als nur eine Befürchtung empfunden? Bitte heben Sie die Hand, wenn das der Fall war.«

Grosvenor reckte den Kopf, aber niemand meldete sich. Er ließ sich wieder zurücksinken und gewahrte zu seiner Überraschung, daß Mortons graue Augen auf ihn gerichtet waren. »Mr. Grosvenor«,

Two of the birdlike people of Riim approached one another along the narrow bridges between buildings, and when collision seemed inevitable, swung past each other with humorous dexterity.
Illustrated by Bill Terry

DESTINATION: ...*Universe!*

"Carrying its little bit of human civilization, the expeditionary ship Space Beagle sped at an ever-increasing speed through a night without end..."

This is the story of the strangest voyage of exploration ever made. . . . The story of a group of one thousand scientists determined to pierce the secrets of outer space . . . discover what lies beyond our solar system!

". . . Fascinating, fast-moving and attention-compelling, this story moves from suspense to suspense, climax to climax. . . . It puts atomic power on the same plane as present-day electricity."
—*Augusta Chronicle*

A. E. VAN VOGT has long been noted as a master of the intricate combination of action, suspense and imagination that produces the best of science fiction. Born in Canada, he is now a resident of Los Angeles. The original edition of this book was published by Simon & Schuster.

① Als Startschuß zum ›Goldenen Zeitalter‹ der Science Fiction gilt die *Astounding Science Fiction*-Ausgabe vom Juli 1939. Sowohl A. E. van Vogt als auch Isaac Asimov gaben in diesem Monat ihr Debüt in *Astounding,* van Vogt mit der Titelstory ›Black Destroyer‹ — später der ersten Episode des Romans *Voyage of the Space Beagle.* Die düsteren Rot- und Schwarz-Töne des Covers von Graves Gladney spiegelten eindrucksvoll die Stimmung der Geschichte van Vogts vom ›schwarzen Verheerer‹, dem Katzenwesen Cœurl. *Astounding Science Fiction* erschien 1939 im zehnten Jahr. Seit der Übernahme der Herausgeberschaft durch John W. Campbell jr. im September 1937 wurden Science Fiction und *Astounding* zunehmend synonyme Begriffe.

② Auch van Vogts zweite veröffentlichte Erzählung, ›Discord in Scarlet‹, wurde im Dezember 1939 von Campbell als Coverstory präsentiert. Die dilettantische Titelzeichnung Gilmores fiel jedoch weit zurück hinter Gladneys effektsichere Darstellung. Mit der Dezember-Ausgabe von *Astounding* endete gewissermaßen die Inkubationsperiode des ›Goldenen Zeitalters‹. Auf Asimov und van Vogt waren im August Robert A. Heinlein, im September Theodore Sturgeon mit ihren ersten Science Fiction-Geschichten (›Life-Line‹ bzw. ›Ether Breather‹) gefolgt. Heinlein und van Vogt dominierten *Astounding* während der Jahre 1941 bzw. 1942.

③ Einen schlagenden Kontrast zu Gilmores unbeholfenem Ixtl-Porträt bildete H. R. Gigers ›Alien‹ aus dem gleichnamigen Centfox-Film des Jahres 1979. Wie im Vorwort geschildert, hatte van Vogts ›Discord in Scarlet‹ dem Drehbuchverfasser uneingestanden als Vorbild für seine aggressive Lebensform gedient. Ein Plagiatsprozeß endete mit einem Vergleich, in dem van Vogt 50000 Dollar zugesprochen wurden. Giger gewann für seinen ›Alien‹-Entwurf einen Oscar. — *Foto: 20th Century Fox*

④ Das wahrscheinlich treffendste Porträt Cœurls erschien 1968 in Frankreich. *Voyage of the Space Beagle* war dort bereits 1952 unter dem Titel *La Faune de l'Espace* in der Sammlung ›Le Rayon Fantastique‹ veröffentlicht worden, die zusammen mit der Reihe ›Anticipation‹ des Verlages Fleuve Noir das Genre auf dem französischen Taschenbuchmarkt etablierte. Doch hielt die Reihe keinen Vergleich aus mit den gebundenen, sorgfältig gestalteten Ausgaben, die der Club du Livre d'Anticipation über ein Jahrzehnt später unter der Herausgeberschaft von Alain Dorémieux und Jacques Sadoul publizierte. *La Faune de l'Espace,* als Doppelband gekoppelt mit *A la Poursuite des Slans,* war der vierzehnte Band dieser SF-Klassiker-Sammlung.

⑤ So stellte der Zeichner von *Other Worlds,* das 1950 die ›War of Nerves‹-Episode des Romans im Vorabdruck veröffentlichte, sich die vogelähnlichen, parthenogenetisch sich fortpflanzenden Riim vor. *Other Worlds* war eine Gründung Raymond A. Palmers, der seit 1938 *Amazing Stories* (ursprünglich von Hugo Gernsback ins Leben gerufen) herausgegeben hatte. Mit *Other Worlds* schuf er sich 1949 sein eigenes Magazin, das knapp acht Jahre überdauerte. Es druckte mehrere Erzählungen Eric Frank Russells und mit ›Enchanted Village‹ (›Das verzauberte Dorf‹) eine der berühmtesten Kurzgeschichten A. E. van Vogts.

⑥ Ebenso wie van Vogts *Welt der Null-A* und Jack Williamsons *Wing 4* wurde *Die Expedition der ›Space Beagle‹* 1950 von dem renommierten Verlag Simon and Schuster in einer gebundenen Ausgabe auf den Markt gebracht. Zwei Jahre später erschien es in der Reihe ›Signet Books‹ als Taschenbuch, dessen Backcover hier wiedergegeben ist. Das darauf abgebildete Foto zeigt A. E. van Vogt 35jährig. Zu dieser Zeit standen sowohl van Vogt wie John W. Campbell jr. auf dem Gipfel ihrer Popularität — abzulesen an ihrer aufeinanderfolgenden Einladung als Ehrengäste des 4. bzw. 5. World Science Fiction Convention 1946 und 1947.

fragte Morton, »hat die Wissenschaft des Nexialismus Ihnen ermöglicht, vorherzusehen, daß dieses Geschöpf Wände zu durchdringen vermag?«

Laut erwiderte Grosvenor: »Nein, das ist nicht der Fall.«

»Danke«, sagte Morton.

Er schien befriedigt, denn er fragte sonst niemanden. Grosvenor registrierte mit Interesse, daß der Direktor den Nexialismus als eine Art endgültige Autorität bemüht hatte.)

Von Grossen, der stehengeblieben war, sprach weiter. »Wenn wir das Wesen bezwingen wollen, müssen wir uns als erstes eine Vorstellung von ihm verschaffen. Es besitzt Arme und Beine, treibt aber im Raum und überlebt dort. Es läßt sich einfangen — in dem Wissen, daß der Käfig es nicht halten kann. Und gleitet dann durch den Käfigboden, was ausgesprochen töricht ist, falls es uns im unklaren über seine Fähigkeit lassen will. Es gibt immer einen Grund dafür, daß intelligente Lebewesen Fehler begehen — einen prinzipiellen Grund, der uns ermöglichen sollte, zurückzuverfolgen, woher es stammt und weshalb es sich hier befindet. Smith, wollen Sie seine biologischen Eigenheiten analysieren?«

Der Biologe erhob sich, hager und grimmig. »Den offensichtlich planetarischen Ursprung seiner Extremitäten haben wir bereits erörtert. Die Fähigkeit, im Raum zu überleben, kann sich im Gegensatz dazu nicht auf natürliche Weise herausgebildet haben. Sie basiert auf geistigem, auf wissenschaftlichem Können, ganz ohne Frage. Meine Meinung geht dahin, daß wir es mit einer Spezies zu tun haben, die die letzten Rätsel der Biologie gelöst hat; und wenn ich wüßte, wie wir auch nur anfangen wollen, nach einem Wesen zu fahnden, das durch Wände schlüpft, würde mein Rat lauten: Wir sollten es ohne Verzug jagen und töten.«

*

»Ähm«, meldete sich Kellie, der Soziologe. Er war kahlköpfig, mit ungewöhnlich intelligenten Augen, die eulenhaft hinter einem Kneifer funkelten. »Ähm ... ein Lebewesen, das sich dem Vakuum des Raumes anzupassen versteht, müßte eigentlich über das Universum herrschen. Seine Gattung könnte jeden Planeten kolonisieren; jede Galaxie würde davon wimmeln. Ganze Schwärme würden den Raum bevölkern, falls ihnen daran läge. Und doch wissen wir mit absoluter Sicherheit, daß diese Spezies in *unserer* Milchstraße nicht das Regiment führt. Ein Paradoxon, dem man nachgehen sollte.«

»Ich fürchte, ich verstehe nicht, worauf Sie hinauswollen, Kellie«, sagte Morton.

»Ich will damit ... ähm ... einfach sagen, daß eine Gattung, die die letzten Rätsel der Biologie gelöst hat, dem Menschen Jahrmillionen voraus sein muß. Sie wäre vollständig sympodial, das heißt, in der Lage, sich jeder beliebigen Umgebung anzupassen. Nach dem Grundsatz der Lebensdynamik würde sie sich bis zu den fernsten Grenzen des Universums ausbreiten, so, wie der Mensch langsam zu den entlegensten Planeten vordringt.«

»Das ist ein Widerspruch«, räumte Morton ein, »der darauf hinzudeuten scheint, daß wir es nicht unbedingt mit einem überlegenen Wesen zu tun haben. Korita, was ließe sich zu seiner geschichtlichen Entwicklung sagen?«

Der japanische Wissenschaftler zuckte die Achseln. »Ich fürchte, bei den ungenügenden Anhaltspunkten kann ich nur sehr wenig helfen. Sie kennen die herrschende Lehre: das Leben verläuft aufwärts in einer Abfolge von Zyklen. Jeder Zyklus beginnt mit dem Bauerntum, das auf seiner Scholle verwurzelt ist. Der Bauer kommt zum Markt; und langsam wandelt der Marktplatz sich zur Stadt, deren ›innere‹ Verbundenheit mit dem Boden immer mehr abnimmt. Es folgen Großstädte und Nationen, endlich die seelenlosen Weltstädte und verheerende Machtkämpfe — eine Reihe schrecklicher Kriege, die die Völker ins Fellachentum, in zunehmende Primitivität, endlich in eine neue bäuerliche Epoche schleudern. Die Frage lautet: Befindet dieses Geschöpf sich auf der bäuerlichen Stufe eines bestimmten Zyklus, oder in der großstädtischen Epoche? Oder wo?«

(Er hielt inne. Grosvenor sah ein, daß er einige präzise Linien gezeichnet hatte. Zivilisationen schienen tatsächlich einen zyklischen Verlauf zu nehmen. Jede einzelne Epoche des Zyklus mußte durch eine psychologische Grundstimmung charakterisiert sein. Das Phänomen ließ sich auf unterschiedliche Weise erklären; Spenglers Zyklenschema lieferte nur eine mögliche Deutung. Daß Korita imstande sein würde, auf dieser Basis die Handlungen des fremden Lebewesens dem Grundsatz nach vorherzusagen, ließ sich nicht ausschließen. Er hatte in der Vergangenheit bewiesen, daß sich mit der Theorie arbeiten ließ und daß sie Prognosen ermöglichte.)

Mortons Stimme durchschnitt die Stille. »Nehmen wir bei dem wenigen, was wir wissen, an, das Geschöpf entstamme der Großstadtperiode seiner Zivilisation. Mit welchen prägenden Charakterzügen müßten wir rechnen?«

»Mit wacher, scharfer Intelligenz, kalt und unüberwindlich — es sei denn, durch die Macht der Umstände. Umstände, wie sie uns daran gehindert haben, die Kreatur am Eindringen ins Schiff zu hindern. Infolge seines hochentwickelten Verstandes würden ihr Fehler irgendwelcher Art kaum unterlaufen.«

»Aber sie hat bereits einen Fehler begangen!« warf von Grossen mit seidenweicher Stimme ein. »Sie ist törichterweise durch den Käfigboden gefallen. Ein Schnitzer, wie er durchaus dem Bauerntypus unterlaufen könnte ...«

»Angenommen«, forschte Morton, »das Geschöpf befände sich auf der bäuerlichen Entwicklungsstufe?«

»Dann«, entgegnete Korita, »wären seine Antriebsimpulse weitaus einfacher. An erster Stelle stünde der Wunsch, sich zu vermehren, Nachkommen zu haben, damit sein Blut fortdauert. Unterstellt man zusätzlich hohe Intelligenz, dann könnte bei einem sehr weit entwikkelten Lebewesen dieses Motiv die Form eines besessenen Dranges annehmen, den Fortbestand seiner Gattung zu gewährleisten.«

(Morton stand straff aufgerichtet vor der Instrumententafel. Sein Blick blieb an Grosvenor haften. Er sagte: »Seit einiger Zeit hat sich bei mir persönlich der Eindruck verstärkt, daß der Nexialismus einen neuen Problemlösungsansatz zu bieten hat. Weil es sich um eine bis zur äußersten Konsequenz vorangetriebene Ganzheitsmethodik handelt, kann sie uns vielleicht in einem Augenblick von Nutzen sein, in dem wir rasche Entscheidungen treffen müssen. Mr. Grosvenor, teilen Sie uns bitte Ihre Ansichten über das fremde Lebewesen mit.«

Grosvenor stand auf und begann ohne Umschweife: »Ich kann Ihnen eine Schlußfolgerung vortragen, die sich auf meine Beobachtungen stützt. Ich könnte mit einer kleinen Hypothese beginnen, wie es dazu kam, daß wir auf diese Kreatur stießen — unseren Triebwerksschaden gerade zu diesem Zeitpunkt halte ich für höchst aufschlußreich —, aber ich will jetzt nicht auf solche Hintergründe eingehen. Statt dessen möchte ich Ihnen in einigen Minuten auseinandersetzen, wie wir meines Erachtens vorgehen sollten, wenn wir das Geschöpf töten ...«)

Er wurde unterbrochen, als ein halbes Dutzend Männer sich durch den Eingang drängten.

Morton erkundigte sich: »Fertig, Mr. Pennons?«

Der Chefingenieur nickte. Dann sagte er warnend: »Es ist unbedingt erforderlich, daß jedermann sofort imprägnierte Kleidung anlegt, einschließlich der Schutzhandschuhe.«

Morton erläuterte grimmig: »Wir haben die Wände rings um die Schlafkammern unter Energie gesetzt. Da es einige Zeit dauern kann, bis wir der Kreatur habhaft werden, wollen wir nicht riskieren, in unseren Betten umgebracht zu werden. Wir ...« Scharf: »Was ist, Pennons?«

Pennons starrte auf ein kleines Instrument in seiner Hand. In eigentümlichem Tonfall wollte er wissen: »Sind alle hier versammelt, Direktor?«

»Ja, ausgenommen die Wachen im Maschinenraum und der Triebwerkskammer.«

»Dann ... dann ist irgend etwas in das Kraftfeld geraten. Schnell — wir müssen es einkreisen!«

*

Für Ixtl, der von seiner kurzen Erkundung der unteren Decks des riesigen Raumschiffs zurückkehrte, war der Schock verheerend, die Überraschung vollständig.

In einem Augenblick dachte er zufrieden an die Stellen des Laderaums, die sich als Versteck für seine Guuls eigneten. Im nächsten fand er sich gefangen in den funkensprühenden, wütenden Entladungen eines Energieschirms.

Sein Körper wand sich vor Qual, sein Geist drohte zu umnachten. Die Tortur setzte Wolken von Elektronen in seinem Innern frei, die von Atom zu Atom schossen auf der Suche nach neuen Kreisbahnen, nur um heftig zurückgestoßen zu werden durch Teilchen, die selbst verzweifelt um ihre Stabilität kämpften. Während langer Sekunden drohte die ausgeklügelte Flexibilität seiner Struktur zusammenzubrechen in kataklysmischer Auflösung.

Aber der Schöpfergeist seiner Gattung, die ihn und

sich selbst dem Prozeß künstlicher Entwicklung unterzogen hatte, hatte selbst diese Möglichkeit vorbedacht. Wie der Blitz ertrug sein Körper Umstrukturierung nach Umstrukturierung, automatisch aufeinander folgend, jedes neu aufgebaute Gefüge nicht länger als den Bruchteil einer Mikrosekunde belastet mit der unerträglichen Bürde. Und dann war er von der Wand zurückgezuckt und in Sicherheit.

Augenblicklich loteten seine Gedanken die Chancen aus, die dieses Kraftfeld ihm bot. Es war zu vermuten, daß es bei der Errichtung mit einer Alarmanlage gekoppelt worden war — und daß die Besatzung jeden Moment durch sämtliche umliegenden Gänge stürmen würde, um ihn einzukesseln.

Ixtls Augen waren glühende Pfuhle weißen Feuers, als er die Gelegenheit erkannte, die sich ihm bot. Die Männer würden sich zerstreuen. Er mußte einen von ihnen überwältigen, auf seine Eignung untersuchen und möglichst als ersten Guul verwenden.

Keine Zeit war zu verlieren. Er warf sich in die nächste Wand, die nicht unter Energie stand, eine grellfarbene, häßliche Gestalt. Ohne innezuhalten, raste er von Raum zu Raum, ungefähr parallel zu einem der Hauptgänge. Seine empfindlichen Sinne sagten ihm, daß die Männer sich näherten; seine Augen folgten aus der Wand den vagen Umrissen vorübereilender Gestalten. Eins, zwei, drei, vier — fünf — in diesem Gang. Der fünfte lief ein Stück hinter den anderen.

Wie ein Spuk glitt Ixtl durch die Wand vor dem letzten Mann — und stürzte sich mit unwiderstehlicher Wucht hinaus. Ein sich aufreckendes, schreckeinflößendes Scheusal mit flammenden Augen und gräßlichem Mund, blutrotem, stahlhartem Körper und vier Armen, die wie Feuerzungen mit horrender Kraft das menschliche Geschöpf packten.

Der Mann wehrte sich. Er riß und zerrte, hieb mit den Fäusten verzweifelt gegen Ixtls glänzenden Körper. Dann hatten Stärke und Wildheit ihn überwältigt, zu Boden geschleudert.

Er lag auf dem Rücken, und Ixtl sah, wie die Lippen sich krampfhaft öffneten und schlossen. Ein Kribbeln rann durch seine Beine. Obwohl er Geräusche nicht wahrzunehmen vermochte, erkannte er, daß er die Schwingungen eines Hilfeschreis auffing.

Er warf sich nach vorn, zerschmetterte mit einer harten Hand den Mund des Mannes. Dessen Körper sackte zusammen. Aber er war noch am Leben und bei Bewußtsein, als Ixtl zwei seiner Hände in ihn versenkte.

Diese Handlung schien den Mann zu versteinern. Mit weitaufgerissenen Augen verfolgte er, wie die Arme durch seine Kleidung hindurch verschwanden, in seiner Brust umhertasteten, starrte den zylindrischen Körper an, der über ihm aufragte, dessen runde, glühende Augen durch ihn hindurch zu blicken schienen.

Das Bild, das Ixtl in seiner besessenen Hast aufnahm, war verschwommen. Das Innere des Mannes schien aus festem Fleisch zu bestehen. Er brauchte aber eine Höhlung, oder eine Stelle, die sich zu einem Hohlraum erweitern ließ, so lange sein Opfer dabei nicht starb. Für seine Zwecke benötigte er einen lebendigen Körper.

Schnell, nur schnell ... Er erfaßte die Schwingungen nahender Schritte — aus einer Richtung nur, aber in fliegender Eile ...

Und dann, im Bruchteil einer Sekunde, war alles vorbei. Seine suchenden Finger, flüchtig zu halbfester Beschaffenheit verstofflicht, berührten das Herz. Der Mann bäumte sich konvulsivisch auf, erschauerte und sank tot zurück.

Im nächsten Moment entdeckte Ixtl den Magen. Bestürzter Ärger durchzuckte ihn. Hier war das, wonach er gesucht hatte — doch seiner Brauchbarkeit beraubt. Bestürzt, unschlüssig starrte er in kalter Wut auf den leblosen Körper.

Sogleich aber erfaßte ihn Verachtung. Keinen Augenblick hatte er geargwöhnt, daß diese intelligenten Wesen so rasch starben. Das änderte, vereinfachte alles. Künftig brauchte er nur noch beiläufige Vorsicht walten zu lassen, wenn er sich mit ihnen befaßte.

Zwei Besatzungsmitglieder kamen mit Vibratoren in der Hand um die nächste Ecke gestürzt und stockten beim Anblick der Spukgestalt, die über dem Leichnam aufragte. Ehe sie ihre Erstarrung überwunden hatten, glitt Ixtl in die nächste Wand, ein scharlachroter Schemen in dem hellerleuchteten Gang, verschwunden, als wäre er nie dagewesen. Er spürte schwach die Vibrationen, die nutzlos gegen das Metall prallten.

Ihm war nun klar, wie er vorzugehen hatte. Er würde ein halbes Dutzend Männer überwältigen und als Guuls benutzen. Dann die übrigen töten, die Galaxis ansteuern, auf die das Schiff zuflog, und von der ersten bewohnten Welt Besitz ergreifen. Über das gesamte erreichbare Universum zu gebieten war danach eine Frage überschaubarer Zeiträume.

*

> *(Grosvenor stand mit einigen anderen Männern vor einem Bildschirm und beobachtete die Gruppe, die sich um den toten Techniker geschart hatte. Er hätte es vorgezogen, an Ort und Stelle zu sein, aber das hätte mehrere Minuten gedauert. Während dieser Zeit hätte er die Ereignisse nicht verfolgen können. Er zog es vor, zu sehen und zu hören, was sich abspielte.)*

Direktor Morton stand stocksteif in dem Gang, jeden Muskel angespannt. Ein rundes Dutzend Besatzungsmitglieder befanden sich bei ihm. Seine Stimme war nur ein Flüstern, aber sie durchschnitt die Stille wie ein Peitschenschlag.

»Nun, Doktor?«

Dr. Eggert richtete sich aus seiner knienden Stellung neben dem Toten auf, mit gerunzelter Stirn.

»Herzschlag.«

»Herzschlag?«

»Ich weiß, ich weiß.« Der Arzt hob beide Hände, als müßte er sich gegen einen Angriff verteidigen. »Ich sehe selbst, in welchem Zustand sich sein Gesicht befindet. Und ich weiß auch, daß Windsors Herz völlig gesund war. Trotzdem ist er an Herzversagen gestorben.«

»Ich glaube das gern«, bemerkte jemand säuerlich. »Als ich um die Ecke gebogen bin und das Biest zu Gesicht bekommen habe, wäre mir um ein Haar selbst das Herz stehengeblieben.«

»Wir vergeuden unsere Zeit!« fuhr von Grossens schneidende Stimme dazwischen. »Wir können diesen Burschen bezwingen, aber nicht dadurch, daß wir uns den Mund fusselig reden und jedesmal die Hände über dem Kopf zusammenschlagen, wenn er irgend etwas in Szene setzt. Falls ich der nächste auf seiner Liste bin, möchte ich wenigstens die Gewißheit haben, daß die Korona heller Köpfe, die hier versammelt ist, meinetwegen nicht in Tränen ausbricht, sondern sich, verflixt noch einmal, ins Zeug legt, um dem Scheusal die Quittung zu erteilen.«

»Sie haben recht«, stimmte Smith zu. »Unser Fehler besteht darin, daß wir uns in ein Unterlegenheitsgefühl hineingesteigert haben. Zwar bin ich jetzt auch der Meinung, daß einige unter uns umkommen werden. Nun gut, ich akzeptiere das Risiko. Aber wir sollten uns wenigstens zum Kampf rüsten.«

»Mr. Pennons«, warf Morton nachdenklich ein, »folgendes Problem: Unsere dreißig Decks machen zusammen etwa drei Quadratkilometer Bodenfläche aus. Wie lange würde es dauern, jeden Zentimeter unter Energie zu setzen?«

Der Chefingenieur starrte ihn entgeistert an, gab dann ohne Zögern zur Antwort: »Wenn Sie meinen, wie könnte ich das Schiff völlig ruinieren — binnen einer Stunde. Die Einzelheiten will ich mir ersparen. Aber unkontrollierter Energieeinsatz scheidet aus. Jeder an Bord käme dabei um.«

»Nicht jeder«, widersprach von Grossen. »Die Kreatur nicht. Sie ist bekanntlich schon in ein Kraftfeld geraten. Ihr Instrument, Pennons, hat mehrere Sekunden lang ausgeschlagen. *Mehrere Sekunden lang!* Vergnügen hat diese Zeitspanne dem Wesen bestimmt nicht bereitet — aber durchgestanden hat es sie.«

Mortons Züge wirkten hart. »Sie könnten doch den Wänden mehr Energie zuführen, Mr. Pennons, oder nicht?«

»N-nein«, versetzte Pennons zögernd. »Die Wände würden das nicht aushalten. Sie würden schmelzen.«

»Nicht aushalten!« stieß einer der Umstehenden hervor. »Mann, ist Ihnen klar, wozu Sie dieses Biest stempeln?«

Morton gewahrte die Bestürzung, die sich auf allen Mienen ausbreitete. Koritas klare Stimme durchbrach das vielsagende Schweigen. »Wir wollen doch nicht vergessen, meine ehrenwerten Freunde, daß es schließlich den Mißgriff begangen hat, in den Energieschirm zu geraten, und zurückgezuckt ist, wenn auch anscheinend unverletzt. Ich benutze dabei absichtlich das Wort ›Mißgriff‹. Wiederum belegt sein Handeln, daß ihm Fehler unterlaufen, was eben bedeutet, daß es sich nicht um ein unüberwindliches Wesen handelt.«

»Angenommen«, schaltete Morton sich ein, »es entstammt der bäuerlichen Epoche seines Zyklus. Was wäre, trotz aller Intelligenz, seine Hauptschwäche?«

Korita antwortete unverblümt für jemanden, der sonst seine Worte sehr bedacht wählte: »Mangelndes Verständnis für die Macht der Organisation. Es dürfte davon ausgehen, daß es, um dieses Schiff in seine Gewalt zu bekommen, nur gegen die Besatzung kämpfen muß. Instinktiv würde es dazu neigen, die Tatsache außer acht zu lassen, daß wir zu einer milchstraßenweiten Zivilisation beziehungsweise Organisation gehören und der Geist dieser Zivilisation uns prägt. Der echte Bauer ist ausgesprochen individualistisch, fast schon anarchistisch eingestellt. Sein Reproduktionstrieb ist eine Form von Egoismus — insbesondere sein eigenes Blut soll überdauern. Sehr wahrscheinlich läge dem Wesen durchaus daran, im Kampf von seinesgleichen unterstützt zu werden. Ein loser Zusammenschluß wäre denkbar, dessen Mitglieder aber immer noch als Individuen auftreten würden, statt als Gruppe.«

Ein lockerer Zusammenschluß solcher Schlagetots dürfte mehr als ausreichen«, kommentierte ein Besatzungsmitglied bissig. »Ich ... a-a-a-a!«

Seine Stimme verklang. Der Mund blieb ihm offenstehen. Seine Augen weiteten sich entsetzt. Der Direktor fuhr herum.

*

Ixtl stand vor ihnen, eine abstoßende Erscheinung aus einer scharlachroten Hölle. Trotz seiner wachsam glühenden Augen sagte ihm sein verächtliches Überlegenheitsgefühl, daß er in die nächste Wand tauchen konnte, ehe auch nur eine einzige Waffe ihre Gewalt gegen ihn entladen hatte. Und noch ein weiterer Umstand schützte ihn. Er hatte es mit intelligenten Gegenübern zu tun, denen mehr daran liegen würde, den Grund für sein überraschendes Auftauchen herauszufinden, als ihn auf der Stelle zu töten.

Seine Absicht hätte nicht einfacher sein können. Er war gekommen, sich seinen ersten Guul zu beschaffen. Diesen Guul aus ihrer Mitte zu holen würde ihr Selbstvertrauen gründlich untergraben.

Morton spürte, wie ein eigenartiges, unwirkliches Gefühl ihn überkam. Unmittelbar hinter von Grossen stand er der hochaufragenden, zylindrischen Realität Ixtls in dem hellen Gang gegenüber. Instinktiv tasteten seine

Finger nach dem funkelnden, durchscheinenden Griff seines Vibrators. Er hielt jedoch inne und sagte mit ruhiger Stimme:

»Greifen Sie nicht zu den Waffen. Er bewegt sich blitzschnell; und er wäre nicht hier, wenn er dächte, wir könnten ihn niederschießen. In diesem Punkt teile ich seine Meinung. Außerdem dürfen wir keinen Mißerfolg riskieren. Vielleicht ist dies unsere einzige Chance.«

Mit leicht erhobener, eindringlicher Stimme fuhr er rasch fort: »Alle, die mich hören, umstellen entweder diesen Gang oder postieren sich ober- und unterhalb. Bringen Sie die schwersten fahrbaren Projektoren heran und brennen Sie die Wände nieder. Schaffen Sie freie Bahn rund um diesen Bereich. Achten Sie auf scharfe Bündelung der Strahler, wenn Sie uns erreichen. Los jetzt!«

(»Gute Idee, Direktor!« Captain Leeth' Züge tauchten einen Moment lang auf Grosvenors Gerät auf, verdrängten das Bild Ixtls und der übrigen. »Wir sind in drei Minuten dort, wenn Sie den Höllenhund so lange hinhalten können.« Er verschwand so rasch, wie er in Erscheinung getreten war.

Grosvenor verließ seinen Bildschirm. Er war sich bewußt, daß er zu weit vom Schauplatz entfernt war, um die präzisen Beobachtungen anstellen zu können, nach denen ein Nexialist handeln sollte. Er gedachte, zu der Gruppe um Morton zu stoßen.)

Aus den Wandaudioskopen klang Koritas Stimme mit ihren charakteristischen Zischlauten: »Morton, ergreifen Sie die Chance, aber rechnen Sie nicht mit Erfolg. Bedenken Sie, daß er erneut auf der Bildfläche erschienen ist, ehe wir uns wappnen konnten. Er setzt uns unter Druck, ob mit Vorbedacht oder nicht. Das Ergebnis besteht darin, daß wir sinnlos hierhin und dorthin hetzen, ohne wirklich zur Besinnung zu kommen.«

(Grosvenor war in einen Aufzug geeilt, der ihn abwärts trug. Sowie die Tür aufglitt, rannte er hinaus. »Ich bin überzeugt«, drang Koritas Stimme im Laufen an sein Ohr, »daß jedes Wesen — jedes Einzelwesen —, das existiert oder auf das wir noch treffen, an den enormen Ressourcen dieses Schiffes scheitern wird, sofern wir nur ...« Falls Korita weitersprach, hörte Grosvenor seine Worte nicht mehr. Er hatte die Ecke umrundet. Und dort, vor ihm, standen die Männer sowie, etwas entfernter, Ixtl.)

Von Grossen hatte ein Notizbuch aus der Tasche gezogen und zeichnete rasch. Er riß das Blatt los, trat vor und hielt es dem Geschöpf hin. Ixtl zögerte, nahm es dann entgegen. Er warf einen Blick darauf, wich einen Schritt zurück und entblößte die Zähne zu einem Knurren, das sein Gesicht in zwei Hälften spaltete. Seine Augen flammten; ein Arm griff halb nach von Grossen, hielt dann unentschieden inne.

»Was, zum Teufel, machen Sie da?« rief Morton. Selbst in seinen eigenen Ohren klang seine Stimme unnatürlich schrill.

*

Von Grossen machte mehrere Schritte rückwärts, bis er auf einer Höhe mit Morton stand. Zum fassungslosen Erstaunen des Direktors grinste er angespannt.

»Eben habe ich ihm gezeigt«, sagte der deutsche Physiker leise, »wie wir ihm beikommen können. Ich ...«

Zu spät sprang Morton vor, in dem instinktiven Versuch, sich schützend vor von Grossen zu werfen. Ein roter Schemen schoß an ihm vorbei. Eine Hand, die sich so schnell bewegte, daß er sie nicht wahrnahm, traf ihn mit einem betäubenden Hieb, der ihn gegen die Wand schleuderte. Er rutschte daran herunter; einen Augenblick lang drohte seine Benommenheit ihn zu überwältigen. Die Welt wurde schwarz, dann weiß, dann wieder schwarz.

Mit einer gewaltigen Anstrengung bezwang er die Schwäche. Die Kraftreserven seines mächtigen Körpers halfen ihm auf die Beine, doch sein Blick klärte sich nur langsam. Wie in einem Zerrspiegel gewahrte er, daß das Wesen von Grossen mit zwei flammenfarbenen Armen umklammert hielt. Der zweihundertzwanzig Pfund schwere Physiker krümmte und wand sich — vergeblich. Die harten, drahtigen Muskeln umschlossen ihn wie stählerne Fesseln.

Mit einem Wutschrei versuchte Morton, seinen Vibrator aus dem Futteral zu zerren.

(Grosvenor rief eindringlich: »Von Grossen, was haben Sie ihm gezeigt? Wie können wir ihm beikommen?«

Von Grossen hörte ihn, denn er wandte den Kopf. Das war alles, wozu ihm Zeit blieb.)

In dieser Sekunde ereignete sich etwas Wahnwitziges. Das Wesen nahm einen Anlauf und verschwand in der Wand, noch immer den Physiker umklammernd. Einen Moment lang glaubte Morton, seine Augen hätten ihm einen Streich gespielt. Aber er sah nur noch die glatte, harte Wand und elf entgeistert blickende, schwitzende Männer, sieben mit gezogenen Waffen, die sie hilflos befingerten.

»Wir sind verloren!« flüsterte einer von ihnen. »Wenn es unseren materiellen Aufbau verändern und uns durch jede Wand verschleppen kann, sind wir ihm ausgeliefert.«

Morton wappnete sich gegen die Furcht, die er in allen Gesichtern las. Schroff versetzte er: »Solange wir leben, können wir es auch bekämpfen.« Er wurde plötzlich gewahr, daß seine Finger zitterten. Mit einer gemurmelten Verwünschung ballte er die Fäuste und murmelte: »Genügend Zeit hat die Kreatur uns jedenfalls nicht gelassen.«

(In Grosvenors Augen traf diese Feststellung nur begrenzt zu. Indem er dem Wesen demonstrierte, wie es bezwungen werden konnte, hatte von Grossen seine eigene Entführung beschleunigt. Er hatte auf typisch menschliche Weise egoistisch gehandelt, ohne irgendeinen praktischen Wert. Grosvenor fand sich bestätigt in seiner Skepsis gegenüber dem bloßen Fachmann, der eingleisig dachte und nicht imstande war, mit anderen Wissenschaftlern vernünftig zusammenzuarbeiten. Hinter von Grossens Gebaren steckte eine Einstellung, die schon Jahrhunderte alt war. In den Anfängen wissenschaftlicher Forschungstätigkeit mochte sie berechtigt gewesen sein. Seit jeder Fortschritt aber Kenntnisse in mehreren Disziplinen und deren Zusammenwirken verlangte, besaß sie nur noch eingeschränkten Wert.

Grosvenor bezweifelte, ob von Grossen wirklich auf eine Strategie verfallen war, die Ixtls sichere Niederlage bedeutete. Eine derartige Strategie würde sich kaum auf das Gebiet eines einzigen Spezialisten beschränken. Die Lösung, die von Grossen skizziert hatte, hielt sich folglich, so war zu vermuten, innerhalb der Grenzen dessen, was ein Physiker wissen konnte.

Seine Überlegung brach ab, als Morton sagte: »Woran mir läge, wäre eine Hypothese, welche Art Skizze von Grossen für das Geschöpf zu Papier gebracht haben könnte.«

*Grosvenor wartete ab, ob jemand anders sich äußern würde. Als niemand Anstalten traf, sagte er: »Ich hätte eine, Direktor.«**

---

* In der ursprünglichen Fassung hat von Grossen mit dem Stichwort »Neutronium« vor seiner Verschleppung selbst noch einen Hinweis geliefert. Morton und Smith sind anschließend diejenigen, die erläutern, daß dieser Fingerzeig sich auf die Metallegierung bezieht, aus der die Schiffshülle und die Wände des Maschinenraums gefertigt sind.

Morton zögerte einen winzigen Moment, forderte ihn dann auf: »Sprechen Sie!«

Grosvenor begann: »Der einzige Weg, das Interesse eines fremden Lebewesens zu wecken, bestünde darin, ein allgemeingültiges Symbol zu wählen. Da von Grossen Physiker ist, dürfte naheliegen, welches Symbol er benutzt hat.«

Er hielt absichtlich inne und schaute in die Runde. Daß er sich melodramatisch gab, wußte er, aber es ließ sich nicht ändern. Mochte Morton ihm auch freundlich begegnen, trotz des Zwischenfalls mit den Riim galt er an Bord nicht als Autorität. Deshalb war es an dieser Stelle besser, wenn die Lösung mehreren gleichzeitig einfiel.

Morton brach das Schweigen. »Kommen Sie, kommen Sie, junger Mann. Spannen Sie uns nicht auf die Folter.«

»Ein Atom«, versetzte Grosvenor.

In keiner Miene zeigte sich Verständnis. »Aber das wäre doch sinnlos«, wandte Smith ein. »Weshalb sollte er dem Wesen ein Atom zeigen?«

»Natürlich nicht irgendein Atom«, entgegnete Grosvenor. »Ich möchte wetten, daß von Grossen dem Geschöpf eine Skizze der exzentrischen Atome aufgezeichnet hat, aus denen das Metall der Außenhülle unserer Beagle *besteht.«*

»Sie haben es!« rief Morton.

»Einen Augenblick«, sagte Captain Leeth vom Bildschirm herab. »Ich gestehe, daß ich kein Physiker bin. Trotzdem wüßte ich gern, was das bedeutet.«

Morton erläuterte: »Grosvenor meint, daß dieses unglaublich widerstandsfähige Metall nur bei zwei Teilen des Schiffs Verwendung gefunden hat — der Hülle und dem Maschinenraum. Sie waren nicht dabei, als wir die Kreatur einzufangen vesuchten. Sonst hätten Sie beobachtet, wie sie durch den Kä-

figboden glitt, von dem harten Material der Schiffshülle aber aufgehalten wurde. Es scheint, daß dieses Metall ihr unüberwindlichen Widerstand entgegensetzt. Der Umstand, daß sie die Luftschleuse benutzen mußte, um ins Innere zu gelangen, liefert einen zusätzlichen Beweis. Wirklich erstaunlich, daß uns das nicht sofort aufgefallen ist.«

Captain Leeth wollte wissen: »Wenn Mr. von Grossen dem Geschöpf unsere Abwehrmöglichkeiten demonstrieren wollte, wäre es dann nicht ebenso vorstellbar, daß er sich für die Energieschirme entschieden hat, die wir um den Schlafbereich errichtet haben?«

Morton bedachte Grosvenor mit einem fragenden Blick. Der Nexialist erwiderte: »Zu diesem Zeitpunkt hatte das Lebewesen den Energieschirm bereits am eigenen Leibe verspürt und überlebt. Von Grossen glaubte offenkundig, daß er auf einen neuen Gedanken gekommen war. Außerdem läßt ein Kraftfeld sich auf dem Papier nur mit einer Formel beschreiben, die willkürliche Symbole enthält.«

»Ich finde die Beweisführung ausgesprochen erfreulich«, erklärte Leeth. »Zumindest haben wir mit dem Maschinenraum nun einen Ort, an dem wir sicher sind. Schutz — wenn auch vielleicht in minderem Maße — dürften uns außerdem die Energieschirme um die Schlafkammern bieten. Ich ordne hiermit an, daß die gesamte Besatzung sich ab sofort nur noch in diesen beiden Bereichen aufzuhalten hat, außer mit Sondererlaubnis oder auf entsprechenden Befehl.« Er wandte sich zur Seite, wiederholte die Anweisung über die Rundrufanlage und fügte hinzu: »Die Abteilungsleiter halten sich bereit, Fragen zu beantworten, die ihre Spezialgebiete betreffen. Notwendige Aufgaben werden voraussichtlich entsprechend qualifizierten Personen zugewiesen. Mr. Grosvenor, betrachten Sie sich bit-

te als zu dieser Kategorie gehörig. Dr. Eggert, geben Sie Weckamintabletten aus, soweit sie verlangt werden. Niemand begibt sich zur Ruhe, bevor das Biest tot ist.«

»Gute Arbeit, Captain«, sagte Morton warm.

Captain Leeth nickte und verschwand vom Bildschirm. Ein Techniker im Gang fragte zögernd: »Und was wird aus von Grossen?«

Morton antwortete rauh: »Wir können von Grossen nur dadurch helfen, daß wir seinen Peiniger vernichten.«)

*

In dem immensen Raum mit den titanischen Maschinen wirkten die Männer wie Zwerge in einer Halle für Giganten. Es war eine Welt für sich, und zum erstenmal seit Jahren empfand Morton ihre gewaltigen Dimensionen als fremdartig. Seine Nerven zuckten bei jedem Aufflakkern des unirdischen blauen Lichts, das an der weiten schimmernden Deckenwölbung sprühte und züngelte. Blaues Licht, reine, lebendige Energie, die keine Sperren je aufzufangen, keine Kondensatoren jemals zu absorbieren vermocht hatten.

Und noch etwas anderes zerrte jetzt an seinen Nerven. Ein Geräusch — eingefangen in der Luft. Ein verhaltenes Dröhnen erschreckender Kräfte, ein vages Grollen wie Donner hinter dem Horizont, bebender Widerhall unvorstellbarer Energieschübe.

(Der Antrieb arbeitete. Das Schiff beschleunigte, drang immer rascher und tiefer in den schwarzen Schlund vor, der den Spiralnebel, zu dem die Erde als winziges, kreisendes Teilchen gehörte, von einer anderen Galaxie fast gleicher Größe trennte. Dies war der Hintergrund der entscheidenden Auseinandersetzung, die sich anbahnte. Die größte, ehrgeizigste Forschungsexpedition, die je das Sonnensy-

stem verlassen hatte, schwebte in höchster, existentieller Gefahr.

Grosvenor hielt diese Einschätzung nicht für übertrieben. Diesmal hatten sie es nicht mit einem Cœurl aufzunehmen, der die mörderischen Kriege einer ausgerotteten Gattung überlebt hatte. Auch die Gefahr, die von den Riim gedroht hatte, ließ sich damit nicht vergleichen. Im Anschluß an ihren ersten mißratenen Kommunikationsversuch hatte er in dem Ringen zwischen einem einzelnen Menschen und einer ganzen Gemeinschaft alle Fäden in der Hand gehalten.

Dem scharlachroten Ungeheuer gebührte unleugbar ein Rang für sich.)

Morton warf einen Blick auf die Uhr und erhob sich mit einem explosiven Erleichterungsseufzer. Er klomm einige Stufen zu einer Metallplattform hoch. In der Hand hielt er einen kleinen Stoß Zettel. Das Schweigen der tiefernsten Männer wirkte noch gesammelter, angespannter, als ihre Blicke sich auf ihn richteten. Der Direktor begann:

»Dies ist die erste Atempause, die uns vergönnt ist, seit die Kreatur vor nicht ganz — so unglaublich es klingen mag — vor nicht ganz zwei Stunden das Schiff betreten hat. Ich habe die eingegangenen Empfehlungen durchgesehen und nach zwei Gesichtspunkten unterteilt: diejenigen, mit denen wir uns später befassen können, während wir die unmittelbar auf von Grossens Befreiung gerichteten Pläne umsetzen — eine zweite Kategorie also, die wir sofort erörtern müssen. Mr. Zeller!«

Der Metallurge, ein lebhafter, jung wirkender Mann mittleren Alters, trat vor. Er war an die Spitze der Abteilung aufgerückt, nachdem Cœurl seinen Vorgänger Breckenridge umgebracht hatte. Er begann:

(»Die Entdeckung, daß das Wesen die Gruppe der Legierungen, die wir suprагehärtete Metalle nen-

nen, nicht zu durchdringen vermag, hat uns natürlich einen Hinweis auf die Art Material gegeben, aus dem wir einen Schutzanzug herstellen können. Mein Assistent ist bereits damit beschäftigt. In etwa drei Stunden dürfte er fertig sein. Für die Suche bedienen wir uns selbstredend einer Fluorit-Kamera. Falls jemand noch Vorschläge hat ...«

Jemand wollte wissen: »Weshalb fabrizieren Sie nicht mehrere Anzüge?«

Zeller schüttelte den Kopf. »Unser Materialvorrat ist äußerst begrenzt. Wir könnten mehr erzeugen, aber nur durch Transmutation, was zu lange dauert.« Er fügte hinzu: »Außerdem sind wir eine kleine Abteilung. Wir können uns schon glücklich schätzen, wenn wir in der angegebenen Zeit einen Anzug fertigstellen.«)

Niemand stellte weitere Fragen, und nach einem Augenblick verschwand Zeller in den Werkstätten neben dem Maschinenraum. Mortons grimmige Züge entspannten sich leicht. Er hob die Hand. Als wiederum Schweigen eingetreten war, sagte er: »Persönlich gesprochen, wird mir wohler zumute sein, sobald der Anzug zur Verfügung steht und das Geschöpf von Grossen von einem Ort zum andern schaffen muß, damit wir ihn nicht ausfindig machen.«

»Woher wollen Sie wissen, daß er noch am Leben ist?« fragte jemand.

»Weil es Windsors Leiche hätte mitnehmen können und darauf verzichtet hat. Es will uns lebendig haben. Smith hat eine Vermutung geäußert, was es damit bezwecken könnte ... aber darüber sprechen wir später.«

*

(Morton machte eine Pause, ehe er weiterredete: »Unter den Vorschlägen, die der eigentlichen Vernichtung des Wesens gelten, habe ich hier einen,

den zwei Techniker der physikalischen Abteilung eingereicht haben, und einen weiteren, der von Elliott Grosvenor stammt. Captain Leeth und ich haben diese Pläne mit Chefingenieur Pennons und anderen Experten erörtert. Wir sind übereingekommen, daß Mr. Grosvenors Absicht menschliches Leben zu stark gefährdet und deshalb nur als letztes Mittel verwirklicht werden sollte. Mit der Ausführung des anderen Vorschlags werden wir unverzüglich beginnen, falls keine triftigen Einwände erhoben werden. Mehrere zusätzliche Anregungen sind bereits geäußert und berücksichtigt worden. Wenn es auch eigentlich üblich ist, die Initiatoren selbst zu Wort kommen zu lassen, meine ich doch, daß wir Zeit sparen, wenn ich kurz den Vorschlag umreiße, wie die Experten ihn letztendlich gutgeheißen haben.

Die beiden Physiker« — Morton blickte auf die Papiere in seiner Hand — »Lomas und Hindley, unterstellen bei ihrem Plan, daß die Kreatur uns an den erforderlichen technischen Arbeiten nicht hindern wird. Auf der Basis von Koritas zyklischer Geschichtstheorie wäre das in der Tat anzunehmen — wonach der ›Bauerntypus‹ sich so sehr auf den Weiterbestand seiner Sippe konzentriert, daß er dazu neigt, organisierten Widerstand zu unterschätzen. Davon ausgehend, haben wir vor, nach dem modifizierten Vorschlag von Lomas und Hindley das siebente und neunte Deck unter Energie zu setzen — nur die Böden, nicht die Wände.

Wir erhoffen davon folgendes. Bis jetzt hat das Geschöpf nicht systematisch versucht, uns zu töten. Korita zufolge liegt das daran, daß es, eben weil es einer ›bäuerlichen‹ Entwicklungsstufe angehört, noch nicht erfaßt hat, daß es uns ausschalten muß, wenn es nicht selbst zur Strecke gebracht werden will. Früher oder später wird es aber dennoch zu der Überzeugung gelangen, daß unsere Vernichtung Vorrang hat. Wenn das Wesen uns also keine Hindernisse in den Weg legt, werden wir versuchen, es zum achten Deck, zwischen den beiden energiegeladenen, zu locken und dort, wo es weder auf- noch abwärts entkommen kann, mit unseren Projektoren auszuräuchern. Wie Mr. Grosvenor zugeben wird, ist dieser Plan weitaus weniger riskant als der seine und sollte deshalb Vorrang erhalten.«

Grosvenor schluckte schwer, zögerte und meinte dann grimmig: »Wenn es uns um das Risiko zu tun ist, weshalb bleiben wir dann nicht einfach hier und warten darauf, ob der Kreatur das Eindringen gelingt?« Ernst fuhr er fort: »Bitte denken Sie nicht, es wäre mir darum zu tun, meine eigenen Ideen durchzusetzen. Aber für mein Teil« — er zauderte erneut, ehe er alle Bedenken über Bord warf — »halte ich den Vorschlag, den Sie soeben unterbreitet haben, für sinnlos.«

Morton wirkte aufrichtig bestürzt. Er runzelte die Stirn. »Ist das nicht ein verhältnismäßig hartes Urteil?«

»Wenn ich Sie recht verstehe«, gab Grosvenor zurück, »haben Sie nicht die ursprünglich eingereichte Fassung referiert, sondern eine modifizierte Spielart. Was ist unter den Tisch gefallen?«

»Die beiden Physiker«, erwiderte der Direktor, »hatten vorgeschlagen, vier Decks unter Energie zu setzen — sieben, acht, neun und zehn.«

Zum drittenmal schwankte Grosvenor. Er verspürte kein Verlangen danach, über Gebühr kritisch zu wirken. Wenn er zu sehr beharrte, würde man schlicht aufhören, ihn nach seiner Meinung zu fragen. Schließlich sagte er nur: »Das wäre besser.«

Captain Leeth mischte sich ein: »Mr. Pennons, sagen Sie bitte den Anwesenden, weshalb es nicht ratsam wäre, mehr als zwei Decks einzubeziehen.«

Der Chefingenieur trat vor. Mit zusammengezogenen Brauen erläuterte er: »Der Hauptgrund ist der, daß es drei Stunden länger dauern würde, und wir sind uns alle einig, daß Zeit wesentlich ist. Sähe es anders aus, wäre es weit besser, systematisch vorzugehen und nach und nach das ganze Schiff, Wände wie Böden, unter Energie zu setzen. Aber das würde etwa fünfzig Stunden in Anspruch nehmen. Daß ein unkontrollierter Energieeinsatz Selbstmord wäre, habe ich bereits betont.

Ein weiterer Gesichtspunkt besteht darin, daß wir eben Menschen sind. Wenn sich die Kreatur von uns in einen bestimmten Bereich locken läßt, dann deshalb, weil sie sich weitere Opfer holen will. Eines dieser Opfer wird sie mit sich schleppen, und wir wollen, daß es — wer immer es auch sein mag — eine Überlebenschance hat.« Seine Stimme klang noch rauher. »Während der drei Stunden, die wir brauchen werden, um den modifizierten Plan in die Tat umzusetzen, werden wir schutzlos sein, abgesehen von den schweren fahrbaren Vibratoren und Hitzeprojektoren. Noch wirksamere Waffen wagen wir im Schiff nicht einzusetzen, und selbst mit diesen müssen wir zurückhaltend verfahren, weil sie für Menschen tödlich sind. Natürlich wird von jedermann erwartet, daß er sich mit seinem eigenen Vibrator verteidigt.« Er hielt inne und schloß: »Fangen wir also an!«

»Nicht so schnell«, widersprach Captain Leeth unbehaglich. »Ich möchte Mr. Grosvenors Einwände genauer kennenlernen.«

Grosvenor bemerkte: »Wenn wir Zeit hätten, wäre es aufschlußreich zu prüfen, wie das Geschöpf auf solche energiegeladenen Wände reagiert.«

Jemand warf gereizt ein: »Ich verstehe die Debatte nicht. Sowie das Biest zwischen die beiden Decks gerät, von denen wir reden, ist es zu Ende mit ihm.

Wir wissen doch, daß ein Energieschirm es aufhält.«

»Das wissen wir eben nicht«, versetzte Grosvenor mit Nachdruck. »Wir wissen nur, daß es in ein solches Feld geraten und entkommen ist. Wir nehmen an, daß es sich dort nicht wohlgefühlt hat. Darin länger aufhalten könnte es sich wohl definitiv nicht. Zu unserem Pech sind wir nicht in der Lage, mehr Energie auf die Schirme zu schalten. Wie Mr. Pennons uns informiert hat, würden die Wände sonst schmelzen. Worauf ich hinauswill, ist dies: Dem, was wir einsetzen können, ist es entronnen.«

Captain Leeth reagierte sichtlich betroffen. »Meine Herren«, erkundigte er sich, »warum ist dieser Punkt in der Diskussion nicht vorgebracht worden? Es handelt sich zweifelsohne um ein schwerwiegendes Argument.«

»Ich habe mich dafür ausgesprochen, Grosvenor an der Debatte zu beteiligen«, gab Morton Auskunft, »bin aber unter Berufung auf die Regel überstimmt worden, wonach derjenige, dessen Vorschlag beraten wird, nicht zugegen sein soll. Aus demselben Grund wurden die beiden Physiker nicht eingeladen.«

Siedel räusperte sich. »Ich glaube nicht«, sagte er, »daß Mr. Grosvenor bewußt ist, was er uns soeben angetan hat. Man hat uns wiederholt versichert, daß der Energieschirm des Schiffs zu den größten Errungenschaften menschlicher Wissenschaft zähle. Mir persönlich hat dieser Gedanke zu einem Gefühl der Sicherheit verholfen. Nun teilt er uns mit, daß dieses Geschöpf ihn zu durchdringen vermag.«

Grosvenor widersprach: »Ich habe nicht gesagt, daß der Schutzschirm des Schiffs verwundbar wäre, Mr. Siedel. Im Gegenteil besteht Grund zu der Annahme, daß der Gegner nicht imstande ist, ihn zu bezwingen. Die Aufladung der Böden, die jetzt zur

Debatte steht, ist eine erheblich schwächere Variante.«

»Und doch«, beharrte der Psychologe, »meinen Sie nicht, daß die Experten unbewußt beide Spielarten auf dieselbe Ebene gestellt haben? Nach dem Motto: Sind die Schirme unwirksam, dann wären wir verloren. Also müssen sie funktionieren.«

Captain Leeth warf müde ein: »Ich fürchte, Mr. Siedel hat unseren schwachen Punkt getroffen. Ich entsinne mich jetzt, etwas ähnliches empfunden zu haben.«

*

Von der Mitte der Raumes her sagte Smith: »Vielleicht sollten wir uns Mr. Grosvenors Alternativvorschlag anhören.«

Captain Leeth schaute Morton an, der zögerte, dann sagte: »Seine Empfehlung ging dahin, daß wir uns in ebenso viele Gruppen teilen, wie wir nukleare Projektoren an Bord haben ...«

Weiter kam er nicht. Ein Physiker stieß entgeistert hervor: »Kernenergie — in einem Raumschiff!«

Der Aufruhr, der darauf einsetzte, dauerte länger als eine Minute. Nachdem er verebbt war, sprach Morton weiter, als hätte es keine Unterbrechung gegeben.

»Im Augenblick verfügen wir über einundvierzig derartige Projektoren. Falls wir Mr. Grosvenors Plan akzeptieren, würde jedem eine Bedienungsmannschaft aus Militärpersonal zugeteilt. Wir übrigen hätten uns als Köder in Sichtweite zu verteilen. Diejenigen, die den Projektor bemannen, stünden unter striktem Befehl, auch dann zu feuern, wenn sich einer oder mehrere von uns in der Schußlinie befänden.«

Morton schüttelte leicht den Kopf und fuhr fort: »Unter den eingereichten Empfehlungen dürfte dies *die durchschlagendste sein. Jedoch hat ihre Erbarmungslosigkeit uns alle schockiert. Der Gedanke, die eigenen Leute unter Beschuß zu nehmen, ist zwar nicht neu, wirkt aber doch erschütternder, als Mr. Grosvenor — vermutlich — erkennt. Fairerweise muß ich allerdings hinzufügen, daß noch ein Umstand die Wissenschaftler veranlaßt hat, dagegen zu stimmen. Captain Leeth hat zur Bedingung gemacht, daß diejenigen, die als Köder fungieren, unbewaffnet sein sollten. Den meisten unter uns ging das zu weit. Jeder sollte das Recht haben, sich selbst zu verteidigen.«*

Der Direktor hob die Schultern. »Da eine Alternative vorlag, haben wir dafür votiert. Persönlich befürworte ich inzwischen Mr. Grosvenors Empfehlung, obwohl ich Captain Leeth' Bedingung nach wie vor ablehne.«

Als Morton dessen Forderung zum erstenmal erwähnte, hatte Grosvenor sich umgedreht und den Offizier angestarrt. Captain Leeth erwiderte den Blick unbeweglich — fast grimmig. Nach einer kurzen Pause äußerte Grosvenor bedächtig: »Ich denke, Sie sollten das Risiko eingehen, Captain.«

Der Kommandant nahm die Worte mit einem leichten, formellen Neigen des Kopfes entgegen. »Nun gut«, sagte er. »Ich ziehe meine Bedingung zurück.«

Grosvenor sah, daß Morton konsterniert auf das kurze Zwischenspiel reagierte. Der Direktor blickte erst ihn, dann den Captain, dann wieder Grosvenor an. Überraschung spiegelte sich in seinen Zügen. Er begab sich die schmalen Metallstufen hinunter und zu Grosvenor. Leise sagte er: »Nicht zu glauben, daß ich nicht erkannt habe, worauf er hinauswollte. Er fürchtet offenkundig, daß in einer kritischen Situation ...« Er brach ab und starrte seinerseits Captain Leeth an.

Grosvenor bemerkte besänftigend: »Ich denke, er sieht jetzt ein, daß es falsch war, die Angelegenheit zur Sprache zu bringen.«

Morton nickte. Zögernd meinte er: »Ich nehme beinahe an, daß er letzten Endes nicht unrecht hat. Der Impuls, am Leben zu bleiben, ist fundamental. Er könnte jede verstandesmäßige Einsicht verdrängen. Trotzdem« — er zog die Stirn in Falten — »tun wir wohl besser daran, das Thema nicht auszuwalzen. Die Wissenschaftler können sich beleidigt fühlen, und es gibt schon genügend böses Blut an Bord.«

Er wandte sich wieder den Versammelten zu. »Meine Herren«, rief er, »ich denke, Mr. Grosvenor hat sein Vorhaben zur Genüge begründet. Alle, die dafür sind, heben bitte die Hand.«

Zu Grosvenors tiefer Enttäuschung hoben sich kaum mehr als ein halbes Hundert Hände. Morton zauderte, rief dann: »Die dagegen sind, bitte ich ebenfalls um ihr Handzeichen.«

Diesmal folgten knapp über ein Dutzend Besatzungsmitglieder der Aufforderung.

Morton deutete auf einen Mann in der vordersten Reihe. »Sie haben sich beide Male nicht gemeldet. Woran liegt das?«

Der Angesprochene zuckte die Achseln. »Ich habe mich enthalten. Ich kann nicht sagen, daß ich dafür oder dagegen wäre. Dazu reichen meine Kenntnisse nicht.«

»Und Sie?« Morton wies auf ein anderes Besatzungsmitglied.

»Wie steht es mit der Sekundärstrahlung?« fragte dieser zurück.

Captain Leeth übernahm die Antwort. »Wir schirmen sie ab. Wir riegeln den gesamten Bereich ab.« Er schwieg. »Direktor«, sagte er dann, »ich verstehe nicht, wozu diese Verzögerung gut sein soll. Die Ab-

stimmung hat neunundfünfzig Stimmen für und vierzehn Stimmen gegen Grosvenors Vorschlag ergeben. Zwar ist meine Anordnungsbefugnis gegenüber dem wissenschaftlichen Personal auch in prekären Situationen begrenzt, aber ich denke doch, daß dies ein eindeutiges Votum war.«

Morton wirkte perplex. »Aber«, wandte er ein, »fast achthundert Männer haben sich der Stimme enthalten.«

Captain Leeth antwortete förmlich: »Das war ihr gutes Recht. Man erwartet von Erwachsenen, daß sie wisssen, was sie wollen. Darauf beruht das Prinzip der Demokratie. Deshalb bestehe ich darauf, daß wir unverzüglich handeln.«

Morton ließ sich noch einen Augenblick Zeit, versetzte dann langsam: »Meine Herren, ich muß dem Captain beipflichten. Lassen Sie uns also ans Werk gehen. Die Nuklearprojektoren in Feuerstellung zu bringen wird einige Zeit in Anspruch nehmen. In der Zwischenzeit können wir die Stockwerke VII und IX unter Energie setzen. Ich denke, wir sollten beide Vorhaben kombinieren und, je nachdem, wie die Dinge sich entwickeln, das eine oder andere aufgeben.«

»Das klingt endlich vernünftig«, machte ein Mann sich sichtlich erleichtert Luft.

Er schien mit seiner Meinung nicht allein zu stehen. Verdrießliche Gesichter erhellten sich. Jemand klatschte Beifall, und alsbald begann der riesige Raum sich zu leeren. Grosvenor wandte sich an Morton.

»Das war ein genialer Schachzug«, sagte er anerkennend. »Ich hatte mich zu sehr in meine Opposition gegen einen begrenzten Energieeinsatz verbissen, um an einen solchen Kompromiß zu denken.«

Morton nahm das Kompliment würdevoll entgegen. »Ich hatte ihn mir für alle Fälle aufgehoben«, gab er zur Antwort. »Wenn man mit Menschen umgeht, muß man zumeist nicht nur bestimmte Probleme lösen, sondern auch die Spannungen unter denen berücksichtigen, die die Lösung mittragen sollen.« Er hob die Schultern. »Nun, junger Mann, ich wünsche Ihnen und uns viel Glück. Ich hoffe, daß wir es heil überstehen.«

Sie schüttelten sich die Hand. Grosvenor fragte: »Wie lange wird es dauern, die Projektoren in Stellung zu bringen?«

»Eine gute Stunde, vielleicht auch etwas länger. Bis dahin müssen wir uns auf die schweren Vibratoren verlassen ...«)

*

Das Wiederauftauchen der Männer trieb Ixtl eilends hoch zum siebenten Deck. Eine vage Sorge meldete sich in seinem Bewußtsein, aber keine wirkliche Unruhe, erst recht kein Anzeichen der geistigen Lethargie, die ihm anfangs zu schaffen gemacht hatte. Während langer Minuten war er ein fremdartiger Schatten, der wie ein tückisches Untier aus einer vergangenen Höllenwelt durch das Labyrinth der Wände und Gänge glitt.

Zweimal wurde er gesichtet, und bösartige Waffen feuerten auf ihn — Vibratoren, von den Handwaffen, die er kennengelernt hatte, so verschieden wie der Tod vom Leben. Sie erschütterten die Wände, durch die er auf der Flucht vor ihnen tauchte.

Er konnte derartigen Waffen trotzen, aber nur für einen winzigen Moment würden die flexibel angeordneten Atome seines Körpers der unerträglichen Belastung standhalten. Selbst die Biologen, die die Spezies der Ixtl vervollkommnet hatten, waren an Grenzen gestoßen.

Eine Rolle spielte nur: Was nahmen die Männer mit solcher Entschlossenheit in Angriff? Als sie sich im Maschinenraum unangreifbar zusammenfanden, hatten sie offenkundig einen Plan ersonnen. Mit starren, funkelnden Augen verfolgte Ixtl, wie der Plan Gestalt annahm.

In jedem Gang plagten Männer sich an Schmelzöfen ab, kompakten Gebilden aus nachtschwarzem Metall. Aus einer Öffnung im oberen Teil sprühte weiße Lohe, die in wütenden Garben zur Decke schoß; ungebremste Flammenzungen, gerade erträglich selbst für Ixtl, den die solide Wand und ein unempfindlicher Körper schützten.

Er konnte erkennen, daß die Männer durch die verheerende Glut halb betäubt waren. Sie trugen ihre Raumausrüstung, deren sonst durchsichtiges Glassit elektrisch abgedunkelt war. Doch kein Schutz vermochte die volle Wirkung dieser blendenen Lohe abzuwehren.

Aus den Schmelzöfen rollten lange, mattglühende Streifen. Sowie ein Streifen erschien, wurde er von Werkmaschinen gepackt, geschickt auf die genauen Maße zugeschnitten und an den Metallkolben gepreßt. Kein Zentimeter blieb unbedeckt. Und unverzüglich senkten massive Kühlaggregate sich darüber, um die Hitze aufzusaugen.

Ixtls Verstand weigerte sich anfangs zu akzeptieren, was seine Beobachtungen ihm sagten. Hartnäckig fahndete sein Gehirn nach subtileren Absichten, nach einer List großen, nicht ohne weiteres durchschaubaren Ausmaßes. Ein Schachzug mußte geplant sein, der die immense Anstrengung erklärte, welcher die Männer sich unterwarfen. Nur langsam dämmerte ihm die Wahrheit.

Nichts dergleichen war im Gange. Diese Geschöpfe bemühten sich tatsächlich, zwei Decks kontrolliert unter Energie zu setzen. Sie schienen töricht genug zu glauben, daß dies irgendwelche Aussicht auf Erfolg versprach. Ihre Hoffnung war dazu bestimmt, in Kürze erstickt zu werden.

Ein Energieeinsatz im gesamten Schiff schied ebenso aus. Begriffen die Kreaturen nicht, daß er ihnen jederzeit folgen und ihre Energieanschlüsse zerstören konnte?

*

Mit kalter Verachtung ging Ixtl über das Manöver der Besatzung hinweg. Die Männer arbeiteten ihm nur in die Hände, erleichterten ihm die Aufgabe, die Guuls zu beschaffen, die er noch brauchte.

Sorgfältig suchte er sich sein nächstes Opfer aus. Nachdem er bei dem toten Techniker entdeckt hatte, daß der Magen seinen Zwecken am besten entsprach, standen Männer mit massigem Körperbau, bei denen die geräumigsten Mägen zu vermuten waren, automatisch auf seiner Liste.

Sich des Opfers zu bemächtigen, bereitete keine Mühe. Eine kaltherzige Sondierung der Lage aus der Sicherheit einer Wand, eine rasche, tödliche Überrumpelung, und bevor eine Waffe ihre bedrohliche Wut gegen ihn entladen konnte, war er mit dem zappelnden, um sich schlagenden Körper in die Wand zurückgesprungen.

Mit Leichtigkeit gruppierte er seine Körperatome um, sowie er eine Decke durchquert hatte, bremste dadurch seinen Fall auf dem Boden darunter, floß auf dieselbe Weise durch den Boden weiter zum nächsten Deck. In den weitläufigen Laderaum des Schiffs fiel er halb, halb ließ er sich hinabsinken.

Der Raum war mittlerweile vertrautes Gebiet für den sicheren Tritt seiner langzehigen Füße. Er hatte ihn kurz, aber gründlich erkundet, sobald er an Bord war. Die Unterbringung von Grossens war seiner Orientierung zusätzlich zugute gekommen.

Unbeirrbar strebte er durch das matt erhellte Innere der entfernten Wand zu. Große Container waren bis zur Decke gestapelt. Ohne sich aufhalten zu lassen, glitt er hindurch und befand sich nach einem Augenblick in einem ausgedehnten Rohr, groß genug, um aufrecht darin zu stehen — Teil des kilometerlangen Systems der Belüftungsanlage.

Nach gewöhnlichen Maßstäben war es dunkel, doch für seine infrarot-empfindlichen Augen erfüllte unbestimmtes Zwielicht das Rohr. Er nahm von Grossens Körper wahr und legte sein neues Opfer neben den Physiker. Sorgsam führte er eine seiner drahtigen Hände in seine eigene Brust ein, entnahm ihr ein kostbares Ei und plazierte es in den menschlichen Magen.

Der Mann hatte aufgehört, sich zu sträuben, aber Ixtl wartete auf das, was eintreten mußte. Langsam begann der Körper sich zu versteifen. Die Muskeln verloren ihre Beweglichkeit. Der Mann regte sich; begann sich dann in panischem Schrecken zu wehren, als er die Lähmung erkannte, die sich seiner bemächtigte. Doch unbarmherzig drückte Ixtl ihn zu Boden.

Jäh war die chemische Reaktion beendet. Der Mann lag reglos, jeden Muskel starr. Die Augen standen weit offen, und Schweiß bedeckte sein Gesicht.

Diesmal empfand Ixtl keine Zweifel. In wenigen Stunden würden die Eier in den Mägen der Männer ausgebrütet sein. Mit rasender Schnelligkeit würden seine winzigen Ebenbilder, ihren Wirt von innen verzehrend, sich zu voller Größe entwickeln.

Auf grimmige Weise selbstzufrieden, schoß Ixtl aus dem Laderaum nach oben. Er brauchte noch mehr Brutplätze für seine Eier — mehr Guuls.

*

Inzwischen auf dem neunten Deck angelangt, schufteten die Männer. Die Hitze brandete durch den Gang, ein infernalischer Orkan. Selbst die Kühleinheiten in den Raumanzügen konnten die sengenden, wütenden Stöße überhitzter Luft kaum bewältigen. Die Männer schwitzten im Innern ihrer Anzüge. Elend vor Hitze, geblendet durch die Lohe, arbeiteten sie fast instinktiv.

(Neben Grosvenor sagte jemand plötzlich rauh: »Da kommen sie.«

Grosvenors Blick folge der ausgestreckten Hand. Unwillkürlich spürte er Beklemmung in sich aufsteigen. Die Maschine, die unter eigenem Antrieb auf sie zurollte, war nicht groß. Kugelförmig und massig, ummantelt mit Wolframkarbid, wies sie eine Düse auf, die aus der Kugel hervorragte. Nach reinen Zweckmäßigkeitserwägungen konstruiert, war das Gebilde auf eine mit vier Gummirädern versehene Selbstfahrlafette montiert.

Jedermann in Grosvenors Umgebung hatte seine Arbeit unterbrochen. Mit fahlen Gesichtern starrten sie auf die Monstrosität. Einer der Männer trat jäh auf Grosvenor zu und machte seiner Gereiztheit Luft: »Verdammt, Grove, daran sind Sie schuld. Wenn ich schon zum Strahlungsziel auserkoren bin, sollen Sie vorher noch Ihr Fett bekommen.«

»Ich werde nirgendwo anders sein als Sie«, gab Grosvenor mit ruhiger Stimme zurück. »Was Ihnen widerfährt, trifft mich ebenso.«

Das schien die Erbitterung seines Gegenübers etwas zu dämpfen. Seine Stimme klang aber immer noch heftig, als er wissen wollte: »Was für ein hirnverbrannter Unsinn ist das eigentlich? Gibt es keinen vernünftigeren Weg als den, Menschen als Köder zu benutzen?«

»Doch, eine Alternative bliebe noch«, antwortete Grosvenor.

»Und die wäre?«

»Selbstmord zu begehen«, versetzte Grosvenor. Und er meinte das ernst.

Der Mann warf ihm noch einen bösen Blick zu, ehe er sich mit einigen gemurmelten Worten über Possenreißer und ihre schwachsinnigen Witze abwandte. Grosvenor lächelte freudlos und setzte seine Arbeit fort. Fast sogleich registrierte er, daß die übrigen die Lust verloren hatten. Elektrische Spannung schien von einem zum andern überzuspringen. Machte einer die geringste unglückliche Bewegung, fuhren die übrigen in die Höhe.

Sie waren Köder. Auf jedem Deck würden Menschen ihre Todesfurcht zu bewältigen suchen. Gelassen blieb niemand, denn der Überlebensdrang ist im Nervensystem verankert. Entsprechend ausgebildete Militärs wie Captain Leeth mochten sich ungerührt geben, aber unter der Oberfläche zuckte auch bei ihnen die Spannung. Und Menschen wie Elliott Grosvenor mochten entschlossen sein, Risiken einzugehen, weil sie überzeugt waren von der Richtigkeit des Kurses, den sie eingeschlagen hatten.

»Achtung, an alle!«

Grosvenor zuckte zusammen wie die anderen, als die Stimme vom nächsten Wandbildschirm herunterdrang. Ein langer Augenblick verstrich, ehe er begriff, daß der Kommandant sprach.

Captain Leeth fuhr fort: »Alle Projektoren haben jetzt ihre Stellungen auf Deck VII, VIII und IX bezogen. Sie sollten wissen, daß ich die möglichen Gefahren mit meinen Offizieren erörtert habe. Wir empfehlen folgendes: Sollten Sie das Geschöpf erblicken — nicht warten, auch nicht umsehen. Werfen Sie sich sofort zu Boden. Alle Bedienungsmannschaften werden angewiesen, die Mündungswerte unverzüglich auf 50 : 1½ einzustellen. Die Feuerschutzzone über dem Boden beträgt dementsprechend anderthalb Fuß, also einen knappen halben Meter. Das bewahrt Sie nicht vor der Sekundärstrahlung, aber wenn Sie rechtzeitig Deckung nehmen, können wir Ihnen versichern, daß Dr. Eggert und sene Mitarbeiter Ihr Leben retten.

Abschließend« — Captain Leeth schien erleichtert, sein Hauptthema hinter sich gebracht zu haben — »möchte ich darauf hinweisen, daß niemand Privilegien genießt. Mit Ausnahme des Arztes und dreier dienstuntauglich Krankgeschriebener schweben alle in der gleichen Gefahr. Meine Offiziere und ich haben uns auf die einzelnen Gruppen verteilt. Direktor Morton befindet sich auf dem siebenten,

Mr. Grosvenor — von dem der Vorschlag stammt — auf dem neunten Deck, und so weiter. Viel Glück, meine Herren.«

Einen Moment lang herrschte Schweigen. Dann rief der Kommandeur der Bedienungsmannschaft in Grosvenors Nähe in freundlichem Tonfall: »He, Leute, die Einstellung ist erfolgt. Ihr schwebt nicht in Gefahr, wenn ihr euch sofort fallen laßt.«

»Danke, mein Freund«, rief Grosvenor zurück.

Einen kurzen Augenblick lang ließ die Spannung nach. Ein Bioingenieur kommentierte: »Gut so, Grove, schmieren Sie ihm weiter Honig um den Mund.«

»Ich war immer für die Armee«, behauptete ein anderer Techniker. Im Verschwörerton fügte er hinzu, laut genug, damit alle ihn hören konnten: »Dafür werden sie sich hoffentlich die Extrasekunde beherrschen, die ich brauche.«

Grosvenor vernahm die Worte kaum. Köder, dachte er wiederum. Bei ›Kaliberkrit‹ — einer modifizierten Form der kritischen Masse unter Abbremsung der Kettenreaktion, so daß ausschließlich Energie freigesetzt wurde und keine Explosion erfolgte — würde ein Leuchtspurstrahl den Projektor verlassen. Zugleich erfolgte der Austritt der harten, lautlosen, unsichtbaren Strahlung.

War alles vorüber, würden die Überlebenden Captain Leeth über eine eigens dafür vorgesehene Welle verständigen. Dem Kommandanten oblag es dann, die übrigen Gruppen zu unterrichten.

*

»Mr. Grosvenor!«

Als die scharfe Stimme ertönte, warf Grosvenor sich instinktiv zu Boden. Er schlug schmerzhaft auf, erhob sich jedoch sogleich wieder, als er Leeth' Befehlston erkannte.

Betreten richteten die übrigen sich auf. Jemand murmelte: »Zum Teufel, das war unfair.«

Grosvenor trat vor den Wandbildschirm. Den Blick wachsam auf den Gang gerichtet, erkundigte er sich: »Ja, Captain?«

»Kommen Sie bitte sofort nach Deck VII. Mittlerer Gang.«

»Gut.«

Grosvenor folgte der Aufforderung mit einem Gefühl drohenden Unheils. In Leeth' Stimme hatte ein Unterton mitgeklungen. Etwas war schiefgelaufen.

Er fand einen Alptraum vor. Beim Näherkommen gewahrte er, daß einer der Projektoren umgestürzt war. Neben ihm, tot, bis zur Unkenntlichkeit verbrannt, lagen drei Soldaten der vierköpfigen Bedienungsmannschaft. Der vierte war bewußtlos, zuckte aber an allen Gliedern, offenbar als Folge eines Vibratortreffers.

Am anderen Ende des Ganges lagen zwanzig Männer ohnmächtig oder tot — unter ihnen Direktor Morton.

Trupps in Strahlenschutzkleidung beluden hastig Elektrokarren mit Tragbahren, auf die sie ein Opfer nach dem anderen hoben, und jagten davon.

Die Rettungsarbeiten waren offenkundig schon einige Minuten im Gange. Das hieß, daß sich wahrscheinlich noch weitere Bewußtlose im Maschinenraum befanden, wo sie von Dr. Eggert und seinem Team behandelt wurden.

Grosvenor verhielt an einer Barriere, die hastig an einer Gangbiegung errichtet worden war. Captain Leeth hielt sich dort auf, bleich, aber ruhig. In wenigen Minuten hatte er Grosvenor unterrichtet.

Ixtl war erschienen. Ein junger Techniker — der Kommandant erwähnte den Namen nicht — vergaß in seiner Panik, daß er sich durch Hinwerfen in Sicherheit bringen konnte. Als der Projektor unerbitt-

lich herumschwenkte, feuerte der hysterische junge Mann seinen Vibrator auf die Bedienungsmannschaft ab. Diese hatte anscheinend den Bruchteil eines Augenblicks gezögert, als sie den Techniker in der Schußlinie bemerkte. Im nächsten Augenblick trug jeder der vier ohne sein Wissen zu der Katastrophe bei. Drei fielen gegen den Projektor, klammerten sich instinktiv fest und warfen ihn um. Er kippte von ihnen weg und riß den vierten mit sich.

Dieser hatte den Abzug festgehalten. Er mußte ihn fast eine Sekunde lang betätigt haben.

Seine drei Gefährten lagen unmittelbar in der Schußlinie. Sie starben auf der Stelle. Der Projektor kippte vollends auf die Seite und bestrich eine Gangwand.

Morton und seine Gruppe wurden nicht direkt getroffen, aber der Sekundärstrahlung ausgesetzt. Wie schwer sie verletzt waren, ließ sich noch nicht sagen. Vorsichtig geschätzt, würden sie ein Jahr lang bettlägerig sein. Einige würden sterben.

»Wir waren etwas langsam«, bekannte Captain Leeth. »Der Vorfall scheint sich nur Sekunden nach meiner Ansprache ereignet zu haben. Bis jemand, der den Krach des umstürzenden Projektors gehört hatte, neugierig wurde und einen Blick um diese Biegung warf, verging aber fast eine Minute.« Er seufzte müde. »Daß eine ganze Gruppe vernichtet werden würde, hätte ich in meinen schlimmsten Befürchtungen nicht erwartet.«

Grosvenor schwieg. Aus eben diesem Grund hatte Leeth ursprünglich den Wissenschaftlern keine Waffen zugestehen wollen. Menschen, die sich in die Enge getrieben fühlten, wehrten sich. Sie konnten nichts dagegen tun. Wie Tiere kämpften sie blindlings um ihr Leben.

Er versuchte, nicht an Morton zu denken, der erkannt hatte, daß die Wissenschaftler ihre Entwaff-

nung nicht hinnehmen würden, und sich den modus operandi *überlegt hatte, der den Einsatz von Kernenergie ermöglicht hatte. Mit erzwungener Ruhe forschte er: »Weshalb haben Sie mich kommen lassen?«*

»Weil ich den Eindruck habe, daß dieser Fehlschlag sich auf Ihren Plan auswirkt. Was meinen Sie?«

Grosvenor nickte widerstrebend. »Der Überraschungseffekt ist dahin«, versetzte er. »Das Geschöpf dürfte kaum geargwöhnt haben, was es erwartete, als es aufgetaucht ist. Jetzt wird es auf der Hut sein.«

Von nun an waren auch die Bedienungsmannschaften gefährdet. Projektoren in Stellung zu bringen, die anderen Projektoren Feuerschutz gaben, war keine brauchbare Lösung. Überdies existierten nur einundvierzig im gesamten Schiff.

Grosvenor schüttelte den Kopf. Dann wollte er wissen: »Ist zu allem hin auch noch jemand verschleppt worden?«

»Nein.«

Wieder schwieg Grosvenor. Wie die übrigen konnte er nur vermuten, warum der Kreatur an lebenden Männern lag. Eine dieser Mutmaßungen stützte sich auf Koritas These, wonach das Wesen einer ›bäulichen‹ Epoche entstammte und vor allem darauf bedacht war, sich zu vermehren. Damit lag eine ungeheuerliche Möglichkeit nahe, die den Drang des Geschöpfs nach immer weiteren Opfern erklärte.

»Ich bin überzeugt, daß es wiederkommen wird«, sagte Captain Leeth. »Ich hielte es für richtig, die Projektoren im Augenblick an Ort und Stelle zu belassen und insgesamt drei Decks unter Energie zu setzen. Deck VII ist fertig, IX kurz davor, so daß wir VIII einbeziehen könnten. Was die Wirksamkeit an-

geht, sollten wir bedenken, daß die Kreatur im Anschluß an von Grossen noch drei Männer verschleppt hat. Jedesmal wurde sie dabei beobachtet, wie sie in Abwärtsrichtung verschwand.

Mein Vorschlag wäre, daß wir das Geschöpf, nachdem die Kraftfelder aufgebaut sind, auf Deck IV erwarten. Sobald es einen von uns ergreift, schalten Pennons und ich die Felder ein. Wenn es zu entkommen versucht, stößt es nacheinander auf zwei Energieschirme. Kehrt es zum neunten Deck zurück, steht es vor demselben Dilemma. In jedem Fall zwingen wir es dazu, sich zwei Schirmen auszusetzen.« Der Kommandant hielt inne, sah Grosvenor nachdenklich an und fügte hinzu: »Ich weiß, Sie waren der Meinung, der Kontakt mit einem einzelnen Feld würde nicht tödlich wirken. Bei zwei Kraftfeldern mag das anders aussehen.« Mit fragender Miene wartete er.

Grosvenor entgegnete nach kurzem Zögern: »Einverstanden. Letzten Endes können wir Spekulationen anstellen. Vielleicht erleben wir eine freudige Überraschung.«

In Wirklichkeit glaubte er nicht daran. Aber es galt, noch etwas zu bedenken: die Überzeugungen und Hoffnungen, die die Besatzung hegte. Lediglich eigenes Erleben vermochte die Einstellung mancher Menschen zu ändern. Dann — und nur dann —, wenn ihre Erfahrung sie eines Besseren belehrte, waren sie bereit, rigorosere Verfahrensweisen zu akzeptieren.

Grosvenor schien es, daß er langsam, aber sicher lernte, Menschen zu beeinflussen. Es reichte nicht, Fakten zu kennen und Wissen zu besitzen, es genügte nicht, im Recht zu sein. Menschen mußten überredet und überzeugt werden. Manchmal mochte das mehr Zeit in Anspruch nehmen, als gefahrlos zur Verfügung stand. Zuweilen mißlang es gänzlich. Und so fielen Zivilisationen, gingen Schlachten verloren, wurden Expeditionsschiffe zerstört, nur weil der- oder diejenigen mit den rettenden Ideen nicht bereit waren, sich dem langwierigen Ritual dieser Überzeugungsarbeit zu unterziehen.

Soweit es in seiner Macht stand, würde das hier nicht eintreten.

Er sagte: »Wir können die Projektoren in Stellung lassen, bis wir die Arbeit an den Decks beendet haben. Dann müssen wir sie ohnehin abziehen. Die Aufladung der Böden könnte zu Kaliberkrit führen. In diesem Fall würden die Waffen detonieren.«

Solcherart zog Grosvenor mit Vorbedacht seinen Plan der weiteren Bekämpfung des Gegners zurück.

*

Während der eindreiviertel Stunden, die für das achte Deck benötigt wurden, erschien Ixtl zweimal auf der Bildfläche. Er hatte noch sechs Eier übrig; alle außer zwei beabsichtigte er zu verwenden. Zu seinem Verdruß nahm jeder Guul mehr Zeit in Anspruch. Die Gegenwehr wirkte besser organisiert, und die Anwesenheit der nuklearen Projektoren zwang ihn, sich seine Opfer aus den Bedienungsmannschaften zu holen.

Jeder Zugriff, jedes Entkommen erforderten genaue zeitliche Planung. Dennoch empfand er keine Unruhe. Erst mußte dies abgeschlossen sein. Danach würde er sich den übrigen Männern zuwenden.

Nachdem die Schmelzöfen auf Deck VIII erloschen waren, die Projektoren abgezogen, und jedermann sich zum neunten Deck begeben hatte, hörte Grosvenor Captain Leeth knapp fragen: »Mr. Pennons, kann die Energie jederzeit eingeschaltet werden?«

»Ja«, erwiderte die Stimme des Chefingenieurs rauh. Noch tonloser fuhr er fort: »Fünf Männer haben wir eingebüßt. Mindestens einen wird es noch treffen.«

»Hören Sie das, meine Herren? Mindestens einer von uns schwebt noch in dieser Gefahr.« Es war eine bekannte Stimme — aber eine, die lange geschwiegen hatte. In ernstem Ton redete sie weiter: »Hier spricht Gregory Kent. Es tut mir leid, daß Sie mich aus dem sicheren Schutz des Maschinenraums hören. Dr. Eggert hat erklärt, daß noch mindestens eine Woche vergehen wird, bis er mich von der Krankenliste streichen kann. Ich wende mich jetzt an Sie, weil Captain Leeth mir Direktor Mortons Unterlagen übergeben hat und ich Kellie bitten möchte, Näheres zu seinem Vermerk zu sagen, der vor mir liegt. Er vermittelt eine genauere Vorstellung von unserem Gegner, und es schadet nicht, wenn wir uns keine Illusionen machen.«)

»Ähm ...« Die abgehackte Stimme des Soziologen drang über die Rundrufanlage. »Folgendermaßen bin ich vorgegangen. Als wir das Geschöpf entdeckten, trieb es eine Viertelmillion Lichtjahre vom nächsten Sternsystem entfernt, anscheinend ohne Möglichkeit räumlicher Fortbewegung. Stellen Sie sich diese ungeheuerliche Distanz vor und fragen Sie sich selbst, wie lange irgendein Objekt brauchen würde, um sie aufgrund bloßer Zufallseinflüsse zurückzulegen. Gunlie Lester hat mir die Zahlenwerte zur Verfügung gestellt, deshalb möchte ich ihn bitten, sie Ihnen selbst zu wiederholen.«

»Hier spricht Lester.« Die Stimme des Astronomen klang überraschend lebendig. »Die meisten von Ihnen kennen die vorherrschende Theorie über die Anfänge des gegenwärtigen Universums: daß es aus dem Zerfall eines früheren Universums vor mehreren Abermillionen Jahren entstanden ist. Entsprechend soll unser Universum in einigen Abermillionen Jahren seinen Kreislauf in einer kataklysmischen Explosion beenden und durch ein wiederum anderes ersetzt werden, das aus dem Mahlstrom hervorgeht. Was nun Kellies Frage betrifft, so könnte ein Geschöpf, das in unser Universum geschleudert wurde und dessen Bewegung ausschließlich vom Zufall gesteuert wird, ebenfalls mehrere Abermillionen Jahre unterwegs sein, ohne einem Stern jemals näher zu kommen als eine Viertelmillion Lichtjahre. Ist es das, was Sie hören wollten, Kellie?«

»Ähm ... ja. Größtenteils werden Sie sich an das Paradoxon erinnern, auf welches ich schon hingewiesen habe, daß nämlich eine vollständig sympodiale Entwicklung, wie diese Kreatur sie darstellt, nicht das gesamte Universum bevölkert. Die logische Antwort lautet: Wenn sie das Universum eigentlich beherrscht haben *müßte,* dann *hat* sie es auch beherrscht. Wir Menschen haben entdeckt, daß die Logik den einzig stabilen Faktor im Kosmos darstellt; auch vor den weitreichendsten Schlußfolgerungen, die sich gedanklich zwingend ergeben, dürfen wir konsequenterweise nicht zurückscheuen. Diese Spezies hat in der Tat die Macht über das Universum ausgeübt, aber über das vorherige, nicht über unser gegenwärtiges. Entsprechend trachtet das Geschöpf nun danach, seiner Gattung die Macht auch in diesem Universum zu verschaffen.«

»Kurzum«, nahm Kent den Faden auf, »wir haben es mit dem Überlebenden der dominierenden Spezies eines ganzen Kosmos zu tun. Es besteht kein Grund anzunehmen, daß sie später als wir den Entwicklungsstand erreicht hat, auf dem wir gegenwärtig angelangt sind. Wir haben aber bis zum Flammentod unseres Universums noch Billionen Jahre vor uns. Folglich war diese Gattung uns auch um Jahrbillionen voraus. Es könnte noch andere Überlebende geben, die sich in derselben unangenehmen Lage befinden. Dann wäre nur zu hoffen, daß kein anderes Expeditionsschiff jemals in die Nähe eines solchen Lebewesens gerät. Jedenfalls rechtfertigen diese Überlegungen den Appell an jeden einzelnen, sein Äußerstes an Opferbereitschaft ...«

Der schrille Schrei eines Mannes durchschnitt seine Worte, gefolgt von einem erstickten: »... hat mich ... hat mich ... schnell ... reißt mich aus meinem Anzug ...«

Die Stimme verstummte, und jemand rief in unverhülltem Entsetzen: »Um Himmels willen! Das war Dack, mein Assistent!«

*

(»Die Energie«, verkündete Pennons in ruhigen Ton, »ist eingeschaltet.«

Grosvenor merkte, daß er vor sich zu Boden starrte. Funkelndes, strahlendes, wunderschönes blaues Feuer tanzte dort. Hungrig reckten kleine Flammenzungen sich wenige Zentimeter vor seinem Anzug in die Höhe, als wichen sie vor einer unsichtbaren Macht widerwillig zurück. Kein Laut war dabei zu hören.

Fast ausdruckslos wanderte Grosvenors Blick durch den Gang, dessen gesamte Länge unter dem unirdischen blauen Feuer glühte. Einen Moment lang hatte er die Illusion, tief ins Innere des Schiffs zu blicken.

Abrupt klärten sich seine Gedanken. Und fasziniert beobachtete er die blauleuchtende Wildheit des Energiefeldes, die sich mühte, seinen schützenden Anzug zu durchdringen.

Pennons sprach wieder, diesmal fast flüsternd. »Wenn alles wie geplant verläuft, haben wir diesen Satan entweder auf dem achten oder dem siebten Deck in der Falle.«

Captain Leeth befahl: »Alle Männer, deren Familiennamen mit den Buchstaben A bis L beginnen, folgen mir zu Deck VII. Die Gruppe M bis Z begibt sich mit Mr. Pennons zu Deck VIII. Alle Projektormannschaften bleiben auf ihren Posten! Die Kamerateams verfahren wie angeordnet.«

An der zweiten Biegung hinter den Aufzügen auf dem siebten Deck blieben die Männer vor Grosvenor plötzlich stehen. Grosvenor war unter denen, die weiterschritten und dann innehielten, um auf den menschlichen Körper hinunterzustarren, den fast unerträglich helle Finger blauen Feuers an das Metall fesselten. Captain Leeth brach das Schweigen.

»Reißen Sie ihn los!«

Zwei Männer traten vorsichtig näher und berührten den Körper. Das blaue Feuer sprang sie gierig an, schien sie mit seiner Wildheit vergeblich abwehren zu wollen. Die Männer zerrten, und die grausigen Bande lösten sich. Mit dem Aufzug schafften sie den Leichnam hoch zum zehnten Deck. Grosvenor folgte mit den übrigen und stand schweigend dabei, als sie ihn auf den Boden legten. Der leblose Körper zuckte noch minutenlang, während er seine Energie abgab. Erst allmählich nahm er die Reglosigkeit des Todes an.

»Ich warte auf Meldungen«, äußerte Captain Leeth steif.

Eine Sekunde später drang Pennons' Stimme an ihr Ohr. »Die Trupps haben sich über alle drei Decks verteilt. Die Fluoritkameras sind ununterbrochen in Tätigkeit. Sie müssen die Kreatur erfassen, falls sie sich noch hier aufhält. Wir rechnen mit einer weiteren halben Stunde.«

Schließlich kam die Meldung. »Nichts!« Pennons' Tonfall verriet seine Bestürzung. »Das Geschöpf muß entkommen sein.«

Von irgendwoher scholl eine Stimme hoffnungslos durch die Wandaudioskope: »Was sollen wir jetzt nur tun?«

Grosvenor schien es, als drückten diese Worte Angst und Unsicherheit sämtlicher Besatzungsmitglieder der Space Beagle *aus.)*

*

Das lastende Schweigen in dem Gang wirkte wie eine Ankündigung des Todes. Tod stand auch auf den Gesichtern geschrieben, die kalte, logische Todeserwartung von Männern, die keinen Ausweg mehr sahen.

Es war Kent, der zuletzt den Bann brach. »Kann jemand erklären, weshalb die Kreatur vor den Kraftfeldern in den Böden nicht zurückgewichen ist?«

»Hier spricht Zeller.« Aus der Rundrufanlage drang die lebhafte Stimme des Metallurgen. »Der Anzug aus resistentem Metall ist fertiggestellt, und ich habe im unteren Teil des Schiffs mit der Suche begonnen. Mr. Kent, ich habe gerade Ihre Frage gehört. Meines Erachtens haben wir einen Punkt übersehen, als das Lebewesen erstmals mit dem Energieschirm kollidiert ist: Für kurze Zeit befand es sich tatsächlich *in* dem Schirm — folglich auch in der Wand. Zwischen diesem kurzen Eindringen und tatsächlichem Durchdringen besteht aber kein grundsätzlicher Unterschied. Das Geschöpf benötigt dazu nicht einmal eine Sekunde. Die erste Erfahrung kam wahrscheinlich überraschend, so daß es unvorbereitet war und den Schirm mehrere Sekunden lang berührt hat. Dabei dürfte es in eine recht unbehagliche Lage geraten sein. Diesmal hat es den armen Dack einfach losgelassen und ist ohne große Anstrengung hindurchgeglitten.«

»Hm-m-m«, überlegte Kent laut vom Bildschirm herab, »das würde bedeuten, daß es doch verwundbar ist, gelänge es, das Wesen lange genug in einem Kraftfeld festzuhalten. Das hieße, das gesamte Schiff unter Energie zu setzen, was wiederum nur funktionieren könnte, wenn die Kreatur die Verlegung der Anschlüsse hinnehmen würde. Das halte ich für höchst unwahrscheinlich.

Daß wir drei Decks in Angriff genommen haben, hat sie geduldet, weil es ihr nicht schadete und ihr gleichzeitig Gelegenheit gab, weitere Männer zu verschleppen. Zum Glück nicht so viele, wie wir befürchtet hatten, aber entsetzlich genug für die fünf.«

Zum erstenmal wieder seit längerer Zeit ließ Smith sich grimmig vernehmen: »Ich bin fest überzeugt, daß alles verhängnisvoll wäre, was länger als zwei Stunden in Anspruch nähme. Das Geschöpf kann nur noch davon profitieren, daß es uns tötet und das Schiff in seine Gewalt bringt. Zeller, wie lange würde es dauern, Anzüge aus supragehärtetem Metall für die gesamte Besatzung herzustellen?«

»Nicht unter zweihundert Stunden«, antwortete der Metallurge kühl. »Wir müßten eine Fertgigungsanlage montieren und die Werkzeuge überhaupt erst fabrizieren, um Anzüge in großer Zahl herzustellen. Gleichzeitig müßte einer der kleineren Reaktoren mit der Herstellung von suprahartem Metall beginnen. Wie Sie wissen werden, ist es zu Anfang radioaktiv. Die Halbwertzeit liegt bei fünf Stunden.«

»Dann kommt das nicht in Frage.« Der Biologe runzelte finster die Stirn. Er wirkte tief betroffen. »Da der Einsatz von Energie im ganzen Schiff auch entfällt — bleibt uns keine Möglichkeit.«

Die gewöhnlich träge Stimme Gourlays, des Chefs der Funkzentrale, fauchte: »Was heißt keine Möglichkeit? Noch sind wir am Leben. Wir müssen eben in kürzester Zeit soviel wie möglich zuwegebringen — vor allem darangehen, Anzüge zu produzieren, und zwar für eine begrenzte Zahl von Leuten, die dann die Verlegung der Energieanschlüsse in die Wege leiten.«

»Woher wissen Sie«, erkundigte Smith sich kalt, »daß die Kreatur nicht imstande ist, auch suprahartes Metall zu überwinden? Höchstwahrscheinlich verfügt sie über physikalische Kenntnisse, die unsere übertreffen. Der Kater beispielsweise hat es am Ende geschafft, resistentes Metall zu pulverisieren. Und genügend Werkzeuge liegen in den verschiedenen Labors wahrhaftig herum.«

*

Koritas Stimme erklang aus der Rundrufanlage und beendete das gereizte Wortgefecht. »Ich bin geneigt, Smith zuzustimmen. Wir haben es mit einem Geschöpf zu tun, dem jetzt klar sein muß, daß es uns keine Schonfrist mehr gönnen darf. Deshalb pflichte ich Mr. Kent bei, daß es eingreifen würde, falls wir versuchen sollten, das gesamte Schiff für einen kontrollierten Energieeinsatz vorzubereiten. Meine ehrenwerten Freunde sollten aber nicht vergessen, daß es sich auch um ein Geschöpf handelt, das wir dem bäuerlichen Typus zugeordnet haben.

Lassen Sie mich das erläutern. Der Bauer erlebt das Dasein als eine Gezeitenfolge. Flut, die Arbeit am Werk bis zur Vollendung, und Ebbe, die Rast zur Wiederbelebung der erschöpften Kräfte, wechseln sich ab. Generationen-, jahrhundertelang schöpft das Blut des Bauern neue Kraft aus dem Boden; bis der Wille zum Unendlichen erwacht, der am Ende nach den fernsten Sternen greift. Auf dieser Stufe angelangt, ermattet das Blut; und in dieser späten Epoche der Weltstädte verliert die Geschlechterfolge ihre Bedeutung. Der zivilisierte Mensch huldigt einer skeptischen Lebensanschauung, und Nachwuchs wird zu einer Sache des Für und Wider.

Die Natur dagegen kennt keine Gründe, kein Für und kein Wider. Der bäuerliche Typus argumentiert nicht. Seine Scholle und seine Nachkommen oder, um es anders auszudrücken, sein Eigentum und sein Blut sind ihm heilig. Reißt ihn ein bürgerliches Gericht dort heraus, so wehrt er sich blindlings dagegen, von dem eigenen Boden vertrieben zu werden, in den er seine Wurzeln gesenkt hat.

Der Punkt, auf den ich hinauswill, geschätzte Kollegen, ist folgender: Dieses Geschöpf vermag sich auch nicht im Ansatz vorzustellen, jemand könne anders denken über sein ›Haus‹ — sein Eigentum —, als es selbst fühlt.

Wir aber — wir können ein solches Opfer bringen, ohne daß unsere Vorstellungswelt zusammenbricht.«*

Es war Smith, der mit einer Stimme, die kaum mehr war als ein Flüstern, hervorpreßte: »Korita, Sie haben unser Problem gelöst! Zwar bedeutet das, daß wir von Grossen und die übrigen opfern müssen. Es bedeutet überhaupt ein Opfer, bei dessen Vorstellung mir der Kopf wirbelt. Aber Sie haben recht. Eigentum ist uns nicht heilig. Was von Grossen und die anderen vier betrifft« — sein Tonfall wurde ernst und hart —, »habe ich bisher noch keine Gelegenheit gehabt, Sie von dem Hinweis zu unterrichten, den ich Morton gegeben habe. Er hat ihn seinerseits nicht zur Sprache gebracht, weil ich eine denkbare Analogie angedeutet habe zu einer bestimmten Wespenart auf der Erde. Der Gedanke ist so entsetzlich, daß ich überzeugt bin, ein schneller Tod wird diesen Männern wie eine Erlösung vorkommen.«

»Die Schlupfwespe!« keuchte jemand. »Sie haben recht, Smith. Je eher sie sterben, desto besser.«

»Zum Maschinenraum also«, ordnete *Captain Leeth* an. »Wir ...«

Eine schreiende, sich überschlagende Stimme drang an ihr Ohr. Es dauerte einen Moment, bis klar wurde, daß sie Zeller, dem Metallurgen, gehörte.

»*Captain* — schnell! Zum Laderaum! Ich habe alle entdeckt — im Belüftungsrohr. Das Biest ist hier. Ich halte es mit dem Vibrator zurück, aber viel schadet er ihm nicht — darum rasch!«

---

* Zwar wird dieser letzte Satz auch in der Romanversion von Korita ausgesprochen. Ihm geht aber ein Dialog zwischen dem Archäologen und Grosvenor voraus, bei dem letzterer die entscheidenden Denkanstöße liefert: Er ist es, der Koritas allgemeine Überlegungen weiterverfolgt bis zu ihrer ›logischen Konsequenz‹ — und dem letztlich der Lorbeer gebührt, nicht anders als in der veränderten Fassung der Cœurl-Episode.

Captain Leeth feuerte in rasendem Tempo Befehle ab, während die Männer zu den Aufzügen stürzten: »Pennons, nehmen Sie hundert Mann und treffen Sie im Maschinenraum die Vorbereitungen, damit wir Koritas Plan ausführen können. Alles Militärpersonal in die Lastenaufzüge!« Er schloß: »Töten werden wir ihn nicht im Laderaum — aber wir haben ihm den ersten Schlag versetzt!«

*

Zähneknirschend, widerwillig trat Ixtl den Rückzug an, während die Männer seine Guuls davontrugen. Ein erster Anflug von Furcht, er könnte scheitern, senkte sich auf sein Bewußtsein ähnlich der Nacht, die auf der schirmenden Hülle des Schiffes lastete. Impulsiv drängte es ihn, sich auf die Männer zu stürzen, ein Sturmwind an entfesselter Raserei, und sie zu zerschmettern. Doch die bösartig glitzernden Waffen hielten seine Wut in Schach.

Er trat den Rückzug an mit einem Gefühl der Niederlage, in der Erkenntnis, daß er die Initiative verloren hatte. Die Männer würden die Eier entdecken, sie zerstören und damit für den Augenblick seine Aussichten zunichte machen, durch andere Ixtls verstärkt zu werden.

Ein Vorsatz entstand in seinem Gehirn, verdichtete sich zu kalter Entschlossenheit. Von diesem Moment an mußte er töten und nur noch töten. Plötzlich erschien es ihm unglaublich, daß er nur an seine Fortpflanzung gedacht, alles andere für sekundär gehalten hatte, in einem Maße, das jeden anderen Gedanken überlagert hatte.

Sein Weg war jetzt vorgezeichnet. Nicht um Guuls galt es sich vorrangig zu kümmern, sondern um die Vernichtung dieser gefährlichen Gegner, die ihm die Kontrolle über das Schiff sichern sollte. Dazu benötigte er eine vernichtende Waffe — und wertvolle Zeit war bereits verstrichen. Er überlegte einen Augenblick lang, wandte sich dann dem nächsten Labor zu, getrieben von einem verzehrenden Feuer, wie er es noch nie empfunden hatte.

Während er hantierte, den alptraumhaften Körper,

den boshaften Kopf konzentriert über den metallenen Mechanismus gebeugt, registrierten seine empfindlichen Sinne eine Änderung in der Sinfonie der Schwingungen, die ihre mißtönende Melodie durch das Schiff sandten.

Er hielt inne, richtete sich auf, angespannt und wachsam; und erkannte, was fehlte. Die Triebwerke schwiegen. Das gewaltige Raumschiff hatte seinen rasenden Flug gestoppt und lag reglos in den schwarzen Tiefen.

Abrupt überfiel Ixtl ein unbestimmbares Gefühl der Nervosität — eine eisige Unruhe. Seine langen, drahtigen Finger fuhren schneller über das Metall, während er komplizierte Anschlüsse vornahm, behende und in fliegender Hast.

Plötzlich stockte er erneut. Deutlicher als zuvor stellte das Empfinden sich ein, daß etwas nicht in Ordnung war, daß etwas immens Gefährliches sich abspielte. Sein Körper spannte sich vor Anstrengung. Jäh wußte er, was er vermißte.

Die Schwingungen der Männer waren nicht mehr zu spüren. *Sie hatten das Schiff verlassen!*

Ixtl fuhr hoch von seiner fast fertigen Waffe und stürzte sich durch die nächste Wand. Er erkannte das drohende Verhängnis mit quälender Klarheit, die Hoffnung nur noch mit der Schwärze des Raumes verband.

Durch verlassene Gänge floh er, schäumend vor Haß, ein scharlachrotes Ungeheuer aus dem alten, uralten Glor. Die schimmernden Wände schienen ihn zu verhöhnen. Die ganze Welt des großen Schiffes, die so viel verheißen hatte, war jetzt nur noch die Stätte, an der eine unerträgliche Hölle entfesselter Energie jeden Augenblick losbrechen würde.

Er erblickte eine Luftschleuse voraus, schoß durch das erste Schott, das zweite, dritte — und war im freien Raum. Während der Schwung seinen Körper wegschleuderte von der Flanke des Schiffes in die schwärzeste aller schwarzen Nächte, spürte er die zunehmende Schwerelosigkeit.

Eine kurze Sekunde lang reflektierte sein Körper das blendende Licht aus Reihe um Reihe heller Bordluken, funkelte und blitzte in intensivstem Scharlachton.

Etwas absonderlich Wirkendes trat ein. Die Lichter in den Luken erloschen und wurden ersetzt durch ein unirdisches blaues Glühen. Aus jedem Quadratzentimeter der riesigen metallenen Wölbung zuckte das blaue Feuer.

Es wurde schwächer, erstarb. Lange, bevor es völlig erlosch, baute der starke Energieschirm sich auf, der ihm für immer den Zugang zum Schiff verwehrte. Einige Lichter leuchteten wieder, schwach, unsicher; wurden dann stärker, als mächtige Maschinen sich von dem vernichtenden Energiestoß erholten. Andere Luken flammten nach und nach auf.

Ixtl war eine halbe Meile von dem Schiff entfernt, als er die erste torpedoförmige Pinasse aus der Dunkelheit innerhalb des Schutzschirms hervorschießen und in einer Öffnung verschwinden sah, die in der Flanke des großen Schiffes gähnte. Andere Beiboote folgten, rasten in raschen Bögen herunter, ihre Umrisse verschwimmend vor dem Hintergrund der Unermeßlichkeit, verschwommen sichtbar in dem Lichtschein, der sich nun wieder aus den Luken ergoß.

Die Öffnung glitt zu, und ohne Warnung verschwand das Schiff. Eben schwebte es noch dort, ein riesiger Ball aus dunklem Metall. Im nächsten Augenblick starrte Ixtl durch den leeren Raum auf einen leuchtenden Dunstwirbel, einen riesigen Spiralnebel, der in unfaßbarer Ferne schwamm.

Quälend dehnte Zeit sich zu Ewigkeit. Ixtl trieb reglos und unsagbar hoffnungslos in den Tiefen der Nacht. Er mußte an die Nachkommen denken, die jetzt niemals geboren werden würden, und an das Universum, das wegen seiner Fehler verlorengegangen war. Doch es war der Gedanke an die Nachkommen, an Gesellschaft, der die wirkliche Verzweiflung brachte.

*

Smith verfolgte die geschickten Finger des Chirurgen, als der Thermokauter, das elektrische Messer, den Magen des fünften Mannes aufschnitt. Das letzte Ei wurde in den hohen Behälter aus suprагehärtetem Metall befördert.

Die Eier waren rund und von mattem Grau. Eins davon wies einen leichten Sprung auf.

Unter ihren Augen erweiterte sich der Sprung. Ein häßlicher runder, scharlachroter Kopf mit Knopfaugen und einem winzigen Mundschlitz schob sich heraus. Der Kopf drehte sich auf seinem kurzen Hals, und die Augen funkelten mit grausamer Wildheit zu ihnen hoch.

Mit einer Schnelligkeit, die fast überrascht hätte, sprang das Geschöpf in die Höhe, versuchte aus dem Behälter zu entkommen, glitt zurück — und löste sich in dem Flammenstrahl auf, der sich in den Behälter ergoß.

Smith leckte seine trockenen Lippen und murmelte: »Angenommen, es wäre entkommen und in der nächsten Wand verschwunden.«

Niemand sagte etwas. Wie gebannt starrten die Männer in den Behälter. Die Eier schmolzen widerstrebend unter der Hitze, brannten aber schließlich mit eigentümlicher goldener Flamme.

»Ah«, sagte Dr. Eggert. Die Aufmerksamkeit wandte sich ihm und dem Körper von Grossens zu, über den er sich beugte. »Seine Muskeln beginnen sich zu entspannen, und seine Augen sind offen und normal. Ich nehme an, er weiß, was um ihn vorgeht. Das Ei hat eine Lähmung hervorgerufen, die jetzt vergeht, nachdem es entfernt ist. Keine schlimmen Verletzungen. Die fünf werden bald wieder auf den Beinen sein. Was ist mit der Kreatur?«

Captain Leeth antwortete: »Zeller schwört, er hätte einen roten Schemen aus der Hauptschleuse entweichen sehen, kurz, bevor wir das Schiff unter Energie setzten. Es muß unser mörderischer Freund gewesen sein, denn seinen Leichnam haben wir nicht gefunden. Pennons durchkämmt mit mehreren Trupps das Schiff, die Aufnahmen mit Fluorit-Kameras machen. In einigen Stunden werden wir Gewißheit haben. Da ist er übrigens schon. Nun, Mr. Pennons?«

Der Chefingenieur trat schnellen Schrittes ein und legte ein ungewöhnlich geformtes Gebilde aus Metall auf einen Tisch. »Noch nichts Definitives zu berichten — aber das habe ich im physikalischen Hauptlabor entdeckt. Was halten Sie davon?«

Smith und *Leeth* wurden von den Abteilungsleitern vorwärtsgeschoben, die sich um den Tisch drängten und stirnrunzelnd den zerbrechlich wirkenden Gegenstand mit seinem verwickelten Netzwerk feiner Drähte betrachteten. Drei Röhren führten in und durch ebenso viele Kugeln, die in einem eigenartigen silbrigen Licht schimmerten. Das Licht durchdrang den Tisch, machte ihn durchsichtig wie Glassit. Und seltsamerweise strahlten die Kugeln kein warmes, sondern kaltes Licht aus.

Captain Leeth meinte: »Ich denke, wir sollten dies besser für unseren Chefphysiker aufheben. Von Grossen müßte bald wieder auf Deck sein. Im Physiklabor haben Sie es gefunden, sagen Sie?«

Pennons nickte, und Smith spann den Gedanken weiter: »Es sieht so aus, als hätte das Geschöpf daran gearbeitet, als es argwöhnte, daß etwas nicht stimmte. Es muß die Wahrheit geahnt haben, denn es verließ das Schiff. Das scheint Ihre These zu entkräften, Korita. Sie meinten, als Bauerntypus könne es sich nicht einmal vorstellen, was wir beabsichtigen.«

Der japanische Archäologe lächelte leicht, trotz der Müdigkeit, die sein Gesicht mit Blässe überzog. »Werter Mr. Smith«, erwiderte er höflich, »es besteht kein Zweifel, daß dieses Exemplar dazu in der Lage war. Was es nicht vermochte, war, seinen eigenen Besitz aufzugeben — oder sich auszumalen, daß andere dazu fähig waren. Wir haben keine derartigen Hemmungen.«

Pennons stöhnte. »Ich wünschte, das wäre anders.

Nach dreißig Sekunden unkontrolliertem Energieeinsatz werden wir mindestens drei Monate brauchen, um das Schiff wieder in den alten Zustand zu versetzen. Eine Zeitlang habe ich sogar befürchtet ...«

Mit schuldbewußtem Gesichtsausdruck brach er ab. *Captain Leeth* warf grimmig lächelnd ein: »Lassen Sie mich den Satz beenden, Mr. Pennons. Sie fürchteten, das Schiff könnte vollständig zerstört werden. Ich glaube, nach Ihren Hinweisen waren wir uns fast alle über das Risiko klar, auf das wir uns eingelassen haben. Wir haben gewußt, daß die Beiboote nur mit eingeschränktem Anti-Akzelerationsantrieb ausgerüstet sind. Im schlimmsten Fall wären wir hier gestrandet, eine Viertelmillion Lichtjahre von zu Hause entfernt.«

Jemand gab zu bedenken: »Ich frage mich, ob ein Lebewesen aus einem anderen Universum, selbst wenn es sich in den Besitz des Schiffes gesetzt hätte, wirklich auf Erfolg hätte rechnen können bei dem Versuch, seine Herrschaft über die Milchstraße zu errichten. Eher glaube ich, daß in unserer Welt kein Platz wäre für eine Kreatur, die ihre Eier im Fleisch anderer empfindungsfähiger Geschöpfe ablegt. Alles andere intelligente Leben würde sich gegen eine derartige unmittelbar persönliche Bedrohung zusammenschließen.«

Smith schüttelte den Kopf. »Ihre Auffassung entbehrt der biologischen Grundlage. Diese Spezies hat bereits einmal geherrscht, und das ließe sich wiederholen. Sie scheinen ganz naiv zu unterstellen, der Mensch wäre ein Musterbeispiel an Redlichkeit. Offenbar vergessen sie, daß er eine lange und blutige Geschichte aufweist. Er hat Tiere nicht nur der Nahrung wegen getötet, sondern aus Vergnügen; er hat Völker versklavt, seine Gegner umgebracht und sich sadistisch an der Qual anderer geweidet. Es ist überhaupt nicht ausgeschlossen, daß wir im Laufe der Zeit auf andere intelligente Geschöpfe treffen, die der Herrschaft über das Universum weitaus würdiger sind als der Mensch.«

»Jedenfalls werde ich mich dafür stark machen«, kommentierte ein Besatzungsmitglied, »daß überhaupt kein Geschöpf mehr an Bord gelangt, auch wenn es noch so harmlos wirkt. Meine Nerven sind restlos verschlissen. Ich bin heute nicht mehr der Mann, der ich war, als ich auf die *Beagle* kam.«

»Sie sprechen für alle«, erklärte die Stimme des stellvertretenden Direktors Kent.

M 33
IM STERNBILD
ANDROMEDA

(1943)

M 33 IM STERNBILD ANDROMEDA
Originaltitel: M 33 IN ANDROMEDA
(Astounding Science Fiction, August 1943)

Ungekürzte deutsche Übersetzung von Rainer Eisfeld

(Jemand wisperte in Grosvenors Ohr, so leise, daß er die Worte nicht verstand. Auf das Flüstern folgte ein trillernder Laut, ebenso leise und gleichermaßen bedeutungslos.

Unwillkürlich schaute Grosvenor sich um.

Er hielt sich im Filmstudio seiner eigenen Abteilung auf. Zu sehen war niemand. Mit einem unbehaglichen Gefühl ging er zur Tür und warf einen Blick in den Vortragsraum. Auch dort befand sich kein Mensch.

Stirnrunzelnd kehrte er zurück ins Studio, wobei er überlegte, ob jemand einen Encephalo-Transmitter auf ihn gerichtet haben mochte. Gleich darauf dünkte ihn diese Erklärung unwahrscheinlich. Die Wirkung der Transmitter beschränkte sich auf kurze Entfernungen. Außerdem war seine Abteilung gegen die meisten Schwingungen abgeschirmt.

Andererseits war er nur zu vertraut mit den geistigen Vorgängen, die bei Illusionen, wie er sie eben erlebt hatte, eine Rolle spielten. Das machte es ihm unmöglich, den Vorgang einfach abzutun.

Sicherheitshalber ging er durch alle fünf Räume. Er vergewisserte sich, daß seine eigenen Transmitter verstaut waren. Schweigend beschäftigte er sich dann weiter mit den Spielarten hypnotischer Lichtmuster, die er aus den Bildern entwickelt hatte, welche die Riim gegen das Schiff eingesetzt hatten.

Entsetzen teilte sich ihm mit wie ein Schlag. Grosvenor duckte sich. Und wieder setzte das Wispern ein, kaum vernehmbar wie zuvor, jetzt aber ärgerlich und unausdenkbar feindselig.

Erstaunt richtete Grosvenor sich auf. Nur ein Encephalo-Transmitter kam in Frage. Irgend jemand setzte ein so starkes Gerät zur Reizung seiner Gedanken ein, daß es die schützende Abschirmung seiner Räume durchdrang.

Mit zusammengezogenen Brauen überlegte er,

wer dafür verantwortlich sein mochte, und rief schließlich die psychologische Abteilung als den wahrscheinlichsten Schuldigen an. Siedel meldete sich selbst, und Grosvenor begann ihm zu erläutern, was sich zugetragen hatte. Er wurde unterbrochen.

»Eben wollte ich Sie anrufen«, sagte Siedel. »Ich dachte, Sie hätten vielleicht damit zu tun.«

»Sie meinen, alle an Bord sind betroffen?« Grosvenor sprach langsam, während er versuchte, die Tragweite der Mitteilung einzuschätzen.

»Ich bin überrascht, daß Sie in Ihrer speziell konstruierten Abteilung überhaupt etwas gespürt haben«, erwiderte Siedel. »Seit mehr als zwanzig Minuten laufen Beschwerden bei mir ein. Einige meiner Instrumente haben schon kurz davor reagiert.«

»Welche?«

»Gehirnwellendetektor, Registriergerät für Nervenimpulse und die empfindlicheren elektrischen Detektoren.« Er brach ab. »Kent wird eine Sitzung in der Kommandozentrale einberufen. Wir sehen uns dort.«

Aber Grosvenor ließ nicht so leicht locker. »Hat inzwischen denn ein erster Meinungsaustausch stattgefunden?« wollte er wissen.

»Tja-a-a, wir haben alle eine Vermutung.«

»Und die wäre?« fragte Grosvenor schnell.

»Wir stehen im Begriff, die Galaxis M-33 zu erreichen. Wir nehmen an, daß die Impulse von dort stammen.«

Grosvenor lachte grimmig. »Die Hypothese hat etwas für sich. Ich werde darüber nachdenken. Bis gleich.«

»Bereiten Sie sich auf einen Schock vor, wenn Sie Ihre Räume verlassen. Die Reizintensität ist erheblich. Geräusche, Lichtblitze, Träume, Gefühlsaufwallungen — wir empfangen eine kräftige Dosis.«

Grosvenor nickte und unterbrach die Verbindung.

Als er seine Filme weggeräumt hatte, erreichte ihn Kents Mitteilung über die Rundrufanlage. Eine Minute später, beim Öffnen der äußeren Tür, wurde ihm klar, was Siedel gemeint hatte.

Er hielt inne, als das Trommelfeuer an Reizungen über ihn hereinbrach. Mit einem unbehaglichen Gefühl begab er sich zur Kommandobrücke und gesellte sich dort zu den übrigen.)

*

Die Nacht wisperte, die immense Nacht des Raums, die gegen das dahinjagende Schiff drückte. Ein stummes Murmeln, dennoch zusammenhängend, lebendig.

Launisch und tödlich lockte und drohte sie. Sie trillerte in unaussprechlichem Glück, zischte dann in wilder Enttäuschung.

Sie fürchtete, und sie hungerte. Wie sie hungerte! Sie starb — und schwelgte in Todesqual. Und erwachte wieder zu ekstatischem Leben. Sie wisperte von unsagbaren Dingen — umklammernder, murmelnder, wortloser Wortschwall; ungeheuere, beredte, drohende Nacht.

»Hier ist ein Standpunkt«, sagte jemand hinter Grosvenors Rücken. »Das Schiff sollte nach Hause zurückfliegen.«

Grosvenor, der die Stimme nicht erkannte, blickte sich nach dem Sprecher um. Wer immer jedoch seine Meinung kundgetan haben mochte, schwieg jetzt. Grosvenor setzte sich wieder zurecht und sah, daß der Stellvertretende Direktor Kent sich nicht von dem Teleskopschirm abgewandt hatte, auf dem sein Blick haftete.* Ent-

---

* Die Grundstruktur dieser letzten Episode des Romans hat van Vogt gegenüber der ursprünglich veröffentlichten kürzeren Fassung in doppelter Hinsicht einschneidend verändert. Nicht nur ist Grosvenors Rolle erheblich dominierender dargestellt. Auch Morton, der Direktor der Expedition, tritt nicht mehr in Erscheinung. Wie erinnerlich, hat van Vogt in der Romanversion der voranstehenden Erzählung dafür gesorgt, daß er im Anschluß an eine kräftige Dosis radioaktiver Sekun-

weder hielt er die Bemerkung für keiner Antwort wert, oder er hatte sie nicht gehört. Auch sonst reagierte niemand.

Als das Schweigen anhielt, stellte Grosvenor den Bildschirm an seinem Sessel so ein, daß er leicht verschwommen die Szene wiedergab, die sich Kent und Lester direkt darbot. Langsam vergaß er seine Umgebung und konzentrierte sich auf jene Nacht, aus der das beunruhigende Wispern drang, stärker mit jeder Minute, die verstrich.

Sie waren in den äußeren Bereichen eines ganzen Milchstraßensystems angelangt. Ein Wirbel von Lichtern schwebte dort draußen — Lichter, die immer noch so weit entfernt waren, daß das Teleskop kaum begonnen hatte, die Myriaden nadelscharfer gleißender Punkte aufzulösen, aus denen das Feuerrad von M-33 im Sternbild Andromeda, ihrer Zielgalaxie, bestand.*

Grosvenor blickte auf, als Gunlie Lester sich eben von dem Teleskopschirm abwandte. Der Astronom meinte: »Absolut unglaublich. In seinem Aufbau unterscheidet dieses System sich nicht grundlegend von unserer eigenen großen Galaxie. Und doch — Schwingungen von fast handgreiflicher Stärke, die einen ganzen Sternhaufen aus Milliarden Sonnen überschwemmen.«

---

därstrahlung bis auf weiteres ausfällt. Die Rolle, die Morton ursprünglich in der letzten Episode spielte, teilt van Vogt im Roman auf zwischen Grosvenor und Kent — in der Absicht, jenen ›Nervenkrieg‹ weiterzuverfolgen und auf seinen Höhepunkt zu führen, der zuvor nicht nur zwischen Grosvenor und den Riim, sondern auch an Bord der *Space Beagle* zwischen dem Nexialisten und dem Leiter der chemischen Abteilung entbrannt war. Nur die Abschnitte, die *darüber hinausgehende* inhaltliche Änderungen enthalten, sind im folgenden noch kursiv wiedergegeben.

* Van Vogt ist eine Verwechslung unterlaufen. Die Spiralgalaxie *M-31,* der bekannte ›Andromedanebel‹, steht im gleichnamigen Sternbild, das ebenfalls 2 Mio. Lichtjahre entfernte ›Rad‹ der Galaxie M-33 hingegen im Sternbild Triangulum (Südliches Dreieck). In der ›lokalen‹ Gruppe von Galaxien ist M-31 größer, M-33 erheblich kleiner als unsere Milchstraße.

Er hielt inne, schloß ruhiger: »Direktor, mir scheint, dies ist kein Problem für einen Astronomen.«

Kent trat ebenfalls zurück, wobei er bemerkte: »Alles, was eine ganze Galaxie betrifft, gehört in die Kategorie astronomischer Phänomene. Oder können Sie mir eine Wissenschaft nennen, die dafür zuständig wäre?«

Lester zögerte, antwortete dann langsam: »Die Größenordnung ist phantastisch. Ich halte es trotzdem nicht für richtig, ungeprüft zu unterstellen, daß sie galaktische Ausmaße besitzt. Auch ein eng gebündelter Strahl, der auf unser Schiff gerichtet ist, kann dieses Trommelfeuer zuwegebringen.«

Kent wandte sich den Männern zu, die in ihren Sesselreihen der weitgeschwungenen Instrumententafel gegenübersaßen. Er fragte: »Hat jemand einen Vorschlag oder eine Idee?«

(Grosvenor sah sich noch einmal um, in der Hoffnung, der Sprecher, der sich zuvor nicht zu erkennen gegeben hatte, würde seinen Einwurf erläutern. Aber wer auch immer sich geäußert hatte, schwieg jetzt.

Unleugbar fühlten die Männer sich nicht mehr so frei, ihre Meinung zu sagen, wie zu Zeiten Mortons. Auf die eine oder andere Art hatte Kent durchblikken lassen, daß er Ansichten, die nicht von Abteilungsleitern stammten, für unerheblich hielt. Ebenso offenkundig war, daß Nexialismus ihm nicht als Wissenschaft galt, die eine Abteilung verdiente. Seit mehreren Monaten gingen er und Grosvenor zwar höflich, aber so wenig wie möglich miteinander um. Während dieser Zeit hatte der Geschäftsführende Direktor mehrere Anträge durchgebracht, die seinem Amt größere Befugnisse verliehen — angeblich, um unnötigen Arbeitsaufwand zu vermeiden, tatsächlich aber in der klaren Absicht, seine Position zu festigen.

Grosvenor hielt es für wichtig, die Identifizierung der Besatzung mit ihrer Aufgabe dadurch zu fördern, daß der Einzelinitiative breiter Raum zugebilligt wurde, selbst wenn dies auf Kosten einer gewissen Effizienz ging. Er hatte jedoch den Eindruck, dies nur einem anderen Nexialisten verständlich machen zu können. Deshalb hatte er auf Proteste verzichtet. Im Endeffekt waren jedoch der bereits gefährlich zusammengedrängten und reglementierten Schiffsladung Menschen noch einige weitere Einschränkungen zugemutet worden.

Im rückwärtigen Teil der Kommandozentrale reagierte Smith als erster auf Kents Bitte um Vorschläge. Der magere, knochige Biologe bemerkte trocken: »Wie ich sehe, rutscht Mr. Grosvenor auf seinem Sessel hin und her. Wäre es denkbar, daß er Älteren höflicherweise den Vortritt lassen will? Mr. Grosvenor, was haben Sie auf dem Herzen?«

Grosvenor wartete, bis das leise Gelächter — in das Kent nicht einstimmte — verstummt war. Dann sagte er: »Vor wenigen Minuten hat jemand vorgeschlagen, wir sollten umkehren und nach Hause fliegen. Könnte der Betreffende bitte seine Gründe nennen?«

Er erhielt keine Antwort. Grosvenor sah, wie Kent die Stirn runzelte. Es schien in der Tat seltsam, daß jemand sich an Bord befand, der davor zurückscheute, sich zu seiner Meinung zu bekennen, selbst wenn er sich inzwischen eines anderen besonnen hatte. Mehrere Anwesende blickten sich erstaunt um. Schließlich erkundigte sich der melancholische Smith: »Wann soll dieser Satz gefallen sein? Ich entsinne mich nicht, daß ich ihn gehört hätte.«

»Ich auch nicht«, sekundierten ein halbes Dutzend Stimmen. Kents Augen funkelten. Grosvenor hatte das Empfinden, daß er sich in die Debatte ein-

schaltete wie jemand, der einen persönlichen Triumph in Reichweite sieht. Er sagte: »Das wüßte ich nun doch gern exakter. Entweder der Vorschlag ist geäußert worden — oder nicht. Wer hat ihn noch gehört? Bitte die Hand heben.«

Keine einzige Hand ging in die Höhe. Kents Stimme klang leicht boshaft, als er sich erkundigte: »Mr. Grosvenor, was genau haben Sie gehört?«

Grosvenor entgegnete langsam: »Soweit ich mich entsinne, lauteten die Worte: ›Hier ist ein Standpunkt. Das Schiff sollte nach Hause zurückfliegen.‹« Er hielt inne. Als niemand etwas sagte, fuhr er fort: »Die Worte selbst dürften dadurch zustandegekommen sein, daß die Hörzentren in meinem Gehirn gereizt worden sind. Irgend etwas dort draußen legt großen Wert darauf, daß wir umkehren, und ich habe das gespürt.« Er zuckte die Achseln. »Natürlich behaupte ich nicht, daß meine Diagnose hieb- und stichfest wäre.«

Steif meinte Kent: »Wir anderen, Mr. Grosvenor, wüßten noch immer gern, weshalb Sie diese Aufforderung gehört haben sollen und sonst niemand.«

Erneut ignorierte Grosvenor den Tonfall des Chemikers, als er erwiderte: »Darüber habe ich eben auch schon nachgedacht. Mir fällt dazu nur ein, daß ich bei dem Zusammenstoß mit den Riim einer anhaltenden Reizeinwirkung ausgesetzt war. Möglicherweise hat mich das empfänglicher für diese Art Fühlungnahme gemacht.« Ihm kam der Gedanke, daß seine gestiegene Anfälligkeit auch erklären mochte, weshalb er das Wispern trotz der Abschirmung seiner Räume vernommen hatte.

Grosvenor war nicht erstaunt, daß Kents Miene sich verdüsterte. Der Chemiker hatte mehrfach demonstriert, daß er sich an die Vogelwesen und die fatalen Folgen ihrer mißglückten Kontaktaufnahme nicht gern erinnern ließ. Bissig bemerkte er: »Ich *hatte das Vergnügen, mir Ihre Darstellung der Episode anzuhören. Wenn ich mich recht erinnere, haben Sie Ihren Erfolg dort auf den Umstand zurückgeführt, daß den Riim nicht klargeworden sei, wie schwer ein Angehöriger irgendeiner beliebigen Spezies sich damit tue, die nervlichen Impulse einer anderen Lebensform zu kontrollieren. Wie erklären Sie sich dann, daß irgend etwas dort draußen« — er deutete in die Flugrichtung des Schiffs — »haarscharf in bestimmte Bezirke Ihres Gehirns eingegriffen und genau die warnenden Worte hervorgerufen hat, die Sie eben wiederholt haben?«*

Grosvenor fand Kents Tonfall, sein Wortwahl und seine selbstgefällige Attitüde durchweg unangenehm persönlich. Mit einer gewissen Schärfe gab er zur Antwort: »Direktor, wer oder was auch immer auf mich eingewirkt hat, könnte schließlich um die Probleme eines fremdartigen Nervensystems wissen. Zudem war der Erfolg begrenzt, weil ich als einziger angesprochen habe. Ich bin der Meinung, daß wir im Augenblick weniger erörtern sollten, ob ich nun auf einen Reiz reagiert habe, sondern was dahintersteckt und wie wir uns verhalten wollen.«

Der Chefgeologe McCann räusperte sich und meinte: »Grosvenor hat recht. Ich denke, meine Herren, wir sollten der Tatsache ins Auge sehen, daß wir in jemandes Revier eingedrungen sind. Und dieser Jemand schreibt sich mit einem großen J!«

Der Geschäftsführende Direktor biß sich auf die Lippe, schien etwas sagen zu wollen, zauderte dann. Schließlich sagte er: »Wir sollten uns nicht zu der Auffassung verführen lassen, wir hätten schon genug Anhaltspunkte, um daraus eindeutige Schlüsse zu ziehen. Ich meine aber auch, wir sollten jedenfalls so handeln, als ob wir einer Intelligenz gegenüberstünden, die den Menschen, die überhaupt Leben, wie wir es kennen, übertrifft.«)

Auf der Kommandobrücke trat Stille ein. Grosvenor beobachtete, wie manche der Anwesenden sich unwillkürlich vorbeugten, die Augen verengten, die Lippen zusammenpreßten. Er sah, daß auch andere diese Reaktion bemerkt hatten.

Kellie, der Soziologe, sagte leise: »Ich bin froh, daß niemand ... ähm ... geneigt scheint, umzukehren. Das ist sehr gut. Jetzt, da die vorherrschende Lebensform offenbar weiß, daß wir existieren, halte ich die Erforschung dieser Galaxis für noch dringlicher. Wie Sie bemerken werden, mache ich mir Direktor Kents Formulierung zu eigen und unterstelle, daß wir es tatsächlich mit einem denkenden Wesen zu tun haben. Seine Fähigkeit, mehr oder minder direkt die Reaktionen auch nur einer Person an Bord zu beeinflussen, weist darauf hin, daß es uns beobachtet hat und einiges über uns weiß. Wir können nicht zulassen, daß dieses Wissen einseitig bleibt.«

Kent wirkte wieder entspannt, als er wissen wollte: »Mr. Kellie, wie schätzen Sie die Lebenswelt ein, die uns erwartet?«

Der Soziologe mit dem schütteren Haar rückte seinen Kneifer zurecht. »Das ... ähm ... ist nicht leicht zu beurteilen, Direktor. Es sieht so aus, als erreichten wir eine zivilisierte Galaxis. Das Wispern wäre dann das äußere Anzeichen, etwa wie beim Übergang von der Wildnis zu besiedeltem Gebiet.«

Kellie hielt inne. Als niemand etwas sagte, fuhr er fort: »Bedenken Sie, daß auch der Mensch unvergängliche Spuren in seiner Milchstraße hinterlassen hat. Bei der Wiederbelebung toter Sonnen hat er Feuer entfacht, die noch ein Dutzend Galaxien entfernt sichtbar sind. Planeten sind in andere Umlaufbahnen gelenkt worden. Tote Welten wurden mit Grün belebt. Meere breiten sich aus, wo einst Wüsten unter der Glut sengender Sonnen gelegen haben. Selbst unsere Anwesenheit in diesem immensen Schiff ist ein Zeugnis menschlicher Macht, die weiter reicht, als das Wispern jemals gedrungen ist.«

»Im kosmischen Sinne sind die Spuren des Menschen kaum dauerhaft«, widersprach Gourlay, der Leiter der Funkzentrale. »Mir leuchtet nicht ein, wie Sie von ihnen und der Erscheinung, mit der wir es hier zu tun haben, im gleichen Atemzug sprechen können. Diese Schwingungen leben. Es handelt sich um gedankliche Ausstrahlungen von solcher Stärke und Durchschlagskraft, daß der Raum flüsternd zu uns zu sprechen scheint.

Wir haben es hier nicht mit einem tentakelbewehrten Kater zu tun, einer scharlachroten Monstrosität oder einem Fellachenvolk, das ein einziges Sonnensystem bewohnt. Vielleicht spricht hier über die Meilen und die Jahre ihrer Raumzeit hinweg eine unvorstellbare Gemeinschaft von Gehirnen miteinander — die Zivilisation der zweiten Galaxie, die uns durch ihren Sprecher davor gewarnt hat ...« Gourlay schnappte nach Luft. Wie um sich zu schützen, riß er einen Arm hoch.

Er war nicht der einzige. Im gesamten Auditorium duckten sich die Anwesenden oder machten sich möglichst klein in ihren Sesseln, als Kent mit einer ruckartigen Bewegung seinen Vibrator herauszerrte und auf seine Zuhörer abfeuerte. Erst nachdem Grosvenor den Kopf eingezogen hatte, wurde er gewahr, daß der Leuchtspurstrahl der Waffe über ihn hinweg statt auf ihn gezielt hatte.

Hinter ihm erscholl ein markerschütterndes Schmerzgebrüll — dann ein Aufprall, der den Boden erzittern ließ.

Grosvenor fuhr wie die übrigen herum und starrte entgeistert auf die zehn Meter große, gepanzerte Bestie, die sich ein Dutzend Schritte hinter der letzten Sesselreihe auf dem Boden krümmte. Im nächsten Augenblick materialisierte mitten in der Luft ein rotäugiges Ebenbild der ersten Kreatur und schlug drei Meter entfernt auf. Ein drittes diabolisch wirkendes Untier tauchte auf, prallte von dem zweiten ab, überschlug sich und richtete sich mit donnerndem Gebrüll auf.

Sekunden später waren es ein Dutzend.

Grosvenor zog seinen eigenen Vibrator und feuerte ihn ab. Das urzeitliche Brüllen gewann noch an Lautstärke. Stahlharte Schuppen schabten über das Metall der Wände und Böden. Schwere Pranken stampften.

(Rund um Grosvenor hatten die Männer jetzt das Feuer eröffnet. Und immer noch materialisierten weitere Bestien. Grosvenor drehte sich um, überwand zwei Sesselreihen und sprang mit einem Satz auf den untersten Rang der Instrumententafel. Der Stellvertretende Direktor hörte auf zu feuern, als Grosvenor auf einer Höhe mit ihm anlangte, und schrie zornig: »Wo wollen Sie hin, Sie Feigling?«

Sein Vibrator richtete sich auf Grosvenor. Dieser schlug Kent nieder, trat ihm dann unbarmherzig die Waffe aus der Hand. Er war wütend, sagte aber kein Wort. Während er den nächsten Rang erreichte, sah er, wie Kent hinter dem Vibrator herkroch. Grosvenor zweifelte nicht daran, daß der Chemiker auf ihn schießen würde. Mit erleichtertem Keuchen erreichte er endlich den Schalter, der den mächtigen Schutzschirm des Schiffes aktivierte, schlug ihn herunter und warf sich zu Boden — eben noch rechtzeitig. Der Leuchtspurstrahl fuhr dort gegen die Instrumententafel, wo sein Kopf sich befunden hatte, um dann zu erlöschen. Kent stand auf und überschrie den Lärm: »Mir war nicht klar, was Sie vorhatten.«

Die halbe Entschuldigung ließ Grosvenor kalt. Der Geschäftsführende Direktor schien zu glauben, wenn Grosvenor tatsächlich Reißaus genommen hätte, rechtfertige das seine Attacke. Der Nexialist ließ ihn stehen, zu aufgebracht für eine Entgegnung. Monatelang hatte er Kents Benehmen hingenommen, nun aber kam er zu der Überzeugung, daß der Mann als Direktor ungeeignet war. Während der *kritischen Wochen, die der Besatzung bevorstanden, konnten seine inneren Spannungen als Auslöser wirken, der zur Zerstörung des ganzen Schiffs führte.**

Wieder unten auf der Empore angelangt, verstärkte Grosvenor mit seinem Vibrator das Abwehrfeuer der übrigen. Aus dem Augenwinkel nahm er wahr, wie drei Männer einen Hitzeprojektor in Stellung zerrten. Bis das unerträgliche Feuer des Projektors auflohte, waren die Bestien durch die Vibrationsschocks betäubt, und es fiel nicht schwer, sie zu töten.)

---

* In der ursprünglichen Fassung benutzt van Vogt diese Szene, um den Leser erstmals mit Elliott Grosvenor bekanntzumachen. Dementsprechend nimmt die Handlung einen ganz anderen Verlauf: Direktor Morton schaltet den Energieschirm der *Space Beagle* ein, wird anschließend von einer der materialisierten Kreaturen angegriffen und durch Grosvenor gerettet:

›Morton lächelte und legte einen kräftigen Arm um die schmaleren Schultern des jungen Mannes. Nun, nachdem die unmittelbare Gefahr vorüber war, begriff er, daß sich hier eine Gelegenheit ergeben hatte, die es zu nutzen galt.

Grosvenor stellte ein Problem dar. Er gehörte zur ersten Generation der ›Supermen‹, wie die Fernsehsendungen die Absolventen der nexialistischen Ausbildung getauft hatten; aber wie seine vielseitige Eignung sich einsetzen ließ, hatte Morton seit dem Tage beschäftigt, an dem Grosvenor dem Schiff zugeteilt worden war.

Die *Space Beagle* wimmelte von Spezialisten, die über ihre Gebiete zuviel wußten, um sich von jemandem beeindrucken zu lassen, der überall und nirgends zu Hause schien.

Die erste Etappe der Expedition hatte Grosvenor buchstäblich tatenlos verbracht. Morton hatte ihn gelegentlich wahrgenommen, einen isolierten, in sich gekehrten jungen Mann am äußersten Rand des lebhaften geistigen Austauschs, der sich an Bord abspielte. Als der Assistent des Astrogeologen von einem scharlachroten Lebewesen umgebracht worden war, das den Weg aufs Schiff gefunden hatte, erklärte Grosvenor sich bereit, ihn zu ersetzen. Er tat das ohne weiteren Kommentar, schien sich nur noch mehr in sein Schneckenhaus zurückzuziehen ...‹

Jetzt, da die Gefahr vorüber war, dachte Grosvenor: Es war wie ein Traum — zu phantastisch, um sich wirklich abgespielt zu haben. Monströse Geschöpfe, die jemand lebendig über Lichtjahrhunderte befördert hatte!

Doch ein ekelerregender Gestank nach verbranntem Fleisch durchzog den Raum. Immer wieder glitt der Fuß auf dem bläulichgrauen Blut der Bestien aus, das den Boden in schleimigen Lachen bedeckte. Und das Dutzend oder mehr schuppiger, gepanzerter Kadaver, die überall umherlagen, lieferte den endgültigen Beweis.

*

Als Grosvenor Kent einige Minuten später wieder zu Gesicht bekam, erteilte der Geschäftsführende Direktor kühl und energisch Anweisungen über die Rundrufanlage. Kräne schwebten herein und begannen, die Kadaver wegzuschaffen. Ein Durcheinander an Meldungen traf ein. Rasch klärte sich das Bild.

Die Kreaturen waren ausschließlich in die Kommandozentrale katapultiert worden. Kein feindliches Schiff oder sonstiges materielles Objekt ließ sich ausmachen. Die Entfernung zum nächsten Stern betrug tausend Lichtjahre. Auf der gesamten Brücke ergingen schweißüberströmte Männer sich in Verwünschungen, als diese spärlichen Tatsachen bekannt wurden.

»Zehn Lichtjahrhunderte!« stieß Selenski, der Chefpilot, hervor. »Und wir können über diese Strecke noch nicht einmal Nachrichten ohne Relaissender übermitteln.«

Captain Leeth kam eilig herein. Er sprach kurz mit mehreren Wissenschaftlern und berief dann einen Kriegsrat ein. Der Kommandant eröffnete die Diskussion.

»Ich brauche die Gefahr, der wir uns gegenübersehen, wohl kaum besonders hervorzuheben. Wir sind ein einzelnes Schiff gegen eine, wie es scheint, feindselig eingestellte galaktische Zivilisation. Im Augenblick befinden wir uns hinter unserem Energieschirm in Sicherheit. Die Art der Bedrohung erfordert, daß wir uns begrenzte — wenn auch nicht zu begrenzte — Ziele setzen. Wir müssen herausfinden, weshalb wir abgeschreckt werden sollen. Wir müssen die Art der Gefahr ermitteln und die Beschaffenheit der Intelligenz, die sich dahinter verbirgt. Wie ich sehe, ist unser Chefbiologe noch damit beschäftigt, die Überreste unserer Gegner zu untersuchen. Mr. Smith, um was für Tiere handelt es sich?«

Smith richtete sich von der Kreatur auf, mit der er sich befaßt hatte. »Niedere, primitive Reptilien«, gab er knapp Auskunft. »Die Erde hätte ihresgleichen während des Zeitalters der Dinosaurier hervorbringen können. Kleine Gehirne, geringe Intelligenz.«

»Mr. Gourlay meint, die Kreaturen wären möglicherweise durch den Hyperraum befördert worden«, sagte Kent. »Vielleicht könnte er uns mehr dazu sagen.«

Die Blicke der Anwesenden richteten sich erwartungsvoll auf den Leiter der Funkzentrale. In seiner gedehnten Sprechweise erläuterte Gourlay: »Es handelt sich lediglich um eine Hypothese, noch dazu eine sehr junge. Sie vergleicht das Universum mit einem aufgeblasenen Ballon. Durchsticht man die Haut, beginnt der Ballon zu schrumpfen und trachtet gleichzeitig danach, den Einstich zu schließen. Durchdringt ein Objekt die Außenhülle des Ballons, kehrt es nicht unbedingt zu demselben Punkt im Raum zurück. Gelänge es, diesen Vorgang auf irgendeine Weise zu steuern, ließe er sich als eine Art Teleportation nutzen. Dies mag Ihnen alles weit hergeholt erscheinen, aber vergessen Sie nicht: Ein solches Urteil gilt auch für das, was uns soeben widerfahren ist.«

Kent bemerkte abschätzig: »Es läßt sich schwer vorstellen, daß jemand uns soweit voraus ist. Die Probleme des Hyperraums müssen auf irgendeine einfache Weise lösbar sein, die unseren Wissenschaftlern bislang entgangen ist. Vielleicht können wir etwas lernen.« Er machte eine Pause, meinte dann: »Korita, Ihr Schweigen ist auffällig. Könnten Sie uns aufklären, womit wir es zu tun haben?«

Der Archäologe erhob sich und breitete ratlos die Arme aus. »Ich habe noch nicht einmal eine Vermutung zu bieten. Wir müssen mehr über die Motive in Erfahrung bringen, die hinter dem Angriff stecken, bevor wir auf der Basis der Zyklentheorie Vergleiche anstellen können. Falls die Attacke beispielsweise auf die Eroberung des Schiffs zielte, war sie ein Fehlschlag. Falls sie uns einen heillosen Schrecken einjagen sollte, war sie ein voller Erfolg.«

Gelächter erklang da und dort, während Korita sich setzte. Grosvenor bemerkte jedoch, daß Captain Leeth unverändert ernst und nachdenklich wirkte.

»Was die Motive betrifft«, sagte der Kommandant langsam, »ist mir eine unangenehme Möglichkeit eingefallen, die wir im Auge behalten sollten. Sie paßt zu den Anhaltspunkten, die wir bisher besitzen. Angenommen, diese machtvolle Intelligenz, oder worum es sich auch immer handeln mag, möchte erfahren, woher wir kommen?«

Er hielt inne, und aus der Art, wie einzelne mit den Füßen scharrten und ihr Gewicht verlagerten, ließ sich ablesen, daß sein Hinweis auf Widerhall stieß. Der Offizier sprach weiter: »Versetzen wir uns in ... ah ... ihre Lage. Sie bemerkt das Herannahen eines Raumschiffs aus einer Richtung, in der im Umkreis von zehn Millionen Lichtjahren eine erkleckliche Anzahl Galaxien, Sternhaufen, Spiralnebel liegt. Woher stammt das Schiff?«

Alle schwiegen. Der Kommandant wandte sich an Kent. »Wenn Sie einverstanden sind, Direktor, schlage ich vor, daß wir mit der Erforschung der ersten Planetensysteme beginnen.«

»Ich habe keine Einwände«, erwiderte dieser. »Falls nicht noch jemand ...«

Grosvenor hob die Hand.

Kent fuhr fort: »... erkläre ich die Sitzung ...«

Grosvenor stand auf und machte sich vernehmlich bemerkbar: »Mr. Kent!«

»... für geschlossen«, vollendete Kent.

Die Männer blieben sitzen. Kent zauderte, äußerte dann wenig überzeugend: »Ich bitte um Entschuldigung. Mr. Grosvenor, Sie haben das Wort.«

Grosvenor begann mit Nachdruck: »Daß dieses Wesen imstande sein soll, unsere Symbolsprache zu interpretieren, läßt sich kaum vorstellen. Dennoch meine ich, wir sollten unsere Sternkarten vernichten.«

»Ich wollte schon dasselbe vorschlagen«, rief von Grossen erregt dazwischen. »Weiter, Grosvenor.«

Zustimmung wurde laut. Grosvenor fuhr fort: »Wir gehen von der Annahme aus, daß unser Energieschirm uns schützt. Eine andere Wahl haben wir ohnedies nicht; wir müssen dabei bleiben. Wenn wir aber landen, sollten wir eine Anzahl großer Encephalo-Transmitter einsetzen, um Verwirrung zu stiften und zu verhindern, daß unsere Gedanken nach wie vor gelesen werden.«

Wieder ließ die lautstarke Reaktion der Zuhörer keinen Zweifel an der Zustimmung, die der Vorschlag fand.

Kent wollte mit flacher Stimme wissen: »Noch etwas, Mr. Grosvenor?«

»Nur noch eine allgemeine Bemerkung«, gab dieser zurück. »Für den Fall einer Eroberung der *Beagle* täten die Abteilungsleiter gut daran, sämtliches Material im Hinblick darauf zu sichten, was vernichtet werden müßte, um einer Gefährdung der Menschheit vorzubeugen.«

Unter frostigem Schweigen setzte er sich.

*

Die Zeit nahm ihren Fortgang, und entweder enthielt die vermutete Intelligenz sich weiterer feindseliger Handlungen, oder der Schirm tat sein Werk. Kein weiterer Zwischenfall ereignete sich.

Einsam und in weitem Abstand gruppiert waren die Sonnen an diesem fernen Rand der Galaxie. Die erste

Sonne wuchs riesig aus dem Raum, ein Licht- und Glutball, wütend in die tiefe Nacht lodernd. Lester und seine Mitarbeiter fanden fünf Planeten, die das Zentralgestirn so nahe umkreisten, daß eine Untersuchung angezeigt erschien. Einer der fünf — alle wurden angesteuert — war bewohnbar, eine Welt der Nebelschleier, der Dschungel und der Riesentiere. Das Schiff verließ sie, nachdem es in niedriger Höhe ein Binnenmeer und einen großen sumpfigen Kontinent überflogen hatte. Kein Anzeichen deutete auf irgendeine Zivilisation hin, geschweige denn auf die gewaltige Macht, deren Existenz zu vermuten sie Anlaß hatten.

Die *Space Beagle* durcheilte dreihundert Lichtjahre und gelangte zu einer kleinen Sonne, deren zwei Planeten sich dicht an ihre kirschrote Wärme drängten. Einer war bewohnbar, auch er eine Welt aus Dünsten und Dschungeln und saurierähnlichen Reptilien. Sie ließen sie unerkundet zurück, nachdem sie in geringer Höhe über Sümpfe und wucherndes, erstickendes Grün hinweggeschossen waren.

Die Sterne wurden nun zahlreicher. Als helle Punkte durchstachen sie die Schwärze der nächsten hundertfünfzig Lichtjahre. Eine große blauweiße Sonne mit einem Gefolge von wenigstens zwanzig Planeten erregte Kents Aufmerksamkeit, und das schnelle Schiff schoß darauf zu. Die sieben sonnennächsten Planeten erwiesen sich als siedende Höllen, bar jeglichen Lebens. In einer Spiralkurve flog das Schiff an drei nahe beieinander kreisenden Planeten vorbei, die bewohnbar waren, und jagte dann davon in die interstellare Weite, ohne die anderen zu erforschen.

Hinter der *Space Beagle* wirbelten drei dampfende Dschungelwelten auf ihren Bahnen um die Sonnen, die sie hervorgebracht hatte. Und an Bord berief Kent eine Sitzung der Abteilungsleiter und ihrer Chefassistenten ein.

Ohne Umschweife eröffnete er die Aussprache. Er begann: »Persönlich erachte ich die Anhaltspunkte noch nicht für besonders bedeutsam. Aber Lester hat dringend verlangt, daß wir zusammentreten.« Er hob die Schultern. »Vielleicht erfahren wir etwas Neues.«

Er schwieg, und Grosvenor, der ihn beobachtete, wunderte sich über die Zufriedenheit, die der kleinwüchsige Chemiker ausstrahlte. Er dachte: Was hat Kent wohl vor? Es mutete ihn eigenartig an, daß der Geschäftsführende Direktor sich alle Mühe gegeben hatte, von vornherein auch zu den positiven Resultaten, die die Zusammenkunft erbringen mochte, auf Distanz zu gehen.

Kent ergriff wieder das Wort. Seine Stimme klang freundlich. »Gunlie, würden Sie heraufkommen und erläutern, was Sie im Sinn haben?«

Der Astronom begab sich zum untersten Rang der Instrumententafel. Mit seiner Magerkeit ähnelte er Smith. Seine tiefblauen Augen blickten aus einem unbewegten Gesicht. Dennoch verriet seine Stimme jetzt eine gewisse Erregung.

»Meine Herren, bei den drei bewohnbaren Planeten des letzten Systems handelte es sich um identische Drillinge. Ihr Zustand war künstlich herbeigeführt. Ich weiß nicht, wer unter Ihnen vertraut ist mit den gängigen Hypothesen über die Entstehung von Planetensystemen. Sollte das nicht der Fall sein, so bitte ich Sie, mir abzunehmen, daß die Massenverteilung in dem System, das wir zuletzt aufgesucht haben, dynamisch unmöglich ist. Ich kann definitiv sagen, daß zwei der drei bewohnbaren Planeten dieser Sonne auf ihre gegenwärtigen Bahnen gelenkt worden sind. Meines Erachtens sollten wir umkehren und eine genauere Untersuchung anstellen. Jemand scheint mit Vorbedacht urzeitliche Planeten zu erschaffen; über den Grund kann ich noch nicht einmal Spekulationen anstellen.«

Er brach ab und starrte Kent streitlustig an. Auf den Zügen des Chemikers lag ein leichtes Lächeln. Er sagte:

»Gunlie hat mich aufgesucht und verlangt, ich solle anordnen, daß wir zu einem der Dschungelplaneten zurückkehren. Angesichts seiner dezidierten Forderung bitte ich Sie um Ihre Meinung und um anschließende Abstimmung.«

Das war es also. Grosvenor seufzte unhörbar, nicht gerade bewundernd, aber doch mit einer gewissen Anerkennung. Der Stellvertretende Direktor hatte nicht versucht, seine ablehnende Haltung mit Argumenten zu untermauern. Möglicherweise war er Lesters Vorschlag in Wirklichkeit nicht besonders abgeneigt. Aber dadurch, daß er eine Sitzung einberief und sich überstimmen ließ, bewies er, daß er sich demokratischen Regeln unterwarf — ein wirksames, wenn auch einigermaßen demagogisches Mittel, sich weitere Unterstützung zu sichern.

In Wahrheit gab es gute Gründe, die gegen Lesters Absicht sprachen. Daß Kent sie kannte, war kaum anzunehmen, hätte es doch bedeutet, daß er Gefahren, die dem Schiff drohten, bewußt ignorierte. Grosvenor entschied sich, ihm nichts zu unterstellen, was er nicht beweisen konnte, und wartete geduldig, während dem Astronomen mehrere weniger wichtige Fragen vorgelegt wurden. Als er diese beantwortet hatte, und als klar schien, daß die Debatte damit beendet war, stand Grosvenor auf und erklärte: »Ich möchte mich für Mr. Kents Ansicht in dieser Sache aussprechen.«

Kent gab kalt zur Antwort: »Mr. Grosvenor, ich glaube doch, daß die Kürze der Diskussion die mehrheitliche Meinung deutlich zum Ausdruck gebracht hat, so daß wir nicht noch mehr Zeit ...«

Er brach ab. Verspätet mußte ihm aufgegangen sein, was Grosvenor tatsächlich geäußert hatte. Seine Miene wirkte konsterniert. Er machte eine unsichere Bewegung, wie um an seine Zuhörer zu appellieren. Als niemand ein Wort sagte, ließ er die Hand sinken und murmelte: »Sie haben das Wort, Mr. Grosvenor.«

Grosvenor sagte entschieden: »Mr. Kent hat recht. Es

ist zu früh. Bis jetzt haben wir drei Planetensysteme aufgesucht. Weniger als dreißig, ausgesucht nach dem Zufallsprinzip, sollten es auf keinen Fall sein. In Anbetracht des Ausmaßes unserer Suche wäre das die Mindestzahl, wenn wir definitive Aufschlüsse gewinnen wollen. Ich bin gern bereit, der mathematischen Abteilung meine entsprechenden Berechnungen zur Nachprüfung zu übergeben.

Falls wir landen, müßten wir außerdem den Schutz des Energieschirms verlassen. Wir müßten darauf vorbereitet sein, einen Überraschungsangriff seitens einer Intelligenz abzuwehren, die ihre Kräfte über den Hyperraum unverzüglich einzusetzen vermag. Ich sehe im Geiste vor mir, wie Milliarden Tonnen Materie auf uns herabstürzen, während wir hilflos auf irgendeinem Planeten festsitzen. Meine Herren, meines Erachtens stehen uns ein bis zwei Monate eingehender Vorbereitungsarbeit ins Haus. Während dieser Frist sollten wir so viele Sonnen aufsuchen wie nur möglich. Entsprechen ihre bewohnbaren Planeten gleichfalls ausschließlich — oder auch nur überwiegend — dem urzeitlichen Typus, dann steht Mr. Lesters Vermutung, es handle sich um einen künstlich herbeigeführten Zustand, auf festen Füßen.« Nach einer kurzen Pause schloß Grosvenor: »Mr. Kent, habe ich ausgedrückt, was Ihnen vorschwebte?«

Kent hatte sich wieder völlig in der Gewalt. »Fast buchstabengetreu, Mr. Grosvenor.« Er blickte in die Runde. »Falls sich sonst niemand mehr äußern möchte, beantrage ich, daß wir über Gunlies Vorschlag abstimmen.«

Der Astronom stand auf. »Ich ziehe ihn zurück«, sagte er. »Ich gestehe, daß ich einige der Gründe, die gegen eine verfrühte Landung sprechen, nicht bedacht hatte.« Er setzte sich wieder.

Kent zauderte, setzte dann an: »Falls jemand anders den Vorschlag aufgreifen möchte ...« Als nach mehreren Sekunden niemand sich zu Wort gemeldet hatte, fuhr Kent entschiedener fort: »Ich möchte jeden Abteilungsleiter bitten, detailliert aufzulisten, was er zum erfolgreichen Verlauf der Landung beisteuern könnte, zu der wir uns früher oder später entschließen müssen. Das wäre alles, meine Herren.«

*

(Draußen im Gang vor der Kommandobrücke spürte Grosvenor eine Hand auf dem Arm. Er drehte sich um und erkannte McCann, den Chefgeologen. Dieser sagte: »Wir waren durch die Reparaturarbeiten während der letzten Monate derart in Anspruch genommen, daß ich keine Gelegenheit hatte, Sie in meine Abteilung einzuladen. Ich denke, es läßt sich absehen, daß bei der geplanten Landung die Geräte der Geologieabteilung für Zwecke eingesetzt werden dürften, für die sie nicht unbedingt vorgesehen waren. Ein Nexialist käme uns dabei gut zupaß.«

Grosvenor überlegte, nickte dann zustimmend. »Morgen können Sie über mich verfügen. Erst möchte ich meine Vorschläge für den Geschäftsführenden Direktor ausarbeiten.«

McCann bedachte ihn mit einem raschen Blick, zögerte, forschte dann: »Sie glauben wahrscheinlich selbst nicht, daß er ein offenes Ohr dafür haben wird, oder?«

Auch anderen war also Kents Abneigung ihm gegenüber aufgefallen. Grosvenor erwiderte langsam: »Doch, weil er sich auf die Empfehlungen im einzelnen nicht öffentlich zu beziehen braucht.«

McCann nickte. »Nun, dann viel Glück, mein Junge.«

Er wollte sich entfernen, als Grosvenor ihn zurückhielt. Grosvenor erkundigte sich: »Worauf beruht Ihrer Meinung nach Kents Popularität in seiner Stellung?«

McCann ließ sich Zeit mit der Antwort. Schließlich sagte er: »Auf seinen menschlichen Schwächen.

Er hat Sympathien und Antipathien. Er kann aus der Haut fahren. Er begeht Fehler und sucht sie zu vertuschen. Er ist versessen auf die Position des Direktors. Wenn das Schiff zur Erde zurückkehrt, wird die öffentliche Aufmerksamkeit sich auf seine Person konzentrieren. In allen von uns steckt ein Stück Kent. Er besitzt — nun, eben menschliche Züge.«

»Wobei mir auffällt«, kommentierte Grosvenor, »daß Sie nichts über seine Befähigung für das Amt gesagt haben.«

»Die Stellung ist auch nicht unbedingt ausschlaggebend. Er kann sich von Experten beraten lassen, wann immer er will.« McCann schürzte die Lippen. »Die Ursachen für Kents Ausstrahlung in Worte zu fassen, fällt nicht ganz leicht. Ich könnte mir denken, daß Wissenschaftler sich häufig in die Defensive gedrängt fühlen, weil man ihnen Kälte und Gefühlsarmut unterstellt. Deshalb sehen sie es gern, wenn jemand sie nach außen repräsentiert, dessen wissenschaftliche Qualifikation außer Zweifel steht, der aber stark gefühlsbetont handelt.«

Grosvenor schüttelte den Kopf. »Was die Bedeutung der Direktorenstellung betrifft, stimme ich Ihnen nicht zu. Es hängt sehr vom einzelnen ab, wie er die beträchtliche Autorität ausübt, die mit dem Amt einhergeht.«

McCann betrachtete ihn abschätzend. Schließlich sagte er: »Strikt logisch denkende Menschen wie Sie haben sich schon immer schwer damit getan, die Massenwirkung der Kents zu begreifen. Politisch kommen sie gegen den Typus Kent niemals an.«

Grosvenor lächelte grimmig. »Die, die man gerne Technokraten nennt, unterliegen nicht, weil sie sich der Logik verschrieben haben. Sie scheitern an ihrer eigenen Integrität. Wer wissenschaftlich vorgebildet ist, durchschaut die Taktiken, die gegen ihn angewendet werden, oft besser als derjenige, der sich ih-

rer bedient. Er bringt es aber nicht über sich, mit gleicher Münze zurückzuzahlen, weil er fürchtet, sich damit ein Armutszeugnis auszustellen.«

McCann runzelte die Stirn. »Das klingt mir zu glatt. Wollen Sie damit ausdrücken, Sie selbst hätten keine derartigen Skrupel?«

Grosvenor schwieg.

McCann blieb beharrlich. »Angenommen, Sie gelangten zu der Überzeugung, Kent dürfe nicht im Amt bleiben. Was würden Sie tun?«

»Derzeit denke ich in absolut legalen Bahnen«, gab Grosvenor mit Bedacht zur Antwort.

Er war überrascht, als er McCanns erleichterte Miene gewahrte. Der ältere Mann ergriff ihn freundschaftlich beim Arm. »Ich bin froh, daß Sie sich zu legalem Vorgehen bekennen«, versetzte er ernst. »Seit ich seinerzeit Ihren Vortrag gehört habe, ist mir aufgegangen, was sonst noch niemandem zu dämmern scheint — daß Sie potentiell der gefährlichste Mann an Bord sind. Würde das gepoolte Wissen, über das Sie verfügen, zielstrebig und entschlossen angewendet, könnte es sich vernichtender auswirken als jeder Angriff von außen.«

Frappiert schüttelte Grosvenor den Kopf. »Sie übertreiben«, erwiderte er. »Ein einzelner läßt sich leicht töten.«

»Wobei mir auffällt«, sagte McCann, »daß Sie nicht bestreiten, das Wissen tatsächlich zu besitzen.«

Grosvenor streckte zum Abschied seine Hand aus. »Danke für Ihre hohe Meinung von mir. Sie ist zwar erheblich überspitzt, aber psychologisch ungemein wohltuend.«)

*

Der einunddreißigste Stern, den sie aufsuchten, glich nach Typ und Größe ihrer Heimatsonne. Einer der drei

Planeten beschrieb seine Bahn in einem Abstand von einhundertdreißig Kilometern. Wie alle übrigen bewohnbaren Welten, die sie zu Gesicht bekommen hatten, präsentierte sich auch diese als dunstige Ansammlung von Dschungeln und urzeitlichen Meeren.

Die *Space Beagle* tauchte in ihre Atmosphäre aus Luft und Wasserdampf und begann in niedriger Höhe entlangzufliegen, ein immenser fremdartiger Ball aus Metall über einem phantastischen Land.

Im Geologielabor verfolgte Grosvenor die Rückmeldungen einer Serie von Instrumenten, die die Natur des vorüberziehenden Terrains erkundeten. Die Aufgabe war nicht leicht und erforderte äußerste Konzentration. Das Echo der Ultraschall- und Kurzwellensignale, die der Boden reflektierte, wurde in Rechengeräte geleitet, die die Vergleichsanalyse vornahmen. Die Interpretation der unablässig eintreffenden Daten verlangte einen hochgradig trainierten Verstand. Grosvenor hatte die Standardverfahren, mit denen McCann vertraut war, auf der Grundlage nexialistischer Erkenntnisse in einigen Fällen noch verfeinert, und das Bild der Kruste des Planeten, das auf diese Weise entstand, war erstaunlich vollständig.

Eine Stunde lang saß Grosvenor versunken vor den Geräten. Mochten die übermittelten Angaben auch in zahlreichen Einzelheiten voneinander abweichen, so schälte sich aus der Molekularstruktur, dem Vorkommen und der Anordnung der Elemente doch eine gewisse geologische Gleichförmigkeit heraus: Schlamm, Sandstein, Ton, Granit, organische Ablagerungen — wahrscheinlich Kohleflöze —, Silikate in Form von Sand, Wasser …

Mehrere Zeiger auf den Meßskalen vor ihm schlugen scharf aus und blieben stehen. Ihre Reaktion verriet die Anwesenheit großer Mengen von Erzen mit Spuren von Kohlenstoff, Molybdän …

Stahl! Grosvenor schlug einen Schalter herunter. Ein schriller Alarmton erklang. McCann eilte herbei, während das Schiff stoppte. Einige Schritte von Grosvenor entfernt begann McCann damit, Kent Bericht zu erstatten.

»Ja, Direktor«, betonte er, »Stahl — nicht einfach Eisenerz. Unsere Instrumente registrieren bearbeitetes Metall. Die Messungen erstrecken sich bis zu einer Maximaltiefe von dreißig Metern. Es könnte sich um eine Stadt handeln, begraben im Dschungelschlamm.«

»In einigen Tagen werden wir Genaueres wissen«, gab Kent nüchtern zurück.

Das Schiff verblieb ein gutes Stück über der Oberfläche. Durch eine zeitweilige Bresche im Energieschirm wurde das notwendige Gerät heruntergelassen. Riesige Bagger, Kräne, mobile Förderbänder wurden aufgestellt. Derart sorgfälig war das Landungsunternehmen geprobt worden, daß dreißig Minuten nach Beginn die *Space Beagle* bereits wieder Kurs in den Raum nahm.

Die Ausbaggerungsarbeiten erfolgten ausschließlich ferngesteuert. Ausgebildete Besatzungsmitglieder überwachten auf Fernsehschirmen den Ablauf und lenkten die Maschinen auf dem Boden. Binnen vier Tagen waren sie in eine Tiefe von fünfundsiebzig Metern vorgedrungen; der Länge nach maß der ausgehobene Schacht zweihundertfünfzig, der Breite nach hundertfünfundzwanzig Meter. Was sie freilegten, war weniger eine Stadt als deren völlig zerstörte Ruinen.

Die Gebäude erweckten den Eindruck, als wären sie unter einer Last zusammengestürzt, die sie nicht hatten tragen können. Das Straßenniveau entsprach dem Schachtboden, und dort, in fünfundsiebzig Metern Tiefe, kamen die ersten Knochen zum Vorschein. Die Arbeiten wurden eingestellt, und mehrere Pinassen suchten sich ihren Weg durch die trübe Atmosphäre. Grosvenor begleitete McCann, und alsbald stand er mit mehreren anderen Wissenschaftlern neben den Überresten eines Skeletts.

»Übel zerschmettert«, bemerkte Smith. »Aber ich denke, es läßt sich zusammensetzen.«

Seine geübten Finger verschoben die Knochen, bis ein ungefähres Muster sich abzeichnete. »Vierbeinig«, murmelte er. Er richtete ein Fluoroskop auf eines der Gebeine. »Dieses Geschöpf scheint ungefähr fünfundzwanzig Jahre tot zu sein«, urteilte er.

Grosvenor wandte sich ab. Die zerschmetterten Überreste, die umherlagen, mochten Aufschluß geben über die physische Beschaffenheit einer ausgelöschten Spezies. Daß die Skelette jedoch einen Hinweis liefern würden auf die Identität der unvorstellbar unbarmherzigen Wesen, die sie hingeschlachtet hatten, war kaum zu erwarten. Hier lagen die erbarmungswürdigen Opfer — nicht die selbstgerechten, todbringenden Mörder.

*

Behutsam bahnte Grosvenor sich seinen Weg zu der Stelle, an der McCann die Bodenproben untersuchte, die der eigentlichen Straßentrasse entstammten. »Ich denke, wir tun gut daran«, bemerkte der Geologe, »die Schichten bis in einige hundert Fuß Tiefe zu erforschen.«

Auf seine Anweisung begann ein Drillbohrer sein Werk. Während der nächsten Stunde fraß die Maschine sich durch Fels und Lehm und hielt Grosvenor in Atem. Ein stetiges Rinnsal von Gestein und Mergel glitt unter seinem prüfenden Blick vorüber. Gelegentlich unterzog er diesen oder jenen Brocken einer chemischen Analyse. Als die Pinassen zum Mutterschiff zurückkehrten, war McCann in der Lage, Kent einen allgemeinen Überblick zu geben. Grosvenor hielt sich wohlweislich außerhalb des Aufnahmebereichs, während der Geologe seinen Bericht erstattete.

»Wie Sie sich entsinnen werden, Direktor, ging mein Auftrag dahin, vorrangig festzustellen, ob es sich um einen künstlichen Dschungelplaneten handeln könnte. Das scheint der Fall zu sein. Die Formationen unter der Schlammdecke dürften einer älteren, weniger primitiven Welt angehören. Die Annahme, daß der Deckboden von irgendeinem fernen Planeten abgetragen und hierher verfrachtet worden ist, fällt schwer — aber der Augenschein deutet in diese Richtung.«

»Wie steht es mit der Stadt selbst?« erkundigte sich Kent. »Worauf läßt ihre Zerstörung sich zurückführen?«

»Wir haben einige Berechnungen angestellt, und mit aller gebotenen Vorsicht läßt sich sagen, daß die enorme Last aus Fels, Boden und Wasser sämtliche Schäden angerichtet haben kann, auf die wir gestoßen sind.«

»Haben Sie irgendwelche Anhaltspunkte entdeckt, die darauf hindeuten, wann diese Katastrophe stattgefunden hat?«

»Zumindest über einige geomorphologische Daten verfügen wir. An verschiedenen Stellen hat sich die alte Oberfläche unter dem Druck der neuen abgesenkt. Wir haben die Bodenformationen identifiziert, die entstandenen Mulden gemessen und auf diese Weise Angaben erhalten, die wir noch in den Computer eingeben müssen. Ein kompetenter Mathematiker« — er meinte Grosvenor — »hat grob geschätzt, daß der Oberflächendruck vor nicht mehr als hundert Jahren eingesetzt haben könnte. Da die Geologie sich mit Ereignissen befaßt, die sich im Laufe von Hunderttausenden, selbst Millionen von Jahren vollziehen, lassen sich wohl die Berechnungsgrundlagen überprüfen. Eine genauere Schätzung kann auch der Rechner nicht liefern.«

Nach einer Pause sagte Kent steif: »Ich danke Ihnen. Sie und Ihre Leute haben gute Arbeit geleistet. Eine Frage noch: Haben Sie bei Ihren Untersuchungen irgendeinen Hinweis auf die Art der Intelligenz entdeckt, die eine derartige Massenvernichtung herbeiführen könnte?«

»Rein persönlich gesprochen, ohne meine Mitarbeiter konsultiert zu haben — nein.«

*

(Es war durchaus nachvollziehbar, überlegte Grosvenor, weshalb McCann sich so vorsichtig ausge-

drückt hatte. Für den Geologen stellte die Erforschung dieses Planeten den Anbruch der Suche nach dem Gegner dar. Ihm jedoch hatte sie das letzte Glied in einer Kette von Schlußfolgerungen geliefert, die mit dem Augenblick eingesetzt hatte, in dem das fremdartige Wispern in sein Bewußtsein gedrungen war.

Er kannte die Natur der ungeheuerlichsten unirdischen Intelligenz, die sich vorstellen ließ. Er konnte ihre furchtbare Absicht erraten. Er hatte sorgsam erwogen, was zu tun war.

Sein Problem hieß nicht länger: Worin besteht die Gefahr? Er hatte das Stadium erreicht, in dem es ihm vorrangig darauf ankam, seine Lösung kompromißlos durchzusetzen. Unglücklicherweise mochten Männer, die nur in einer oder zwei Disziplinen kompetent waren, sich als unfähig oder sogar nicht willens erweisen, das Ausmaß der tödlichsten Gefahr zu erfassen, die je das Leben im intergalaktischen Universum bedroht hatte. Der Lösungsvorschlag selbst war geeignet, heftige Kontroversen auszulösen.

Infolgedessen schätzte Grosvenor seine Aufgabe als sowohl wissenschaftlicher wie politischer Art ein. Er war sich der Auseinandersetzung bewußt, auf die er sich einließ. Sein taktisches Vorgehen mußte sorgfältig durchdacht sein; zugleich galt es, entschlossen zu handeln.

Es war noch zu früh, um zu entscheiden, wie weit er würde gehen müssen. Aber ihm schien, daß er nicht riskieren durfte, sich von vornherein Einschränkungen aufzuerlegen. Er würde tun, was sich als notwendig erwies.

*

Als Grosvenor die Zeit zum Handeln für gekommen hielt, schrieb er Kent einen Brief:

An den Geschäftsführenden Direktor
Verwaltungsbüro
Expeditionsschiff Space Beagle

Sehr geehrter Mr. Kent:
Ich habe allen Abteilungsleitern eine wichtige Mitteilung zu machen. Sie bezieht sich auf die fremde Intelligenz dieser Galaxie, über deren Natur ich Beweismaterial zusammengetragen habe, das ein Vorgehen entschiedenster Art angezeigt erscheinen läßt.

Würden Sie bitte eine Sondersitzung einberufen, damit ich meinen Vorschlag unterbreiten kann?

Er unterzeichnete »Mit vorzüglicher Hochachtung, Elliott Grosvenor« und fragte sich, ob Kent auffallen würde, daß er zwar eine Lösung anbot, nicht aber sein Beweismaterial. Während er auf eine Antwort wartete, schaffte er unauffällig den Rest seiner persönlichen Habe aus der Schlafkammer in die Nexialistische Abteilung. Damit fügte er den Schlußstein in ein Verteidigungskonzept, das die Möglichkeit einer Belagerung einkalkulierte.

Die Antwort traf am folgenden Morgen ein.

Sehr geehrter Mr. Grosvenor:
Ich habe Mr. Kent den Inhalt Ihrer Mitteilung vom gestrigen Nachmittag übermittelt. Er wünscht, daß Sie einen Bericht auf dem beigefügten Formblatt A-16-4 einreichen, und gab seiner Verwunderung Ausdruck, daß Sie das nicht bereits von sich aus getan haben.

Uns liegen in dieser Angelegenheit weitere Hypothesen und Materialien vor. Ihr Bericht wird ebenso sorgfältige Beachtung finden wie die übrigen Eingänge.

Würden Sie bitte das Formular, vorschriftsmäßig ausgefüllt, so bald wie möglich einreichen.

Mit vorzüglicher Hochachtung

i. V. John Fohran

Grosvenor las das Schreiben mit grimmiger Miene. Er bezweifelte nicht, daß Kent seinem Sekretär gegenüber bissige Bemerkungen über den einzigen Nexialisten an Bord gemacht hatte. Gleichwohl war zu erwarten, daß er sich noch gezügelt hatte. Nach wie vor unterdrückte er den Haß und die Unduldsamkeit, die in ihm wühlten. Sofern Korita recht hatte, würden sie erst in einer Krise zum Durchbruch kommen. Die gegenwärtige menschliche Zivilisation befand sich im ›Winter‹-Stadium, und schon früher waren ganze Kulturen dem ungezügelten Egoismus einzelner erlegen.

Obwohl er ursprünglich nicht vorgehabt hatte, Tatsachen aufzulisten, beschloß Grosvenor, das Formblatt auszufüllen, das der Sekretär ihm geschickt hatte. Er beschränkte sich jedoch auf die vorhandenen Anhaltspunkte. Weder interpretierte er sie, noch nannte er seinen Lösungsvorschlag. In die Rubrik ›Empfehlungen‹ trug er lediglich ein: »Die Schlußfolgerung drängt sich jedem qualifizierten Beobachter auf.«

Die ungeheuerliche Tatsache bestand darin, daß jeder einzelne Beweis, den er angeführt hatte, der einen oder anderen Abteilung an Bord der Space Beagle *bekannt war. Das gesamte Material, das sich angesammelt hatte, lag wahrscheinlich schon wochenlang auf Kents Schreibtisch.*

Grosvenor lieferte das Formular selbst ab. Er rechnete nicht mit einer raschen Reaktion, blieb aber dennoch in seiner Abteilung. Er ließ sich sogar seine Mahlzeiten hochschicken. Zwei Zwanzig-Stunden-

Perioden verstrichen. Dann traf ein Bescheid Kents ein.

> *Sehr geehrter Mr. Grosvenor:*
> *Ich habe einen Blick auf das von Ihnen eingereichte Formblatt A-16-4 geworfen und dabei festgestellt, daß Sie es versäumt haben, spezifische Empfehlungen zu unterbreiten. Da wir diesbezüglich mehrere Vorschläge erhalten haben und unsere Absicht dahin geht, ihre Grundzüge zu einem umfassenden Plan zu kombinieren, wäre es uns lieb, wenn Sie uns Ihrerseits einen detaillierten Vorschlag zukommen ließen.*
>
> *Würden Sie sich bitte umgehend darum kümmern?*

Der Brief war unterschrieben »Gregory Kent, Geschäftsführender Direktor«. Aus Kents persönlicher Unterschift las Grosvenor heraus, daß er diesmal ins Schwarze getroffen hatte und der Ablauf der Ereignisse sich nunmehr beschleunigen würde.

Er nahm mehrere Mittel ein, um die Symptome einer Grippe hervorzurufen. Während er darauf wartete, daß sein Körper reagierte, verfaßte er eine weitere Mitteilung an Kent, in der er wissen ließ, er sei zu krank, um die Empfehlungen auszuarbeiten — »die zwangsläufig umfangreich ausfallen müßten, weil Erläuterungen erforderlich wären, die auf einer ganzen Reihe von Wissenschaften basieren. Es wäre aber sicherlich klug, die Expeditionsmitglieder frühzeitig an die Vorstellung zu gewöhnen, daß sie fünf zusätzliche Jahre im Raum verbringen müßten, und umgehend mit der Werbung dafür zu beginnen.«

Sobald er den Brief in den Postschacht geworfen hatte, rief er in Dr. Eggerts Büro an. Zehn Minuten später betrat der Arzt seine Räume.

Er hatte seine Tasche kaum abgestellt, als Schritte auf dem Gang erklangen. Gleich darauf kam Kent in Begleitung zweier kräftiger Chemotechniker herein.

Dr. Eggert blickte sich um und nickte freundlich, als er den Chefchemiker erkannte. »Hallo, Greg«, begrüßte er ihn, um dann seine ungeteilte Aufmerksamkeit Grosvenor zuzuwenden. »Tja«, sagte er schließlich, »es sieht so aus, als hätten wir es mit einem Virus zu tun, mein Freund. Wirklich erstaunlich. Ganz gleich, welche Schutzmaßnahmen wir anwenden, sobald das Schiff landet — dann und wann schleicht sich doch ein Erreger ein. Ich lasse Sie in die Isolierabteilung schaffen.«

»Ich möchte lieber hier bleiben.«

Dr. Eggert runzelte die Stirn, zuckte schließlich die Achseln. »In Ihrem Fall kann ich das verantworten.« Er packte seine Instrumente zusammen. »Ich schikke Ihnen einen Pfleger hoch, der sich um Sie kümmert. Mit unbekannten Mikroben dürfen wir keine Risiken eingehen.«

Kent brummte unwillig. Grosvenor, der den Geschäftsführenden Direktor hin und wieder mit gespielter Verwunderung angeblickt hatte, sah fragend hoch. In gereiztem Ton wollte Kent wissen: »Was fehlt ihm denn, Doktor?«

»Kann ich noch nicht sagen. Wir müssen abwarten, was die Labortests ergeben. Die Symptome sind Fieber und anscheinend etwas Flüssigkeit in den Lungen.« Er schüttelte den Kopf. »Ich fürchte, ich kann Sie jetzt nicht mit ihm sprechen lassen, Greg. Er könnte ernstlich krank sein.«

Kent entgegnete brüsk: »Das Wagnis müssen wir eingehen. Mr. Grosvenor verfügt über wertvolle Informationen, und« — betont — »ich denke, er ist noch soweit bei Kräften, um sie mitzuteilen.«

Dr. Eggert schaute Grosvenor an. »Wie fühlen Sie sich?« fragte er.

»Sprechen kann ich noch«, gab Grosvenor schwach zur Antwort. Sein Gesicht brannte. Die Augen schmerzten ihn. Aber einer der beiden Gründe, weshalb er sich selbst in diesen Zustand versetzt hatte, bestand eben in der Hoffnung, Kent würde sich dadurch gezwungen sehen, ihn aufzusuchen.

Der andere Grund lief darauf hinaus, daß er an irgendwelchen Besprechungen, die Kent einberufen mochte, nicht persönlich teilnehmen wollte. Nur hier, in seiner eigenen Abteilung, war er in der Lage, sich zur Wehr zu setzen, falls der Beschluß gefaßt werden sollte, übereilt gegen ihn vorzugehen.

Der Arzt warf einen Blick auf seine Uhr. »Wissen Sie was«, sagte er zu Kent und indirekt auch zu Grosvenor, »ich kümmere mich um den Pfleger. Sobald er hier eintrifft, muß das Gespräch beendet werden. Einverstanden?«

»Fein!« erwiderte Kent mit gekünstelter Herzlichkeit.

Grosvenor beschränkte sich auf ein Nicken.

Vom Eingang her sagte Dr. Eggert noch: »Mr. Fander dürfte in etwa zwanzig Minuten hier sein.«

*

Als er gegangen war, trat Kent langsam an die Bettkante und musterte Grosvenor. Eine ganze Weile blieb er so stehen, ehe er mit täuschend sanfter Stimme sagte: »Mir ist unklar, was Sie bezwecken. Weshalb sagen Sie uns nicht, was Sie wissen?«

Grosvenor entgegnete: »Mr. Kent, überrascht Sie das wirklich?«

Wieder trat Schweigen ein. Grosvenor hatte den dezidierten Eindruck eines erbosten Mannes, der sich mit Mühe beherrschte. Endlich meinte Kent leise und gepreßt: »Ich bin der Direktor dieser Expedition. Ich verlange, daß Sie mir auf der Stelle Ihre Vorschläge mitteilen.«

Grosvenor schüttelte langsam den Kopf. Er fühlte sich matt und schwitzte. »Ich weiß wirklich nicht, was ich darauf sagen soll«, gab er zurück. »Sie sind ein leicht durchschaubarer Mann, Mr. Kent. Sehen Sie, ich habe erwartet, daß Sie auf meine Briefe in dieser Weise reagieren würden. Ich habe damit gerechnet, daß Sie hier auftauchen würden, begleitet ...« — er bedachte die beiden Techniker mit einem Seitenblick — »von Ihren Handlangern. Unter diesen Umständen glaube ich im Recht zu sein, wenn ich auf eine Zusammenkunft der Abteilungsleiter bestehe, um dort meine Empfehlungen vorzutragen.«

Wäre ihm Zeit geblieben, er hätte abwehrend den Arm hochgerissen. Zu spät ging ihm auf, daß Kent weitaus erbitterter war, als er angenommen hatte.

»Sie halten sich wohl für sehr schlau«, stieß Kent hervor. Seine Hand schnellte vor. Er schlug Grosvenor ins Gesicht. Mit zusammengebissenen Zähnen fuhr er fort: »Sie sind also krank, wie? Leute, die von unbekannten Krankheiten befallen werden, sind manchmal ihrer Sinne nicht mehr mächtig. Sie müssen dann hart angefaßt werden, weil sie sich im Wahn selbst gegen ihre besten Freunde wenden.«

Grosvenor nahm ihn nur noch verschwommen wahr. Mit einer Hand faßte er an sein Gesicht. Weil er Fieber hatte und tatsächlich geschwächt war, fiel es ihm schwer, das Gegenmittel zwischen die Lippen zu schieben. Er schützte vor, sich die Wange zu halten, die Kent getroffen hatte, während er das Medikament schluckte. Benommen brachte er hervor: »Schön, also habe ich den Verstand verloren. Wie nun weiter?«

Falls Kent über die Reaktion konsterniert war, ließen seine Worte das nicht erkennen. Schroff forschte er: »Was wollen Sie wirklich?«

Grosvenor mußte einen Augenblick lang gegen aufsteigende Übelkeit ankämpfen. Als er sie überwunden hatte, gab er zur Antwort: »Sie sollten dafür zu werben beginnen, daß nach Ihrer Einschätzung die Feststellungen über die feindliche Intelligenz, zu denen wir gelangt sind, einen Verbleib der Mannschaft im Raum für zusätzliche fünf Jahre gegenüber den ursprünglichen Plänen erfordern. Das ist vorläufig alles. Sowie Sie damit den Anfang gemacht haben, erfahren Sie von mir, was Sie wissen wollen.«

Er begann sich besser zu fühlen. Die Wirkung des Gegenmittels setzte ein. Das Fieber ließ nach. Und er meinte, was er sagte. Er hatte sich nicht auf einen bestimmten Plan versteift. Sobald seine Grundvoraussetzung akzeptiert war, gedachte er auf alle weiteren Manöver zu verzichten.

Zweimal öffnete Kent den Mund, wie um etwas zu sagen. Jedesmal schloß er ihn wieder. Endlich brachte er mit halberstickter Stimme hervor: »Ist das alles, was Sie im Augenblick preisgeben wollen?«

Unter der Bettdecke lagen Grosvenors Finger auf einem Knopf an der Seite seiner Liegestatt, bereit, ihn zu drücken. Er erwiderte: »Ich gebe Ihnen mein Wort, daß Sie erfahren werden, was Sie wissen möchten.«

Kent sagte schroff: »Das ist ganz ausgeschlossen. Ich kann mich auf solchen Wahnwitz unmöglich einlassen. Die Mannschaft würde noch nicht einmal eine Verlängerung um ein Jahr akzeptieren.«

»Ihre Anwesenheit«, antwortete Grosvenor ruhig, »deutet darauf hin, daß Sie meinen Rat keineswegs für aberwitzig halten.«

Kents Hände öffneten und schlossen sich. »Unmöglich! Wie sollte ich mein Handeln gegenüber den Abteilungsleitern rechtfertigen?«

Grosvenor, der den Chemiker scharf im Auge behielt, rechnete damit, daß die Explosion kurz bevor-

stand. »Sie brauchen vorläufig keine Erklärungen abzugeben. Sie brauchen nur die spätere Aufklärung in Aussicht zu stellen.«

Einer der Chemotechniker, der Kents Mienenspiel verfolgt hatte, ergriff das Wort. »Chef, dieser Mann scheint nicht zu wissen, daß er mit dem Direktor spricht. Sollen wir ihm eine Lehre erteilen?«

Kent, der gerade zu einer Entgegnung angesetzt hatte, stockte. Er trat zurück und befeuchtete sich die Lippen. Dann nickte er heftig. »Sie haben recht, Bredder. Ich weiß selbst nicht, weshalb ich mich auf diese Diskussion eingelassen habe. Ich schließe nur noch die Tür, dann werden wir ...«

Grosvenor warnte: »An Ihrer Stelle würde ich das unterlassen. Im gesamten Schiff würde Alarm gegeben.«

Kent, eine Hand an der Tür, zögerte und wandte sich um. Sein Gesicht trug einen unnachgiebigen Ausdruck. »Schön«, meinte er unpersönlich, »dann nehmen wir Sie eben bei offener Tür auseinander. Heraus mit der Sprache, Freundchen!«

Seine Begleiter traten auf Grosvenor zu. Dieser fragte: »Bredder, haben Sie schon von einer peripheren elektrostatischen Ladung gehört?« Als beide zauderten, redete er grimmig weiter: »Fassen Sie mich an, und Sie versengen sich. Ihre Hände bekommen Brandblasen. Ihr Gesicht ...«

Die Männer wichen zurück. Der blondhaarige Bredder warf Kent einen unbehaglichen Blick zu. Dieser stieß unwirsch hervor: »Mit der elektrischen Ladung im menschlichen Körper ließe sich nicht einmal eine Fliege töten.«

Grosvenor schüttelte den Kopf. »Wagen Sie sich nicht etwas weit auf fremdes Gebiet vor, Mr. Kent? Ich rede nicht von der Elektrizität in meinem Körper, sondern in Ihrem, sofern Sie Hand an mich legen.«

Kent griff nach seinem Vibrator und nahm be-

dächtig eine Einstellung daran vor. »Treten Sie zurück«, wies er seine Mitarbeiter an. »Ich bestreiche ihn eine Zehntelsekunde lang. Er wird das Bewußtsein nicht verlieren, aber jede Faser in seinem Körper spüren.«

»Lassen Sie es bleiben, Kent«, riet Grosvenor eindringlich. »Ich warne Sie.«

Entweder vernahm der Mann seine Worte tatsächlich nicht, oder er war zu aufgebracht, um darauf zu hören. Der Leuchtspurstrahl blendete Grosvenor. Es zischte und prasselte, und Kent stieß einen Schmerzensschrei aus. Der Strahl erlosch. Grosvenor gewahrte, daß Kent versuchte, sich der Waffe zu entledigen. Sie klebte an seiner Hand, bis sie endlich klirrend zu Boden fiel. Taumelnd, schmerzerfüllt umklammerte er seine verletzte Hand.

Ärgerlich und doch mitfühlend wollte Grosvenor wissen: »Warum haben Sie nicht auf mich gehört? Die Wände stehen unter Spannung. Der Vibrator ionisiert die Luft. Sie haben einen elektrischen Schlag erhalten, der gleichzeitig die Energieentladung neutralisiert hat — außer im unmittelbaren Mündungsbereich. Hoffentlich haben Sie sich nicht zu schlimm verbrannt.«

Kent hatte sich wieder in der Gewalt. Er wirkte bleich und verkrampft, aber ruhig. »Das wird Sie teuer zu stehen kommen«, sagte er tonlos. »Wenn jeder erst begreift, daß ein einzelner hier versucht, seine Ideen durchzusetzen ...« Er brach ab. Gebieterisch winkte er seinen beiden Helfershelfern. »Kommen Sie. Vorläufig sind wir hier fertig.«

Volle acht Minuten, nachdem sie sich entfernt hatten, traf Fander ein. Grosvenor mußte ihm mehrfach geduldig auseinandersetzen, daß er nicht mehr krank war. Und noch länger brauchte er, um Dr. Eggert zu überzeugen, den der junge Mann herbeirief. Daß man ihm auf die Schliche kommen könnte, be-

reitete Grosvenor keine Kopfschmerzen. Man mußte schon sehr argwöhnisch sein und eine ganze Weile nachforschen, um auf die Mittel zu stoßen, deren er sich bedient hatte.

Schließlich ließen beide ihn allein, mit dem dringenden Rat, mindestens einen oder zwei Tage seine Räume nicht zu verlassen. Grosvenor versicherte ihnen, daß er ihre Anordnungen befolgen würde, und er meinte es ernst. Bei den Auseinandersetzungen, die ihm bevorstanden, würde die Abteilung seine Bastion bilden.

Auf welche Weise man gegen ihn vorgehen würde, ließ sich nicht vorhersehen, aber hier fühlte er sich der Bedrohung gewachsen.

*

Etwa eine Stunde später klickte es im Posteingangsschacht. Kent berief — so der Wortlaut — auf Bitten Elliott Grosvenors eine Sondersitzung ein. Das Rundschreiben zitierte aus Grosvenors erstem Brief an Kent und ließ alle späteren Geschehnisse unerwähnt. Es schloß mit dem Satz: »In Anbetracht der bisherigen Verdienste Mr. Grosvenors ist der Geschäftsführende Direktor der Auffassung, daß er angehört werden sollte.«

Unter Grosvenors Einladung hatte Kent handschriftlich vermerkt: »Sehr geehrter Mr. Grosvenor: Angesichts Ihrer Erkrankung habe ich Mr. Gourlays Mitarbeiter angewiesen, Ihr Audioskop mit dem Auditorium der Kommandobrücke zu verbinden, so daß Sie von Ihrem Krankenlager aus an der Sitzung teilnehmen können. Diese ist im übrigen nicht öffentlich.«

Zum festgelegten Zeitpunkt schaltete Grosvenor seinen Wandbildschirm ein. Als das Bild aufleuchtete, zeigte es eine scharfe Wiedergabe der gesamten

Kommandozentrale. Als Aufnahmegerät fungiertre offenbar das riesige Rechteck über der Instrumententafel, von dem in diesem Augenblick sein Abbild in drei Metern Größe auf die Versammelten herunterblickte. Dieses eine Mal, dachte er mit schiefem Lächeln, mußte seine Anwesenheit jedem auffallen.

Ein rascher Blick durch den Raum zeigte ihm, daß die meisten Abteilungsleiter bereits ihre Plätze eingenommen hatten. Unmittelbar unter dem Schirm unterhielt Kent sich mit Captain Leeth. Es mußte sich um das Ende, nicht um den Beginn des Gesprächs handeln, denn er blickte zu Grosvenor hoch, lächelte grimmig und wandte sich unverzüglich seiner kleinen Zuhörerschaft zu. Grosvenor bemerkte, daß er an einer Hand einen Verband trug.

»Meine Herren«, begann er, »ich möchte Mr. Grosvenor ohne lange Vorrede das Wort erteilen.« Wieder sah er zu dem immensen Bildschirm hoch, und auf seinem Gesicht lag das gleiche unfrohe Lächeln. Er schloß: »Mr. Grosvenor, Sie können beginnen.«

Grosvenor setzte an: »Vor etwa einer Woche schon, meine Herren, hatte ich genügend Beweismaterial, um ein Vorgehen unseres Schiffes gegen die fremde Intelligenz dieser Galaxie zu rechtfertigen. Sie mögen das für eine weit hergeholte Behauptung halten, und in der Tat will es das Unglück, daß ich Ihnen nur meine Interpretation der Anhaltspunkte liefern kann, über die wir verfügen. Ich bin nicht in der Lage, jedem unter Ihnen zweifelsfrei zu beweisen, daß ein solches Lebewesen tatsächlich existiert. Einigen werden meine Schlußfolgerungen begründet erscheinen. Andere, die in bestimmten Wissensgebieten nicht zu Hause sind, werden sie für zweifelhaft halten. Ich habe mir den Kopf über das Problem zerbrochen, wie ich Sie überzeugen könnte, daß meine Lösung den einzig sicheren Weg darstellt. Systematisch die Ergebnisse einer Reihe von Experimenten zusammenzufassen schien mir die vernünftigste Methode.«

Den Umstand, daß er bereits zu einem Kunstgriff hatte Zuflucht nehmen müssen, um überhaupt Gehör zu finden, unterschlug er. Ungeachtet dessen, was vorgefallen war, lag ihm nichts daran, sich Kent noch mehr zum Gegner zu machen.

Er sprach weiter: »Zunächst möchte ich Mr. Gourlay bitten, sich zu äußern. Es wird Sie kaum besonders überraschen, wenn ich Ihnen sage, daß mein erster Verdacht mit C-9 zusammenhing. Vielleicht könnten Sie Ihre Kollegen darüber orientieren.«

Gourlay warf einen Blick zu Kent hinüber, der die Achseln zuckte und nickte. Der Chef der Funkzentrale zögerte, ehe er begann: »Wann C-9 in Aktion trat, läßt sich unmöglich genau bestimmen. Für diejenigen, die sich im Augenblick überfordert fühlen, möchte ich vorausschicken, daß es sich bei C-9 um einen Energieschirm von geringer Stärke handelt, der sich automatisch einschaltet, sobald der Staub im umgebenden Raum eine Dichte erreicht, die einem schnell fliegenden Schiff gefährlich werden könnte. Natürlich ist bei gegebenem Raumvolumen die Höhe der Geschwindigkeit ausschlaggebend für die relative Dichte. Daß genügend Staub vorhanden war, um C-9 zu aktivieren, wurde von einem meiner Mitarbeiter kurz vor dem Auftauchen der Echsen hier in der Kommandozentrale bemerkt.«

Gourlay lehnte sich in seinen Sessel zurück. »Das wäre es«, schloß er.

»Mr. von Grossen, was hat Ihre Abteilung über den kosmischen Staub in dieser Galaxie festgestellt?« erkundigte sich Grosvenor.

Der massige von Grossen verlagerte sein Gewicht. Ohne aufzustehen, erwiderte er: »Nichts, was sich als spezifisch oder ungewöhnlich bezeich-

nen ließe. Er ist eine Spur dichter als in unserer eigenen Milchstraße. Mittels ionisierter Platten, die unter hoher Spannung standen, haben wir eine geringe Menge gesammelt und analysiert. Der größte Teil befand sich in festem Zustand — einige niedere Elemente, dazu zahlreiche Verbindungen, die sich bei der Kondensierung gebildet haben könnten —, der Rest war freies Gas, hauptsächlich Wasserstoff. Die Schwierigkeit besteht darin, daß dieser Niederschlag dem Staub, wie er im freien Raum existiert, wahrscheinlich nur sehr wenig ähnelt. Das Verfahren, das zum Sammeln verwendet wird, ist hochgradig unbefriedigend, weil es eine Reihe von Veränderungen auslöst. Wie kosmischer Staub sich eigentlich verhält, können wir deshalb bestenfalls vermuten.« Der Physiker breitete ratlos die Hände aus. »Das ist eigentlich alles, was ich dazu sagen kann.«

Grosvenor ergriff wieder das Wort. »Ich könnte weitere Abteilungsleiter in ähnlicher Weise befragen. Aber ich denke, ihre Feststellungen lassen sich zusammenfassen, ohne daß ich jemandem Unrecht tue. Die biologische und die chemische Abteilung sind auf vergleichbare Schwierigkeiten gestoßen wie die physikalische. Sofern ich recht unterrichtet bin, hat Mr. Smith verschiedene Verfahren angewandt, um die Luft in einem Käfig mit dem Staub zu sättigen. Die Versuchstiere, die er der Mischung ausgesetzt hat, sind unversehrt geblieben, so daß er schließlich einen Selbstversuch unternommen hat. Möchten Sie noch etwas hinzufügen, Mr. Smith?«

Der Biologe schüttelte den Kopf. »Wenn es sich um eine Lebensform handeln sollte, so habe ich keine Anhaltspunkte dafür gefunden. Ich gebe zu, daß wir dem unverfälschten Zustand nur soweit nahegekommen sind, als wir sämtliche Schleusen einer Pinasse im freien Raum geöffnet haben, um sie nach einer Zeitlang wieder zu schließen und Luft einströ-

men zu lassen. Die chemische Zusammensetzung der Luft war leicht verändert, aber doch nur unwesentlich.«

»Soviel also zu den Daten, über die wir verfügen«, bemerkte Grosvenor. »Ich habe unter anderem das eben erwähnte Experiment selbst durchgeführt. Was mich interessierte, war die Frage: Falls es sich tatsächlich um Leben handelt, wovon ernährt es sich? Nachdem also die Sauerstoffanlagen die Luft in meinem Beiboot erneuert hatten, habe ich sie analysiert. Dann habe ich mehrere kleine Versuchstiere getötet und die Zusammensetzung der Atmosphäre erneut untersucht. Die jeweiligen Proben habe ich an Mr. Kent, Mr. von Grossen und Mr. Smith geschickt. Einige minimale chemische Veränderungen ließen sich feststellen. Man könnte sie Irrtümern in der Versuchsdurchführung zuschreiben. Trotzdem möchte ich Mr. von Grossen bitten, Ihnen zu sagen, was er ermittelt hat.«

Von Grossen blinzelte und richtete sich auf. »Sie halten das für einen Beweis?« fragte er überrascht. Er wandte sich in seinem Sessel um und blickte seine Kollegen an, die Stirn nachdenklich gerunzelt. »Ich vermag die Bewandtnis nicht zu erkennen«, sagte er, »aber die Luftmoleküle in der mit ›Nachher‹ gekennzeichneten Probe wiesen eine geringfügig höhere elektrische Ladung auf.«

Das war der entscheidende Augenblick. Grosvenor blickte hinab auf die aufwärtsgewandten Gesichter der Wissenschaftler, in der Hoffnung, wenigstens in einem einzigen Augenpaar würde Verständnis aufleuchten.

Doch Befremden war der einzige Ausdruck, den die Mienen verrieten. Endlich sagte jemand trocken: »Ich nehme an, wir sollen uns freudestrahlend zu der Hypothese bekennen, daß wir es mit einer Intelligenz in Form kosmischen Staubs zu tun haben.

Mir ist dieser Bissen zu groß, als daß ich ihn schlukken würde.«

Grosvenor entgegnete nichts. Im Grunde mutete er ihrem Fassungsvermögen noch mehr zu, auch wenn der Unterschied nicht sehr groß war. Ein Gefühl tiefer Enttäuschung begann sich in ihm breitzumachen. Innerlich stählte er sich für den nächsten Schritt.

»Kommen Sie, kommen Sie, Mr. Grosvenor«, warf Kent scharf ein. »Nennen Sie uns Ihre Gründe, dann werden wir entscheiden.«

Zögernd begann Grosvenor: »Daß Sie sich der Antwort verschließen, meine Herren, erfüllt mich mit erheblicher Sorge. Ich sehe voraus, daß wir Schwierigkeiten bekommen werden. Versetzen Sie sich in meine Lage. Ich habe Ihnen das verfügbare Beweismaterial präsentiert, einschließlich einer Beschreibung der Versuche, die mich zu einer Identifizierung der gegnerischen Intelligenz geführt haben, der wir uns gegenübersehen. Mittlerweile ist mir deutlich, daß meine Schlußfolgerungen unter Ihnen stark umstritten sind. Und doch, wenn ich recht habe — und ich bin davon überzeugt —, wäre der Verzicht auf ein Vorgehen, wie es mir vorschwebt, verhängnisvoll für die Menschheit und wahrscheinlich auch für alles weitere intelligente Leben im Universum. Die Lage ist also die: Teile ich Ihnen meine Auffassung mit, ist die Entscheidung mir zugleich aus der Hand genommen. Dann beschließt die Mehrheit, und soweit ich sehe, gibt es gegen diesen Beschluß keine legale Handhabe.«

Er machte eine Pause, um seine Worte wirken zu lassen. Einige der Anwesenden sahen sich mit zusammengezogenen Brauen an. Kent sagte: »Warten Sie nur ab. In seiner Ichbezogenheit ist dieser Mann nicht leicht zu übertreffen.«

Seit Sitzungsbeginn war dies seine erste feindselige Bemerkung. Grosvenor bedachte ihn mit einem raschen Blick, wandte sich dann ab und fuhr fort: »Es ist mein unangenehmes Los, meine Herren, darauf hinzuweisen, daß unter solchen Umständen die Frage nicht länger wissenschaftlicher Natur ist, sondern politische Bedeutung annimmt. Ich muß deshalb darauf bestehen, daß meine Lösung akzeptiert wird. Unter der Besatzung muß nachdrücklich für die Perspektive geworben werden, die der Geschäftsführende Direktor und alle Abteilungsleiter sich rückhaltslos zu eigen machen, daß die Space Beagle *fünf zusätzliche irdische Jahre im Raum verbringt, auch wenn wir am besten so verfahren, als wären es fünf siderische Jahre. Ich werde Ihnen meine Deutung der Gegebenheiten darlegen, aber jeder Abteilungschef muß sich darauf einstellen, unwiderruflich seinen Ruf und seinen guten Namen dafür in die Waagschale zu werfen. Die drohende Gefahr ist so umfassend, daß jeder kleinliche Zank, auf den wir unsere Zeit verschwenden, eine Schande wäre.«*

Kurz und bündig umriß er, worin die Gefahr bestand. Ohne abzuwarten, wie die Anwesenden reagierten, skizzierte er anschließend, wie man ihr entgegentreten konnte.

»Wir müssen Planeten mit umfangreichen Eisenvorkommen ausfindig machen und die Produktionskapazität unseres Schiffes auf die Massenfertigung nuklearer, rasch zerfallender Torpedos konzentrieren. Ein Jahr lang werden wir wahrscheinlich allein diese Galaxie durchqueren und solche Geschosse nach dem Zufallsprinzip in großer Zahl aussenden müssen. Sobald die Intelligenz sich in diesem Raumsektor praktisch nicht mehr halten kann, verlassen wir die Galaxie und bieten ihr Gelegenheit, uns zu folgen, in der Hoffnung, wir würden ihr den Weg zu einer neuen Nahrungsquelle weisen. Die

meiste Zeit werden wir anschließend darauf verwenden müssen, dafür zu sorgen, daß sie nicht auf unsere Milchstraße aufmerksam wird.«

Er hielt inne, schloß dann ruhig: »Nun, meine Herren, jetzt wissen Sie Bescheid. An Ihren Gesichtern kann ich ablesen, daß Sie absolut geteilter Meinung sind und daß uns eine unerquickliche Kontroverse bevorsteht.«

*

Zunächst herrschte Schweigen. Dann murmelte jemand: »Fünf Jahre.«

Es klang fast wie ein Seufzer — und wirkte wie ein Stichwort. Überall begannen Männer, sich unruhig in ihren Sesseln zu regen.

»Irdische Jahre«, warf Grosvenor schnell ein.

Darauf mußte er Nachdruck legen. Absichtlich hatte er eine Zeitrechnung gewählt, die die Verweildauer länger erscheinen ließ, so daß sie bei der Übertragung in Sternjahre kürzer wirkte. Mit ihrer hundertminütigen Stunde, ihrem zwanzigstündigen Tag und ihrem Dreihundertsechzig-Tage-Jahr war die Sternzeit nichts als ein psychologischer Kunstgriff. Wer sich einmal an den längeren Tag gewöhnt hatte, vergaß rasch, wieviel Zeit entsprechend der früheren Einteilung verstrich.

Grosvenor erwartete deshalb auch jetzt, daß derjenige Erleichterung empfinden würde, dem aufging, daß der zusätzliche Aufenthalt sich nur auf annähernd drei Sternjahre belief.

Kent wollte wissen: »Weitere Stellungnahmen?«

Von Grossen sagte bekümmert: »Ich vermag Mr. Grosvenors Analyse beim besten Willen nicht zu akzeptieren. Im Hinblick auf seine bisherigen Verdienste habe ich eine hohe Meinung von ihm. Aber er verlangt von uns, in gutem Glauben etwas zu akzeptieren, das wir zweifelsohne nachvollziehen könnten, wenn er triftige Beweise hätte. Daß nur jemand, der in nexialistischen Methoden unterwiesen ist, komplexe interdisziplinäre Erscheinungen zutreffend zu beurteilen vermag, würde eine Integrationsleistung voraussetzen, die ich dem Nexialismus absprechen muß.«

»Bestreiten Sie nicht einigermaßen voreilig etwas, mit dem Sie sich noch nie wirklich auseinandergesetzt haben?« versetzte Grosvenor knapp.

Von Grossen hob die Schultern. »Mag sein.«

»Mir stellt das Bild sich so dar«, warf Zeller ein, »daß wir jahrelange Mühe aufwenden würden, aber nur höchst indirekte und wenig schlüssige Anhaltspunkte dafür hätten, daß der Plan tatsächlich funktioniert.«

Grosvenor zauderte. Er begriff, daß ihm keine andere Wahl blieb, als sich in einer Weise zu äußern, die ihm Abneigung eintragen mußte. Aber zuviel stand auf dem Spiel. Auf Gefühle konnte er keine Rücksicht nehmen. Er gab zur Antwort: »Ich werde wissen, wann wir Erfolg haben, und wenn einige unter Ihnen sich herabließen, in der Nexialistischen Abteilung die entsprechenden Methoden zu erlernen, wüßten sie es auch.«

Smith kommentierte grimmig: »Etwas spricht für Mr. Grosvenor. Er erbietet sich stets, uns zu demonstrieren, wie wir ihm ebenbürtig werden können.«

»Noch irgendwelche Meinungsäußerungen?« fragte Kent mit deutlichem Triumph in der Stimme.

Mehrere Wissenschaftler schienen etwas sagen zu wollen, schwiegen dann doch. Kent fuhr fort: »Um keine Zeit zu verschwenden, schlage ich vor, daß wir durch Abstimmung feststellen, wie die Mehrheit über Mr. Grosvenors Vorschlag denkt. An einer solchen Einschätzung dürfte uns allen gelegen sein.«

Langsamen Schrittes trat er vor. Seine Züge konnte Grosvenor nicht erkennen, doch seine Haltung drückte Selbstgefälligkeit aus. »Wer für Mr. Grosvenors Plan ist«, schloß er, »inbegriffen ein zusätzlicher fünfjähriger Aufenthalt im Raum, hebt bitte die Hand.«

Keine einzige Hand rührte sich.

Irgend jemand erhob Beschwerde. »Etwas mehr Zeit zum Durchdenken des Problems braucht man doch wohl.«

»Wir versuchen lediglich, die Meinung zum gegenwärtigen Zeitpunkt zu ermitteln«, gab Kent zur Antwort. »Zu wissen, wie die verantwortlichen Gelehrten an Bord denken, ist wichtig für uns alle.«

Er brach ab und rief: »Ich bitte alle diejenigen, die definitiv dagegen sind, um ihr Handzeichen.«

Mit drei Ausnahmen hoben sich sämtliche Hände. Ein blitzschneller Blick verriet Grosvenor die Identität der drei, die Enthaltung geübt hatten. Es handelte sich um Korita, McCann und von Grossen.

Im letzten Moment gewahrte er, daß Captain Leeth, der unmittelbar neben Kent stand, sich gleichfalls der Stimme enthalten hatte.

Unverzüglich appellierte Grosvenor an ihn: »Captain Leeth, dies ist zweifelsfrei ein Augenblick, in dem Ihr verbrieftes Recht gilt, den Befehl über das Schiff zu übernehmen. Die Gefahr liegt klar zutage.«

»Mr. Grosvenor«, erwiderte der Kommandant langsam, »das träfe nur dann zu, wenn wir es mit einem sichtbaren Gegner zu tun hätten. Im vorliegenden Fall muß ich mich auf den Rat der Experten verlassen.«

»Es gibt nur einen Experten an Bord«, parierte Grosvenor kalt. »Die übrigen sind Amateure, die an der Oberfläche herumstümpern.«

Bei der Bemerkung fuhren die meisten Anwesenden zornig auf. Drei oder vier versuchten, sich *gleichzeitig Luft zu machen, verstummten zornig wieder, als sie die Vergeblichkeit einsahen.*

Es war Captain Leeth, der endlich in gemessenem Tonfall erklärte: »Mr. Grosvenor, ich kann Ihre unbegründete Behauptung nicht akzeptieren.«

Ironisch sagte Kent: »Nun, meine Herren, wenigstens wissen wir jetzt, was Mr. Grosvenor von uns hält.«

Er selbst schien sich durch die Beleidigung nicht getroffen zu fühlen. Stattdessen gab er sich sarkastisch und zugleich gutgelaunt. Daß er als Geschäftsführender Direktor für einen manierlichen und höflichen Umgang miteinander zu sorgen hatte, schien er vergessen zu haben.

Meader, Leiter der Unterabteilung Botanik, erinnerte ihn ärgerlich: »Mr. Kent, ich verstehe nicht, wie Sie eine so unverschämte Bemerkung dulden können.«

»Ganz recht«, bestärkte Grosvenor ihn mokant. »Sagen Sie ihm die Meinung. Die Menschheit schwebt in Gefahr, aber die Würde muß gewahrt bleiben.«

Erstmals meldete McCann sich mit offenkundigem Unbehagen zu Wort. »Korita, angenommen, es gäbe ein Lebewesen von der Art, wie Grosvenor es beschrieben hat — wo hätte es bei einem zyklischen Geschichtsverlauf seinen Platz?«

Der Archäologe schüttelte bekümmert den Kopf. »Darüber läßt sich kaum etwas sagen. Man müßte eine primitive Lebensform unterstellen.« Er blickte im Auditorium umher. »Was mir weit mehr zu schaffen macht, ist der Umstand, daß die zyklische Geschichtstheorie derart perfekt auf meine Freunde paßt. Freude über die Niederlage eines Mannes, dessen Leistungen uns allen ein gewisses Unbehagen bereitet haben. Die plötzlich durchbrechende Egomanie dieses Mannes.« Bedauernd sah er in die

Höhe zu Grosvenors Abbild. »Mr. Grosvenor, ich bin zutiefst enttäuscht über die Äußerungen, zu denen Sie sich haben hinreißen lassen.«

»Mr. Korita«, gab Grosvenor sachlich zur Antwort, »wenn ich einen anderen Weg eingeschlagen hätte, wäre es Ihnen und den übrigen ehrenwerten Kollegen, von denen ich viele persönlich schätze, nicht einmal vergönnt gewesen, überhaupt zu hören, was ich bisher geäußert habe und was ich noch zu sagen habe.«

»Ich vertraue darauf«, antwortete Korita, »daß die Mitglieder dieser Expedition tun werden, was nötig ist — ohne Rücksicht auf persönliche Opfer.«

»Es fällt mir schwer, das zu glauben«, erwiderte Grosvenor.

»Offenkundig hat der Umstand viele unter ihnen beeinflußt, daß mein Vorschlag weitere fünf Jahre Aufenthalt im Raum einschließt. Ich weiß wohl, daß das eine harte Notwendigkeit ist. Ich versichere Ihnen aber, daß es keine andere Möglichkeit gibt.«

Schroff setzte er hinzu: »Ich habe mit diesem Resultat gerechnet und mich darauf vorbereitet.« Er wandte sich an die gesamte Gruppe der Anwesenden. »Meine Herren, Sie zwingen mich zu einer Handlungsweise, die ich, und das bitte ich Sie, mir abzunehmen, mehr bedauere, als ich je auszudrükken vermöchte. Hiermit stelle ich Ihnen ein Ultimatum.«

»Ultimatum!« stieß Kent überrascht hervor, unvermittelt bleich.

Grosvenor beachtete ihn nicht. »Sollte meine Forderung bis morgen vormittag 10 Uhr nicht akzeptiert worden sein, bemächtige ich mich des Schiffs. Jeder an Bord wird danach tun, was ich ihm befehle, ob er will oder nicht. Natürlich rechne ich damit, daß Sie Ihr Wissen poolen und versuchen werden, mich an der Durchführung meiner Absicht zu hin-

dern. Ihr Widerstand wird trotzdem zwecklos sein.«

Der ausbrechende Aufruhr dauerte immer noch an, als Grosvenor die Verbindung zur Kommandobrücke unterbrach.

*

Eine Stunde mochte seit der Sitzung vergangen sein, als Grosvenor einen Anruf von McCann empfing.

»Ich würde gern hochkommen«, sagte der Geologe.

Grosvenor erwiderte gutgelaunt: »Kommen Sie nur.«

McCanns Miene wirkte skeptisch. »Ich nehme an, Sie haben den Gang mit Fallen und Fußangeln gespickt.«

»Tj-a-a-a, ich schätze, so könnte man es nennen«, bestätigte Grosvenor. »Ihnen wird aber nichts geschehen.«

»Angenommen, ich käme in der Absicht, Sie zu ermorden?«

»In meinen Räumen«, entgegnete Grosvenor mit einer Zuversicht, die, wie er hoffte, alle Lauscher gebührend beeindrucken würde, »könnten Sie mich nicht einmal mit einer Keule erschlagen.«

McCann machte einen unschlüssigen Eindruck. Endlich sagte er: »Ich bin gleich da.« Er schaltete ab.

Weit entfernt konnte er nicht gewesen sein, denn weniger als eine Minute war vergangen, als die Sensoren im Gang sein Nahen meldeten. Gleich darauf tauchten seine Schultern und sein Kopf auf einem Bildschirm auf, und ein Relais schnappte ein. Da es zu einem Prozeß gehörte, der automatisch ablief, schaltete Grosvenor es mit der Hand aus.

Wenige Sekunden später trat McCann durch die offene Tür ein. Auf der Schwelle hielt er inne, kam dann kopfschüttelnd näher.

»Etwas unwohl war mir doch zumute. Trotz Ihrer Versicherung hatte ich das Gefühl, daß eine ganze Waffenbatterie auf mich zielte.« Forschend blickte er Grosvenor an. »Oder ist das Ganze eine Finte?«

»Mir ist selbst etwas unwohl, Don«, erwiderte Grosvenor langsam. »Sie haben meinen Glauben an Ihre Rechtschaffenheit erschüttert. Ich hätte nicht angenommen, daß Sie mit einer Bombe zu mir kämen.«

McCann starrte ihn verständnislos an. »Aber das stimmt nicht! Wenn Ihre Instrumente etwas derartiges anzeigen ...« Er hielt inne. Hastig entledigte er sich seines Laborkittels. Er begann, seine Taschen zu durchsuchen. Plötzlich stockten seine Bewegungen. Sein Gesicht war fahl, als er einen fünf Zentimeter langen grauen Gegenstand, dünn wie eine Oblate, zutageförderte. »Was ist das?« stieß er hervor.

»Eine stabilisierte Plutioniumlegierung.«

»Nuklear?«

»Nicht radioaktiv, jedenfalls nicht in diesem Zustand. Aber ein Richtstrahl aus einem Hochfrequenzsender könnte sie in radioaktives Gas auflösen. Wir würden beide Strahlungsverbrennungen davontragen.«

»Grove, ich versichere Ihnen, davon habe ich nichts gewußt.«

»Haben Sie jemandem gesagt, daß Sie zu mir wollten?«

»Natürlich. Dieser Teil des Schiffes ist völlig abgeriegelt.«

»Mit anderen Worten, Sie mußten Erlaubnis einholen?«

»Ja. Von Kent.«

Grosvenor zögerte, sagte dann: »Denken Sie bitte genau nach. Hatten Sie zeitweise, während Sie mit Kent redeten, das Gefühl, daß es in der Kabine heiß war?«

»A-aber ja. Jetzt fällt es mir wieder ein. Ich fand die Luft zum Ersticken.«

»Wie lange hat das gedauert?«

»Eine, vielleicht zwei Sekunden.«

»Hmmm, das heißt, daß Sie wahrscheinlich zehn Minuten bewußtlos waren.«

»Bewußtlos?« McCanns Miene verdüsterte sich. »Das ist doch ein starkes Stück. Dann hat dieser Kerl mich betäubt.«

»Ich könnte wahrscheinlich sogar die Dosis feststellen«, erklärte Grosvenor sachlich. »Eine Blutuntersuchung würde genügen.«

»Das wäre mir durchaus recht. Damit wäre bewiesen ...«

Grosvenor schüttelte den Kopf. »Damit wäre nur bewiesen, was Ihnen widerfahren ist, nicht aber, wie weit Sie sich freiwillig darauf eingelassen haben. Weitaus überzeugender erscheint mir der Umstand, daß niemand bei klarem Verstand zusehen würde, wie Pua-72 in seiner Gegenwart aufgelöst wird. Das nämlich versucht man seit über einer Minute — ohne Erfolg, weil meine Abschirmung den Sender abblockt.«

McCann war kreidebleich. »Grove, ich bin fertig mit diesem Halsabschneider. Ich gebe zu, ich war mit mir selbst im unreinen und habe mich darauf eingelassen, über mein Gespräch mit Ihnen zu berichten — aber ich war entschlossen, Sie vorher zu warnen.«

Grosvenor lächelte. »Schon gut, Don. Ich glaube Ihnen. Setzen Sie sich doch.«

»Was wird hiermit?« McCann hielt die flache ›Bombe‹ hoch.

Grosvenor nahm sie ihm ab und verstaute sie in der kleinen Bleikammer, die ihm zur Aufbewahrung radioaktiven Materials diente. Er kehrte zurück, ließ sich nieder und meinte: »Ich nehme an, daß in Kür-

ze ein Angriff erfolgen wird. Was Kent sich geleistet hat, kann er nur rechtfertigen, wenn er sich bemüht, uns noch rechtzeitig zu retten, damit unsere radioaktiven Verbrennungen ärztlich behandelt werden können.«

Er schloß: »Wir können den Fortgang der Dinge auf dem Bildschirm verfolgen.«

*

Elektronische Sensoren vom Typ des elektrischen Auges meldeten die Attacke als erste. Auf einer Instrumententafel an der Wand blitzten Lichter auf, und ein Summton erklang.

Auf der Mattscheibe über den Instrumenten tauchten die Umrisse der Angreifer auf. Ein Dutzend Männer in Raumanzügen bogen um eine Ecke und näherten sich auf dem Gang. Grosvenor erkannte von Grossen und zwei seiner Mitarbeiter aus der physikalischen Abteilung, vier Chemiker, von denen zwei zur Unterabteilung Biochemie gehörten, drei Funkmeßexperten, die Gourlay unterstellt waren, und zwei Waffenoffiziere. Drei Soldaten, die einen mobilen Vibrator, ein transportables Hitzegeschütz und einen ungefügen Gasbombenwerfer bemannten, bildeten die Nachhut.

McCann regte sich unruhig. »Hat die Abteilung noch einen zweiten Zugang?«

Grosvenor nickte. »Er ist gesichert.«

»Und oben und unten?« McCann wies auf Fußboden und Decke.

»Über uns liegt ein Lagerraum, unter der Abteilung ein Filmvorführungssaal. Auch dort habe ich vorgesorgt.«

Sie verfielen in Schweigen. Als die Gruppe im Gang innehielt, bemerkte McCann: »Daß von Grossen sich dazu hergegeben hat, überrascht mich. Ich dachte, er bewundert Sie.«

»Daß ich ihn als Amateur bezeichnet habe, hat ihn tief gekränkt«, sagte Grosvenor. »Er möchte sich selbst überzeugen, wozu ich in der Lage bin.«

Die Angreifer im Gang schienen sich zu beraten. Grosvenor fragte: »Was hat Sie eigentlich hergebracht?«

McCanns Blick haftete auf dem Bildschirm. »Ich wollte Sie wissen lassen, daß Sie nicht völlig allein stehen. Mehrere Kollegen haben mich gebeten, Ihnen das auszurichten.« Besorgt brach er ab. »Wir wollen jetzt nicht reden, solange der Angriff vorgetragen wird.«

»Der Zeitpunkt ist ebenso gut wie irgendein anderer.«

McCann schien ihn nicht zu hören. »Ich kann mir nicht vorstellen, wie Sie sie aufhalten wollen«, murmelte er. »Sie können Ihre Wände ohne weiteres niederbrennen.«

Grosvenor reagierte nicht, und McCann wandte sich ihm zu. »Ich muß Ihnen offen gestehen«, sagte er, »daß ich mich in einem Zwiespalt fühle. In der Sache haben Sie recht. Aber Ihre Methode halte ich für verwerflich.« Er schien nicht zu merken, daß seine Aufmerksamkeit nicht länger der Mattscheibe galt.

»Es gäbe nur eine Alternative«, entgegnete Grosvenor, »nämlich gegen Kent zu kandidieren. Da er selbst nicht gewählt worden ist und nur als Geschäftsführender Direktor amtiert, könnte ich wahrscheinlich eine Wahl binnen Monatsfrist durchsetzen.«

»Warum tun Sie es nicht?«

»Weil«, gab Grosvenor mit einem Frösteln zurück. »ich Angst habe. Die Lebensform dort draußen ist praktisch dem Verhungern nahe. Jeden Augenblick kann sie in ihrer Verzweiflung den Versuch unternehmen, eine andere Galaxie zu erreichen,

und es läßt sich überhaupt nicht ausschließen, daß sie sich für unsere entscheidet. Wir können keinen Monat mehr warten.«

»Und doch«, wandte McCann ein, »haben Sie selbst geschätzt, daß es ein ganzes Jahr dauern dürfte, die Intelligenz aus dieser Galaxie zu vertreiben.«

»Haben Sie je versucht, einem Raubtier ein Stück Fleisch zu entreißen?« fragte Grosvenor zurück. »Es verbeißt sich darein, stimmt's? Es würde sogar darum kämpfen. Sobald dieses Lebewesen erkennt, daß wir es zu verjagen suchen, wird es sich darauf versteifen, hierzubleiben.«

»Das leuchtet mir ein«, erwiderte McCann und nickte. »Außerdem dürfte Ihre Chance, eine Wahl zu gewinnen, ohnehin gleich Null sein.«

Grosvenor schüttelte nachdrücklich den Kopf. »Ich würde gewinnen. Sie mögen mir auf meine bloße Behauptung hin nicht glauben. Tatsächlich aber lassen Menschen, denen der Sinn überwiegend nach Vergnügen, Berauschung oder Erfolg steht, sich leicht beeinflussen. Ich habe die Methoden nicht erfunden, die ich anwenden würde. Sie existieren seit Jahrhunderten. Aber sämtliche Versuche im Verlauf der Geschichte, den Vorgang systematisch zu ergründen, sind nicht bis zum Kern vorgestoßen. Bis vor kurzem waren die Zusammenhänge zwischen Physiologie und Psychologie eine reichlich hypothetische Angelegenheit. Erst nexialistisches Training hat praktisch brauchbare Resultate erzielt.«

McCann schwieg, musterte ihn. Endlich forschte er: »Welche Zukunft steht dem Menschen Ihres Erachtens bevor? Rechnen Sie damit, daß wir alle Nexialisten werden?«

»An Bord eines solchen Schiffes ist das zwingend notwendig. Für die Gattung als ganzes wäre es im-

mer noch unpraktisch. Auf lange Sicht allerdings führt kein Weg daran vorbei, daß jeder einzelne das lernt, was er durchaus zu lernen vermag. Weshalb sollte er unter dem Firmament seines Planeten stehen und aufschauen mit dem einfältigen Blick des Aberglaubens und der Unwissenheit? Weshalb sollte er existenzielle Entscheidungen nach Maßstäben treffen, die ihm jemand vorgegaukelt hat? Die untergegangenen Zivilisationen der irdischen Vergangenheit liefern Beispiele, was dem Menschen widerfährt, wenn er auf Situationen blindlings reagiert oder sich von autoritären Lehren abhängig macht.«

Er hob die Schultern. »Für den Augenblick ist ein weniger hochgestecktes Ziel realistisch. Wir müssen die Menschen zur Skepsis erziehen. Der geistige Vorfahr des Wissenschaftlers ist der gewitzte, wenngleich ungebildete Bauer, der stets nach Beweisen verlangt. Auf jeder Abstraktionsebene ersetzt der Skeptiker seinen Mangel an spezifischem Wissen wenigstens teilweise durch die Einstellung: ›Ich bin offen für Argumente, aber bloße Worte überzeugen mich nicht. Ich verlange Beweise.‹«

»Den Nexialisten schwebt also vor«, wollte McCann grübelnd wissen, »das zyklische Ablaufschema der Geschichte zu durchbrechen? Ist das Ihr Ziel?«

Grosvenor ließ sich Zeit mit der Antwort. »Ich gebe zu, daß mich erst Korita auf die Bedeutung dieses Problems gestoßen hat. Er hat mich sehr beeindruckt. Sicherlich müßte die Theorie gründlich überarbeitet werden. Begriffe wie ›Blut‹ oder ›Rasse‹ beispielsweise entbehren jeder Bedeutung. Aber grundsätzlich scheint das Schema erstaunlich gut auf die Ereignisse zu passen.«

McCann hatte seine Aufmerksamkeit wieder den Angreifern zugewandt. Verwundert bemerkte er: »Sie brauchen anscheinend lange, um sich zu ent-

schließen. Man sollte meinen, sie hätten sich vorher überlegt, wie sie vorgehen wollen.«

Grosvenor sagte nichts. McCann bedachte ihn mit einem scharfen Blick. »Halt!« stieß er erregt hervor. »Hat sich der Angriff etwa schon an Ihrer Abwehr festgebissen?«

Als Grosvenor immer noch keine Antwort gab, sprang McCann auf, trat näher an den Bildschirm heran und starrte aus kurzer Entfernung auf die Szene. Zwei Männer, die auf dem Gangboden knieten, fesselten seine Aufmerksamkeit.

»Aber was tun sie dort?« erkundigte er sich hilflos. »Was hält sie zurück?«

Grosvenor zauderte, erläuterte dann: »Sie geben sich Mühe, nicht durch den Fußboden zu fallen.« Obwohl er versuchte, sich zur Ruhe zu zwingen, bebte seine Stimme vor Erregung.

Niemand hatte eine Ahnung, daß alles, was er unternahm, auch für ihn Neuland war. Über die Kenntnisse hatte er natürlich verfügt. Nun aber hieß es, sie in die Praxis umzusetzen. Nirgends existierte ein direktes Vorbild für die Art, wie er verfuhr. Er hatte Erscheinungen kombiniert, die unter verschiedene Wissenschaften fielen, hatte improvisiert, im Einklang mit seinem Ziel und den Umständen, unter denen er handelte.

Es lief nach Wunsch — wie er erwartet hatte. Sein Wissen, zugleich breit und tiefschürfend, schloß Mißgriffe nahezu aus.

McCann kam zurück und setzte sich wieder. »Wird der Boden tatsächlich einbrechen?«

Grosvenor schüttelte den Kopf. »Sie mißverstehen den Vorgang. Der Boden hat seine Eigenschaften nicht geändert. Sie versinken darin. Falls sie noch weiter vordringen, fallen sie hindurch.« In einer Anwandlung von Fröhlichkeit lachte er auf. »Gourlays Gesicht möchte ich sehen, wenn seine

Mitarbeiter ihm berichten, was ihnen widerfahren ist. Sie haben es mit seiner ureigenen ›Ballon‹-, Teleportations-, Hyperraumidee zu tun, kombiniert mit einem Verfahren aus der Ölgewinnung und zwei biochemischen Prozessen.«

»Verfahren aus der Ölgewinnung?« wiederholte McCann verdutzt, dann sagte er: »Natürlich! Sie meinen die Methode, mit der wir Erdöl abbauen, ohne Bohrungen vorzunehmen. Wir stellen an der Oberfläche einen Zustand her, zu dem alles Öl in der Umgebung hinströmen muß.« Er zog die Brauen zusammen. »Aber — Moment mal! Da existiert doch ein Faktor...«

»Ein Dutzend Faktoren, mein Freund«, unterbrach ihn Grosvenor. »Wir haben es hier mit einer Laborsituation zu tun. In geringem Ausmaß und auf kurze Entfernung funktioniert vieles mit wenig Energieaufwand.«

»Weshalb haben Sie solche Kniffe nicht gegen den Miezekater und das scharlachfarbene Monster angewendet?« wollte McCann wissen.

»Das habe ich Ihnen schon erklärt. Auf diese Situation habe ich mich vorbereitet und manche Stunde Schlaf geopfert, um die Gerätschaften zu installieren. Vor der Auseinandersetzung mit unseren unirdischen Gegnern hatte ich dazu keine Gelegenheit. Glauben Sie mir, hätte ich das Schiff befehligt, keiner dieser Zwischenfälle hätte uns so viele Menschenleben gekostet.«

»Weshalb haben Sie sich nicht damals des Schiffs bemächtigt?«

»Es war zu spät. Mir blieb keine Zeit. Außerdem ist das Schiff gebaut worden, als es noch keine Nexialistische Stiftung gab. Wir mußten froh sein, überhaupt eine Abteilung an Bord unterbringen zu können.«

»Ich kann mir auch nicht denken, wie Sie es mor-

gen anstellen wollen, die Space Beagle *in die Hand zu bekommen«, bemerkte McCann nach kurzem Überlegen. »Dazu müßten Sie Ihr Labor, wie Sie es nennen, verlassen.« Er brach ab und starrte auf den Bildschirm. Atemlos stieß er hervor: »Sie haben Ent-Schwere-Flöße herangeschafft. Damit können sie den Boden schwebend überwinden.«*

Grosvenor ersparte sich eine Antwort. Er hatte es bereits bemerkt.

*

Ent-Schwere-Flöße beruhten auf demselben Prinzip wie der Anti-Akzelerationsantrieb. Die Reaktion, die in einem Körper bei Aufhebung des Trägheitsmoments eintrat, war als molekularer Vorgang erkannt worden, der in der Natur selbst nicht vorkam. Ein Anti-Akzelerationsfeld lenkte Elektronen minimal von ihren Bahnen ab, mit der Folge einer Molekularspannung, die eine geringfügige, aber durchgängige Strukturabweichung hervorrief.

Materie, die sich auf solche Weise verändert hatte, verhielt sich, als wäre sie immun gegen herkömmliche Beschleunigungs- oder Verzögerungswirkungen. Ein Schiff, das Anti-Akzelerationstriebwerke besaß, konnte mitten im Flug auf der Stelle anhalten, auch wenn seine Geschwindigkeit Millionen Sekundenkilometer betrug.

Die Gruppe, die gegen Grosvenors Abteilung vorging, lud ihre Waffen auf, bestieg die langen, schmalen Flöße und regulierte die Feldstärke in gebührender Weise. Unter Zuhilfenahme starker Richtmagnete bewegten sie sich auf den etwa zweihundert Meter entfernten Eingang zu.

Die Flöße legten etwa ein Zehntel der Strecke zurück, ehe sie ihre Bewegung verlangsamten, anhielten und schließlich rückwärtszuschweben begannen. Kurz darauf kamen sie wieder zum Stehen.

Grosvenor, der sich an seiner Instrumententafel

zu schaffen gemacht hatte, kam zurück und ließ sich neben dem ratlosen McCann nieder.

»Was haben Sie unternommen?« wollte der Geologe wissen.

»Sie haben sicherlich verfolgt«, erklärte Grosvenor, »daß die Besatzung der Flöße Magnete auf die Stahlwände gerichtet und sich auf diese Weise voranbewegt hat. Ich habe ein abstoßendes Feld aufgebaut, was an sich nichts Neues ist. Diese Spielart ist allerdings an einen Wärmeaustauschvorgang gekoppelt, der mit der Methode, durch die der Mensch seine Körpertemperatur konstant hält, enger verwandt ist als mit der Wärmephysik. Jetzt werden sie Strahlantrieb benutzen müssen, oder gewöhnliche Schraubenpropeller, oder« — er lachte — »Ruder.«

McCann, dessen Blick nicht vom Bildschirm gewichen war, sagte grimmig: »Die Mühe machen sie sich nicht. Sie setzen den Hitzeprojektor ein. Schließen Sie lieber das Zugangsschott.«

»Warten Sie ab.«

McCann schluckte. »Aber die Hitze dringt bis hierher. Wir werden braten.«

Grosvenor schüttelte den Kopf. »Ich habe Ihnen doch gesagt, daß meine Gegenwehr den Wärmeaustausch nutzt. Wird dem Metall, das uns umgibt, zusätzliche Energie zugeführt, strebt es nach einem neuen Temperaturgleichgewicht auf niedrigerem Niveau. Sehen Sie selbst!«

Der mobile Projektor überzog sich mit Weiß. Es war ein Weiß, bei dessen Anblick McCann eine unterdrückte Verwünschung ausstieß. »Frost«, murmelte er. »Aber wie ...?«

Auf Wänden und Böden bildete sich eine Eisschicht. Die gefrorene Ummantelung des Projektors glitzerte. Ein kalter Luftzug drang durch den Eingang. McCann erschauerte.

»Wärmeaustausch«, murmelte er. »Gleichgewicht auf niedrigerem Niveau.«

Grosvenor stand auf. »Ich denke, es wird Zeit, daß sie das Feld räumen. Schließlich möchte ich nicht, daß ihnen etwas zustößt.«

Er begab sich zu einem Instrument, das an einer Wand des Vortragsraums stand, und ließ sich vor der umfänglichen Tastatur auf einem Sitz nieder. Die Tasten waren schmal und verschiedenfarbig, fünfundzwanzig pro Reihe bei gleichfalls fünfundzwanzig Reihen.

McCann folgte ihm und musterte das Instrument. »Was ist das?« fragte er. »So etwas ist mir noch nie untergekommen.«

Mit einer raschen, gleitenden, fast beiläufigen Bewegung schlug Grosvenor sieben der Tasten an, griff dann nach oben und betätigte eine Hauptschaltung. Ein klarer, dennoch sanfter musikalischer Klang ertönte. Nachdem der Unterton bereits verklungen war, schienen die Obertöne noch sekundenlang nachzuschwingen.

Grosvenor sah auf. »Welche Assoziationen haben Sie empfunden?«

McCann zauderte. Ein eigenartiger Ausdruck lag auf seinen Zügen. »Anfangs sah ich eine Orgel vor mir, die in einer Kirche spielte. Dann wechselte das Bild, und ich fand mich auf einer politischen Versammlung wieder. Der Kandidat ließ schnelle, stimulierende Musik spielen, um jedermann in euphorische Stimmung zu versetzen.« Er brach ab, fügte dann übergangslos hinzu: »So also würden Sie darauf hinarbeiten, eine Wahl zu gewinnen.«

»Das wäre eins meiner Mittel.«

»Menschenskind, über welche Macht Sie verfügen!« entfuhr es McCann.

»Ich werde davon nicht beeinflußt«, gab Grosvenor zurück.

»Sie haben aufgrund Ihrer Schulung bestimmte Reaktionen verinnerlicht. Sie können nicht erwarten, daß die ganze Menschheit Ihnen darin folgt.«

»Jedes Kleinkind internalisiert Verhaltensweisen, wenn es laufen, greifen, sprechen lernt. Warum soll man die Verinnerlichung nicht ausdehnen auf Hypnose, Ernährungsverhalten, überhaupt biochemische Prozesse? Ansätze dazu haben vor Jahrhunderten existiert. Zahlreiche organische und psychische Erkrankungen ließen sich dadurch vermeiden, bis hin zu den existenziellen Katastrophen, die eintreten, weil Menschen ihren Körper und Geist verkennen.«

McCann wandte seine Aufmerksamkeit wieder dem spindelförmigen, auf einen Untersatz montierten Instrument zu. »Woraus besteht es?«

»Aus zahlreichen Kristallen, an die elektrische Stromkreise angeschlossen sind. Wenn ich über die Tastatur ein bestimmtes Klangmuster vorgebe, werden Ultraschallschwingungen ausgestrahlt, die direkt auf das Gehirn einwirken, statt den Umweg über das Ohr zu nehmen. Ich kann darauf ebenso spielen wie ein Musiker auf seinem Instrument und Stimmungen erzeugen, die so nachhaltig wirken, daß niemand, der nicht entsprechend geschult ist, sich ihnen entziehen kann.«

McCann kehrte zu seinem Sitz zurück. Er war bleich. »Mich erschreckt das«, sagte er leise. »Ich betrachte es als unmoralisch. Ich kann mir nicht helfen.«

Grosvenor betrachtete ihn prüfend. Dann wandte er sich erneut den Tasten zu und berührte den Schalter. Diesmal wirkte der Klang süßer, wehmütiger. Er schien zu haften, als pulsierte die Luft weiter, obwohl der Ton verklungen war. »Was haben Sie jetzt empfunden?« wollte Grosvenor wissen.

McCann zögerte wieder, gab dann unbehaglich

zur Antwort: »Ich mußte an meine Mutter denken. Plötzlich bekam ich Sehnsucht nach Hause. Ich wünschte mir...«

Grosvenor runzelte die Stirn. »Das ist zu gefährlich«, meinte er. »Noch etwas intensiver, und die ersten würden sich zusammenrollen wie ungeborene Kinder.« Er überlegte. »Wie wäre es damit?«

Rasch arrangierte er ein neues Muster. Das Instrument reagierte mit einem glockenähnlichen Laut, unterlegt mit sachtem, fernem Klimpern.

»Ich war ein Baby«, sagte McCann, »und es war Schlafenszeit. Himmel, bin ich müde.« Er schien nicht zu bemerken, daß er in die Gegenwartsform verfallen war. Unwillkürlich gähnte er.

Grosvenor zog ein Fach auf und entnahm ihm zwei Kopfhörer. Ein Paar reichte er McCann. »Setzen Sie die lieber auf.«

Er stülpte sich ebenfalls sein Paar über den Kopf, während McCann seinem Beispiel mit offenkundigem Widerstreben folgte. Dabei bemerkte der Geologe bedrückt: »Ich bin wohl einfach nicht zum Machiavellisten geeignet. Wahrscheinlich werden Sie mir erklären, daß von jeher sinnlose Töne dazu gedient haben, Gefühle hervorzurufen und Menschen zu beeinflussen.«

Grosvenor, der dabei war, eine Skala einzustellen, hielt inne. Mit großem Ernst antwortete er: »Ob Menschen einen Vorgang für moralisch oder unmoralisch halten, hängt von den Assoziationen ab, die sie damit gleichzeitig oder rückschauend verbinden. Das soll nicht heißen, daß ethische Grundsätze überhaupt keine Rolle spielen würden. Ich persönlich vertrete die Maxime, daß als ethischer Maßstab das größte Glück der größten Zahl gelten sollte, immer vorausgesetzt, daß jeder Andersdenkende nicht etwa verfolgt oder gar gefoltert und getötet wird. Die Gesellschaft muß erst noch lernen, sich *um den wirklich zu kümmern, der unwissend oder krank ist.«*

Er sprach jetzt eindringlich. »Bitte bedenken Sie, daß ich dieses Instrument bislang nicht eingesetzt habe. Zur Hypnose habe ich nur gegriffen, als Kent meine Räume mit Beschlag belegen wollte — obwohl ich natürlich vorhabe, sie als Mittel anzuwenden. Seit dem Anbruch unserer Reise hätte ich mir unverdächtige Anlässe ausdenken können, um Besatzungsmitglieder zu beeinflussen. Warum habe ich darauf verzichtet? Weil die Nexialistische Stiftung sich selbst auf ethische Grundsätze festgelegt hat, die den Absolventen höchst nachdrücklich eingeprägt werden. Ich könnte mich darüber hinwegsetzen, aber nur unter allergrößten Schwierigkeiten.«

»Verstoßen Sie im Augenblick dagegen?«

»Nein.«

»Dann scheinen diese Grundsätze mir ziemlich flexibel zu sein.«

»Das ist richtig. Wenn ich fest überzeugt bin — wie zum Beispiel jetzt —, daß mein Handeln gerechtfertigt ist, fühle ich mich nervlich oder gefühlsmäßig nicht belastet.«

McCann schwieg. Grosvenor fuhr fort: »Vermutlich erleben Sie mich im Geiste als eine Art Diktator, der sich gewaltsam einer Demokratie bemächtigt. Diese Vorstellung wäre falsch. Ein Expeditionsschiff kann überhaupt nur mit quasi-demokratischen Methoden geleitet werden. Der wesentlichste Unterschied besteht aber darin, daß ich nach Beendigung der Reise zur Rechenschaft gezogen werden kann.«

McCann seufzte. »Wahrscheinlich haben Sie recht«, sagte er. Sein Blick wanderte zu der Mattscheibe. Grosvenor folgte der Blickrichtung und gewahrte, daß die Männer in Raumanzügen voranzukommen versuchten, indem sie sich von den Wänden abstießen. Ihre Hände sanken in das Metall ein, fanden aber doch einen gewissen Halt. Langsam rückten sie vor. McCann wollte wissen: »Was haben Sie jetzt vor?«

»Sie einzuschläfern — und zwar so.« Er betätigte den Schalter. Der Glockenton schien nicht lauter zu erklingen als zuvor. Doch auf dem Gang sanken die Männer vornüber.

Grosvenor stand auf. »Das wird sich alle zehn Minuten wiederholen, und ich habe im ganzen Schiff Resonanzgeräte angebracht, die die Schwingungen aufnehmen und ausstrahlen. Kommen Sie!«

»Wohin wollen Sie?«

»Ich will in das elektrische Hauptschaltsystem des Schiffs einen Stromkreisunterbrecher einbauen.«

Er holte das Teil aus seinem Filmstudio und verließ einen Augenblick später die Abteilung, gefolgt von dem Geologen.

Wohin sie auch gelangten, trafen sie auf schlafende Männer. Zuerst äußerte McCann laut sein Erstaunen, dann verfiel er in Schweigen und wirkte bedrückt. Schließlich sagte er: »Es läßt sich schwer fassen, daß Menschen im Grunde so hilflos sind.«

Grosvenor schüttelte den Kopf. »Es ist noch schlimmer, als Sie glauben.«

Sie waren im Maschinenraum angelangt, und Grosvenor schwang sich auf den untersten Rang der elektrischen Schaltkonsole. Das Teil einzubauen, nahm kaum zehn Minuten in Anspruch. Schweigend kehrte er zu McCann zurück und erläuterte auch anschließend nicht, was der Sinn des Unternehmens war oder was er vorhatte.

»Erwähnen Sie nichts davon«, sagte er nur. »Würde der Unterbrecher entdeckt, müßte ich einen anderen einbauen.«

»Wollen Sie die Leute jetzt wecken?«

»Ja, sowie wir in meiner Abteilung sind. Aber vorher hätte ich gern, daß Sie mir helfen, von Grossen

und die übrigen zu ihren Schlafkammern zu schaffen. Er soll sich über sich selbst ärgern.«

»Denken Sie, er oder jemand sonst könnte klein beigeben?«

»Nein.«

Seine Einschätzung erwies sich als richtig. Und so drückte er um 10.00 Uhr am folgenden Tag einen Schalter herunter, der die Hauptstromversorgung des Schiffs über den Unterbrecher umleitete, den er installiert hatte.

Überall im Schiff begann die ständig brennende Beleuchtung kaum merklich zu flackern, in einer nexialistischen Abwandlung des hypnotischen Lichtmusters der Riim. Augenblicklich wurde jeder an Bord, ohne es zu wissen, in tiefe Trance versetzt.

Grosvenor begann auf dem spindelförmigen Instrument Gefühlsregungen zu erzeugen. Er konzentrierte sich auf Mut und Aufopferung, auf die Pflicht gegenüber der Menschheit angesichts immenser Gefahr. Er entwickelte sogar ein vielschichtiges Muster, welches das Empfinden fördern würde, die Zeit verstriche doppelt, dreifach rascher als gewöhnlich.

Nachdem er soweit gediehen war, schaltete er die Rundrufanlage der Space Beagle *ein und erteilte genaue Anweisungen. Nach deren Durchgabe schärfte er der Besatzung ein, daß sie künftig augenblicklich auf ein Schlüsselwort reagieren würde, ohne jemals zu wissen, wie das Wort lautete, oder sich später, nachdem es gefallen war, noch daran zu erinnern.*

Anschließend befahl er den Männern, alles, was sie unter Hypnose gehört hatten, vollständig zu vergessen.

Er begab sich in den Maschinenraum und entfernte den Stromkreisunterbrecher. Dann kehrte er in seine Abteilung zurück, weckte alle und rief Kent an.

Er erklärte: »Ich ziehe mein Ultimatum zurück. Ich bin bereit, die Waffen zu strecken. Mir ist klargeworden, daß ich mich den Wünschen der übrigen Expeditionsmitglieder nicht entgegenstellen kann. Ich bitte um Anberaumung einer neuen Sitzung, an der ich persönlich teilnehmen werde. Natürlich werde ich abermals darauf dringen, daß wir gegen die fremde Intelligenz dieser Galaxie mit allen Mitteln zu Felde ziehen.«

Er war nicht überrascht, als sämtliche Abteilungsleiter erstaunlich einmütig ihre Haltung änderten, das vorliegende Beweismaterial übereinstimmend als schlüssig und die Gefahr als akut einschätzten.

Der Geschäftsführende Direktor Kent wurde beauftragt, dem Gegner unbarmherzig und ohne Rücksicht auf die Bequemlichkeit der Expeditionsteilnehmer zuzusetzen.

Grosvenor, der die Persönlichkeitsstrukturen der einzelnen nicht angetastet hatte, registrierte mit grimmigem Vergnügen, daß Kent nur höchst widerstrebend die Notwendigkeit des Vorgehens einräumte.

Die Schlacht zwischen den Menschen und der fremden Lebensform stand unmittelbar vor ihrem Anbruch.)

*

Die Anabis existierte in immensem, raumfüllendem, formlosem Zustand, ausgebreitet im gesamten Bereich der zweiten Galaxie. Sie krümmte sich ein wenig, schwach, in den Milliarden Bestandteilen ihres Körpers, wich in automatischem Reflex zurück vor der vernichtenden Wut zwei Milliarden lodernder Sonnen. Doch sie preßte sich eng gegen die Myriaden Planeten, wand sich in fiebrigem, unstillbarem Hunger um die Quadrillionen erregender Punkte, an denen sterbende Geschöpfe sie mit Lebenskraft versorgten.

Es reichte nicht. Durch die zahllosen fragilen Zellen ihres gigantischen Gefüges sickerte das furchtbare Wissen um ihren bevorstehenden Hungertod bis in die fernsten Bereiche des geschwächten Riesenkörpers.

Nicht genug Nahrung, pulsierte die trostlose Botschaft fort und fort durch die unmeßbaren Elemente, nicht genug, nicht genug — zu immens war ihr Umfang. Sie hatte einen verhängnisvollen Fehler begangen, als sie in den frühen Tagen ihrer Existenz derart unbekümmert gewachsen war.

Zu jener Zeit hatte die Zukunft grenzenlos angemutet, der galaktische Raum endlos, in dem sie immer größere Ausmaße annehmen konnte. Und sie hatte sich ausgedehnt, mit dem hemmungslosen, überschäumenden Entzücken eines Organismus von niederer Herkunft, der sich seines grandiosen Geschicks bewußt geworden war.

Denn die Anabis *war* niederen Ursprungs. In ihren in Dunkel gehüllten Anfängen war sie als Gas aus einem nebelverhangenen Sumpf gesickert. Geruchlos, geschmacklos, farblos — und doch entstand irgendwie, irgendwann eine dynamische Synthese. Entstand Leben.

Zuerst war die Anabis nichts als eine unsichtbare Nebelschwade. Ungestüm schoß sie über die schwülen, schlammigen Gewässer, die sie gezeugt hatten, sich windend, tauchend, mit wachsendem Bewußtsein, wachsender Gier danach trachtend, zugegen zu sein, wenn etwas — gleich, was — umkam.

Denn der Tod anderer bedeutete ihr Leben.

Nichts hätte ihr das Wissen bedeutet, daß der Prozeß, der sie überleben ließ, einer der verwickeltsten war, den die organische Chemie jemals ersonnen hatte. Sie empfand nur maßlose Lust, wenn sie auf zwei Insekten herabstoßen konnte, die einander in furchtbarem Zweikampf umsummten, wenn sie sie einhüllen und, zitternd in jedem ihrer gasförmigen Atome, darauf warten konnte, daß die Lebenskraft des Unterlegenen erregend gegen ihre eigenen substanzlosen Elemente sprühte.

Dann kam eine zeitlose Epoche, in der ihr Leben nur aus jener ziellosen Suche nach Nahrung bestand und ihre Welt aus einem kleinen Sumpf, eine dunstige, gleichförmige Umwelt, in der sie ihre zufriedene, idyllische, fast vernunftlose Existenz verbrachte.

Aber selbst in dieser Welt gedämpften Sonnenlichts wuchs sie unmerklich, brauchte mehr Nahrung, mehr, als die blindlings erfolgende Suche nach sterbenden Insekten ihr einbrachte.

Und so wurde sie verschlagen, eignete sich ein begrenztes kleines Wissen an, das dem feuchten Sumpf entsprach. Sie lernte, welche Insekten Beute machten, und welche zur Beute wurden. Sie lernte, zu welcher Zeit jede Gattung jagte, und wo die winzigen, flugunfähigen Ungeheuer lauerten; die geflügelten ließen sich weniger leicht verfolgen. Sie lernte, ihre substanzlose Gestalt einzusetzen wie einen Luftzug, der arglose Opfer ihrem Schicksal zutrieb.

Sie fand genug Nahrung, dann mehr als genug. Sie wuchs, und wieder hungerte sie.

Aus Überlebensnotwendigkeit wurde sie gewahr, daß eine Welt jenseits des Sumpfes existierte. Und als sie sich eines Tages weiter wagte als je zuvor, stieß sie auf zwei riesige gepanzerte Bestien, ineinander verbissen auf dem blutigen Höhepunkt ihres Kampfes auf Leben und Tod. Die anhaltende Erregung, während die Lebenskraft des unterlegenen Untiers sie durchströmte, der gewaltige Schwall Energie verschafften ihr eine Ekstase, wie sie sie noch nie empfunden hatte.

Binnen einer kurzen Stunde, während der Sieger den zuckenden Unterlegenen verschlang, wuchs die Anabis auf das zehntausendmal Zehntausendfache.

Im Laufe einer einzigen Tag- und Nachtperiode war die dampfende Dschungelwelt umhüllt. Die Anabis flutete über jeden Ozean, jeden Kontinent, dehnte sich aus bis zu der Höhe, in der die ewigen Wolken dem ungedämpften Sonnenlicht wichen.

Explosives Ergebnis! Später, in der Phase ihrer Intelligenz, vermochte sie zu ergründen, was sich zutrug. Die ultraviolette Strahlung der Sonne setzte die erforderliche Reaktion ihrer Elemente in Gang, lieferte Substanz, lieferte Masse. Im Morast, weit unterhalb der oberen Schichten jener wasserdampfgesättigten Atmosphäre, war nur eine minimale Menge der notwendigen Kurzwellen angelangt.

Die dynamische Ausdehnung, die nun einsetzte, hielt Äonen an. Am zweiten Tag erreichte die Anabis den nächsten Planeten. Bis zur Grenze der Galaxie breitete sie sich innerhalb meßbarer Zeit aus, langte instinktiv nach der leuchtenden Materie anderer Sternennebel und mußte kapitulieren vor Entfernungen, die ihrer tastenden, fragilen Materie keinen Ansatzpunkt boten.

(Sie saugte Wissen auf, während sie Nahrung absorbierte. Anfangs glaubte sie, ihre Gedanken wären ihre eigenen. Allmählich verstand sie, daß die elektrischen Nervenimpulse, die sie am Schauplatz eines jeden Todes aufnahm, ihr das Denken und Fühlen beider Beteiligter zutrugen. Eine Zeitlang bestimmte dies die Ebene, auf der sie dachte. Sie eignete sich die animalische Verschlagenheit fleischfressender Jäger an und die Kunstfertigkeit der Gejagten. Doch hie und da, auf verschiedenen Planeten, begegnete ihr ein gänzlich anderer Grad von Intelligenz: denkende Wesen, Vernunft — Zivilisation.)

Sie entdeckte *auf diese Weise,* daß sie, indem sie sich zusammenzog, Löcher im Raum zu bilden vermochte, durch die sie zu entfernten Punkten gelangte. Sie lernte, Materie dergestalt zu transportieren. Weil urzeitliche Welten ihr mehr Lebenskraft lieferten, begann sie, Planeten in dampfende Dschungel zu verwandeln. Sie beförderte riesige Stücke anderer Dschungelwelten durch den

Hyperraum. Sie lenkte kalte Planeten näher an ihre Sonnen heran.

Und immer noch reichte es nicht.

Die Tage ihrer Kraft schienen zu verfliegen. Wo immer sie sich nährte, wuchs sie zugleich. Sie erlangte enorme Intelligenz und erreichte nie ein Gleichgewicht. Mit wachsendem Entsetzen erkannte sie, daß sie in absehbarer Zeit zum Untergang verurteilt war.

Die Ankunft des Schiffs weckte Hoffnung. Indem sie sich in einer Richtung bis zum äußersten streckte, würde sie dem Schiff zu seinem Ursprungsort folgen. Ihr wirklicher Überlebenskampf würde dann erst beginnen — Sprünge von Galaxie zu Galaxie, Ausbreitung immer weiter in die ungeheuere Nacht. Die einzige Hoffnung bestand darin, stets neue Planeten in Dschungelwelten zu verwandeln und in einen Raum vorzudringen, der nirgends endete …

*

Finsternis machte den Männern nichts aus. Die *Space Beagle* duckte sich auf eine endlose Ebene aus zerklüftetem Metall. Aus jeder Bordluke fiel Licht. Blendende Scheinwerfer gossen zusätzliche Lohe über Reihen von Maschinen, die riesige Löcher in die harte Welt aus Eisen rissen.

Anfangs wurde ein einziger Fertigungsautomat mit Eisenerz beschickt, der instabile Torpedos, einen in jeder Minute, produzierte und unverzüglich in den Raum schleuderte. Das war der Auftakt.

Um Mitternacht setzte die Produktion der Fertigungsautomaten ein. Zusätzliche robotisierte Zubringer versorgten sie mit Roheisen. Bald warfen hundert, dann tausend Aggregate die schlanken, dunklen Torpedos aus. In immer größerer Zahl stiegen sie auf in die umgebende Nacht, verstreuten ihre radioaktive Ladung in alle Richtungen. Dreißigtausend Jahre lang würden diese Geschosse ihre zerstörende Strahlung verbreiten. Sie waren so konstruiert, daß sie im Schwerefeld der Galaxie verblieben, aber nie auf einen Planeten oder in eine Sonne fielen.

Als die rötliche Dämmerung langsam den Horizont erhellte, teilte Chefingenieur Pennons über die Rundrufanlage mit:

»Wir produzieren jetzt neuntausend Stück pro Sekunde. Ich denke, wir können die übrige Arbeit ruhig den Maschinen überlasen. Die Fertigungsstätte ist gegen Störungen energetisch abgeschirmt. Noch eine Reihe weiterer derartiger Welten, und unser massiger Freund wird in seinen lebenswichtigen Teilen ein leeres Gefühl verspüren. Wir sollten uns auf den Weg machen.«

Die Zeit kam, Monate später, als sie beschlossen, den Spiralnebel NCG-50347 anzusteuern. Gunlie Lester erklärte, welche Bewandtnis es mit der Wahl hatte.

»Diese Galaxie«, erläuterte er ruhig, »ist neunhundert *Millionen* Lichtjahre entfernt. Sollte die gasförmige Intelligenz uns folgen, wird sie sich in einer Nacht verlieren, die fast buchstäblich nirgends endet.«

Er nahm Platz, und Grosvenor ergriff das Wort.

»Ich bin überzeugt«, begann er, »wir sind uns alle klar darüber, daß wir diesen fernen Sternennebel nicht wirklich anfliegen. Um dort anzulangen, würden wir Jahrhunderte brauchen, vielleicht Jahrtausende. Wir wollen diese feindselige Lebensform so weit hinauslocken, daß sie an Hunger zugrundegeht. Ob sie uns folgt, werden wir am Murmeln ihrer Gedanken merken. Und wenn das Murmeln verstummt, werden wir wissen, daß sie tot ist.«

Genauso geschah es.

*

(Zeit war verstrichen. Elliott Grosvenor betrat den Vortragsraum seiner Abteilung und sah, daß seine Zuhörerschaft weiter angewachsen war. Alle Plätze waren besetzt, und weitere Stühle hatte man aus angrenzenden Räumen herbeigeholt. Er begann seine Abendvorlesung.

»Die Fragen, mit denen der Nexialismus sich auseinandersetzt, sind Ganzheitsprobleme. Der Mensch hat Leben und Materie unterteilt nach Wissen und Sein. Auch wenn er manchmal Begriffe verwendet, die bezeugen, daß er sich jener Ganzheit seiner Welt bewußt ist, verfährt er doch so, als zerfiele das einheitliche, sich wandelnde Universum in zahlreiche getrennt funktionierende Teile. Die Methoden, die wir heute abend besprechen wollen ...«

Er hielt inne. Sein Blick war über seine Zuhörer gewandert und auf einer vertrauten Gestalt im Hintergrund haften geblieben. Nach einem Augenblick des Zögerns sprach Grosvenor weiter.

»... werden demonstrieren, wie diese Kluft zwischen Wirklichkeit und menschlichem Verhalten überbrückt werden kann.«

Er begann mit seinen Erläuterungen. Im rückwärtigen Teil des Raumes machte Gregory Kent sich seine ersten Notizen über die Verfahrenstechniken des Nexialismus.

Und an Bord sein winziges Teil menschlicher Zivilisation, raste das Expeditionsschiff Space Beagle *mit stetig sich steigernder Geschwindigkeit durch eine Nacht, die nirgends endete.*

Und nirgends begann.)

KOMMENTAR ZU ›SCHWARZER VERHEERER‹

(1981)

KOMMENTAR ZU ›SCHWARZER VERHEERER‹
Originaltitel: ON ›BLACK DESTROYER‹

Ungekürzte deutsche Übersetzung von Rainer Eisfeld

Wir leben in einer Welt flüchtigen Ruhms vieler Leute. Ruhm bedeutet, daß andere Menschen sich unseres Namens entsinnen. Denkt man an den einzelnen, der verfolgt, wie andere Popularität gewinnen, so muß man einkalkulieren, wie viele Namen sein Gehirn speichern und sich später in Erinnerung rufen kann. Gäbe es nicht diese vielen einzelnen, die achtgeben und zurückdenken, würden die potentiellen Berühmtheiten vergeblich ihr Talent zur Schau stellen. Meine eigene Schätzung: Zu einem beliebigen Zeitpunkt mögen es an die zehn Millionen oder mehr sein, die die Bestsellerautoren kennen und wenigstens einiges von dem, was sie geschrieben haben.

Mittels eines Verfahrens, das nur mir bekannt ist, veranschlage ich weiter, daß seit den 30er Jahren mindestens drei Millionen Menschen den Namen John W. Campbell, Jr. gekannt haben. Zu dieser Zeit begann er abzustechen gegen die hellen Köpfe in seiner Nachbarschaft, die hellen Studenten, die dasselbe College besuchten, und die hellen Jungs in New York, die ihm zunickten, wenn er den Fahrstuhl zu der Büroetage bestieg, auf deren Tür damals Street & Smith stand und später Condé Nast — die Verleger von *Astounding,* das in der Folge *Analog* hieß.

Als einer unter den drei Millionen, denen JWC Jr.s Name sich eingeprägt hat, wundere ich mich immer noch, wie wenig ich über ihn selbst weiß. Ich meine mich vage zu erinnern, daß sein Vater eine technische Ausbildung erhalten hatte; noch verschwommener, daß er an einer Universität lehrte. Campbell Jr.s Mutter wurde meines Wissens nie erwähnt.

Die Geschichte hat der Nachwelt die Namen einer Handvoll Personen (und gelegentlich ihre wichtigsten Charaktereigenschaften) überliefert, weil sie mit berühmten Persönlichkeiten verwandt oder befreundet waren. So wissen wir beispielsweise, daß Jonathan Swift eine Schwester, Jane, hatte, die den Fehler beging, einen Lederhändler zu heiraten. Ihr Mann starb, ehe er finanzielle Vorkehrungen für die Zukunft seiner Witwe treffen konnte. Sie blieb der Fürsorge ihres berühmten Bruders überlassen, der die Ehe von Anfang an abgelehnt hatte. Jahrhunderte später können wir derart auf die Lebensumstände dieser im übrigen unbekannten Frau zurückblikken.

Campbell selbst war zweimal verheiratet. Seine erste Frau trug den (schottischen) Namen Dona Stuart. JWC Jr. gewann daraus ein Pseudonym, indem er »Dona« zweiteilte. Als Don A. Stuart schrieb er diejenigen unter seinen Erzählungen, die der Science Fiction neue Wege wiesen.

Ich hatte mit Dona selbst zwei-, möglicherweise dreimal indirekt zu tun. Anfang der 40er Jahre schickte ich *Astounding* eine Kurzgeschichte, in der ich ausschließlich jene 800 Wörter verwendet hatte, die zum »Basic English« gerechnet werden. Campbell lehnte sie ab und wies mir auf drei Schreibmaschinenseiten im Detail nach, wie der Inhalt unter der vereinfachten Sprache litt.

Für mich war es ein weniger wichtiges Experiment. Deshalb warf ich nach der Lektüre von Campbells Kritik das Geschichtchen samt Durchschlag in den Papierkorb. Einen Monat später traf ein Brief ein. Er enthielt die Bitte, das Manuskript zurückzuschicken, weil Dona es lesen wollte. Dem Wortlaut ließ sich entnehmen, daß Campbell jetzt doch mit dem Gedanken spielte, die Erzählung zu veröffentlichen.

Das war der erste indirekte Kontakt mit Dona.

Der zweite trug sich zu, als Campbell mich um ein Foto bat. Später berichtete er, Dona habe geäußert: »Er wirkt sehr jung.«

Der dritte Kontakt fiel in die Anfangsmonate des Jahres 1950, als Campbell mir von L. Ron Hubbard und seiner Dianetik zu schreiben begann. Seine Briefe vermittelten den Eindruck, daß JWC Jr. den größten Teil seiner Freizeit bei Hubbard verbrachte, statt zu Hause. Deshalb schrieb ich ihm dem Sinne nach: Obacht! Man verliert eine Frau am raschesten, indem man sie vernachlässigt.

Und genau das passierte; bald darauf ließ Dona sich von ihm scheiden.

Von meinem einzigen Zusammentreffen mit Campbells zweiter Frau habe ich andernorts berichtet. Ich finde es aber bemerkenswert, daß sie die Schwester Dr. Winters war, der zu dem ersten Buch über die Dianetik ein Vorwort verfaßt hat. Bemerkenswert, weil Campbells Beziehung zur Dianetik ihn eine Ehepartnerin gekostet und ihm eine zweite eingetragen hat.

Als JWC Jr. die Herausgeberschaft von *Astounding* übernahm, hörte er auf zu schreiben. Seine »literarische« Karriere endete praktisch, als er Ende Zwanzig war. Dennoch blieb er für mich immer eine literarische Figur innerhalb der sogenannten Subkultur der Science Fiction.

Eine seiner allerletzten Erzählungen, die bemerkenswerte Fabel »Wer da?«, veranlaßte mich nicht nur, die Lektüre von Science Fiction wieder aufzunehmen. Sie gab mir — weil sie von einem Geschöpf handelte, das seine Gestalt verändern konnte — zugleich die Idee ein für eine eigene Geschichte.

Ich schrieb einen Brief im Umfang eines einzigen Absatzes an den Herausgeber von *Astounding,* in dem ich meinen Einfall skizzierte. Hätte er nicht geantwortet, wäre damit, wie ich in anderen autobiographischen Skizzen schon erwähnt habe, meine Laufbahn als Science Fiction-Autor wahrscheinlich beendet gewesen. Später fand ich heraus, daß er jede Zuschrift eines potentiellen Autors beantwortete. Ich konnte gar nicht scheitern.

In seiner Erwiderung legte JWC Jr. mir nahe, auf »Atmosphäre« zu achten. Weil ich mittlerweile einiges über Schreibtechniken wußte, verstand ich, was er meinte. Deshalb lautet der erste Absatz meiner ersten Erzählung für *Astounding:*

»Das Wesen kroch. Es wimmerte in Furcht und

Schmerz, ein dünner, jammervoller Laut, schrecklich anzuhören. Gestaltloses, formloses Geschöpf, das doch Gestalt und Form mit jeder ruckhaften Bewegung veränderte.«

Wie Campbell mit dieser ersten Geschichte — Titel: »Das Gewölbe des Ungeheuers« — verfuhr, scheint mir heute einen Schlüssel zu liefern für den psychologischen Wandel von Campbell, dem Autor, zu Campbell, dem Herausgeber.

Gestaltveränderung war keine neue Science Fiction-Idee. Eine frühe Veröffentlichung in *Amazing* hatte geschildert, wie Invasoren vom Mars, die geschlagen im Meer zappelten, sich in Menschengestalt verwandelten und um Gnade flehten, die ihnen nicht gewährt wurde.

Spielte der Einfall dort nur eine Nebenrolle, so war das in Campbells späterer Erzählung anders. Folglich stellte mein »Gewölbe« ihn vor ein Problem. Konnte er eine Geschichte bringen, der ebenfalls der Gedanke der Gestaltveränderung zugrundelag — »sein« Konzept, auch wenn ansonsten keine Ähnlichkeit zwischen den beiden Erzählungen bestand?

Campbell zögerte die Veröffentlichung des »Gewölbes« eine Weile hinaus. Ich denke mir heute, daß sich während dieser Zeit bei ihm der Umschwung vom Autor zum Herausgeber vollzog, der sich bewußt entschied, seine Ideen nicht in der Absicht eigener künftiger Verwendung zurückzuhalten.

Jedenfalls war die zweite Geschichte, die ich für ihn schrieb, »Schwarzer Verheerer«, die erste, die er abdruckte. Sie entstand nur wenige Jahre nach meiner Lektüre von Oswald Spenglers *Untergang des Abendlandes* — eines Werks, das mich fasziniert hatte, weil es erschöpfend und überwältigend das (für mich neue) Konzept eines zyklischen Geschichtsverlaufs entwickelte.

Der Archäologe und der Nexialist an Bord der *Space Beagle* benutzen dieses Wissen gemeinsam, um eine Reihe fremder Geschöpfe zutreffend einzuordnen und dadurch zu überwinden, auf die das gewaltige Raumschiff bei seiner Reise zu einer anderen Galaxie trifft. Bei Coeurl, dem »schwarzen Verheerer«, handelt es sich um den ersten Kontakt der Expedition mit einer derartigen Lebensform.

Mit der Annahme des »Schwarzen Verheerers« durch Campbell verband sich noch ein weiterer persönlicher Aspekt. Als ich die Geschichte schrieb, war ich verlobt mit Edna Mayne Hull. Und weil unsere Familie im Begriff stand, aus dem Haus auszuziehen, das wir bewohnten, versah ich den Umschlag mit ihrem Absender, als ich Campbell das Manuskript schickte.

Und so betrat an einem Januartag 1939 zu einer unmenschlichen Zeit (um 9 Uhr morgens) meine Mutter mein Zimmer, um mir mitzuteilen, »meine Edna« wäre am Telefon. Ich raffte mich auf, stolperte, noch völlig benommen, weil ich aus tiefem Schlaf hochgefahren war, fiel hin und krabbelte durchs Eßzimmer zum Telefon. Immer noch auf den Knien, griff ich nach dem Hörer. Worauf ich erfuhr, daß von Campbell ein Brief und ein Scheck eingetroffen waren.

Das Honorar belief sich auf einen Cent pro Wort für 12 500 Worte. Dieser Betrag, meine geringen Ersparnisse und der winzige Verdienst aus Artikeln für acht Wirtschaftszeitungen ermöglichten Edna Mayne und mir, am 9. Mai 1939 zu heiraten.

Zugleich begann damit eine — meine — Science Fiction-Karriere, die, mit einigen Atempausen, bis heute andauert. Der Vergegenwärtigung, wieviel Zeit seitdem verstrichen ist, mag der Hinweis dienen, daß Edna Mayne im Januar 1975 starb und ich im Oktober 1979 wieder geheiratet habe.

NACHWORT

von

RAINER EISFELD

I

Die verwitwete Schwester, die ihm den Haushalt führte, nannte ihn »Signor«. Er gab sich unnahbar und herrisch, kaschierte damit Kränklichkeit und Sensibilität bis zur Überempfindlichkeit. Begriffe wie »streng«, »unerbittlich«, »hart«, »illusionslos« durchzogen seine Schriften. Wegen eines angeborenen Herzfehlers wurde er für kriegsuntauglich erklärt; dafür hoffte er 1917 von seinem Hauptwerk, es möge »neben den militärischen Leistungen Deutschlands nicht ganz unwürdig dastehen«. Kurze Zeit später prophezeite er, »zu einem Goethe« würden die Deutschen »es nicht wieder bringen, aber zu einem Cäsar«. Ein Jahrzehnt zuvor hatte er selbst Pläne für Novellen und Dramen entworfen, die sämtlich unausgeführt blieben.

Seine politischen Schriften hießen *Preußentum und Sozialismus, Neubau des Deutschen Reiches, Jahre der Entscheidung*. Er haßte die, in seinen Worten, »schmutzige Revolution« von 1918 und die aus ihr hervorgegangene Republik von Weimar, die er mit Hohn überhäufte. Sein Staats- und Gesellschaftsideal war straff autoritär — »Jeder hat seinen Platz. Es wird befohlen und gehorcht« — mit dem Ziel außenpolitischer Machtentfaltung: »Für jedes der lebenden Völker geht es um Größe oder Vernichtung ... Das Würfelspiel um die Weltherrschaft hat erst begonnen. Es wird zwischen starken Menschen zu Ende gespielt werden. Sollten nicht auch Deutsche darunter sein?«

Er schrieb und sprach ständig von »Rasse«, aber er war kein Antisemit. »Das Barbarentum ist das, was ich starke Rasse nenne, das Ewig-Kriegerische ... Rasse, die man *hat,* nicht eine Rasse, zu der man *gehört.* Das eine ist Ethos, das andere — Zoologie« (1933). Der italienische Faschismus, der deutsche Nationalsozialismus galten ihm als unzureichende »Übergangserscheinungen«. Sie entfalteten zuviel »Rausch« und »Lärm«. Bestand vor der Geschichte haben würde, einmal mehr, nichts als der »kriegerische Geist«. Er starb, knapp 56jährig, an einer Herzschwäche.

Die Rede ist von Oswald Spengler (1880—1936), dem Verfasser jener zweibändigen *Umrisse einer Morphologie der Weltgeschichte,* die in ihrer endgültigen Form 1922/23 erschienen, mit einem pointierten Titel, der wie ein »Trompetenstoß« (Hermann Lübbe) wirken sollte und bis heute so gewirkt hat: *Der Untergang des Abendlandes.* 1926/28 wurden beide Bände in New York und London unter einem Titel veröffentlicht, dem der Biß weitgehend genommen war: *The Decline of the West, Der Niedergang des Okzidents.* 1932 folgte eine einbändige, ebenso betitelte Ausgabe. Auf diese dürfte A. E. van Vogt sich beziehen, wenn er in seinem zuvor abgedruckten Kommentar zu »Schwarzer Verheerer« schreibt, das »überwältigende« Werk habe ihn »fasziniert«. Kritische Geister wie der liberale deutsche Philosoph Ernst Troeltsch urteilten weit skeptischer: Hier werde in suggestiver Manier Intuition ausgespielt gegen Exaktheit und Akribie, werde der Leser »mit einem Schneewirbel von Analogien« eingedeckt, die er »auf Treu und Glauben« hinnehmen müsse. Blende beim ersten Lesen noch eine Reihe bedeutender Gedanken, so falle bei erneuter Lektüre umso mehr ins Auge, daß »fast alle kritische Sicherung der Tatsachen und das Bedürfnis danach« fehle. Spenglers »Dilettantismus« gehe »mitunter an die Grenze des groben Unfugs«.

II

In der ersten und der dritten Episode des vorstehenden Romans, hat James Blish über seinen Schriftstellerkollegen van Vogt gespöttelt, hielten die Figuren einander langatmige Vorlesungen aus dem *Untergang des Abendlandes,* während derweil der »schwarze Verheerer«, Coeurl, und der »Mißton in Scharlach«, Ixtl, ihnen näher und näher auf den Hals rückten.

Selbst wenn man einbezieht, daß laut van Vogt die *Space Beagle* vorwiegend von Wissenschaftlern bemannt ist, mutet es in der Tat merkwürdig an, daß Korita, der japanische Archäologe des Schiffs, in ferner Zukunft vor der Attacke auf Coeurl eine Ansprache hält, in der er sich in Gestalt von Analogieschlüssen nacheinander auf Rom, Ägypten, China und Indien zwischen der Mitte des zweiten vor- und dem Ende des ersten nachchristlichen Jahrtausends bezieht. Schon vorher, zur Charakterisierung der zerfallenen Metropole, die auf dem »Katzenplaneten« entdeckt wird, greift Korita zurück auf eine ganze Kette von Daten und Ereignissen aus derselben Periode — die Unterwerfung Ägyptens durch die Hyksos, die Periode der kämpfenden Reiche in China, die Schlachten bei Chäronea und Actium, schließlich bei Tours und Poitiers.

In einem vor über zwei Jahrzehnten veröffentlichten Aufsatz hat Richard Mullen gezeigt, daß es sich bei Koritas Ausführungen teils um wörtliche Zitate, teils um enge Anlehnungen an Passagen aus dem 2. Band, betitelt *Welthistorische Perspektiven,* des Spenglerschen Hauptwerks handelt.* Mullen hat freilich auch nachgewiesen,

---

* Entsprechend habe ich bei der Übertragung der entsprechenden Textstellen auf Spengler zurückgegriffen. Den interessierten Leser verweise ich auf die bei C. H. Beck, München, in aufeinanderfolgenden Auflagen ab 1922 erschienene Ausgabe des 2. Bandes (S. 48, 108, 127, 130/31).

daß van Vogt diese Zitate jedenfalls teilweise aus dem Argumentationszusammenhang herausgerissen hat und daß ihm — nicht Spengler — ein grober Schnitzer unterlaufen ist: die Schlacht bei Tours und Poitiers 732 n. Chr. hat keineswegs zum »Ende der mohammedanischen Zivilisation« geführt, sondern lediglich zur Beschränkung der mehrhundertjährigen moslemischen Herrschaft in Westeuropa auf Spanien.

Diesen Umgang mit Zitaten, ebenso wie die Art ihrer Zuordnung innerhalb der Handlung, wertet Mullen als Beleg für die gänzliche Kommerzialisierung der Science Fiction, für ihre Tendenz, »differenzierte Argumente herunterzuziehen auf die Ebene physischer Auseinandersetzung«. Folgerichtig weigert er sich, van Vogts Ausspruch zu akzeptieren, wie er im Schlußsatz seines Archäologen zum Ausdruck kommt, es sei »das Wissen um die Geschichte« gewesen, das Cœurl bezwungen habe. Mullen: Gesiegt habe statt dessen »die typisch amerikanische Baller-Taktik«.

Im Zuge der Abschwächung von Koritas Rolle gegenüber derjenigen Grosvenors hat van Vogt in der Romanfassung auch die angeführten Zitate erheblich gekürzt. Mullen irrt jedoch, wenn er daraus den Schluß zieht, wohl gebe Korita im Fortgang der überarbeiteten Romanhandlung gelegentlich noch in Spenglers Begriffen Auskunft. Von Spenglerschem Gedankengut könne jedoch keine Rede mehr sein, woran sich zeige, daß die ursprünglichen Bezugnahmen auf Spenglers Kulturzyklenlehre nur aufgesetzt gewesen seien. Sie könnten weggelassen werden, ohne den Roman in seiner Substanz zu verändern.

In der (1950 entstandenen) Episode »Nervenkrieg« dienen Koritas Auskünfte der Orientierung Grosvenors über die »innerste Notwendigkeit« (ich benutze hier und im folgenden, in Anführungsstriche gesetzt, Spenglers Formulierungen) der Konflikte, wie sie sich, ausgelöst durch die Machenschaften des Chefchemikers Gregory

Kent, an Bord der *Space Beagle* als *Teil der von der Erde ausgegangenen Milchstraßenzivilisation* abspielen. Grosvenor wird belehrt, daß in der zivilisatorischen Spät-, der »Winter«-Phase jeder Kultur mit der Auflösung gegliederter Gesellschaften zu »formlosen«, »anorganischen« Massen der Aufstieg einzelner Persönlichkeiten vom »Cäsarentypus« einhergeht. Sie betreiben despotische Gewalt- als private Beutepolitik. Ungewollt bahnen sie den Weg zur »spätesten« Zivilisation — der gesellschaftlichen Erstarrung nämlich im »versteinerten«, »endgültigen Fellachensystem« der Kasten, das (so Spengler in seinen *Welthistorischen Perspektiven*) »nun unverändert durch alle Jahrhunderte fortbesteht«. Der Titel »Nervenkrieg« ist vor diesem Hintergrund offenkundig doppelsinnig gemeint. Bezieht er sich zum einen auf Grosvenors Bemühen, die Gefahr des Kontaktversuchs der Riim von dem Schiff abzuwenden, so zum anderen auf die beginnende, für diesmal unterbrochene Auseinandersetzung innerhalb der menschlichen Besatzung selbst.

Weitgehend analog angelegt zu der Episode »Schwarzer Verheerer« ist die Erzählung »Mißton in Scharlach«. Korita skizziert die unterschiedlichen Entwicklungsstadien bäuerlich-ländlichen »Geistes« und großstädtischer »Intelligenz«, um eine alternative Einstufung Ixtls zu ermöglichen. Auch in der Romanfassung der Geschichte geht es, wie im Fall Coeurls, darum, im Einklang mit einer bestimmten, der zyklischen Geschichtsdeutung die Handlungen des fremden Lebewesens, so Korita, »dem Grundsatz nach vorherzusagen«. Zum Glück für die Mannschaft der *Space Beagle* erweist sich, daß die scharlachrote Monstrosität dem »bäuerlichen« Typus zugeordnet werden muß. Diese Einsicht ermöglicht es der Besatzung, Konsequenzen zu ziehen, die in Ixtls Niederlage münden — wobei es keine Rolle spielt, ob die Konsequenzen von Korita (wie in der ursprünglichen Version) oder, aufbauend auf Koritas Überlegungen, von Grosvenor (wie in der Romanfassung) formuliert werden.

Die letzte Episode des Romans schließlich, »M 33 im Sternbild Andromeda«, knüpft wieder dort an, wo der Kommunikationsversuch der Riim mit seinen fatalen Folgen in »Nervenkrieg« den Machinationen Kents ein vorläufiges Ende bereitet hatte. Sowohl aus Koritas unausbleiblicher Analyse, diesmal beschränkt auf einige knappe Bemerkungen, wie auch aus dem Handlungsverlauf selbst wird deutlich, daß die Hypothesen der zyklischen Theorie über den Verlauf der Geschichte nun auch die menschliche Besatzung der *Space Beagle* endgültig eingeholt haben: In dem Augenblick, in dem Kent das Amt des Geschäftsführenden Direktors übernimmt, sind Gewaltpolitik, Cäsarismus als »die Regierungsart, welche trotz aller staatsrechtlichen Formulierung in ihrem inneren Wesen gänzlich formlos ist« (Spengler), an Bord des Schiffes Wirklichkeit geworden. Wie weit Grosvenors »Lösung« der aufbrechenden Konflikte in genau dieselbe cäsaristische Richtung zielt, wird abschließend im übernächsten Abschnitt zu erörtern sein.

Klar scheint jedenfalls, daß — anders als Richard Mullen meint — van Vogts Roman so angelegt ist, daß Spenglers Geschichtsdeutung durchaus Relevanz für die Gesamtkonzeption besitzt. Derartiges geleistet zu haben, will Mullen seinerseits nur James Blish für seine *Cities in Flight*-Tetralogie zubilligen. Dem Zyklus, der aus den Romanen *They Shall Have Stars (Brücke zur Ewigkeit), A Life for the Stars (Ein Leben für die Sterne), Earthman Come Home (Stadt zwischen den Planeten)* und *The Triumph of Time,* auch *A Clash of Cymbals (Triumph der Zeit)* besteht, bescheinigt Mullen, er liefere trotz aller inneren Heterogenität die Umrisse der »Lebensgeschichte« einer Kultur im Spenglerschen Sinne.* Harsche Kritik übt er freilich an einer Idee, die Blish und van Vogt ge-

---

* Auf Englisch ist die Tetralogie 1970 in einem Band als Avon Book erschienen, mit den Teilen des Aufsatzes von Richard Mullen als Nachwort, die sich auf *Cities in Flight* beziehen.

meinsam ist und die Mullen zu Recht als »absurd« bezeichnet: die Vorstellung, »Kulturmorphologen« könnten durch vergleichende Vorhersagen Handlungsanweisungen von der Art liefern, wie Korita dies in *Voyage of the Space Beagle* vorführt.

Tendenz und Probleme der Spenglerschen Thesen zum Geschichtsablauf sind bislang immer wieder angeklungen, ohne im Zusammenhang dargestellt zu werden. Beide zumindest knapp zu umreißen, ist Aufgabe des nachfolgenden Abschnitts.

III

»Hier war noch einmal eine Tat wie die des Kopernikus zu vollbringen«, schreibt Oswald Spengler über seine eigene Leistung im 2. Kapitel des 1. Bandes *(Gestalt und Wirklichkeit)* seines »Untergangsbuchs«. Als Inhalt dieser »kopernikanischen Wende« benennt er, schon in der Einleitung, die Befreiung von einer doppelten Standortgebundenheit — erstens der des Eurozentrismus mit ihrer Bevorzugung des westlichen Europa zu Lasten anderer Kulturen; zweitens jener der schematischen Gliederung der Weltgeschichte in Altertum/Mittelalter/Neuzeit mit ihrem »einfältigen geradlinigen Verlauf«.

Der erste dieser Durchbrüche wird bis heute gewürdigt. »Was Spengler hier vollzieht, ist nichts Geringeres als die Abkehr vom Monismus«, der Lehre von einem Grundprinzip oder Grundtatbestand, »und der Durchbruch zum Pluralismus ..., der konsequente Schritt ins 20. Jahrhundert« (Gert Müller). Spengler führt Ägypten, Babylon, Indien, China, Mexiko (Altamerika), Arabien und Rußland als eigenständige Kulturen neben der antiken und der abendländischen ein — »Einzelwelten des Werdens, die im Gesamtbild der Geschichte ebenso schwer wiegen, die an Großartigkeit der seelischen Konzeption, an Gewalt des Aufstiegs die Antike vielfach übertreffen.«

Wäre es Spengler ausschließlich oder vorrangig um diese Grandiosität der Vielfalt menschlicher Entfaltungsformen, um die Dekuvrierung europäischer Selbstüberschätzung zu tun gewesen, er hätte ein ganz anderes Buch geschrieben als *Untergang des Abendlandes.* Spengler wollte jedoch den »Versuch wagen«, Geschichte — und zwar die westeuropäisch-amerikanische Geschichte — »vorauszubestimmen«, indem er sich gerade nicht einem Begriff der Neuzeit fügte, den er wegen seiner unterstellten »Endgültigkeit« als ebenso »dürftig« wie »sinnlos« einschätzte. Damit stand er vor einem methodischen Problem, hatte er doch für jede Kultur eine eigene »Seele«, ein individuelles »Weltgefühl« postuliert, weitgehend unzugänglich für jeden Angehörigen einer anderen Kultur. Diese Einstufung mußte die Möglichkeit, Erkenntnisse aus der Geschichte zur Klärung der eigenen Epochenlage zu gewinnen, gravierend reduzieren.

Spengler rettete sich durch eine weitere Annahme. Er unterstellte zusätzlich »einen vollständigen Parallelismus des Verlaufs« (Troeltsch) zwischen den einzelnen Kulturen. Für jede Kultur unterstellte er, *analog zur Pflanze,* eine Entwicklung vom »Leben« zum »Tode«:

> Ist die ganze Fülle innerer Möglichkeiten vollendet und nach außen hin verwirklicht, so erstarrt die Kultur, sie stirbt ab, ihr Blut gerinnt, ihre Kräfte brechen — sie wird zur Zivilisation ... Dies ist der Sinn aller *Untergänge* in der Geschichte — der inneren und äußeren Vollendung, des Fertigseins, das jeder lebendigen Kultur bevorsteht, von denen der in seinen Umrissen deutlichste als »Untergang der Antike« vor uns steht, während wir die frühesten Anzeichen des eignen ..., der den ersten Jahrhunderten des nächsten Jahrtausends angehört, den »Untergang des Abendlandes«, heute schon deutlich in und um uns spüren (SPENGLER I, S. 142/43).

Jede Kultur durchläuft demnach eine Abfolge von Lebensaltern — Frühling (»Intuition«), Sommer (»reifende

Bewußtheit«), Herbst (»Intelligenz, Zunahme geistiger Gestaltungskraft«), Winter (»Zivilisation, Erlöschen seelischer Gestaltungskraft«). Diese »Jahreszeiten«, jede in ihrer Kultur, sind *relativ* gleichzeitig in dem Sinne, daß ihnen in der jeweils entsprechenden »Lage« eine entsprechend gleiche »Bedeutung« zukommt.

Den kulturellen Jahresringen ordnet Spengler politische Epochen zu. Um dies am Beispiel der Wende von der »Kultur« zur »Zivilisation« zu veranschaulichen: Die Spätzeit der Kultur geht für ihn einher mit dem Sieg der Stadt über das Land, des Bürgertums über den Adel, der Intelligenz über die Tradition, des Geldes über die Politik (»Plutokratie«, von Spengler verkürzend, aber dem zeitgenössischen Vorurteil der autoritären deutschen Rechten entsprechend gleichgesetzt mit Demokratie).

Der Biologismus, dessen Spengler sich bedient, ist in doppelter Hinsicht problematisch.

Erstens entscheidet Spenglers Griff zur Wachstumszyklen-Analogie über den Determinismus, die Vorwegbestimmtheit allen Geschehens, in seinem Ansatz. Die Geschichte einer jeden Kultur beschränkt sich auf die »Entfaltung konstant bleibender Anlagen«. Die Frage, ob sie sich nicht in ihren grundlegenden Strukturen — in ihrer »Konstituion« — wandeln kann (mit der Konsequenz, daß sie sich behauptet, anstatt zugrundezugehen), gerät überhaupt nicht in den Blick. Spengler bleibt befangen »in der Phantasie von der ›ewigen Wiederkehr‹ des Gleichen« (Gert Müller).

Zweitens gehörte vor und nach dem Ersten Weltkrieg die eifersüchtig-enge Abgrenzung deutscher »Kultur« und deutscher »Seele« von westlicher »Zivilisation« zum Standardrepertoire konservativer Publizistik in Deutschland. Schon im Kaiserreich hatte diese Ideologie deutscher »Besonderheit« gegenüber dem Westen weite Resonanz gefunden. Deutschlands Niederlage im Ersten Weltkrieg und die Ablösung des autoritären Obrigkeitsstaates durch die parlamentarische Republik wurden weithin gewertet als Versuch, Deutschland eben jene »undeutsche« Zivilisation aufzuzwingen, gegen den es Widerstand zu leisten gelte. Daß Spengler jegliche Kultur (mit ihrer »immanenten Staatsidee«, ihrem »einheitlichen Weltgefühl« — alles vertraute Begriffe für das zeitgenössische deutsche Selbstverständnis) unausweichlich münden ließ in eine Zivilisation, die er mit negativen Zügen ausstattete (Künstlichkeit, Vermassung, »geistiges Greisentum«), trug bei zur verbreiteten Haltung der Geringschätzung, wenn nicht sogar verächtlicher Ablehnung der politisch-sozialen Gegenwart.

Seine eigentliche politische Brisanz gewann dieser Ansatz jedoch dort, wo Spengler in Analaogie zum »typischen« Endzustand des späten Rom die »unumgängliche« Herausbildung eines Cäsarismus prognostizierte, der Gewaltpolitik — Despotismus nach innen, Expansion nach außen — auf seine Fahnen schreiben würde. Unumgänglich — und *deshalb zu bejahen:* Daß man »dies wollen muß oder gar nichts«, daß »diese Energie und Disziplin metallharter Naturen, dieser Kampf mit den kältesten, abstraktesten Mitteln« etwas »Großartiges« sei, wurde Spengler nicht müde zu betonen.

Erst vor diesem Hintergrund werden Spenglers eingangs zitierte abfällige Urteile über den Nationalsozialismus aus dem Jahre 1933 ganz plausibel: Deutschland habe »keine Zeit, (sich) auf innerpolitische Angelegenheiten zu beschränken«, stehe man doch »vielleicht schon dicht vor dem Zweiten Weltkrieg«. Diesen aber »um die Weltherrschaft« zu führen, traute Spengler den »lärmenden« Nazis, traute er Hitler (den er bei der Reichspräsidentenwahl 1932 gewählt hatte — »Hitler ist ein Dummkopf, aber die Bewegung muß man unterstützen«) nicht recht zu. Daß der Nationalsozialismus an der Macht mit der Judenvernichtung bereits jenes »Heraufdringen urmenschlicher Zustände in eine hochzivilisierte Lebenshaltung« bringen könnte, das er im *Untergang des Abendlandes* erst für die Zeit »nach 2200« prophezeit hatte, stand ihm ebensowenig vor Augen. In Spenglers zentralen Thesen, ihrem Anspruch gemäß, »Gehalte einer prognostisch leistungsfähigen Theorie entdecken zu wollen«, bliebe (so Hermann Lübbe) in der Tat vergeblich.

IV

Auch für die Anleihen des Science Fiction-Genres bei Spengler sollte jedoch bedeutsam werden, daß Spengler eben *beanspruchte,* die westeuropäisch-amerikanische Geschichte in den Konturen ihres künftigen Verlaufs vorauszubestimmen — und daß ihm zudem, noch einmal in Lübbes Worten, der »Ton kalter Einsicht in schicksalhafte Unausweichlichkeiten in unvergleichlicher Weise« zur Verfügung stand. Erst recht wirken mußte diese Mischung auf einen Autor wie van Vogt, den pseudowissenschaftliche (historisch-philosophisch-psychologische) Lehrgebäude mehr und mehr zu faszinieren begannen, weil er in ihnen und durch sie eine Möglichkeit erblickte der menschlichen Entfaltung »übermenschlicher« körperlicher und geistiger Fähigkeiten.

Dabei bleibt in van Vogts Werk der Widerspruch regelmäßig ungelöst, daß solche Lehrgebäude (etwa der Nexialismus in *Voyage of the Space Beagle*) im Prinzip zwar angelegt sind auf die Entfaltung *aller* Menschen, tatsächlich aber jeweils *ein einziger* Protagonist sich mit ihrer Hilfe über seine Umgebung erhebt. Die Kluft zwischen Verheißung und Realität könnte kaum größer sein: Für die übergroße Mehrheit der Beteiligten mündet die versprochene Erweiterung ihrer Möglichkeiten de facto in deren kräftige Reduzierung.

Gegenüber der Emanzipation der vielen, ließe sich daraus schließen, bleibt van Vogt fundamental skeptisch. Für sie *wird* gehandelt, wo sie doch, seinen eigenen Prämissen gemäß, lernen müßten, im Sinne des Nexialismus (oder des Non-Aristotelianismus im *Null-A*-Zyklus) selbst zu handeln. In keinem seiner Werke freilich geht van Vogt in dieser Hinsicht so weit wie in dem vorliegenden Roman.

»Die Masken aus dem Zeitalter parlamentarischer Zwischenzustände werden rasch fallen«, schrieb Spengler 1933. Im Gespräch mit dem Geologen McCann läßt Grosvenor keinen Zweifel daran, daß er aufgrund der Manipulationstechniken, über die er verfügt, jede Wahl gewinnen würde, wer immer der Gegenkandidat, wie auch die Regeln. Die — im weiteren Sinne — parlamentarischen Wahlen an Bord interstellarer Expeditionsschiffe hätten sich dann in der Tat als Zwischenzustand erwiesen.

»Die kommende Geschichte erhebt sich hoch über innerpolitische Ideale«, fügte Spengler hinzu, »in dem Kampf, der um alles oder nichts geht.« Gemeint ist der außenpolitische Kampf; und daß es beim Aufeinandertreffen mit der Anabis um alles oder nichts geht — um das Überleben nicht nur der Raumschiffbesatzung, sondern auch der Menschheit in ihrer Milchstraße —, suggeriert van Vogt dem Leser. Damit ist für Grosvenor der Augenblick gekommen, das »innerpolitische Ideal« kraft eigener Entscheidung, ohne sich »nervlich oder gefühlsmäßig belastet« zu fühlen, ad acta zu legen.

»Cäsarismus«, schrieb (um es zu wiederholen) Spengler in *Der Untergang des Abendlandes,* »nenne ich die Regierungsart, welche trotz aller staatsrechtlichen Formulierung in ihrem inneren Wesen gänzlich formlos ist.« Und weiter:

> Alle Institutionen, sie mögen noch so peinlich aufrecht erhalten werden, sind von nun an ohne Sinn und Gewicht. Bedeutung hat nur die ganz persönliche Gewalt, welche der Cäsar durch seine Fähigkeiten ausübt (SPENGLER II, S. 537/38).

Ohne Sinn und Gewicht sind an Bord der *Space Beagle* von nun an die Institutionen des Direktors, des Rats der

Abteilungschefs. Gewalt übt allein Grosvenor durch seine Fähigkeiten aus — eine untergründige Gewalt, die bis in die Psyche der Besatzungsmitglieder reicht.

Zwar sucht van Vogt dem Leser einzureden, nur Gregory Kent stehe als Symbol für die Gewaltpolitik des Cäsarismus. Tatsächlich aber spielt ein »Kampf der starken Menschen« (vergleiche Spenglers eingangs wiedergegebene Formulierung) sich ab, in dem Grosvenor nicht nur über Kent triumphiert, sondern zugleich über die widerspenstige Besatzung sein eigenes Regiment errichtet — in dem er die Macht ergreift. Mit Recht schrieb Gary K. Wolfe in einer Besprechung von *Voyage of the Space Beagle,* damit »enthülle sich das totalitäre Potential der neuen Wissenschaft« (des Nexialismus).

Als der Roman einsetzt, amtiert ein gewählter Direktor der *Space Beagle.* Er wird von radioaktiver Strahlung getroffen und erkrankt. An seine Stelle tritt ein von ihm eingesetzter (auf Vorschlag Grosvenors!), nicht gewählter geschäftsführender Direktor. Als der Roman endet, ist auch er faktisch abgelöst durch einen Usurpator, dessen wirkliche Machtstellung die Besatzung nicht einmal ahnt, weil er die »kältesten, abstraktesten Mittel« (Spengler) eingesetzt hat.

Diese Anlage der Handlung verrät mehr als nur den Zweifel van Vogts, es ließe sich eine demokratische Ordnung vorstellen, die zugleich Leistungsfähigkeit und Stabilität gewährleistet. *Die Expedition der ›Space Beagle‹* ist ein zutiefst Spenglerscher Roman, für den gilt, was man Spenglers Schriften selbst vorgeworfen hat: Sie fördern durch ihren emotionalen Appell an das Leserpublikum jenen Cäsarismus, dessen Unausweichlichkeit sie behaupten.

Folgende Veröffentlichungen liegen diesem Nachwort zugrunde:

Koktanek, Anton M.: »Oswald Spengler in seiner Zeit«, München 1968

Lübbe, Hermann: »Historisch-politische Exaltationen. Spengler wiedergelesen«, in: *Ludz,* Peter Christian (Hrsg.): »Spengler heute«, München 1980, S. 1—24

Müller, Gert: »Oswald Spenglers Bedeutung für die Geschichtswissenschaft«, Zeitschrift für philosophische Forschung, Bd. XVII (1963), S. 483—499

Mullen, Richard D.: »Blish, van Vogt, und the Uses of Spengler«, Riverside Quarterly, Jg. 3 (1968), S. 172—186

Naeher, Jürgen: »Oswald Spengler«, Reinbek 1984

Spengler, Oswald: »Der Untergang des Abendlandes«, Bd. 1: »Gestalt und Wirklichkeit«, Bd. 2: »Welthistorische Perspektiven«, München 1924

Spengler, Oswald: »Preußentum und Sozialismus«, München 1921

Spengler, Oswald: »Pessimismus?«, Berlin 1922

Spengler, Oswald: »Jahre der Entscheidung«, München 1933

Troeltsch, Ernst: Besprechungen fremder Werke zur modernen Geschichts- und Kulturphilosophie: »Der Untergang des Abendlandes«, Bd. 1/2, in: ders.: »Aufsätze zur Geistesgeschichte und Religionssoziologie«, Hrsg. Hans *Baron,* Tübingen 1925, S. 677—691

Wolfe, Gary K.: Besprechung von »Voyage of the Space Beagle«, in: *Magill,* Frank N. (Hrsg.): »Survey of Science Fiction Literature«, Bd. 5, Englewood Cliffs 1979, S. 2378—2381

HEYNE SCIENCE FICTION

Romane und Erzählungen internationaler SF-Autoren im Heyne-Taschenbuch.

06/4444

06/3572

06/4737

06/4769

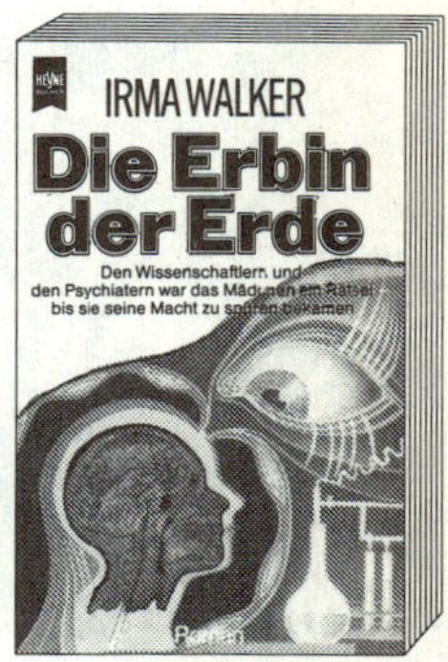

06/4749

06/4763

06/4795

06/4756